STAR WARS

Kathy Tyers

DER PAKT VON BAKURA

Aus dem Amerikanischen von
Hans Sommer

Die Deutsche Bibliothek – CIP-Einheitsaufnahme
Tyers, Kathy:
Star wars / Kathy Tyers. Aus dem Amerikan. von Hans
Sommer. – Köln : vgs.
Der Pakt von Bakura. – 1. Aufl. – 1993
ISBN 3-8025-2273-7

Erstveröffentlichung bei:
Bantam Books, a division of Bantam Doubleday
Dell Publishing Group, Inc.
Titel der amerikanischen Originalausgabe:
Star Wars – A Truce at Bakura

TM & © 1993
Lucasfilm Ldt. (LFL)
All rights reserved.

Lizenzausgabe mit freundlicher Genehmigung
Agentur für Urhebernebenrechte GmbH
Merchandising München
Kardinal-Faulhaber-Straße 15, 80333 München

2. Auflage 1994
© der deutschen Ausgabe
vgs verlagsgesellschaft, Köln und
Wilhelm Heyne Verlag, München
Lektorat: Thomas Ziegler
Umschlaggestaltung: Papen Werbeagentur, Köln
Titelillustration: Drew Struzan
Satz: ICS Communikations-Service GmbH,
Bergisch Gladbach
Druck: Clausen & Bosse, Leck
Printed in Germany
ISBN 3-8025-2273-7

Widmung

Ich kann nicht an *Krieg der Sterne* denken, ohne daß mir die Eröffnungsfanfare des Soundtracks durch den Kopf geht. Ich kann mir die lange, dreieckige Silhouette eines imperialen Sternzerstörers nicht vorstellen, ohne dabei unheilschwangere Triolenklänge zu hören. Und wer könnte sich ohne diese unnachahmliche Jazzband ein Bild von der Mos-Eisley-Bar machen?

Mit dankbarer Bewunderung widme ich diesen Roman dem Mann, der die Musik für die drei *Krieg der Sterne*-Filme komponierte:

JOHN WILLIAMS

✱1✱

Ein einziger bewohnbarer Mond schwebte wie ein wolkenverhangener Türkis über einer toten Welt. Die Hand der Ewigkeit, die die Kette seines Orbits hielt, hatte den samtenen Hintergrund mit blitzenden Sternen gesprenkelt. Kosmische Energien tanzten an den Krümmungen der Raumzeit und sangen ihre zeitlose Musik. Sie nahmen keine Notiz vom Imperium, von der Rebellen-Allianz und von ihren unbedeutenden, flüchtigen Kriegen.

Auf dieser unbedeutenden Ebene der menschlichen Perspektive jedoch befand sich eine Flotte von Sternenschiffen im Orbit um den Planeten des Mondes. Rußstreifen zeichneten sich auf den Flanken diverser Schiffe ab. Droiden umschwärmten einige von ihnen und nahmen Reparaturen vor. Metalltrümmer, die einmal wichtige Raumschiffteile gewesen waren, und die Leichen von Menschen und Fremdwesen befanden sich im selben Orbit wie die Schiffe. Die Vernichtungsschlacht gegen Imperator Palpatines zweiten Todesstern hatte der Rebellen-Allianz schwere Verluste eingetragen.

Luke Skywalker durchquerte mit schnellen Schritten den Landehangar eines Kreuzers. Seine Augen waren entzündet, aber das Siegesgefühl nach der Ewoks-Feier durchströmte ihn noch immer. Als er an einer Gruppe von Droiden vorbeikam, stieg ihm der Geruch von Kühl- und Schmiermitteln in die Nase. Er hatte Schmerzen, spürte nach dem längsten Tag seines Lebens eine nagende Dumpfheit in allen Knochen. Heute – nein, es war gestern gewesen – hatte er den Imperator getroffen. Gestern hatte er den Glauben an seinen Vater fast mit dem Leben bezahlt. Aber von einem Passagier, der mit ihm die Fähre vom Ewok-Dorf hinauf zum Kreuzer geteilt hatte, war er bereits gefragt worden, ob er den Imperator – und Darth Vader – tatsächlich eigenhändig getötet hatte.

Luke war noch nicht bereit, allgemein bekanntzugeben, daß »Darth Vader« Anakin Skywalker sein Vater gewesen war. Dennoch hatte er mit fester Stimme geantwortet: Imperator Palpatine war von *Vader* getötet worden. Vader hatte ihn in den Reaktor des zweiten Todesterns geschleudert. Luke nahm an, daß er diese Erklärung noch wochenlang abgeben würde. Jetzt jedoch wollte er lediglich seinen X-Flügler überprüfen.

Zu seiner Überraschung machte sich ein Servicetrupp daran zu schaffen. Ein Magnakran ließ R2-D2 von oben in die zylindrische Droidenbuchse hinter seinem Cockpit hinab.

»Was ist hier los?« fragte Luke. Er war stehengeblieben und hielt die Luft an.

»Oh, Sir«, antwortete ein khakibekleideter Servicemann, während er einen zusammenfaltbaren Treibstoffschlauch löste. »Ihr Ersatzpilot fliegt nach draußen. Captain Antilles ist mit der ersten Fähre zurückgekommen und sofort auf Patrouille gegangen. Er hat ein imperiales Drohnenschiff abgefangen – eins dieser Museumsstücke, die sie vor den Klonkriegen verwendeten, um Botschaften zu überbringen. Ist aus der Tiefe des Raums reingekommen.«

Reingekommen. Irgend jemand hatte dem Imperator eine Botschaft geschickt. Luke lächelte. »Nehme an, Sie haben es noch nicht gehört. Wedge will Gesellschaft? So müde bin ich noch nicht. Ich könnte fliegen.«

Der Servicemann erwiderte das Lächeln nicht. »Unglücklicherweise hat Captain Antilles einen Selbstzerstörungszyklus in Gang gesetzt, während er versuchte, an den Botschaftskode heranzukommen. Er blockiert manuell eine kritische Unterbrechung ...«

»Vergessen Sie den Ersatzpiloten«, rief Luke.

Wedge Antilles war seit den Tagen des ersten Todessterns sein Freund. Gemeinsam hatten sie die entscheidende Attacke geflogen. Ohne weiter zuzuhören, hastete er zum Bereitschaftsraum. Eine Minute später war er wieder zurück und zog dabei hüpfend ein Bein seines orangefarbenen Druckanzugs hoch. Die Serviceleute spritzten auseinander. Er sprang die Leiter hoch, warf sich auf seinen schrägstehenden Polstersitz, stülpte mit einem Ruck den Helm über und ließ den Fusionsgenerator des Schiffes an. Ein vertrautes hochenergetisches Jaulen umfing ihn.

Der Mann, mit dem er gesprochen hatte, kletterte hinter ihm nach oben. »Aber, Sir! Ich glaube, Admiral Ackbar wollte, daß Sie Bericht erstatten.«

»Ich bin gleich zurück.«

Luke schloß die Cockpitkanzel und nahm mit einer Geschwindigkeit, die für die Allianz rekordverdächtig war, eine Überprüfung seiner Systeme und Instrumente vor. Kein Signal erregte seine Aufmerksamkeit.

Er schaltete seinen Bordkommunikator ein. »Tramp Eins startbereit.«

»Schleuse wird geöffnet, Sir.«

Er aktivierte den Antrieb. Einen Augenblick später verwandelte sich der dumpfe Schmerz in seinem Körper in grausame Qual. Alle Sterne in seinem Blickfeld teilten sich zu Doppelsternen und umwirbelten einander. Die Stimmen der Serviceleute wurden in seinen Ohren zu Geschnatter. Benommen tauchte er in sich selbst hinab und suchte das Ruhezentrum, das zu berühren ihn Meister Yoda gelehrt hatte.

Berühren . . .

Da.

Er atmete bebend aus und kontrollierte seine Herrschaft über den Schmerz. Die Sterne schrumpften wieder zu einzelnen Lichtschimmern zusammen. Was auch immer die Ursache gewesen war, er würde sich später darum kümmern. Durch die Macht drang er suchend nach draußen vor und erspürte Wedges Präsenz. Während er dieses Ende der Flotte ansteuerte, bedienten seine Hände die Kontrollen des X-Flüglers nahezu ohne jede Anstrengung.

Unterwegs konnte er zum ersten Mal einen genaueren Blick auf die Schlachtschäden, die umherschwärmenden Reparaturdroiden und die Schleppschiffe werfen. Mon-Calamari-Kreuzer waren gepanzert und mit Schutzschirmen versehen, um multiplen Direkttreffern zu widerstehen, aber er glaubte, sich an eine größere Anzahl der riesigen, unförmigen Schiffe erinnern zu können. Während er im Thronsaal des Imperators um sein Leben, für seinen Vater und für seine Integrität kämpfte, hatte er die herzzerreißenden Machtstörungen, die von all diesen Todesfällen ausgingen, nicht einmal gespürt. Er hoffte, daß er sich nicht an sie gewöhnte.

»Wedge, hörst du mich?« fragte Luke über Subraumfunk. Er lenkte seinen X-Flügler zwischen den großen Flottenschiffen hindurch. Scanner zeigten an, daß sich der nächste schwere Transporter vorsichtig von etwas wegbewegte, das viel kleiner war. Vier A-Flügler jagten hinter Luke her. »Wedge, bist du da draußen?«

»Tut mir leid«, hörte er eine leise Stimme. »Bin fast außer Reichweite meines Schiffsempfängers. Weißt du, ich muß . . .« Wedge unterbrach sich grunzend. »Ich muß diese beiden Kristalle voneinander getrennt halten. Es ist irgend so eine Selbstzerstörungsvorrichtung.«

»Kristalle?« fragte Luke, um Wedge weiterreden zu lassen. Diese Stimme klang schmerzerfüllt.

»Elektrit-Kristallkugeln. Überbleibsel aus den alten ›Eleganz‹-Tagen. Der Mechanismus versucht, sie zusammenzuschieben. Wenn sie sich berühren . . . peng! Der ganze Fusionsmotor.«

Während er langsam über dem blauen Schimmer Endors dahintrieb, entdeckte Luke Wedges X-Flügler. Längsseits driftete ein neun Meter langer Zylinder mit imperialen Insignien, genauso lang wie der X-Flügler und fast ausschließlich aus dem Motor bestehend, ein Typ der Kategorie Drohnenschiffe, die sich die Allianz noch immer nicht leisten konnte. Aus irgendwelchen Gründen ließ die Drohne eine düstere Vorahnung in ihm aufsteigen. Das Imperium verwendete solche Museumsstücke nicht mehr. Wieso war der Absender nicht imstande gewesen, die standardmäßigen imperialen Kanäle zu benutzen?

Luke stieß einen Pfiff aus. »Nein, wir wollen einen so großen Motor nicht hochgehen lassen.«

Kein Wunder, daß sich der Transporter entfernte.

»Genau.« Wedge hielt sich an einem Ende des Zylinders fest. Er trug einen Druckanzug und war durch ein Lebenserhaltungskabel mit dem X-Flügler verbunden. In dem Moment, in dem ihm klargeworden war, daß er unbeabsichtigt den Detonationsvorgang eingeleitet hatte, mußte er die Luft in seinem Cockpit in den Raum geblasen und sich auf die Hauptsteuerung gestürzt haben. In dem leichtgewichtigen Druckanzug eines Raumpiloten und mit seinem ringsum geschlossenen Notfallhelm konnte er das Vakuum mehrere Minuten lang überleben.

»Wie lange bist du schon da draußen, Wedge?«

»Ich weiß nicht. Spielt keine Rolle. Der Blick ist atemberaubend.«

Näherkommend schaltete Luke das Triebwerk vorsichtig auf Gegenschub. Wedge hatte eine Hand im Inneren einer aufklappbaren Schalttafel. Sein Kopf drehte sich, um Lukes X-Flügler zu beobachten. Luke paßte mit kurzen, gefühlvollen Schubstößen seine Geschwindigkeit der des Zylinders an.

»Könnte wirklich noch eine Hand gebrauchen.« Wedges Worte klangen heiter, aber der Tonfall verriet seine Anspannung. Seine Hand mußte halb zerquetscht sein. »Was tust du hier draußen?«

»Die Aussicht genießen.« Luke dachte über seine Möglichkeiten nach. Die Piloten der A-Flügler bremsten ab und blieben zurück. Sie nahmen vermutlich an, daß Luke wußte, was er tat.

»R2«, rief er, »wie ist die Reichweite deines Manipulatorarms? Könntest du ihm helfen, wenn ich nahe genug herankomme?«

Nein – bei optimalem Winkel fehlen 2,76 Meter, leuchtete es auf seinem Helmdisplay auf.

Luke zog die Augenbrauen hoch. Schweißtropfen traten ihm auf die Stirn. Irgend etwas, das klein, fest und entbehrlich war, würde helfen. Wenn er sich nicht beeilte, war sein Freund tot. Wedges Bewußtsein in der Macht schwankte bereits benommen.

Luke blickte auf sein Lichtschwert. Von *ihm* würde er sich nicht trennen.

Nicht einmal, um Wedges Leben zu retten? Abgesehen davon, er würde es sich zurückholen können. Vorsichtig ließ er das Schwert in das Zufuhrrohr des Leuchtsignalabzugs gleiten. Er schoß das Schwert ab, griff dann über zehn Meter Vakuum hinweg mit der Macht nach ihm und beförderte es in Wedges Richtung. Als es in Zielnähe war, drehte er es um seine Achse.

Die grünweiße Klinge erschien lautlos im Vakuum des Weltraums. Wedges geweitete braune Augen blinzelten hinter seinem Visier.

»Auf mein Signal springst du weg«, sagte Luke.

»Luke, ich werde Finger verlieren.«

»*Weit* weg«, wiederholte Luke. »Du wirst mehr als Finger verlieren, wenn du da bleibst.«

»Wie stehen die Chancen, daß du mir mit deinen Jedi-Sinnen eine kleine Nervenblockade verpaßt? Es schmerzt wie verrückt.«

Wedges Stimme klang schwächer. Er zog die Knie an und spannte seinen Körper, um sich abzustoßen.

In Augenblicken wie diesem erschien ihm die Feuchtlandwirtschaft für Onkel Owen auf Tatooine gar nicht so schlecht.

»Ich werde es versuchen«, sagte Luke. »Zeig mir die Kristalle. Sieh sie dir ganz genau an.«

»In ... Ordnung.« Wedge drehte sich und starrte in die Luke.

Während er das Lichtschwert treiben ließ, tastete Luke nach Wedges freundschaftlich gesinnter Präsenz. Er vertraute darauf, daß ihm Wedge keinen Widerstand entgegensetzte, daß er ihm gestattete ...

Durch Wedges Augen und gegen den quälenden Schmerz in Wedges Hand ankämpfend, erblickte Luke plötzlich ein paar runde, mit vielen Facetten versehene Juwelen. Die eine Kugel war in seiner Hand, die andere drückte vom Ende eines Federmechanismus gegen seinen Handrücken. Sie waren faustgroß und reflektierten mattgoldene Schwertlichtfunken durch die

Öffnung auf Wedges organgefarbenen Anzug. Luke glaubte nicht, daß der Flughandschuh allein genügen würde, sie auseinanderzuhalten. Sonst hätte er Wedge ganz einfach gesagt, daß er aus ihm herausschlüpfen sollte. Ein kurzer Druckabfall schädigte Gliedmaßen nicht sonderlich.

Wenn Wedge sprang, blieb Luke höchstens eine Sekunde Zeit, einen Kristall abzutrennen, und ein bißchen länger, bevor Wedge das Bewußtsein verlor. Wedge war angeleint und würde weiteratmen können, aber er konnte sehr viel Blut verlieren. Sein Blickfeld verschwamm an den Rändern.

Luke berührte Wedges Schmerzzentrum.

Zuviel auf einmal. Lukes eigene Schmerzen fingen an, sich langsam der Kontrolle zu entziehen.

»Habe es«, knurrte er.

»Was hast du?« fragte Wedge wie im Traum.

»Alles unter Kontrolle«, sagte Luke. »Bei drei springst du. Spring mit aller Kraft. Eins.«

Wedge machte keine Einwände. Die Zähne zusammenbeißend, brachte sich Luke in größerem Einklang mit dem Schwert. Solange er sich auf das Schwert konzentrierte, konnte er die Kontrolle aufrechterhalten.

»Zwei.«

Während er gleichmäßig weiterzählte, fühlte er das Schwert, die Kristalle und die kritische Unterbrechung als Bestandteile der Gesamtheit des Universums.

»Drei.«

Nichts geschah.

»Spring, Wedge!« rief Luke.

Schwach stieß sich Wedge ab. Luke schlug zu. Ein Kristall flog in die Höhe und spiegelte sich als wirbelndes grünes Kaleidoskop auf dem oberen Ruderblatt des X-Flüglers wider.

»Ah.« Wedges schwärmerische Stimme drang in sein Ohr. »Wirklich hübsch.« Er drehte sich, umklammerte dabei seine rechte Hand.

»Wedge, zieh dich an der Leine 'rein!«

Keine Reaktion. Luke biß sich auf die Lippe. Er stabilisierte das herumwirbelnde Schwert und desaktivierte seine Klinge. Wedges Leine spannte sich, hoch über dem anderen X-Flügler. Seine Glieder schlackerten unkontrolliert.

Luke hämmerte auf seinen Notrufknopf. »Tramp Eins an Heimbasis Eins. Sprengkörper entschärft. Erbitte Ambulanz. Sofort!«

Hinter den A-Flüglern, die sich der Gefahrenzone ferngehalten hatten, kam ein Med-Flitzer ins Blickfeld.

***

Wedges Körper hob und senkte sich bei jedem Atemzug, während er in aufrechter Haltung im Klärtank der Flotte mit seiner heilenden Bakta-Flüssigkeit schwebte. Zu Lukes Erleichterung hatten sie alle seine Finger gerettet. Der Chirurgiedroide 2-1B stellte die Kontrolltafel ein und schwenkte dann zu Luke herum. Schlanke Gelenkglieder wedelten vor seiner schimmernden Mittelsektion.

»Nun zu Ihnen, Sir. Bitte treten Sie hinter den Scanner.«

»Mit mir ist alles in Ordnung.« Luke lehnte sich mit seinem Hocker gegen das Schott. »Ich bin nur müde.«

R2-D2 piepte leise neben ihm. Er klang besorgt. »Bitte, Sir. Es dauert nur einen Augenblick.«

Luke seufzte und schlurfte hinter eine mannshohe, rechteckige Tafel. »In Ordnung?« rief er. »Kann ich jetzt gehen?«

»Einen Augenblick noch«, meldete sich die mechanische Stimme, gefolgt von klickenden Tönen. »Einen Augenblick«, wiederholte der Droide. »Haben Sie in jüngster Zeit doppelt gesehen?«

»Nun . . .« Luke kratzte sich am Kopf. »Ja. Aber nur für eine Minute.« Dieser kleine Anfall war ganz bestimmt nicht bedeutsam.

Als sich die Diagnosetafel in das Schott zurückzog, schob sich aus der Wand neben 2-1B ein medizinisches Schwebebett.

Luke machte einen Schritt rückwärts. »Wofür ist das?«

»Es geht Ihnen nicht gut, Sir.«

»Ich bin lediglich müde.«

»Sir, meine Diagnose ist ein plötzlicher massiver Kalkbefall Ihrer Skelettstruktur, und zwar einer des selteneren Typs, der hervorgerufen wird, wenn jemand äußerst konduktiven elektrischen und anderen energetischen Feldern ausgesetzt ist.«

Energiefelder. Gestern. Imperator Palpatine, bösartig beobachtend, wie blauweiße Funken von seinen Fingerspitzen zuckten und sich Luke auf dem Boden wand. Luke brach der Schweiß aus – die Erinnerung war noch so frisch. Er hatte gedacht, daß er sterben würde. Er starb *wirklich*.

»Der abrupte Verlust von Blutmineralien verursacht in Ihrem ganzen Körper muskuläre Mikroschlaganfälle, Sir.«

Deshalb also hatte er diese Schmerzen. Bis vor einer Stunde hatte er keine Gelegenheit gehabt, stillzusitzen und darauf zu achten. Niedergeschlagen starrte er 2-1B an.

»Aber es ist kein dauerhafter Schaden, oder? Du mußt keine Knochen ersetzen?« Der Gedanke ließ ihn schaudern.

»Der Zustand wird chronisch werden, wenn Sie sich nicht ausruhen und mir gestatten, Sie zu behandeln«, antwortete die mechanische Stimme. »Die Alternative ist Bakta-Immersion.«

Luke blickte auf den Tank. *Nicht das wieder.* Er hatte noch eine ganze Woche danach Bakta in seinem Atem gespürt. Widerstrebend entledigte er sich seiner Stiefel und streckte sich auf dem Schwebebett aus.

Sich krümmend, erwachte er einige Zeit später.

Das Metallgittergesicht von 2-1B tauchte neben seinem Bett auf. »Schmerzmittel, Sir?«

Luke hatte immer gelesen, daß Menschen drei Knochen in jedem Ohr besaßen. Jetzt glaubte er es. Er konnte sie zählen. »Ich fühle mich schlechter, nicht besser«, beklagte er sich. »Hast du gar nichts gemacht?«

»Die Behandlung ist abgeschlossen, Sir. Sie müssen sich jetzt ausruhen. Darf ich Ihnen ein Schmerzmittel anbieten?«

»Nein, danke«, knurrte Luke. Als Jedi-Ritter mußte er lernen, körperliche Empfindungen zu kontrollieren, und zwar besser früher als später. Schmerz war ein Berufsrisiko.

R2 piepte eine Frage.

Luke riet die Übersetzung. »In Ordnung, R2«, sagte er, »du stehst Wache. Ich mache noch ein Nickerchen.«

Er wälzte sich herum. Langsam drückte sein Gewicht eine neue Furche in die flexible Kontur des Bettes. Dies war der Nachteil des Heldendaseins. Es war aber noch schlimmer gewesen, als er seine rechte Hand verloren hatte.

Da er gerade daran dachte – die bionische Hand schmerzte nicht.

Wenigstens ein Gutes.

Es war an der Zeit, die alte Jedi-Kunst der Selbstheilung wiederzubeleben. Yodas unvollständige Lektionen überließen vieles der Phantasie.

»Ich werde Sie jetzt allein lassen, Sir.« 2-1B glitt davon. »Bitte versuchen Sie zu schlafen. Rufen Sie, wenn Sie Hilfe benötigen.«

Eine letzte Frage ließ Luke den Kopf heben. »Wie geht es Wedge?«

»Die Heilung geht gut voran, Sir. Er sollte in einem Tag entlassen werden können.«

Luke schloß die Augen und versuchte, sich an Yodas Lektionen zu erinnern. Stiefel polterten hastig an der offenen Tür vorbei. Bereits intensiv auf die Macht konzentriert, spürte er, wie eine alarmierte Präsenz den Gang entlanghastete. Obwohl er aufmerksam lauschte, konnte er die Person nicht erkennen. Yoda hatte gesagt, daß die Feinerkennung – auch von Unbekannten – mit der Zeit kommen würde, sobald er das tiefe Schweigen des Selbst erlernte, das es einem Jedi ermöglichte, die Wellenbewegungen anderer in der Macht voneinander zu unterscheiden.

Luke drehte sich auf die andere Seite, weil er schlafen wollte. Er war angewiesen worden, zu schlafen.

Aber er war noch immer Luke Skywalker, und er mußte wissen, was diesen Soldaten alarmiert hatte. Vorsichtig richtete er sich auf und stellte sich behutsam auf die Füße. Da er den Schmerz an einem Ende seines Körpers lokalisieren konnte, war er imstande, ihn abzuschwächen, indem er sich suggerierte, daß seine Füße nicht existierten ... oder so ähnlich. Die Macht ließ sich nicht erklären. Sie war etwas, das man benutzte – wenn sie es zuließ. Nicht einmal Yoda hatte alles gesehen.

R2 gab pfeifend Alarm. 2-1B rollte mit wedelnden Gliedröhren auf ihn zu. »Sir, legen Sie sich wieder hin, bitte.«

»In einer Minute.« Er schob den Kopf in den langen Korridor und rief laut: »Halt.«

Der Rebellensoldat verharrte und drehte sich um.

»Hat man die Botschaft dieses Drohnenschiffes schon entschlüsselt?«

»Es wird noch daran gearbeitet, Sir.«

Dann sollte er sich besser in den Kriegsraum begeben. Luke stolperte beim Rückwärtsgehen gegen R2 und hielt sich an der blauen Kopfkuppel des kleinen Droiden fest.

»Sir«, beharrte der Arztdroide, »bitte legen Sie sich hin. Ihr Zustand wird sehr schnell chronisch werden, wenn Sie sich nicht ausruhen.«

Luke sah sich für den Rest seines Lebens von Schmerzen gequält und malte sich auch die Alternative aus: eine weitere Periode in dem klebrigen Tank. Er setzte sich auf die nachgiebige Kante des Schwebebetts und zappelte nervös herum.

Dann kam ihm ein Gedanke. »2-1B, ich wette, du hast ...«

***

Der Kriegsraum des Flaggschiffs reichte aus, um hundert Personen aufzunehmen, war jedoch fast leer. Ein Servicedroide glitt zwischen einer Leuchtröhre und schimmernden weißen Schottwänden an den Reihen der Innensitze entlang. In der Nähe des kreisförmigen Projektionstischs, der das Zentrum des Kriegsraums dominierte, und eines einzigen diensttuenden Technos stand General Crix Madine zusammen mit Mon Mothma, der Frau, die die Allianz der Rebellen gegründet hatte und jetzt führte. Mon Mothmas Ausstrahlung glänzte sichtbar in ihrem langen weißen Gewand und unsichtbar in der Macht, und das Selbstvertrauen des bärtigen Madine war seit der Schlacht um Endor gestiegen.

Beide blickten in Lukes Richtung und runzelten die Stirn. Luke lächelte halbherzig und umklammerte die Handstützen des Repulsorstuhls, den er in der medizinischen Abteilung requiriert hatte. Er steuerte den Stuhl die Stufen hinunter auf sie zu.

»Sie werden es nie lernen, was?« General Madines Stirnfalten glätteten sich. »Sie gehören ins Krankenzimmer. Diesmal werden wir 2-1B anweisen, Sie zu betäuben.«

Lukes Wange zuckte. »Was ist mit der Botschaft? Irgendein imperialer Kommandeur hat eine Viertelmillion Kredits mit dieser antiken Drohne verpulvert.«

Mon Mothma nickte, tadelte Luke dabei mit ihrem milden Blick. Eine Seitenkonsole leuchtete auf, ein kleinerer Lichtprojektionstisch. Über ihm erschien ein Miniaturhologramm von Admiral Ackbar mit seinen riesigen Augen, die an den Seiten seines hochgewölbten, rötlichen Kopfes hervortraten. Obwohl der Calamarier die Schlacht um Endor von einem Stuhl unter dem breiten Sternenfenster zur Linken Lukes aus befehligt hatte, fühlte Ackbar sich auf seinem eigenen Kreuzer wohler. Die Lebensumstände dort waren genau auf den calamarischen Standard abgestimmt.

»Commander Skywalker«, schnaufte er. Rankenartige Barthaare zitterten unter seinem Kinn. »Sie müssen die Risiken, die Sie auf sich nehmen, sorgsamer überdenken.«

»Das werde ich, Admiral. Wenn ich kann.« Luke lehnte seinen Stuhl gegen die stahlgraue Kante des Hauptlichttischs. Ein elektronisches Pfeifen drang durch den Schott hinter ihm. R2-D2 ließ ihn nicht für dreißig Sekunden außer Reichweite seines

Fotorezeptors kommen. Der blaukuppelige Droide hatte den Umweg nehmen müssen. Blinkende kleine Instrumentenlichter verdeckend, rollte er, an der oberen Computerkonsole vorbei, zu einer Senkplattform. Dort ließ er sich nach unten und rollte dann in die Nähe von Lukes Stuhl, wo er einen Schwall von Vorwürfen abließ – vermutlich im Auftrag von 2-1B. General Madine schmunzelte unter seinem Bart.

Luke hatte keinen einzigen der Pfeiftöne verstanden, aber auch er konnte sich die Übersetzung vorstellen.

»Schon gut, R2. Zieh deine Rollen ein. Ich sitze ja. Das hier sollte interessant werden.«

Der junge Lieutenant Matthews richtete sich über der Seitenkonsole auf. »Es geht los«, kündigte er an.

Madime und Mothma beugten sich über den Bildschirm. Luke drehte den Hals, um besser sehen zu können.

IMPERIALER GOUVERNEUR WILLEK VOM BAKURA-SYSTEM AN SEINEN HÖCHST VORTREFFLICHEN IMPERIALEN HERRN PALPATINE: EILIGE GRÜSSE.

Sie hatten es noch nicht gehört. Monate, vielleicht Jahre würden vergehen, bevor ein großer Teil der Galaxis begriff, daß die Herrschaft des Imperators geendet hatte. Luke selbst hatte Schwierigkeiten, es zu glauben.

BAKURA WIRD VON EINER FREMDEN INVASIONSTRUPPE AUSSERHALB EURER DOMÄNE ANGEGRIFFEN. SCHÄTZUNG BELÄUFT SICH AUF FÜNF KREUZER, MEHRERE DUTZEND HILFSSCHIFFE, ÜBER TAUSEND KLEINE KAMPFMASCHINEN. WIR HABEN DIE HÄLFTE UNSERER VERTEIDIGUNGSSTREITKRÄFTE UND ALLE STÜTZPUNKTE AUSSERHALB DES SYSTEMS VERLOREN. HOLONETZ-MITTEILUNGEN AN IMPERIALES ZENTRUM UND TODESSTERN ZWO SIND UNBEANTWORTET GEBLIEBEN. DRINGEND. WIEDERHOLE: DRINGEND. SENDET STURMTRUPPEN.

Madine langte an Lieutenant Matthews vorbei und drückte auf eine Kontaktleiste. »Weitere Daten«, rief er. »Wir brauchen mehr darüber.«

Die Stimme eines Nachrichtendienstdroiden drang durch den Kommunikator. »Es liegt zusätzliches Bildmaterial vor, das Sie sehen könnten, Sir. Außerdem geheime Dateien, mit imperialem Kode verschlüsselt.«

»Das ist schon besser.« Madine berührte die Schulter des Lieutenants. »Geben Sie mir das Bildmaterial.«

Über dem zentralen Lichttisch richtete sich surrend eine Projektionseinheit auf. Es erschien eine Szene, die einen frischen Schub schmerztötenden Adrenalins aufwallen ließ. *Yoda würde mir auf die Finger hauen*, stellte Luke nüchtern fest. *Aufregung... Abenteuer... ein Jedi sehnt sich nicht nach solchen Sachen.* Er bemühte sich um Jedi-Ruhe. Eine panikerfüllte Welt brauchte Hilfe.

Im Zentrum des Tableaus hing das Bild eines imperialen Patrouillenschiffs für den planetaren Raum, projiziert als dreidimensionales Netzwerk von Linien, die rötlich-orange schimmerten, Luke hatte diesen Typ studiert, aber noch nie dagegen gekämpft. Er beugte sich vor, um die Laserstellungen zu betrachten, aber bevor er sich einen genauen Überblick verschaffen konnte, spuckte das Schiff explosiv einen Schwarm gelber Rettungskokons aus. Ein größeres orangefarbenes Objekt schob sich unheilverkündend ins Blickfeld und dominierte die Szene durch seine Masse: viel größer als das Patrouillenschiff, klobiger als die schlanken Mon-Cal-Kreuzer der Rebellen – im großen und ganzen eiförmig, aber überzogen mit blasenartigen Ausbuchtungen.

Überprüfe diesen Schiffstyp«, befahl Madine.

Nach ungefähr drei Sekunden antwortete die monotone Stimme des Nachrichtendienstdroiden. »Dieser Typ wird weder von der Allianz noch vom Imperium benutzt.«

Luke hielt die Luft an. Das riesige Kampfschiff hing größer über dem Tisch. Jetzt konnte er ein halbes Hundert Geschützstände ausmachen. Oder handelte es sich um Richtstrahlantennen? Das Schiff gab keine Schüsse ab, bis sich sechs karmesinfarbene TIE-Kampfmaschinen näherten. Plötzlich gerieten die Jäger simultan ins Schleudern und bremsten ab. Dann fingen Jäger und Rettungskokons an, stetig in Richtung des fremden Schiffs zu beschleunigen – offensichtlich eingefangen von einem Traktorstrahl. Die Szene schrumpfte zusammen. Derjenige, der die Aufnahmen gemacht hatte, war überstürzt geflohen.

»Sie machen Gefangene«, murmelte Madine, eindeutig betroffen.

Mon Mothma wandte sich an einen schulterhohen Droiden, der schweigend in der Nähe gestanden hatte. »Verschafft euch Zugang zu den geheimen Dateien. Wendet unsere jüngsten imperialen Kodes an. Lokalisiert diese Welt Bakura.«

Luke spürte Erleichterung, weil sogar die kenntnisreiche Führerin der Allianz Erkundigungen über die Lage des Systems einholen mußte.

Der Droide rotierte zum Lichttisch und schloß seinen Buchsenarm an. Die Schlachtszene verblaßte. Funkelnde Sterne erschienen in einer Konfiguration, die Luke als dieses Ende der Randregion erkannte.

»Hier, Madam«, erklärte der Droide. Ein Lichtfleck wurde rot. »Laut dieser Datei stützt sich die Ökonomie der Welt auf den Export von Repulsorlift-Komponenten sowie eines Konfekts und eines Likörs aus einer exotischen Frucht. Das System wurde in den letzten Jahren der Klonkriege von einer spekulativen Bergwerksgesellschaft besiedelt und vor ungefähr drei Jahren vom Imperium übernommen, um die Produktionskapazitäten für die Repulsorlifte in Besitz zu bringen und zu kontrollieren.«

»Spät genug unterworfen, um sich noch gut an die Unabhängigkeit erinnern zu können.« Mon Mothma ließ ihre schlanke Hand auf der Kante des Lichttischs ruhen. »Jetzt zeige uns Endor. Relative Position.«

Ein anderer Fleck schimmerte blau auf. An Lukes Schulter in Vergessenheit geraten, pfiff R2 leise vor sich hin. Wenn Endor ein gutes Stück abseits von den Kernwelten lag, dann war Bakura noch weiter entfernt.

»Das ist buchstäblich die äußerste Ecke der Randwelten«, stellte Luke fest. »Selbst bei einer Reise durch den Hyperraum würde es Tage dauern, um hinzukommen. Das Imperium kann ihnen nicht helfen.«

Die Vorstellung, daß sich jemand um Hilfe an das Imperium wandte, war eigenartig. Offensichtlich verurteilte der entscheidende Rebellensieg bei Endor die Bakurier zu einem ungewissen Schicksal, weil die nächste imperiale Kampfgruppe keine Hilfe bringen konnte. Streitkräfte der Allianz hatten sie zerstreut.

Aus einem Lautsprecher zu seiner Linken drang Leias klare Stimme. »Wie groß ist die imperiale Streitmacht innerhalb des Systems?«

Leia befand sich unten auf der Oberfläche Endors, in dem Ewok-Dorf. Luke hatte nicht gewußt, daß sie mithörte, aber er hätte es sich denken können. Er tastete sich durch die Macht und streifte die warme Präsenz seiner Schwester, spürte gerechtfertigte Anspannung. Vorgeblich ruhte sich Leia gemeinsam mit Han Solo aus, um sich von der Blasterverbrennung an ihrer Schulter zu erholen und den pelzigen kleinen Ewoks beim Begraben ihrer Toten behilflich zu sein. Sie sollte nicht nach neuen Problemen Ausschau halten. Luke kräuselte die Lippen. Er hatte Leia immer geliebt und sich gewünscht . . .

Nun, das lag hinter ihm.

Der Nachrichtendienstdroide antwortete ihr über eine Subraum-Funkverbindung. »Bakura wird von einer imperialen Garnison verteidigt. Der Absender dieser Botschaft hat Imperator Palpatine in einer Zusatzmitteilung daran erinnert, daß die vorhandenen Streitkräfte aufgrund der Abgelegenheit des Systems veraltet sind.«

»Offenbar hat das Imperium im Hinblick auf Bakura keinerlei Konkurrenz erwartet.« Leias Stimme klang spöttisch. »Aber jetzt gibt es keine imperiale Flotte, die dort helfen könnte. Sie werden Wochen brauchen, um sich wieder zu sammeln, und bis dahin könnte Bakura der Invasionsstreitmacht zum Opfer fallen.« Im fröhlicheren Tonfall fügte sie hinzu: »Oder Teil der Allianz sein. Wenn die Imperialen den Bakurern nicht helfen können, dann müssen wir es tun.«

Admiral Ackbars Abbild stemmte flossenartige Hände gegen seinen unteren Torso. »Wie meinen Sie das, Eure Hoheit?«

***

Leia lehnte sich gegen das Fachwerk eines Baumhauses der Ewoks und ließ ihren Blick zur Kuppel des hohen Strohdachs emporsteigen. Han hatte sich bequem neben ihrem Platz ausgestreckt, stützte sich auf einen Ellbogen und zwirbelte einen Zweig zwischen den Fingern.

Sie hob einen Handkommunikator. »Wenn wir Hilfe nach Bakura schicken«, antwortete sie Admiral Ackbar, »ist es möglich, daß Bakura das Imperium aus Dankbarkeit verläßt. Wir könnten helfen, die Bevölkerung zu befreien.«

»Und in den Besitz dieser Repulsorlift-Technologie gelangen«, murmelte Han in Richtung des Zweiges.

Leia hatte nur eine Pause eingelegt. »Diese Chance ist den Einsatz einer kleinen Eingreiftruppe wert. Und man würde einen hochrangigen Unterhändler brauchen.«

Han legte sich auf den Rücken, verschränkte die Arme hinter dem Kopf. »Wenn du eine imperiale Welt betrittst, wirst du irgend jemandem eine Gutschrift auf seinem Kreditkonto verschaffen«, murmelte er. »Auf deinen Kopf ist ein Preis ausgesetzt.«

Sie runzelte die Stirn.

»Können wir es uns in unserer Lage leisten, Truppen loszuschicken?« drang Ackbars Stimme schnaufend aus dem Kommunikator. »Wir haben zwanzig Prozent unserer Streitkräfte verloren und dabei nur gegen einen Teil der imperialen Flotte gekämpft. Jede imperiale Kampfgruppe könnte auf Bakura bessere Arbeit leisten.«

»Aber dann würde das Imperium dort die Kontrolle behalten. Wir brauchen Bakura genauso, wie wir Endor brauchen. Wie jede Welt, die wir der Allianz anschließen können.«

Han überraschte sie, indem er seine Hand nach dem Kommunikator ausstreckte und ihn zu sich herüberzog. »Admiral«, sagte er, »ich bezweifle, daß wir es uns leisten können, *nicht* hinzufliegen. Eine Invasionsflotte dieser Größe bedeutet Probleme für diesen ganzen Teil der Galaxis. Und sie hat recht – wir sind es, die hinfliegen müssen. Sie wären gut beraten, ein Schiff loszuschicken, das schnell starten kann – für den Fall, daß die Imperialen auf komische Gedanken kommen.«

»Was ist mit dem Preis, der auf deinen Kopf ausgesetzt ist, Schlaukopf?« flüsterte Leia.

Han hielt die Membrane zu. »Du wirst nicht ohne mich gehen, Hoheitchen.«

***

Luke studierte Mon Mothmas Gesichtsausdruck und ihre Empfindungen in der Macht.

»Es müßte eine kleine Gruppe sein«, sagte sie ruhig. »Aber ein Schiff reicht nicht aus. Admiral Ackbar, Sie sollten ein paar Kampfmaschinen auswählen, um General Solo und Prinzessin Leia zu unterstützen.«

Luke spreizte eine Hand. »Was machen die Fremden da? Warum nehmen sie so viele Gefangene?«

»Das geht aus der Botschaft nicht hervor«, stellte Madine fest.

»Dann sollten Sie besser jemanden losschicken, der es feststellen kann. Es könnte wichtig sein.«

»Nicht Sie, Commander. Es sieht nicht danach aus, daß wir warten können, bis Sie sich erholt haben.« Madine rüttelte an einem weißen Geländer. »Dieses Team sollte innerhalb eines Standardtages aufbrechen.«

Luke wollte nicht zurückbleiben müssen – obwohl er vollstes Vertrauen darin hatte, daß Han und Leia selbst auf sich aufpassen konnten.

Andererseits mußte er sich erst einmal heilen, bevor er sich ins Zeug legen konnte. General Madine hatte plötzlich einen Zwilling bekommen. Seine Sehnerven rieten ihm, sich bald hinzulegen, da er sonst eine doppelt demütigende Ohnmacht im Kriegsraum riskieren würde. Er betrachtete das Geländer über der Doppelreihe der weißen Sitze und fragte sich, ob der Repulsorstuhl darüber hinwegkommen würde.

R2 schnatterte und klang dabei sehr mütterlich.

Luke befingerte die Kontrollen des Repulsorstuhls. »Ich werde mich in meine Kabine zurückziehen«, sagte er. »Halten Sie mich auf dem laufenden.«

General Madine verschränkte die Arme vor seiner Khakiuniform.

»Ich bezweifle, daß wir Sie nach Bakura schicken werden.« Mon Mothmas Robe raschelte, als sie ihre Schultern straffte. »Bedenken Sie Ihre Bedeutung für die Allianz.«

»Sie hat recht, Commander«, schnaufte das kleine rötliche Abbild Admiral Ackbars.

»Ich helfe niemandem, wenn ich mich nur hinlege.« Aber er mußte seinen Ruf als tollkühner Bruder Leichtfuß abschütteln, wenn er den Respekt der Rebellenflotte gewinnen wollte. Yoda hatte ihn beauftragt, das weiterzugeben, was er gelernt hatte. In Lukes Augen bedeutete dies den Wiederaufbau des Jedi-Ordens – sobald er Gelegenheit dazu bekam. Jeder konnte ein Kampfschiff fliegen, aber kein anderer konnte neue Jedi rekrutieren und ausbilden.

Mit gerunzelter Stirn steuerte er die Liftplattform an, drehte seinen Stuhl und gab Mon Mothma und Admiral Ackbar beim Emporsteigen Antwort: »Ich kann Ihnen zumindest dabei helfen, die Eingreiftruppe zusammenzustellen.«

✳2✳

Die höheren Chargen setzten ihre Konferenz fort, während sich Luke einem Durchgang näherte. Der graupelzige Wachposten, ein Gotal, zuckte beim Salutieren zusammen. Luke erinnerte sich daran, daß Gotals die Macht als vages Summen in ihren kegelförmigen Wahrnehmungshörnern verspürten, und beschleunigte, um dem loyalen Gotal keine Kopfschmerzen zu bereiten.

R2 kreischte hinter ihm. Draußen im Korridor verlangsamte Luke seinen Stuhl, damit der kleine Droide aufschließen konnte. R2 packte die linke Stabilisatorstange des Stuhls und zog ihn hinter sich her, wobei er elektronische Störgeräusche hervorsprudelte.

»Ja, R2.« Luke legte eine Hand auf R2s blaue Kopfkuppel. Dankbar ließ er sich in die Krankenstation zurückgeleiten. Er malte sich tausend fremde Schiffe aus, die sich einer Welt näherten – einer Welt, von der er sich noch kein Bild machen konnte. Er wollte sie vor seinem geistigen Auge sehen.

Und er wollte wissen, warum die Fremden Gefangene machten.

Im Inneren der Schiffsklinik zog er seine Stiefel aus und ließ sich auf das Schwebebett sinken. Seine Nachgiebigkeit erfüllte ihn mit einem unbeschreiblich guten Gefühl. Nach einem Blick auf Wedges Bakta-Tank schloß er die Augen und stellte sich vor, daß er bis in den Kriegsraum hineinhören konnte.

Sollten sie sich Gedanken machen! Er war erledigt – im wahrsten Sinne des Wortes.

R2 piepte irgendeine Frage.

»Sag's noch mal«, antwortete Luke.

R2 rollte zu der offenstehenden Tür hinüber und streckte einen Manipulatorarm aus. Die Tür glitt zu.

»Oh, danke.« Offensichtlich dachte R2, daß er sich lieber unbeobachtet ausziehen wollte.

Offensichtlich wußte R2 nicht, daß er zu müde war, um sich auszuziehen. Er zog seine Beine auf das Bett.

»R2«, sagte er, »laß dir von 2-1B einen tragbaren Datenschirm geben. Und verschaffe mir Zugang zu den geheimen Dateien dieser Botendrohne. Ich werde einen Blick darauf werfen, während ich mich ausruhe.«

R2 senkte bei seiner Antwort mißbilligend die Tonhöhe. Er rollte davon, war aber in weniger als einer Minute wieder zurück, einen kleinen Wagen mit Rädern ziehend. Er steuerte ihn an Lukes Bett und steckte ein Verbindungsstück in seine Inputbuchse.

»Bakura«, sagte Luke. »Dateien.«

Während der Computer sein Stimmuster analysierte, um seine Zugangsberechtigung zu prüfen, streckte sich Luke lang aus und blinzelte. Niemals hatte er normales Sehen ohne Verdopplungseffekt derartig geschätzt.

Eine wolkenverhangene blaue Welt erschien auf dem Schirm. »Bakura«, sagte eine sanfte Frauenstimme. »Imperiale Übersichtsstudie Sechs-Null-Sieben-Sieben-Vier.« Die Wolkendecke kam näher. Lukes Blick durchdrang sie, hing dann über einer weit ausgedehnten grünen Bergkette. Durch ein tiefes Tal, das die Berge zerschnitt, liefen zwei breite Flüsse parallel zueinander und wanden sich zu einem blühenden Delta hinunter. Luke stellte sich satte, feuchte Gerüche vor, wie auf Endor. »Salis D'aar, die Hauptstadt, ist Sitz des imperialen Gouvernements. Bakurische Beiträge zur imperialen Sicherheit umfassen bescheidene Lieferungen von strategischen Metallen...«

So grün. So feucht. Luke schloß die Augen. Sein Kopf sank nach unten.

Er rekelte sich auf dem Deck eines fremdartigen Raumschiffs. Ein riesiger reptilischer Fremder, braungeschuppt und mit einem plumpen, übergroßen Schädel, stampfte mit geschwungener Waffe auf ihn zu. Luke ließ sein Lichtschwert aufflammen. Dann erkannte er die »Waffe« der großen Echse – ein Hemmbolzenhalter, der dazu diente, Droiden zu kontrollieren. Lachend sprang er in Kampfposition. Der Halter der Echse surrte. Luke erstarrte.

»Was?« Ungläubig blickte er an sich hinunter. Er hatte den steifgliedrigen Körper eines Droiden. Wieder hob der Fremde seinen Halter...

Luke kämpfte sich ins Bewußtsein zurück. Er fühlte eine kraftvolle Präsenz in der Macht und richtete sich zu hastig auf. Unsichtbare Hämmer krachten auf beide Seiten seines Kopfes.

Der Schirm war dunkel. Am Fuß seines Schwebebetts saß Ben Kenobi, wie gewöhnlich in ungebleichte grobe Wolle gekleidet. Er schimmerte in der matten Nachtbeleuchtung des Zimmers.

»Obi-Wan?« murmelte Luke. »Was geht auf Bakura vor?«

Ionisierte Luft umtanzte die Gestalt. »Du gehst nach Bakura«, antwortete sie.

»Steht es so schlecht?« fragte Luke unverblümt, ohne wirklich eine Antwort zu erwarten. Ben gab selten eine. Er schien meistens zu kommen, um Luke zu tadeln, wie ein Lehrer, der es nicht lassen konnte, seinen Schüler noch nach dem Examen anzutreiben – nicht daß Ben lange genug geblieben wäre, um seine Ausbildung abzuschließen.

Obi-Wan bewegte sich auf dem Bett, aber das Bett bewegte sich nicht mit ihm. Die Manifestation war nicht wirklich physisch vorhanden.

»Imperator Palpatine kam erstmalig mit den Fremden, die Bakura angreifen, bei einer seiner Machtmeditationen in Kontakt«, sagte die Erscheinung. »Er bot ihnen einen Handel an, der nicht länger eingehalten werden kann.«

»Was für eine Art von Handel?« fragte Luke leise. »In was für einer Gefahr befinden sich die Bakurer?«

»Du mußt gehen.« Ben hörte Lukes Fragen noch immer nicht. »Wenn du dich der Sache nicht annimmst – persönlich, Luke –, dann wird Bakura – und alle anderen Welten, sowohl die alliierten als auch die imperialen – ein weitaus größeres Desaster erleben, als du dir vorstellen kannst.«

Dann war es so ernst, wie sie befürchtet hatten. Luke schüttelte den Kopf.

»Ich muß mehr wissen. Ich kann mich nicht blind hineinstürzen. Außerdem bin ich ...«

Die schimmernde Luft erstrahlte und zog sich zusammen. Schwache Luftströmungen kamen auf, als das Abbild verschwand.

Luke stöhnte auf. Irgendwie würde er das medizinische Komitee dazu bringen müssen, ihn zu entlassen. Und dann mußte er Admiral Ackbar davon überzeugen, daß er ihm die Aufgabe übertrug. Er würde versprechen, sich im Hyperraum auszuruhen und selbst zu heilen – wenn er herausfinden konnte, wie er das machen mußte. Plötzlich erregte ihn der Gedanke an Kämpfe kein bißchen mehr.

Er schloß die Augen und seufzte. Master Yoda würde zufrieden sein.

»R2«, sagte er, »ruf Admiral Ackbar an.«

R2 gab unverständliche Laute von sich.

»Ich weiß, daß es spät ist. Entschuldige dich dafür, daß du ihn aufgeweckt hast. Sage ihm ...« Er blickte sich um. »... Sage ihm, daß wir uns im Kriegsraum treffen können, wenn er sich nicht die Mühe machen will, in die Kliniklounge zu kommen.«

***

»Sie sehen also . . .« Luke blickte hoch. Die Tür der Kliniklounge glitt auf. Han und Leia blieben im Eingang stehen, quetschten sich dann zwischen General Madine, der in der Nähe stand, und der auf einer Stasiseinheit sitzenden Mon Mothma hindurch.

»'tschuldigung«, knurrte Han.

2-1B hatte der Konferenz zugestimmt, unter der Voraussetzung, daß Luke die medizinische Abteilung nicht verließ. Die überfüllte kleine Lounge, makellos weiß wie die gesamte Abteilung, diente nebenbei als Lagerraum für Kaltstasiseinheiten. Mon Mothmas »Sitz« beherbergte einen tödlich verwundeten Ewok, der in scheintotem Zustand ruhte, bis ihn die Allianz in ein voll ausgerüstetes Krankenhaus transportieren konnte.

Han lehnte sich gegen die Schottwand. Leia nahm neben Mon Mothma Platz.

»Fahren Sie fort.« Admiral Ackbars Miniaturabbild leuchtete auf dem Fußboden neben R2, der bereitstand, um die Projektion aufrechtzuerhalten. »General Obi-Wan Kenobi hat Ihnen Befehle gegeben?«

»So ist es, Sir.« Luke wünschte, daß Leia und Han seinen Bericht nicht gerade im spannendsten Augenblick unterbrochen hätten.

Admiral Ackbars mit Schwimmhäuten versehene Hand strich über die Bartranken an seinem Kinn. »Ich habe die Kenobi-Offensive studiert. Sie war meisterhaft. Ich habe wenig Vertrauen in Erscheinungen, aber General Kenobi war einer der mächtigsten Jedi-Ritter, und Commander Skywalkers Wort ist im allgemeinen verläßlich.«

General Madine runzelte die Stirn. »Captain Wedge Antilles sollte in der Zeit, in der irgendeine Kampftruppe Bakura erreichen kann, vollständig genesen sein. Ich hatte daran gedacht, ihm die Führung der Gruppe zu übertragen.« Er bedachte Han mit einem kleinen Lächeln. »Das geht nicht gegen Sie, General«, fügte er hinzu.

»Habe ich auch nicht so aufgefaßt«, sagte Han gedehnt. »Trennen Sie mich von unserem Botschafter, und ich gebe mein Offizierspatent zurück.«

Luke verbarg sein Lächeln hinter einer Hand. Mon Mothma

hatte bereits bestimmt, daß Leia die Allianz auf Bakura und gegenüber der dortigen imperialen Obrigkeit repräsentieren sollte. Sie hatte sie sogar gebeten, den Versuch zu unternehmen, mit den Fremden in Kontakt zu treten. *Stellen Sie sich vor, wie massiv die Allianz das Imperium herausfordern könnte, wenn es möglich wäre, unsere Reihen durch diese fremde Militärmacht zu verstärken,* hatte Mon Mothma nachdenklich gesagt.

»Aber Commander Skywalkers Zustand ist weitaus ernster«, erklärte Ackbar.

»Wenn wir Bakura erreichen, wird er das nicht mehr sein.«

»Wir müssen für alle möglichen Fälle planen.« Ackbars rötlicher Schädel bewegte sich ruckartig. »Wir müssen jetzt Endor verteidigen, und wir haben General Calrissian Unterstützung bei der Befreiung von Cloud City zugesagt.«

»Ich habe mit Lando über den Kommunikator gesprochen«, warf Han ein. »Er sagt, daß er eigene Ideen hat – und vielen Dank auch.«

Imperiale Streitkräfte hatten Cloud City eingenommen, als Lando Calrissian, Baron-Administrator von Cloud City, mit Leia und Chewie auf der Flucht war und den Kopfgeldjäger hetzte, der mit Han als seinem in Karbonit eingefrorenen Gefangenen davongeflogen war. Während er den Angriff auf Endor leitete, hatte Lando Cloud City vergessen müssen. Sie hatten ihm tatsächlich alle Kampfmaschinen versprochen, die sie erübrigen konnten.

Aber Lando war immer ein Spieler gewesen.

»Dann werden wir also eine kleine, aber starke Eingreiftruppe nach Bakura schicken, um Prinzession Leia in ihrer Rolle als Chefunterhändlerin zu unterstützen«, erklärte Ackbar. »Sie werden wahrscheinlich überwiegend im Raum kämpfen müssen, nicht auf dem Boden. Fünf corellianische Kanonenboote und eine Korvette werden unseren kleinsten Jägerträger eskortieren. Commander Skywalker, wird das ausreichen?«

Luke fuhr zusammen. »Sie übertragen mir das Kommando, Sir?«

»Ich kann nicht erkennen, daß wir eine andere Wahl haben«, sagte Mon Mothma ruhig. »General Kenobi hat mit Ihnen gesprochen. Ihre Leistungen im Kampf sind unerreicht. Bringen Sie Bakura auf unsere Seite und stellen Sie sich dann der Flotte sofort wieder zur Verfügung.«

Freudig erregt über die Ehre salutierte Luke vor ihr. Früh am nächsten Tag überprüfte Luke die Kontrollschirme des frisch abkommandierten Rebellenträgerschiffs *Flurry*.

»Das Schiff ist sprungbereit«, stellte er fest.

»Bereit und willens, Commander.« Captain Tessa Manchisco, die gerade aus dem virgillianischen Bürgerkrieg kam, stieß leicht gegen seinen Ellenbogen. Sie trug ihr schwarzes Haar in sechs dicken Zöpfen, die auf die Rückseite ihrer cremefarbenen Uniform fielen. Sie hatte den Bakura-Auftrag mit Wohlgefallen akzeptiert. Ihre *Flurry*, ein kleiner, unkonventioneller Träger-Kreuzer, der mit allen zusammengestohlenen imperialen Komponenten ausgerüstet war, die opportunistische Virgillianer an Bord packen konnten, hatte eine virgillianische Brückencrew: neben Manchisco drei Menschen und einen nasenlosen, rotäugigen Duro-Navigator. In den Hangars der *Flurry* hatten Admiral Ackbars Leute zwanzig X-Flügler, drei A-Flügler und vier für Kreuzerangriffe geeignete B-Flügler untergebracht, so viele, wie die Allianz erübrigen konnte.

Luke blickte durch die dreieckige Sichtöffnung der *Flurry* und machte zwei seiner corellianischen Kanonenboote aus. Als Aufpasser über dem Träger — selbst in der Schwerelosigkeit wurde bei jeder Formation gewohnheitsmäßig ein »Unten« festgelegt — hing der am heißesten getunte Frachter in diesem Quadranten der Galaxis — der *Millennium Falke*. Han, Chewbacca, Leia und C-3PO waren vor weniger als einer Stunde an Bord des *Falken* gegangen.

Lukes anfängliche freudige Erregung über den Erhalt des Kommandos hatte sich bereits gelegt. Es war eine Sache, eine Kampfmaschine unter dem Befehl eines anderen und mit der Macht als seinem Alliierten zu fliegen. Strategie war etwas ganz anderes. Er trug die Verantwortung für jedes Leben und für jedes Schiff.

Immerhin, er hatte strategische und taktische Texte studiert. Und jetzt . . . nun, um der Wahrheit die Ehre zu geben, er freute sich beinahe darauf.

Autsch. Ganz plötzlich taten ihm die Fingerknöchel weh. Er hörte Yodas leises Lachen oder erinnerte sich daran.

Mit gerunzelter Stirn schloß er die Augen und entspannte sich. Alles schmerzte noch immer, aber er hatte 2-1B versprochen, daß er sich ausruhen und selbst heilen würde. Er wünschte, daß es ihm besser ging.

»Hyperantriebsstationen«, rief Manchisco. »Commander, Sie sollten sich vielleicht anschnallen.«

Luke warf einen Blick durch die spartanische sechseckige Brücke: sein Kommandosessel, drei weitere Stationen, eine Reihe von Schlachtschirmen, die jetzt wegen des Transits dunkel waren, und eine R2-Droidenbuchse, die von der eigenen Einheit der Virgillianer eingenommen wurde. Er schnallte sich fest und fragte sich, welches »Desaster« auf Bakura wartete, wenn er sich nicht persönlich darum kümmerte.

***

Auf einem äußeren Deck eines riesigen Schlachtkreuzers mit dem Namen *Shriwirr* legte Dev Sibwarra seine schlanke braune Hand auf die linke Schulter eines Gefangenen.

»Es wird alles gut werden«, sagte er weich. Die Furcht des anderen Menschen geißelte sein Bewußtsein wie eine dreischwänzige Peitsche. »Es schmerzt nicht. Eine wundervolle Überraschung erwartet dich.«

Wirklich wundervoll, ein Leben ohne Hunger, Kälte und selbstsüchtige Begierden.

Der Gefangene, ein Imperialer, dessen Hautfarbe viel heller war als die Devs, hing zusammengekrümmt in dem Technisiersessel. Er hatte aufgehört zu protestieren, und sein Atem kam stoßweise. Schmiegsame Riemen hielten Vorderglieder, Nacken und Knie fest − aber nur aus Balancegründen. Da sein Nervensystem an den Schultern deionisiert war, konnte er nicht strampeln. Ein schmaler intravenöser Schlauch ließ eine blaßblaue magnetische Lösung in jede seiner Halsschlagadern tropfen. Kleine Servopumpen summten. Es wurden nur einige wenige Tausendstel Magsol benötigt, um die kleinen, schwankenden elektromagnetischen Felder menschlicher Gehirnwellen mit dem Technisiergerät der Ssi-ruuk in Einklang zu bringen.

Hinter Dev stellte Meister Firwirrung eine Frage in rollendem Ssi-ruuvi: »Hat er sich schon beruhigt?«

Dev deutete eine Verbeugung vor seinem Meister an und ging von der menschlichen Sprache zu Ssi-ruuvi über. »Ruhig genug«, trillerte er zurück. »Er ist fast bereit.«

Glatte rostbraune Schuppen schützten Firwirrungs zwei Meter großen Körper von der spitzen Schnauze bis zu der muskulösen Schwanzspitze. Ein hervortretender schwarzer Kamm in V-Form schmückte seine Stirn. Für einen Ssi-ruu war er nicht groß. Er wuchs noch, zeigte nur einige wenige Altersmerkmale auf seiner stattlichen Brust, wo sich Schuppen zu lösen begonnen hatten. Firwirrung schwang einen breiten, weiß leuchtenden Sammelbogen aus Metall nach unten, um den Gefangenen von der Brustmitte bis zur Nase damit zu bedecken. Dev konnte gerade noch über ihn hinwegblicken und beobachten, wie sich die Pupillen des Mannes weiteten. Jeden Augenblick...

»Jetzt«, kündigte Dev an.

Firwirrung berührte einen Regler. Sein muskulöser Schwanz zuckte vor Vergnügen. Die Fangquote der Flotte war heute gut gewesen. Dev würde an der Seite seines Meisters bis tief in die Nacht arbeiten. Vor der Technisierung waren Gefangene laut und gefährlich. Danach trieben ihre Lebensenergien Droiden an, die die Ssi-ruuvi auswählten.

Das Summen des Sammelbogens erreichte den Höhepunkt. Dev trat zurück. Im Inneren dieses runden menschlichen Schädels verlor ein von Magsol betäubtes Gehirn die Kontrolle. Obwohl ihm Meister Firwirrung versicherte, daß der Transfer geistiger Energie schmerzlos war, schrie jeder Gefangene.

So wie dieser schrie, als Firwirrung den Schalter des Sammelbogens umlegte. Der Bogen gab kongeniale Vibrationen von sich, als die Gehirnenergie auf einen Elektromagneten übersprang, der perfekt auf Magsol abgestimmt war. Durch die Macht drang das Geheul einer unbeschreiblichen Qual.

Dev taumelte und klammerte sich an die Kenntnisse, die ihm seine Meister vermittelt hatten: Die Gefangenen glaubten nur, daß sie Schmerzen fühlten. Er glaubte nur, daß er ihre Schmerzen spürte. In dem Augenblick, in dem der Körper schrie, waren alle Energien des Subjekts auf den Sammelbogen übergesprungen. Der schreiende Körper war bereits tot.

»Transferiert.« In Firwirrungs flötendem Pfeifen schwang ein amüsierter Unterton mit. Eine solch väterliche Attitüde machte Dev verlegen. Er war minderwertig. Menschlich. Weich und verwundbar, wie eine sich windende weiße Larve vor der Metamorphose. Er sehnte sich nach der Technisierung, damit er seine Lebensenergie in einen mächtigen Kampfdroiden transferieren konnte. Im stillen verfluchte er seine Talente, die ihn dazu verurteilten, weiter warten zu müssen.

Der Sammelbogen brummte lauter. Er war voll aufgeladen, »lebendiger« jetzt als der schlaffe Körper auf dem Sessel.

Firwirrung blickte auf ein Schott, das mit sechseckigen Metallschuppen gesprenkelt war. »Fertig da unten?« Seine Frage bestand aus einem ansteigenden labilen Pfeifen, das mit einem Schnalzen seiner gezähnten Schnauze endete, gefolgt von zwei gezischten Pfiffen, die mit einem Kehllaut abschlossen. Um Ssi-ruuvi zu beherrschen, hatte Dev Jahre gebraucht – und zahllose hypnotische Konditionierungssitzungen, die ihn mit dem Wunsch erfüllten, Firwirrung, dem Leiter der Technisierung, zu gefallen.

Die Technisierungsarbeit endete nie. Lebensenergie konnte wie jede andere Energie in der richtigen Art von Batterie gespeichert werden. Die elektrische Aktivität der Gehirnwellen jedoch, die zusammen mit der Lebensenergie in die Droidenladungen strömte, rief letzten Endes destruktive Harmonien hervor. Die lebenswichtigen Kontrollschaltkreise der Droiden »starben« an einer tödlichen Psychose.

Dennoch, menschliche Energien hielten in der Technisierung länger als die jeder anderen Spezies, ob sie nun in Schiffsschaltkreisen eingesetzt wurden oder Kampfdroiden antrieben.

Deck Sechzehn des riesigen Schlachtkreuzers gab schließlich pfeifend Antwort. Firwirrung preßte seine dreifingrige Vorderklaue gegen einen Knopf. Der Sammelbogen wurde still. Die Lebensenergie des glücklichen Menschen sprühte jetzt in einer Speicherspule hinter den Sensorengruppen eines kleinen, pyramidenförmigen Kampfdroiden. Er würde jetzt in der Lage sein, in zusätzlichen Wellenbereichen zu sehen, und zwar in alle Richtungen. Er würde nie wieder Sauerstoff oder geregelte Temperaturen, Nahrung oder Schlaf benötigen. Frei von den Zwängen des freien Willens, von der unangenehmen Notwendigkeit, eigene Entscheidungen treffen zu müssen, würde er in seiner neuen Behausung alle Ssi-ruuvi-Befehle befolgen.

Absoluter Gehorsam. Dev beugte den Kopf und wünschte, daß er es wäre. Droidenschiffe litten nicht an Traurigkeit oder Schmerz. Eine glorreiche Metamorphose, bis eines Tages feindliches Laserfeuer die Spule zerstörte... oder diese destruktiven psychotischen Harmonien die Verbindung zu den Kontrollschaltkreisen unterbanden.

Firwirrung entfernte Sammelbogen, Kanülen und Halteriemen. Dev zog die Körperhülle aus dem Sessel und ließ sie in einen sechseckigen Deckschacht gleiten. Sie stürzte in tiefe Schwärze.

Entspannt den Schwanz nach unten gerichtet, entfernte sich Firwirrung vom Tisch. Er goß sich eine Tasse roten Ksaa ein, während Dev einen Düsenarm heranzog und den Sessel mehrmals absprühte. Biologische Abfallprodukte wurden durch Drainagerohre in der Mitte des Sitzes weggespült.

Dev schob den Spraybogen wieder hoch, schaltete ihn auf Bereitschaft und drückte eine Taste, damit sich der Sessel aufwärmen und trocknen konnte.

»Fertig«, pfiff er. Eifrig wandte er sich dem Schott zu.

Zwei kleine, junge P'w'ecks brachten den nächsten Gefangenen herein, einen runzligen Menschen mit acht dicht beieinander angebrachten, roten und blauen Rechtecken auf dem Brustteil seines graugrünen imperialen Waffenrocks und einer wirren weißen Haarmähne. Er wehrte sich und versuchte, seine Arme aus den Vorderklauen seiner Wächter zu befreien. Die Uniform bot bemitleidenswert geringen Schutz. Rotes menschliches Blut sickerte aus seiner Haut und den zerrissenen Ärmeln.

Wenn er nur wüßte, wie unnötig dieser ganze Widerstand war.

Dev trat nach vorne. »Es ist alles gut.« Er verbarg seinen paddelförmigen Ionenstrahler — ein medizinisches Instrument, das zusätzlich als sichere Schiffswaffe verwendet werden konnte — in den blauen und grünen Seitentressen seiner langen Jacke. »Es ist nicht das, was du denkst«, sagte er. »Überhaupt nicht.«

Die Augen des Mannes öffneten sich so weit, daß obszöne weiße Lederhäute rings um seine Iris sichtbar wurden. »Was denke ich?« fragte er. Seine Empfindungen waren ein Panikwirbel in der Macht. »Wer bist du? Was tust du hier? Warte, du bist derjenige...«

»Ich bin dein Freund.« Die eigenen Augen halb geschlossen haltend, um die Lederhäute zu verbergen — er hatte nur zwei Augenlider, während seine Meister drei besaßen —, legte Dev seine rechte Hand auf die Schulter des Mannes. »Und ich bin hier, um dir zu helfen. Hab keine Angst.«

Bitte, fügte er im stillen hinzu. *Es tut weh, wenn du mich fürchtest. Und du hast so viel Glück. Wir werden es schnell hinter uns bringen.*

Er preßte seinen Strahler in den Nacken des Gefangenen, betätigte den Aktivator und ließ den Strahler am Rückgrat des Mannes hinuntergleiten.

Die Muskeln des imperialen Offiziers wurden schlaff. Seine Wächter, die einer Dienerrasse angehörten, ließen ihn auf den grau gefliesten Deckboden fallen.

»Tölpel!« Firwirrung sprang auf seinen wuchtigen Hinterbeinen nach vorne. Sein Schwanz war steif, als er die kleinen P'w'ecks beschimpfte. Abgesehen von ihrer Größe und der fadgrauen Farbe sahen sie fast so aus wie die meisterlichen Ssiruuk – aus der Ferne. »Respektiert die Gefangenen«, sang Firwirrung. Er mochte jung sein für den Rang eines Befehlshabers, aber er verlangte Ehrerbietung, die ihm auch erwiesen wurde.

Dev half den dreien, den übelriechenden, schwitzenden Menschen hochzuheben und in Position zu bringen. Bei vollem Bewußtsein – der Sammelbogen würde anderenfalls nicht arbeiten – rutschte der Mann aus dem Sessel. Dev packte ihn an beiden Schultern und verrenkte sich dabei seinen eigenen Rükken.

»Entspanne dich«, murmelte er. »Es ist alles gut.«

»Tut das nicht!« schrie der Gefangene. »Ich habe mächtige Freunde. Sie werden für meine Freilassung gut bezahlen.«

»Wir würden sie liebend gerne kennenlernen. Aber wir wollen dir diese Freude nicht vorenthalten.«

Dev ließ sein Geistzentrum über der Furcht des Fremden schweben, drückte es dann wie eine behagliche Decke nach unten. Nachdem die P'w'ecks die Halteriemen sicher angebracht hatten, lockerte er seinen Griff und rieb sich den Rücken. Firwirrungs rechte Vorderklaue zuckte hoch und injizierte eine Kanüle. Er hatte die Nadeln nicht sterilisiert. Das war nicht notwendig.

Schließlich saß der Gefangene hilflos und bereit da. Eine klare Flüssigkeit tropfte aus einem Auge und einem Mundwinkel. Die Servopumpe ließ magnetisierendes Fluid in die Kanülen strömen.

Eine weitere befreite Seele, ein weiteres Droidenschiff, das bereit war, bei der Übernahme des menschlichen Imperiums zu helfen.

Bemüht, das feuchte Gesicht des Gefangenen und sein entnervendes Entsetzen zu ignorieren, legte Dev eine schlanke, braune Hand auf seine linke Schulter. »Es wird alles gut werden«, sagte er weich. »Es schmerzt nicht. Eine wundervolle Überraschung erwartet dich.«

***

Schließlich waren alle Gefangenen des Tages sicher technisiert, abgesehen von einer Frau, die den P'w'ecks-Dienern entkommen war und ihren Kopf gegen ein Schott geschmettert hatte, bevor Dev sie packen konnte. Nach minutenlangen Wiederbelebungsversuchen sanken Meister Firwirrungs Kopf und Schwanz nach unten.

»Zwecklos«, pfiff er bedauernd. »Eine traurige Verschwendung. Recycle es.«

Dev räumte auf. Technisierung war eine edle Tätigkeit, und er war sich der Ehre, daran beteiligt zu sein, durchaus bewußt, auch wenn er nur die Rolle eines Dieners spielte, der die Subjekte durch die Macht beruhigen konnte. Er schob seinen paddelförmigen Strahler in das Unterteil eines in Kopfhöhe angebrachten Speicherregals, mit der abgeflachten Seite nach oben. Dann drücke er das spitze Projektionsende in die Scheidennut, bis es klickte. Der geriffelte Griff, speziell für seine fünfgliedrige Hand angefertigt, baumelte unterhalb des flachen Paddels.

Firwirrung führte Dev durch geräumige Korridore zurück zu ihrem Quartier und goß ihnen beiden wohltuenden Ksaa ein. Dev trank dankbar. Er saß auf dem einzigen Stuhl in der runden Kabine — Ssi-ruuk benötigten keine Möbel. Zufrieden zischend, ließ sich Firwirrung bequem mit Schwanz und Hinterteil auf dem warmen, grauen Boden nieder.

»Bist du glücklich, Dev?« fragte er. Feuchte, schwarze Augen blinzelten über dem Ksaa-Becher und reflektierten das bittere, rote Getränk.

Seine Frage war ein Anerbieten des Trostes. Immer, wenn das Leben Dev betrübte, immer, wenn er das Ganzheitsgefühl vermißte, das er gehabt hatte, wenn sich seine Mutter durch die Macht mit ihm verband, brachte ihn Firwirrung zu dem blauschuppigen Ältesten Sh'tk'ith, um eine Erneuerungstherapie vornehmen zu lassen.

»Sehr glücklich« antwortete Dev wahrheitsgemäß. »Die Arbeit eines guten Tages. Viel Güte.«

Firwirrung nickte verständig. »Viel Güte«, pfiff er zurück. Seine Witterungszungen schnellten aus den Nasenlöchern und schmeckten/rochen Devs Gegenwart. »Greife hinaus, Dev. Was siehst du heute nacht im verborgenen Universum?«

Dev lächelte matt. Der Meister meinte es als Kompliment. Alle Ssi-ruuk waren machtblind. Dev wußte inzwischen, daß er der einzige Sensitive war, menschlich oder einer anderen Rasse zugehörend, den sie jemals kennengelernt hatten.

Durch ihn hatten die Ssi-ruuk vom Tod des Imperators erfahren, wenige Augenblicke nachdem er eingetreten war. Weil die Macht in jedem Leben existierte, hatte er gefühlt, wie die Schockwelle durch Geist und Raum drang.

Vor Monaten hatte Seine Potenz Shreeftut sofort reagiert, als Imperator Palpatine Gefangene im Austausch gegen kleine, zwei Meter große Droidenkämpfer anbot. Palpatine konnte nicht gewußt haben, wie viele Dutzend-Millionen Ssi-ruuk auf Lwhekk in ihrem fernen Sternhaufen lebten. Schnell hatte Admiral Ivpikkis mehrere imperiale Bürger gefangengenommen und befragt. Dieses menschliche Imperium, hatten sie erfahren, erstreckte sich über Parsecs. Seine Sternensysteme lagen da wie Nistplätze, die fruchtbar darauf warteten, mit Ssiruuvi-Leben erfüllt zu werden.

Aber dann war der Imperator gestorben. Es würde keinen Handel geben. Der verräterische Mensch hatte sie allein gelassen. Sie sollten zusehen, wie sie wieder nach Hause kamen, obwohl die Energie der Flotte fast verbraucht war. Admiral Ivpikkis war mit dem Schlachtkreuzer *Shriwirr* und einer kleinen Streitmacht, die nur aus einem halben Dutzend Kampfschiffe und unterstützender Technisierungsausrüstung bestand, vorausgeflogen. Die Hauptflotte hing zurück und wartete auf Erfolgs- oder Mißerfolgsmeldungen.

Wenn sie eine größere menschliche Welt einnehmen konnten, würde ihnen die Technisierungsausrüstung − Meister Firwirrungs Domäne − das menschliche Imperium geben. Wenn Bakura fiel, würde ihnen diese Welt die Technologie in die Hand geben, um Dutzende von Technisierungssesseln zu konstruieren. Jeder technisierte Bakurier würde einen Kampfdroidenjäger antreiben oder abschirmen oder irgendeine wichtige Schiffskomponente auf einem der großen Kreuzer vitalisieren. Mit Dutzenden von trainierten und gut ausgerüsteten Technisierungsteams könnte die Ssi-ruuvi-Flotte die dicht bevölkerten menschlichen Kernwelten einnehmen. Es galt, Tausende Planeten zu befreien, so viel Güte zu bringen.

Dev vergötterte nahezu den Mut seiner Meister. Sie waren so weit gekommen und riskierten so viel für das Wohl des Ssiruuk-Imperiums und die Befreiung anderer Spezies. Wenn ein Ssi-ruu fern von einer geweihten Heimatwelt starb, war sein Geist dazu verurteilt, für immer allein durch die Galaxien zu streifen.

Dev schüttelte den Kopf und gab Antwort. »Draußen spüre

ich nur die stillen Winde des Lebens selbst, an Bord der *Shriwirr* Trauer und Verwirrung bei euren neuen Kindern.«

Firwirrung streichelte Devs Arm, wobei seine drei sich gegenüberstehenden Klauen die zarte, schuppenlose Haut kaum röteten. Dev lächelte, fühlte mit seinem Meister mit. Firwirrung hatte keine Brutpartner an Bord, und das Soldatenleben bedeutete einsame Stunden und schreckliche Risiken.

»Meister«, fragte Dev, »werden wir – eines Tages vielleicht – nach Lwhekk zurückkehren?«

»Du und ich, wir kommen vielleicht nie wieder nach Hause, Dev. Aber bald werden wir eine neue Heimatwelt in deiner Galaxis weihen. Wir werden unsere Familien nachkommen lassen...« Als Firwirrung einen Blick auf die Schlafgrube warf, strich ein Hauch beißender reptilischer Atemluft über Devs Gesicht.

Dev zuckte nicht zurück. Er war an diesen Geruch gewöhnt. Seine eigenen Körperdünste erweckten bei den Ssi-ruuk Übelkeit, so daß er jeden Tag viermal in speziellen Lösungsmitteln badete und diese auch trank. Bei besonderen Anlässen rasierte er sich alle Haare ab.

»Eine Brut deiner eigenen Art«, murmelte er.

Firwirrung legte den Kopf schräg und starrte mit einem schwarzen Auge vor sich hin. »Deine Arbeit bringt mich dieser Brut näher. Aber im Augenblick bin ich erschöpft.«

»Ich halte dich vom Schlafen ab«, sagte Dev reuevoll. »Bitte begib dich zur Ruhe. Ich werde auch bald kommen.«

Als Firwirrung gebettet in seinem Kissenhaufen lag, der Körper gewärmt durch Unterdeckgeneratoren, die wunderschönen schwarzen Augen von drei Lidern geschützt, nahm Dev sein abendliches Bad und trank seine desodorierende Medizin. Um sein Bewußtsein von den Unterleibskrämpfen abzulenken, die stets die Folge waren, zog er seinen Stuhl hinüber zu einem langen, gerundeten Tischpult. Er entnahm der Bibliothek ein unvollendetes Buch und gab es in den Leser ein.

Seit Monaten arbeitete er an einem Projekt, das der Menschheit noch besser dienen mochte, als er ihr jetzt diente. Tatsächlich fürchtete er sogar, daß ihn die Ssi-ruuk nicht in den Kampfdroiden, den er sich zu verdienen hoffte, technisieren würden, sondern in die Schaltkreise der Bibliothek, um diese Arbeit zu vollenden.

Er hatte schon gewußt, wie man Buchstaben und Noten las und schrieb, bevor ihn die Ssi-ruuk adoptierten. Diese Symbole kombinierend, entwarf er ein System, um Ssi-ruuvi für den menschlichen Gebrauch niederzuschreiben. Auf der musikalischen Seite notierte er Tonhöhen. Symbole, die er erfunden hatte, bezeichneten labiale, vollinguale, halblinguale und gutturale Pfiffe. Buchstaben zeigten Vokale und geschnalzte Schlußlaute an. »Ssi-ruu« erforderte eine ganze Zeile voller Daten:

Der halblinguale Pfiff stieg um eine perfekte Quinte an, während der Mund den Buchstaben »e« formte. Dann folgte, mit gekräuselten Lippen ausgestoßen, ein labialer Pfiff, eine kleine Terz niedriger. »Ssi-ruu« war die Singularform. Der Plural »Ssi-ruuk« endete mit einem kehligen Schnalzen. Ssi-ruuvi war komplex, aber lieblich, wie Vogelgesang auf dem abgelegenen Planeten G'rho in Devs Jugend.

Dev hatte ein feines Gehör, aber die komplizierte Arbeit erschöpfte ihn jedesmal am Ende seiner Freizeit. Sobald die Krämpfe und die Übelkeit aufhörten, schaltete er den leuchtenden Leser ab und kroch in der Dunkelheit in die Richtung der leicht übelriechenden Ausdünstung von Firwirrungs Bettgrube. Weil er zu warmblütig war, stapelte er einige Kissen auf, um sich von der Unterdeckhitze des Quartiers zu isolieren. Dann rollte er sich ein ganzes Stück von seinem Meister entfernt zusammen und dachte an seine Heimat.

Dort auf Chandrila war seine Mutter schon früh auf Devs Fähigkeiten aufmerksam geworden. Als Jedi-Lehrling ohne abgeschlossene Ausbildung hatte sie ihm ein wenig über die Macht beigebracht. Er hatte sogar über Entfernungen hinweg mit ihr kommuniziert.

Dann kam das Imperium. Es gab eine Säuberungsaktion unter den Jedi-Kandidaten. Die Familie flüchtete zum isolierten Planeten G'rho.

Sie waren kaum seßhaft geworden, als die Ssi-ruuk erschienen. Seine Mutter verlor ihren Machtsinn, und Dev war weit von seinem Zuhause entfernt. Er fühlte sich verloren und hatte schreckliche Angst vor der Invasion der Raumschiffe. Meister Firwirrung hatte immer gesagt, daß ihn seine Eltern lieber getötet hätten, wenn sie dazu in der Lage gewesen wären, statt zuzulassen, daß ihn die Ssi-ruuk adoptierten. Ein erschreckender Gedanke – ihr eigenes Kind.

Aber Dev entkam dem Tod gleich zweifach. Die Scouts der Ssi-ruuk fanden ihn zusammengekauert in einer erodierten Felsspalte. Der kleinwüchsige Zehnjährige war fasziniert von den riesigen Echsen mit ihren runden, schwarzen Augen und akzeptierte ihr Essen und ihre Zuneigung. Sie nahmen ihn mit nach Lwhekk, wo er fünf Jahre lebte. Schließlich erfuhr er, warum sie ihn nicht technisiert hatten. Seine geheimnisvollen geistigen Fähigkeiten machten ihn bei der Annäherung an andere Systeme der Menschen zu einem idealen Scout. Sie gestatteten ihm außerdem, Technisierungssubjekte zu beruhigen. Er wünschte, sich daran erinnern zu können, was er gesagt oder getan hatte, so daß sein Talent enthüllt wurde.

Er hatte die Ssi-ruuk alles gelehrt, was er über die Menschheit wußte, angefangen bei ihrer Denkweise und ihren Sitten und Gebräuchen bis hin zu ihrer Kleidung — einschließlich der Schuhe, die sie amüsierten. Er hatte ihnen bereits geholfen, mehrere menschliche Außenposten einzunehmen. Bakura würde die Schlüsselwelt sein — und sie waren im Begriff, den Sieg zu erringen! Bald würden die bakurischen Imperialen keine Kampfschiffe mehr haben, und die Ssi-ruuk könnten sich den Bevölkerungszentren Bakuras nähern. Ein Dutzend P'w'eck-Landeschiffe hatten Paralysekanister an Bord, die darauf warteten, abgeworfen zu werden.

Auf einer standardmäßigen Kontaktfrequenz hatte Dev den Bakurern bereits die frohe Botschaft verkündet, daß ihre Befreiung von allen menschlichen Beschränkungen bevorstand. Meister Firwirrung sagte, daß es nur normal war, wenn sie Widerstand leisteten. Im Gegensatz zu dem Ssi-ruuk fürchteten Menschen das Unbekannte. Die Technisierung war eine Veränderung, von der niemand zurückkehrte, um Bericht zu erstatten.

Dev gähnte herzhaft. Seine Meister würden ihn vor dem Imperium schützen und ihn eines Tages belohnen. Firwirrung hatte ihm versprochen, daß er neben ihm stehen und den Sammelbogen höchstpersönlich auf ihn herablassen würde.

Träumerisch fuhr sich Dev über die Kehle. Die Injektionskanülen würden ... hier eingeführt werden. Und hier. Eines Tages, eines Tages ...

Er barg seinen Kopf in den Armen und schlief.

3

Sternstreifen schrumpften auf Lukes dreieckigem vorderen Sichtschirm, als die *Flurry* und ihre sieben Eskortschiffe aus dem Hyperraum fielen. Nachdem er die Deflektorschirme überprüft hatte, drehte er seinen Sessel, um den Statusbericht des Hauptcomputers über das System zu erhalten, während Captain Manchiscos Kommunikationsoffizier die standardmäßigen imperialen Kontaktfrequenzen überwachte. Luke fühlte sich besser, solange er sich langsam bewegte.

Die Scanner zeigten acht Planeten, von denen sich keiner an der Stelle seiner Umlaufbahn befand, die die Navigationszentrale der Allianz vorausgesagt hatte. Er war jetzt froh darüber, daß Manchisco sich über seine Ungeduld hinweggesetzt hatte und nach sorgfältiger Planung im äußeren Bereich des Systems aus der Lichtgeschwindigkeit getreten war. Sie warf ihm einen bedeutungsvollen Blick zu. Er berührte salutierend eine Augenbraue, nickte dann dem Duro-Navigator zu, der mit seinen großen, roten Augen blinzelte und irgend etwas Unverständliches gurgelte.

»Gern geschehen, sagt er«, übersetzte Manchisco.

Sein Schirm zeigte ein halbes Dutzend mit Blasen überzogene Eiformen, die sich über der dritten Welt des Systems zusammenballten, umgeben von einer wahren Sturmflut kleiner Kampfmaschinen. Sie alle glänzten rot wie »Bedrohung«, manövrierten aber wie die Verrückten, verließen ihre Formation und gruppierten sich wieder neu, näherten sich und flohen. Offensichtlich gehörten sie nicht alle derselben Partei an. Er blickte auf General Dodonnas großes Geistesprodukt, den Schlachtanalysecomputer. Er hatte sich einverstanden erklärt, einen SAC-Prototypen mitzunehmen, und jetzt brauchte er Daten, um ihn ans Laufen zu bringen.

»Sieht aus wie eine Party, Junior«, drang Hans Stimme aus dem Kommunikator an seinem Ellbogen.

»Da stimme ich dir zu«, antwortete Luke. »Wir rufen jetzt die Imperialen. Es hat keinen Zweck...«

»Sir«, unterbrach ihn der Kommunikationsmann.

»Bleib dran.« Er drehte sich weg von Hans Kommunikator und handelte sich dabei einen Beinkrampf ein. Er war *fast* geheilt.

»Haben Sie jemanden erreicht?«

Der junge, breitschultrige Virgillianer deutete auf ein blinkendes grünes Licht auf seiner Konsole. Irgend jemand hatte die Übermittlung autorisiert. Luke räusperte sich. Bevor sie Endor verließen, hatte ihm Leia eine ganze Liste von Begrüßungsformeln vorgeschlagen. Aber sie entsprachen ganz einfach nicht seinem Stil.

Davon abgesehen, er würde es nicht mit einem Diplomaten oder einem Politiker zu tun haben. Dies war ein im Kampf stehender Kommandeur, der für jede Entscheidung nur wenige Sekunden erübrigen konnte.

»Imperiale Raummarine«, sagte er, »dies ist eine Kampfgruppe der Allianz. Wir zeigen Ihnen die weiße Flagge. Sieht so aus, als ob Sie in Not wären. Würden Sie unsere Hilfe akzeptieren, von Mensch zu Mensch?«

Sicher, unter den Rebellen gab es neben Chewbacca und Lukes Duro-Navigator weitere Fremde. Ein Kanonenboot war mit siebzehn Mon Calamari besetzt. Aber das brauchten die menschlich-chauvinistischen Imperialen noch nicht zu wissen.

Im Kommunikator raschelte es. Luke stellte sich vor, wie irgendein kampferprobter imperialer Veteran hektisch ein Lehrbuch für standardmäßige Prozeduren bei Rebellenkontakten durchblätterte, und schaltete auf eine Allianzfrequenz um.

»An alle Kampfschiffe: Behalten Sie Defensivformation bei. Schutzschirme bleiben eingeschaltet. Wir wissen nicht, was sie tun werden.«

Musikfetzen und Stimmengewirr hallten durch die Brücke der *Flurry*, dann: »Kampfgruppe der Allianz, hier ist Commander Pter Thanas von der imperialen Raummarine. Legen Sie Ihre Absichten dar.« Die blecherne Stimme ließ Autorität erkennen.

Während der drei Tage im Hyperraum hatte Luke geschwankt, ob er Ignoranz vorgeben oder seine Kenntnis der wahren Situation eingestehen sollte. Captain Manchisco hob eine Augenbraue, als ob sie »Also?« fragen wollte.

»Wir haben eine Botschaft von Gouverneur Nereus an die imperiale Flotte abgefangen, die sich gegenwärtig... äh... weitgehend im Hangar befindet. Die Botschaft hörte sich nach ernsthaften Problemen an. Wie ich schon sagte, wir sind gekommen, um Ihnen zu helfen, wenn es möglich ist.«

Luke unterbrach die Sendung und erkannte anhand der Krämpfe, die durch seine Waden zuckten, daß er aufgestanden war. Frustriert ließ er sich wieder in dem großen Sessel nieder.

Er hatte im Hyperraum viel geruht. Auf dem internen Gruppenkanal checkten die Kanonenboote ein. Ihre Leuchtflecken zeichneten sich blau auf dem schwarzen Statusschirm ab. Außerhalb seines Sichtschirms formierten sie sich zu Paaren.

An seinem Ellbogen kam vom *Falken* Leias leise Stimme herüber. »Luke, sei höflich. Du hast es mit Imperialen zu tun. Sie werden uns als Feinde betrachten und uns wegjagen.«

»Gegenwärtig jagen sie überhaupt keinen«, stellte Luke fest. »Sie sind im Begriff, vernichtet zu...«

»Kein Wunder, daß niemand die standardmäßigen Notrufsendungen empfangen hat«, sagte die trockene, scharfe Stimme des imperialen Commanders Thanas. »Kampfgruppe der Allianz, wir wären für Ihre Unterstützung dankbar. Ich gebe Ihnen einen Statusbericht zwanzig Hertz unter dieser Frequenz.«

»Na gut«, bemerkte Han.

Nur jemand, der sich selbst schon als besiegt ansah, würde oberflächlich identifizierte Verstärkungen akzeptieren. Luke blickte auf Kommunikationsoffizier Delckis, der den von Thanas benannten Kanal öffnete. Innerhalb weniger Sekunden nahm ein kleiner Prozentsatz der herumwirbelnden Punkte auf dem Statusschirm die goldgelbe Farbe der Imperialen an. Luke stieß einen leisen Pfiff aus. Alle sechs Eiformen und der größte Teil der Sturmflut glänzten weiterhin in bedrohlichem Rot.

Der SAC fing an, Informationen auszuspucken. Commander Thanas verfügte über weniger Feuerkraft als die Invasoren, und achtzig Prozent davon war auf einen einzigen Kreuzer der Carrack-Klasse konzentriert. Es war kein großes Schiff, hatte nur ein Fünftel der Besatzung eines Sternzerstörers, war aber mehrfach besser bestückt als die *Flurry*.

»Sind Sie sicher, daß Sie das tun wollen?« murmelte Manchisco.

Luke berührte einen Signalknopf, der die Rebellenpiloten veranlassen würde, Leitern hochzuklettern. Die Jäger waren während der Tage im Hyperraum mit Treibstoff versehen und auf die Abschußrampen transportiert worden. Sie waren startbereit.

»Erkenne Ihre Formation«, teilte Luke seinem imperialen Widerpart mit. Er war sich nicht sicher, wie er weitermachen sollte. Sich beruhigend, tauchte er in sich selbst hinab, um von der Macht einen Fingerzeig zu bekommen. Eine Ahnung, wie andere es nannten...

Thanas sagte: »Können Sie... bleiben Sie auf Empfang...«
Ein gespenstischer trillernder Pfiff übertönte den imperialen Commander.

Luke trommelte mit den Fingern gegen die Konsole. Als sich Thanas wieder meldete, klang seine Stimme weiterhin ruhig und kontrolliert.

»Tut mir leid, eine Störung. Wenn Sie einen Schiffskeil in die Lücke zwischen diesen drei zentralen Ssi-ruuk-Kreuzern treiben könnten, würde sie das vielleicht zum Rückzug veranlassen. Wir könnten dadurch Zeit gewinnen.«

Ssi-ruuk. Luke speicherte den Namen der Fremden im Hintergrund seines Geistes. Irgend etwas unterhalb der Ebene des bewußten Denkens machte schließlich einen Vorschlag.

»Commander Thanas, wir werden aus dem solaren Norden 'runterstoßen, unmittelbar seitwärts von diesen drei Kreuzern.« Er drehte den Kopf und murmelte: »Kurs setzen.«

Captain Manchiscos Navigator streckte die Hände nach seinem Navigationscomputer aus. »Valtis«, gurgelte der Duro mit seinen dünnen, gummiartigen Lippen in Standard, »Kurrrs Acht-Sieben-Norrrd, Sechs seitwärrrts.«

Der virgillianische Pilot tippte Korrekturen in seinen Computer. Luke spürte, wie die *Flurry* aus dem Ruhezustand erwachte. Die Deckplatten übertrugen die Vibrationen der Maschinen auf seine Füße und den Kommandosessel. Die Eingangsluke, die sie wegen der Ventilation offengelassen hatten, glitt zu.

Nach einer weiteren Minute meldete sich Thanas wieder. »Allianzgruppe, das ist der kritischste Punkt in unserer Sphäre. Kommen Sie 'rein... und danke. Halten Sie sich nur von der Gravitationsquelle fern.«

»Was meinst du, Junge?« drang Hans Stimme aus dem Kommunikator an Lukes Ellbogen. »Sieht nicht gut aus.«

»Ich muß nach Bakura kommen«, sagte Leia eindringlich aus demselben Kommunikator. »Ich muß diesen Gouverneur dazu bringen, daß er einen offiziellen Waffenstillstand erklärt. Anderenfalls haben sie keinen Grund, mit uns zusammenzuarbeiten. Man kann nicht der gesamten imperialen Raummarine ausweichen.«

»Han«, antwortete Luke, »hast du mitgekriegt, wie wir fliegen werden?«

»Oh, ja.« Sein Freund klang amüsiert. »Viel Glück, mein Held. Ich fürchte, unsere einzige ausgebildete Diplomatin wird diese Sache aussitzen müssen.«

»Gute Idee«, sagte Luke.

»Was?« Luke hörte förmlich die Ausrufezeichen, die Leias Frage folgten. »Wovon redet ihr?«

»Entschuldige uns.«

Luke stellte sich vor, wie sich Han zur Seite drehte und versuchte, dem etwas sturen Skywalker-Zwilling mit vernünftigen Worten eine unangenehme Wahrheit beizubringen. Vielleicht sollte sich ihr Bruder einschalten.

»Leia«, sagte er, »wirf einen Blick auf den Schirm. Bakura ist blockiert. Jedwede Kommunikation nach draußen dürfte gestört sein – abgesehen von ein paar Musikfetzen von Unterhaltungsbands haben wir keinen Piep gehört. Du bist zu wertvoll, um in der Kampfzone gefährdet zu werden.«

»Und du etwa nicht?« gab sie zurück. »Ich muß mit diesem Gouverneur reden. Unsere einzige Hoffnung ist, ihn davon zu überzeugen, daß wir nicht als Angreifer kommen.«

»Ich stimme mit dir überein«, antwortete Luke. »Und wir könnten den *Falken* bei einer Attacke auch gut gebrauchen. Aber wir setzen dich nicht aufs Spiel. Sei dankbar, daß du dich auf deinem eigenen Kanonenboot befindest.«

Bleiernes Schweigen. Luke rief weitere Befehle und manövrierte seine Trägergruppe für den heiklen interplanetaren Sprung in eine lose Teppichformation.

»In Ordnung«, knurrte Leia. »Der sechste Planet ist nicht weit von diesem Vektor entfernt. Wir werden diese Richtung einschlagen. Wenn er sicher aussieht, werden wir landen und auf ein Rendezvous warten.«

»Planet Sechs hört sich gut an, Leia.« Luke konnte ihren Unmut spüren, und der richtete sich nicht nur gegen ihn. Sie und Han mußten lernen, Meinungsverschiedenheiten zu klären. Sie mußten eine eigene Methode entwickeln.

Er schloß ihre Präsenz aus seiner Wahrnehmung aus. »Bleib in Kontakt, Han. Benutze standardmäßige Allianzfrequenzen, aber überwache auch die imperialen.«

»Verstanden, Junior.«

Luke beobachtete auf seinem Sichtschirm, wie der leichte Frachter aus der Formation ausscherte. Der blauweiße Bogen seiner Maschinen schrumpfte in schwarzer Ferne. Nach dem Statusschirm waren seine Jägerpiloten startbereit. Wedge Antilles checkte die Staffeln durch. Er, Luke, gehört hier nicht her. Heute würde sein kalter X-Flügler in einem dunklen Hangarschacht stehenbleiben, während sich R2 in seinem Quartier befand, über die *Flurry* in den Schlachtanalysecomputer eingeklinkt. Nächstes Mal konnte er sich durch R2 vielleicht mit dem Kommandodeck des Trägers verbinden und die Dinge von einem Jäger aus leiten. Es stellte sich nur die Frage, wo er die Kontroll- und Statusschirme installieren sollte.

»Berechnungen durchgeführt«, gab er bekannt. »Vorbereiten zum Sprung.«

Die blauen Lichter der Schiffe wurden grün.

Luke umklammerte die Seitenlehnen seines Sitzes.

»Jetzt.«

***

Während er den schnellen Frachter zur Seite schwang, behielt Han Solo die Sensoren des *Falken* im Auge. Er war zu erfahren, um beim Sprung der Kampfgruppe in den Hyperwellenschlag zu geraten, konnte aber der Versuchung nicht widerstehen, so lange hinzusehen, bis Lukes Träger — man stelle sich vor, der Junge kommandierte eine Trägergruppe — verschwand. Leia zuckte zusammen.

Jetzt war er wieder da, wo er hingehörte — an Bord des *Falken*. Reparaturtrupps der Allianz hatten keine Zeit vergeudet, um seinen geliebten Frachter wieder in Dienst zu stellen, nachdem Lando ihn im Inneren des zweiten Todessterns ramponiert hatte — *keine Vorwürfe, Lando, es war für einen guten Zweck*. Er gehörte in dieses Cockpit, zusammen mit dem guten alten Chewie auf dem Kopilotensitz.

Aber selbst das war nicht wie gewohnt. Leia saß hinter dem riesigen Wookiee. Sie trug einen grauen Kampfoverall, der um die Hüfte gegurtet war, und beugte sich weit vor, als ob sie glaubte, daß sie eigentlich Kopilot sein müßte.

Also, er würde Leia alles geben, was er besaß, die ganze Galaxis, wenn er es bewerkstelligen konnte, aber sie würde Chewie nicht aus diesem Sessel vertreiben. Gut, gut, sie war während einiger Notfälle mit dem *Falken* ganz ordentlich zurechtgekommen. Aber selbst ein Schmuggler zog irgendwo die Grenze.

3PO nahm den anderen Hintersitz ein. Sein goldener Kopf schaukelte von links nach rechts. »Ich bin ja so dankbar, daß Sie es sich anders überlegt haben, Mrs. Leia. Obgleich meine Sachkenntnis hier in den Außenbereichen des Systems noch mehr als gewöhnlich verschwendet wird, ist unsere Sicherheit von übergeordneter Bedeutung. Darf ich vorschlagen...«

Han verdrehte die Augen. »Leia?« sagte er gespielt drohend.

Sie schlug auf den »Aus«-Schalter in 3POs Nacken. Er erstarrte mitten in der Bewegung.

Han stieß einen lauten Seufzer der Erleichterung aus. Chewbacca fügte ein kicherndes Grollen hinzu und schüttelte seinen zimtfarbenen Pelz mit den schwarzen Spitzen.

Han streckte die Hand nach dem Instrumentenbrett aus. »Noch sieben Minuten bis zur Nahannäherung.«

Leia schnallte sich los und richtete sich auf, um näher an die Konsole herantreten zu können. Sie preßte ein warmes Bein gegen das seine.

»Die Imperialen können nicht weit sein. Wo sind die Scanner?«

Han ließ eine Hand nach vorne schießen und schaltete sie ein. Der sechste Planet füllte die Scannerdisplays aus. Chewbacca gab mehrere Grunzer und Rrwops von sich.

»Dreck und Eis«, übersetzte Han für Leia. »Bakuras System hat nur einen Gasriesen und einen ganzen Schwarm von angereicherten Komet-Typen, die hinter ihm verschwinden. Er machte eine Pause. »Wenn der *Falke* jetzt schon warm ist, dann wird er bis zur Oberfläche schmelzen.«

»Sieh mal«, sagte Leia. »Irgendeine Siedlung in der Nähe der Zwielichtzone.«

»Ich sehe es.« Han behielt den Kurs in Richtung auf die regelmäßigen Konturen bei. »Aber es gibt keine Kommunikations- oder Verteidigungssatelliten, und wir fangen keinerlei Funkverkehr auf.«

Chewie heulte zustimmend.

Schnell kamen die Kuppeln wieder ins Blickfeld. Han setzte sie hochauflösend ins Bild und erkannte eine Doppelreihe von geborstenen Mauern zwischen gezackten neuen Kratern.

»Was für eine Schweinerei«, sagte Leia.

»Zehn zu eins, daß unsere mysteriösen Fremden diesem Ort bereits einen Besuch abgestattet haben.«

»Gut.« Leia wischte Staub von Hans Sessel.

Verwundert drehte er sich zu ihr um.

»Das bedeutet, daß sie wahrscheinlich nicht zurückkommen werden«, erklärte sie.

»Weil sie es auf der Liste abgehakt haben«, stimmte Han zu.

»Und jetzt sind sie auf größeres Wild aus. Ich hoffe nur, daß Luke vorsichtig ist.«

»Das wird er sein. In Ordnung, Chewie, das hier sieht aus wie eine nette, ruhige Gegend. Wir können uns besser verstecken, wenn wir landen . . . Mit den Felsen verschmelzen, du weißt schon. Laß uns niedriger gehen und die Geschwindigkeit verringern. Nur noch genug, um gegen die Gravitation anzukommen. Wir gehen kalt 'rein.«

Er sagte ihr nicht, wie schwierig das sein würde. Die Sensoren registrierten weniger als 0,2 G auf diesem Eisball, und es gab keine Atmosphäre, um ein hereinkommendes Schiff zu erhitzen. Aber Temperatur loszuwerden, war keine einfache Aufgabe. Die Reaktorhitze war nach dem Hyperraumsprung noch immer hoch, und die Reibung war kein unbedeutender Faktor: selbst in der toten Kälte des außerplanetaren Raums waren sie schon mit Milliarden Ionen und Atomen zusammengestoßen. Han betätigte ein Instrument, das er selten benutzte, und schaltete die Rückenradiatoren auf volle Leistung. Er wünschte, er hätte Froster für die Landestreben, aber wenn Wünsche Fische wären, würden Calamarier die Befehle im Hauptquartier der Allianz geben.

Gleich jenseits der Zwielichtzone machte er einen Kraterboden aus, der lang und breit genug war, um den *Falken* bequem aufnehmen zu können. Er schaltete die Radiatoren herunter, ging niedriger und ließ das Schiff schweben. Keine Bremsraketen jetzt . . .

Als er im Begriff war, langsam nach unten zu gehen, entdeckte er eine dunkel glänzende Schicht, die den Kraterboden unter ihm überzog.

Kein Wassereis, sondern Ammoniak oder irgendein anderes übelriechendes Gas, das bei solch superkalten Temperaturen schmolz, so daß selbst Hoverjets einen Tümpel daraus machten.

Was nun?

Chewie bellte einen Vorschlag.

»Ja«, antwortete Han. »Synchroner Orbit. Gute Idee.«

»Wir werden also doch nicht landen?« Leia setzte sich entspannt auf ihren hochlehnigen Sitz, als der *Falke* über die Ruinen hinwegflog und an Höhe gewann.

Chewbacca deutete heulend auf ein kleines Problem hin.

»Er funktioniert gut genug«, sagte Han.

»Wer funktioniert gut genug?« wollte Leia wissen.

Han bedachte Chewie mit einem bösen Blick. *Vielen Dank, Kumpel.* »Der Gleichläufer des *Falken,* um per Autopilot einen Orbit aufrechterhalten zu können. Er ist mit einem Schaltkreis gekoppelt, der normalerweise für solche Sachen nicht zuständig ist.«

»Wieso?«

Han lachte kurz auf. »Du kannst auf einem Frachter nicht derartig viele Modifikationen vornehmen, ohne ein paar Schaltkreise zu opfern. Der Gleichläufer funktioniert gut genug, aber... Chewie, paß auf, daß wir nicht vom Kurs abkommen. Solange wir dicht dranbleiben, wird uns niemand entdecken.« Er aktivierte einen Sensor. »Sieht so aus, als ob Bruder Luke auf seiten der Imperialen in den Kampf eingreift. Ich nehme an, du willst dabei sein und zusehen.«

Leia runzelte die Stirn. »Auf diesem Scannerschirm ist unmöglich festzustellen, wer auf welcher Seite ist. Wie auch immer, mir gefällt die ganze Situation nicht.«

»Aha.« War diese Scannerschirmbemerkung eine weitere Kränkung? »Aha«, sagte er noch einmal fröhlich. Vielleicht würden sie jetzt endlich ein ruhiges Stündchen vor sich haben. Ihr sogenannter »Urlaub« nach der großen Ewok-Party hatte überhaupt nichts gebracht. Leia war todmüde gewesen. Aber während des Sprungs, als alle Hände beschäftigt waren und 3PO überall herumwuselte, hatte er Chewie heimlich veranlaßt, im Hauptladeraum des *Falken* ein paar kleine Modifikationen vorzunehmen, die nicht in Crackens Militärhandbuch standen.

Er hoffte nur, daß Chewie alles richtig verstanden hatte. Der große Wockiee war ein meisterhafter Mechaniker, aber sein Sinn für Ästhetik war nicht so ganz... menschlich.

Han Solo hatte sich dieser Landpartie nicht unbedingt angeschlossen, um die Kriegsziele zu fördern.

***

Leia griff in 3POs Nacken, schaltete ihn wieder ein und folgte Han dann nach hinten. Als die Schlacht um Endor dem Ende zuging, hatten sie stundenlang miteinander gesprochen. Hinter seiner zynischen Schmugglermaske verbarg dieser Mann Ideale, die den ihren gleichkamen. Sie waren ganz einfach nur härter unterdrückt worden. Und sie fürchtete sich davor, allein zu sein, seit Luke ihr die schreckliche Neuigkeit mitgeteilt hatte: Darth Vader war ihr...

Nein.

Ihr Geist überwand die eigenen Verteidigungslinien und rückte wieder vor: Als sie an Bord des Todessterns beobachtet hatte, wie Alderaan vernichtet wurde, war ihr der Gedanke gekommen, daß sie dabei zusah, wie ihre Familie starb. In Wahrheit jedoch stand ihr Vater ...

Nein! Sie würde ihn niemals als ihren Vater akzeptieren. Nicht einmal, wenn es Luke tat.

Sie duckte sich, um einem herabhängenden Schlauch auszuweichen. Wenn sie schon ein Versteck aufsuchen und für ein paar Stunden den Kopf einziehen mußte, dann sollte die Zeit wenigstens genutzt werden. Sie hatte durch ihren Heilungsprozeß ohnehin schon zuviele Tage vergeudet.

Sie rieb sich die rechte Schulter. Nicht einmal Synthfleisch konnte das Jucken einer heilenden Blasterverbrennung völlig verhindern. Wie sie Han gesagt hatte, war es nicht schlimm, nur schwer zu ignorieren.

Er blieb in der Nähe der Eingangsrampe stehen. Sie lehnte sich an ein Schott und blickte zu ihm hoch.

»Was muß noch repariert werden?«

Der *Falke* war Hans erste Liebe. Je eher sie das akzeptierte, desto weniger würde er sich gereizt fühlen. Außerdem war es töricht, auf ein Raumschiff eifersüchtig zu sein.

Han fuhr mit den Händen über die Hüften und ließ sie neben den Seitentressen seiner schwarzen Hose hängen. »In den nächsten paar Stunden wird es wahrscheinlich ruhig bleiben. Und Chewie paßt auch auf.«

Ganz plötzlich erkannte Leia, daß in seinen Augen keine Kampfeslust aufblitzte. »Ich dachte, irgend etwas müßte instand gesetzt werden.« Sie schluckte die Herausforderung herunter. »Komm schon, gibt es nicht irgendeine neue Modifikation, die noch getestet werden muß?«

»Ja. Hier hinten im großen Frachtraum.« Er schritt den sich biegenden Korridor hinunter, schlug auf das Verschlußpaneel und trat nach unten in den achtern gelegenen Laderaum des *Falken*. Er öffnete eine Schottluke, die in den Steuerbordsektor führte. »Die Schutzschildgeneratoren, hier hinten.«

Der Laderaum roch muffig. Sie stieg hinter Han nach unten. »Was schmuggelst du diesmal?«

»Etwas, das ich auf Endor aufgegabelt habe.«

»Das *wir* auf Endor aufgegabelt haben«, korrigierte sie ihn.

Kisten, aufgestapelt und mit anderen Kisten zusammengeschnürt, türmten sich an der Rückwand des Raums. Han schob eine Kiste zur Seite und legte einen Kasten frei, den sie für eine Kühleinheit hielt. Er griff hinein, tastete darin herum und holte eine Glasflasche hervor.

Mit ernstem Gesicht nahm Leia sie entgegen. Es war primitives Glas, verschlossen mit einem Pfropfen aus Baumrinde, und sah alles andere als hygienisch aus.

»Was ist das?«

»Ein Geschenk dieses Ewok-Medizinmanns. Du erinnerst dich – der eine, der uns zu Ehrenmitgliedern des Stammes gemacht hat.«

»Ja.« Leia lehnte sich gegen den Frachtkistenstapel und gab ihm die Flasche zurück. »Du hast meine Frage noch nicht beantwortet.«

Han zerrte an dem Pfropfen. »Irgend so ein... Beerenwein«, grunzte er. Der Pfropfen löste sich mit einem Knall. »Goldenrod hat bei der Übersetzung fast einen Widerstand zum Durchbrennen gebracht, aber das, was der zottige Bursche sagte, läuft auf dies hier hinaus: ›Um das Herz zu entzünden, das warm zu werden beginnt.‹«

Das also hatte er vor. »He, wir befinden uns im Krieg.«

»Wir werden uns immer im Krieg befinden. Wann wirst du anfangen zu leben?«

Leia spürte, wie ihre Wangen heiß wurden. Sie würde lieber reden, streiten oder sogar mit Han kämpfen, statt sich zu verstecken und ... Beerenwein trinken, während eine Schlacht im Gange war. Wie Bail Organa festgestellt hätte: Dieser Mann war nicht der richtige Umgang für jemanden ihrer Herkunft. Er wollte alle seine Probleme mit dem Blaster lösen. Sie war eine Prinzessin durch Adoption, wenn nicht durch Geburt.

Wieder fiel der schwarzmaskierte Schatten über ihre Gedanken? Vader. Sie hatte ihn so sehr gehaßt.

Trüber purpurfarbener Wein gluckste in Steingut. Vermutlich kein Jahrgang von Palastqualität. »Laß uns nicht...«, begann sie, unterbrach sich dann. Sie hatte bereits entschieden, daß sie Luke nicht helfen konnte, wenn sie am Subraumradio hing.

»He.« Han reichte ihr einen Becher. »Was denkst du? Wovor hast du Angst?«

»Es ist zuviel.« Sie berührte mit dem Rand ihres Bechers den seinen. Das Steingut klirrte leise.

»Du? Angst?«

Leia mußte lächeln. Es hatte keinen Sinn, nur tapfer und halsstarrig zu sein. Sie nahm einen Schluck, roch dann an ihrem Becher und rümpfte die Nase. »Er ist zu süß.«

»Ich glaube nicht, daß sie irgendeinen anderen machen.« Han stellte seinen Becher auf eine Palette. »Sieh mal hier drüben.« Er nahm ihre Hand und zog sie um eine freistehende Trennwand zwischen den Kisten. Sie stellte ihren Becher neben dem seinen ab. »Ich . . .« Er unterbrach sich.

Leia blickte hinunter auf ein Nest aus sich selbst aufblasenden Kissen.

»Chewie«, grollte Han. Er ließ ihre Hand los. »Ich schätze, das ist ein bißchen plump. Ich hätte niemals einem Wookie trauen dürfen.«

Leia lachte. »Chewie hat das hier aufgebaut?«

»Warte, bis ich diesem großen, feuchtnasigen Pelzball gesagt habe . . .«

Immer noch lachend, stemmte sie sich gegen ein Schott und schubste ihn nach hinten. Er griff nach ihrer Hand und ließ sich strampelnd fallen.

4

Chewbacca hoffte, daß er es richtig gemacht hatte. Hans Sinn für Ästhetik war nicht unbedingt... zivilisiert. Aber seine Absichten waren lauter. Leia sollte imstande sein, das festzustellen. Sie machte den Eindruck einer feinen Frau.

3PO schnatterte hinter ihm. Chewbacca machte sich an den Kommunikationsgeräten zu schaffen und inspizierte gelegentlich Lukes Schlacht. Er hatte die Übersicht verloren, welcher Leuchtflecken in diesem Getümmel die *Flurry* war.

»Und dies ist ein ziemlich prekäres Versteck«, schwatzte 3PO weiter. »Planet Sechs ist zu Recht die Würde eines richtigen Namens verweigert worden. Also, er ist kaum mehr als ein großer Klotz. Es gibt nicht einmal eine Siedlung, nur die Überbleibsel eines militärischen Außenpostens.« Abrupt unterbrach er sich. »Was war das, Chewbacca? Geh ein paar Kilobits zurück.«

Chewie zuckte die Achseln und schlug vor, daß sich 3PO 'raushalten sollte.

»Ich werde mich nicht ›'raushalten‹, du ungehobelter Flohsack«, quietschte der Droide. »Was sich manche Kreaturen so erlauben — achten einfach meine Kenntnisse nicht. Ich habe da eindeutig etwas gehört.«

Hier draußen am Rande des Systems? Chewie spielte mit dem Gedanken, ihm einen Arm auszureißen. Das würde 3PO recht geschehen. Aber dann würde er all die Verbindungen wieder zusammenlöten müssen.

»Ich habe etwas festgestellt, das kein natürlich vorkommendes Phänomen war. Geh ein paar Kilobits zurück.«

Nun, es war möglich. Chewie preßte seinen Kopfhörer an ein Ohr, schaltete den Niedrigfrequenz-Scanner ein und ließ ihn die Durchsuchung des nahen Weltraums wiederholen. Irgend etwas summte ganz kurz, ein Signal, das zu schwach war, um ein Stoppen des Scanners auszulösen. Chewie drehte einen Knopf, der das Signal verstärkte. Eine sekundenlange Feinabstimmung machte ein tiefes elektronisches Summen hörbar.

3PO hob seinen goldenen Kopf und nahm eine gebieterische Pose ein. »Das ist sehr eigenartig, Chewbacca. Es klingt wie irgendein Kommandokode für die Kommunikation zwischen Droiden. Aber was könnten aktive Droiden in dieser Gegend tun? Vielleicht ist es ein mechanischer Überlebender aus dem aufgegebenen imperialen Außenposten da unten oder eine Maschine, die noch arbeitet. Ich schlage vor, daß du den Bordkommunikator einschaltest und General Solo oder Prinzessin Leia alarmierst.«

Han hatte zu verstehen gegeben, daß er allenfalls bei einem katastrophalen Druckabfall gestört werden wollte. Chewie machte 3PO dies klar.

»Nun, ich werde nicht rasten, bis ich den Ursprung dieses Signals ergründet habe. Wir haben uns letzten Endes in ein Kriegsgebiet gewagt. Wir könnten uns in beträchtlicher Gefahr befinden. Warte...« 3PO beugte sich zur anderen Seite hinüber. »Dies ist kein Kode, der in irgendeinem System der Allianz oder des Imperiums verwendet wird.«

Die Invasoren? Ohne zu zögern, hämmerte Chewie auf den Kommunikator.

***

Es piepste in Hans Hemdtasche. »General Solo!« quäkte 3POs Singsangstimme. »General Solo!«

Leia schlüpfte aus Hans Armen.

»Ich wußte es«, murmelte er. Ausgerechnet in dem Moment, in dem Leia nahe daran war, sich zu entspannen. Er holte den Kommunikator hervor. »Was?« schnarrte er.

»Sir, ich empfange Sendeimpulse aus dem nahen Weltraum. Irgendeine droidische Kontrolleinheit scheint in nächster Nähe zu operieren. Ich bin mir nicht sicher, aber die Quelle scheint noch näher zu kommen.«

»Oje«, sagte Leia leise dicht an seiner Schulter. Sie sprang auf die Füße.

»In Ordnung, Chewie, wir sind gleich da.« Han sorgte dafür, daß es mehr wie eine Drohung als ein Versprechen klang.

Leia wirkte amüsiert. Sie goß ihren sirupartigen Wein zurück in die Flasche und verkorkte sie. Bevor sie den Korridor hinaufeilte, breitete sie die Hände aus und zitierte bedauernd Hans eigene Worte: »Es ist nicht meine Schuld.«

***

Han hatte sich gerade ins Cockpit geschwungen, als ein elektronisches Kreischen aus der Hauptkonsole drang.

»Was ist das?« fragte Leia.

Großartig. Einfach großartig. Chewie war bereits dabei, die Energie hochzufahren.

»Nichts Gutes, meine Liebe«, sagte Han kurz. »Wir sind gerade abgetastet worden.«

»Von was?« Leia ließ sich auf den Sitz hinter ihm fallen.

»Na?« Han gab die Frage über die Schulter an 3PO weiter.

»Sir«, begann 3PO, »ich habe bisher nicht ergründet . . .«

»Schon gut«, unterbrach ihn Leia, »halt den Mund. Da!« Sie deutete mitten auf den Sichtschirm. »Seht doch! Wer sind sie?«

Hinter dem toten Eisklotz von Planet Sechs tauchten vor dem Hintergrund der Sterne neun kleine Objekte auf, die direkt auf den *Falken* zukamen.

»Ich werde nicht hierbleiben, um es herauszufinden«, grollte Han. »Chewie, lade die Hauptkanonen auf.«

Chewbacca bellte mit lauter Stimme seine Zustimmung.

»Wir wissen, daß die Fremden Gefangene machen«, murmelte Leia. »Ich möchte aus *dieser* Position keine Verhandlungen aufnehmen.«

»Wirst du auch nicht. Komm, Chewie. Wir beide gehen an die Vierlingsgeschütze. Mal sehen, was sie draufhaben. Leia, bring uns irgendwohin. Ich traue Planet Sechs plötzlich nicht mehr.«

Leia schlüpfte in den Pilotensessel. Hatte er nicht geschworen, daß sie Chewie und ihm den *Falken* niemals wegnehmen würde?

Ja. Aber dies war etwas anderes. Als er um die Ecke bog, hörte er 3POs verklingende Stimme: »Der *Millennium Falke* ist besser dafür geschaffen, die Flucht zu ergreifen, als sich auf einen Kampf mit feindlichen Schiffen einzulassen . . .«

Er stieg den Geschützturm hoch und kletterte auf seinen Sitz, jagte dann eine Streusalve los.

»Sie kommen schnell näher«, ließ er Leia durch sein Kopfhörermikro wissen. »Bekommt Goldkopf irgendwelche Daten? Wer sind sie?«

»Also, General Solo«, begann 3PO.

Aber inzwischen antwortete schon Leia: »Droiden aus der Tiefe des Raums. Das ist alles, was er weiß.«

Die Droiden schwenkten in den Nahbereich ein. Drei von ihnen flogen über der asymetrischen Antenne des Frachters und feuerten Energiebündel in Richtung des Haupttriebwerks.

»Analysiere diese Strahlen, Goldkopf«, brüllte Han, während er feuerte. »Sind das Laserkanonen oder was?«

Chewbacca fauchte etwas über seinen Kopfhörer.

»Ja«, antwortete Han, »für Schiffe dieser Größe!«

»Was?« rief Leia. »Was heißt für Schiffe dieser . . .«

»Starke Schutzschirme.«

Han schoß sich auf einen einzelnen Droiden ein, behielt ihn solange im Visier, wie es normalerweise dauerte, um einen ausgewachsenen TIE-Jäger implodieren zu lassen. Endlich zerbarst das Ding.

Der *Falke* schüttelte sich, als ein weiterer Droide feuerte. Han entspannte sich auf seinem Geschützsitz. Dies war das vertraute alte Spiel. Ein anderer Droide jagte längs der Peripherie des Frachters dahin, genau am Rand seines Sichtfelds.

»Clevere Droiden«, murmelte er. »Sie lernen schnell.«

Abrupt neigte sich der Sternenhintergrund, und der Droide kam für einen langen, sauberen Feuerstoß ins Bild.

»Besser?« fragte Leias Stimme in seinen Ohren.

»Viel besser.«

Das Ding explodierte schließlich.

Zwei weitere kamen heran. Sie zielten noch immer auf die Triebwerke, nicht auf die Geschützstationen oder das Cockpit. *Sie wollen Gefangene, keine Frage.* Wo also war Big Mama, das Führungsschiff? Oder waren diese Babys darauf programmiert, aus eigenem Antrieb anzugreifen?

Als ob sie seine Gedanken gelesen hätte, murmelte Leia: »Was willst du wetten, daß sie noch von dem Angriff der Fremden auf diesen Außenposten übriggeblieben sind?«

Han schaffte es endlich, die Schutzschirme des oberen der beiden zu überlasten. Ein Schwarm von Trümmerstücken sorgte dafür, daß sein Kumpan aus dem Blickfeld geschleudert wurde.

»Eine sichere Wette«, sagte er gepreßt.

Schweigen.

»Waren das alle, Chewie?«

Zustimmendes Gebrüll.

Schwer atmend kletterte Han wieder zum Cockpit hinunter.

»Wohin fliegen wir?« fragte er Leia.

Sie fuhr mit der Hand über ein Kontrollinstrument. »Systemeinwärts. Hier draußen könnten noch mehr von dieser Sorte sein. Ich weiß nicht, wie du es siehst, aber ich würde mich *sicherer* beim Rest unserer Kampfgruppe fühlen.«

Als sie den Kapitänssessel verließ, fielen die Maschinengeräusche mit einem Ächzen ab. Die Kabinenbeleuchtung erlosch.

»Und jetzt?« erkundigte sich Leia. »Ich weiß nie, was ich als

nächstes von diesem übermodifizierten Eimer zu erwarten habe.«
Oder von seinem überheblichen Kapitän? Nur weiter, Prinzessin, sprich es aus.

Han hämmerte auf eine Konsole. Die Beleuchtung flackerte bereitwillig auf, und die Maschinen traten wieder in Aktion. Mit großer Geste schwang er sich auf seinen Sitz.

»Alles klar.«

Leia verschränkte herausfordernd die Arme. »Nachdem ich schon soviel Schutz genossen habe, könnten wir vielleicht auch für Luke etwas Gutes tun.«

»Na, dann schnall dich an, meine Liebe. Wir machen uns auf den Weg.«

***

Nur seine Augen bewegten sich, als Luke vom Sichtschirm zur SAC-Einheit hinüberblickte. Commander Thanas' imperiale Schiffe fielen zurück.

Nicht weil Luke eingriff. Offensichtlich war seine Kampfgruppe in dem Augenblick aus dem Hyperraum gefallen, als die Ssi-ruuk beabsichtigten, ihre Überlegenheit auf der Oberfläche Bakuras auszuspielen. Dies bedeutete, daß die Fremden ihren äußeren Ring ausgedünnt hatten, um vorzustoßen. Ein leichter Kreuzer war praktisch ohne Schutz – in einem Gebiet, das Lukes kleine Streitmacht leicht einnehmen können sollte.

»Delckis, geben Sie mir die Staffelführer.«

Sein Kopfhörer rauschte. Er justierte ihn, indem er kleine, harte Komponentenelemente in seine Ohren steckte. »In Ordnung, lenken wir ihre Aufmerksamkeit auf uns.« Er berührte eine Taste des SAC, um dessen Berechnungen den Zielcomputern der Jäger zu überspielen und den einzelnen Kreuzer hervorzuheben. »Gold-Gruppe, Tramp-Gruppe, er gehört euch.«

»Verstanden, *Flurry*.« Wedge Antilles klang zuversichtlich und routiniert. »Tramp-Gruppe, S-Flügel in Angriffsposition.«

Luke fühlte sich an Bord eines Zielobjekts, das so auffällig war wie dieser Träger, verwundbar. »Rot-Gruppe, teilt euch auf. Rot Eins bis Vier, haltet einen Fluchtkorridor hinter Tramp-Gruppe und Gold-Gruppe offen. Wir werden sie vom Planeten ablenken.« Jedes Datenbyte, das die Sensoren seines Schiffs in den SAC eingeben konnten, würde helfen, die Leistungsfähigkeit der fremden Schiffe zu analysieren.

Er schüttelte den Kopf. Die goldgelben Leuchtflecken auf

seinem Schirm waren imperiale Kampfschiffe – und er verteidigte sie!

»Rot Fünf und der Rest, ihr bleibt bei der *Flurry*«, beendete Luke seine Anweisungen.

Captain Manchisco saß neben ihm auf dem erhöhten Kapitänssitz und wandte sich jetzt vom Hauptcomputer ab. Drei schwarze Zöpfe baumelten an jeder Seite ihres Kopfes.

»Oh, vielen Dank, Commander.«

Ihre Präsenz in der Macht machte sich lustig über ihn. Sie war kampfbegierig und setzte vollstes Vertrauen in ihr Schiff, ihre Crew und sich selbst.

Die Gruppen Gold und Tramp stiegen hoch und verwirrten die Nachhut der Fremden mit ihrer Attacke, die sie mit Höchstgeschwindigkeit vortrugen. Luke ließ seine Sinne schweifen, war sich seines Körpers kaum bewußt. Die Piloten erweckten in der Macht den Eindruck von kollektiv gesinnten, umherschwärmenden Insekten. Er versuchte, fremde Präsenzen zu erreichen, konnte jedoch keine finden. Es war immer schwierig, unvertraute Präsenzen aufzuspüren.

Als Wedge dicht an einen kleinen feindlichen Jäger heranrückte – der SAC zeigte einen Abstand von lediglich zwei Metern –, konzentrierte sich Luke. Etwas, das so klein war, konnte nur ferngesteuert sein, eine Drohne. Oder die Fremden mußten die Größe von Elfen haben...

Wedge traf. Etwas, das schwach und unbeschreibbar elend wirkte, kreischte in momentaner Qual auf, verpuffte dann und starb. Luke unterdrückte seinen Brechreiz. Hatte er den Aufschrei von zwei Präsenzen empfunden? Er trommelte mit den Fingern. Die feindlichen Kampfmaschinen waren also doch keine reinen Drohnen, sondern wurden pilotiert. Irgendwie. *Irgend etwas* war gestorben.

Unmittelbar bevor er diesen Gedankengang beendete, erlosch hinter der Gold-Gruppe eine Kette anderer feindlicher Kampfmaschinen. Diesmal öffnete Luke seinen Geist ganz bewußt. Die wirbelnde Spirale qualvollen Elends war so leise wie ein Wimmern, aber... menschlich.

Luke konnte sich keine menschlichen Piloten in fremden Kampfmaschinen dieser Größe vorstellen. Schon gar nicht in Paaren.

Der SAC piepte. Luke schüttelte sein Unbehagen ab und starrte auf den roten Kreis des fremden Kreuzers. Das Aufleuchten besagte: verwundbar.

»*Flurry* an Tramp Eins. Nehmt euch diesen Kreuzer vor. Sofort.«

»Auf dem Weg«, krähte Wedge kaum hörbar. Seine Stimme wurde von einem unheimlichen, zweitönigen Pfeifen überlagert.

X-Flügler jagten über Lukes Sichtschirm.

Plötzlich schwärmten weitere Staffeln kleiner funkelnder Pyramiden aus einem Ende des fremden Kreuzers hervor.

»Abbrechen, Wedge«, rief Luke. »Sie haben eine neue Welle gestartet.«

»Ja, ich habe es bemerkt.« Das Pfeifen wurde lauter: Störgeräusche. Wedge klang unbeeindruckt. »SAC kann sich nicht entschließen, was?«

X-Flügler schwärmten in Paaren aus, lockten die Pyramidenschiffe an, stellten sich zum Kampf.

Er gehörte da draußen hin. Auf einer Brücke waren seine besten Fähigkeiten nutzlos.

Der SAC piepte abermals und lenkte Lukes Aufmerksamkeit auf eine Reihe von Symbolen. Der Computer hatte Schiffe gezählt und ihre Positionen berechnet, bekannte und beobachtete Feuerkraft, Schutzschirmstärken, Geschwindigkeiten und andere Faktoren ausgewertet. Aus dem Rückzug der Imperialen wurde ein Gegenangriff an der gegenüberliegenden unteren Flanke der Ssi-ruuk-Front. Pter Thanas war offenkundig ein erstklassiger Stratege.

Luke wandte sich seinem Kommunikationsoffizier zu. Ein vages, unheilverkündendes Regen in der Macht rief in seinem Nacken ein Prickeln hervor.

Er beugte sich näher an den SAC heran. Wege führte ein Angriffs- und Rückzugsmanöver gegen den leichten Kreuzer durch. Das sah gut aus. Die Position der Imperialen hatte sich gerade um fünfzehn Prozentpunkte verbessert. Das sah sogar hervorragend aus.

Nein, langsam.

Ein fremdes Kampfschiff, viel kleiner als der Kreuzer, aber zweifellos schwer bewaffnet, hatte sich aus der Hauptschlacht gelöst und näherte sich steil von unten Wedges Staffel. Es wurde durch den leichten Kreuzer verdeckt und kam in einem Annäherungswinkel, den Wedge unmöglich erkennen konnte. An ein Ausweichen war nicht zu denken. Luke nahm an, daß der Kapitän des Kampfschiffs auf den Augenblick gewartet hatte, in dem ihm Wedge und seine Jungs den Rücken zukehrten.

»Tramp Eins«, rief Luke scharf, »Wedge, paß hinter dir auf.

Schwere Geschütze von unten.« Ein nachträglicher Gedanke durchfuhr ihn. »Rot Fünf und deine Gruppe. Geht da raus und schießt diese Jäger in Wedges Rücken ab.«

»Was war das?«

Er konnte Wedge wegen der Störgeräusche kaum hören. X-Flügler stoben auseinander. Zwei gerieten unmittelbar in die Reichweite des Kampfschiffs. Auf Lukes Sichtschirm blitzte es auf.

Zwei Ausbrüche schmerzhaft vertrauter menschlicher Pein zerrten an Lukes Rückgrat und Magen, als die Piloten der Allianz starben. *Nicht Wedge,* bestätigte er sich hastig, aber es waren Menschen gewesen. *Freunde von anderen. Man wird sie vermissen. Um sie trauern.*

Luke faßte sich wieder und versuchte, sich besser abzuschirmen. Er konnte seinem Gram jetzt noch keinen freien Lauf lassen. Alarmstufe Rot auf dem SAC-Schirm: Das Kampfschiff war immer noch dicht hinter Wedges X-Flügler.

In Lukes Rücken räusperte sich Captain Manchisco. »'tschuldigung, Commander, aber Sie setzen die *Flurry* ungeschützt dem ...«

Er drehte den Kopf, als auf dem SAC-Schirm ein weiterer Rotalarm sichtbar wurde: Der *Flurry* selbst stand ein Angriff bevor. Fremde Kampfmaschinen huschten über den Sichtschirm und reflektierten zuckende Lichtblitze.

»Klare Sache«, sagte Luke kurz. »Sie haben es auch erkannt. Die Truppe gehört Ihnen.«

Manchiscos schwarze Augen leuchteten auf. Sie wirbelte herum und bellte ihren Schiffskameraden eine Reihe von Befehlen zu. Der Duro gurgelte eine Frage, wedelte dabei mit seinen langen, knorrigen Fingern über den Navigationsinstrumenten. Manchisco gurgelte eine Antwort. Die *Flurry* hatte alles an Bord, Kanoniere und Schutzschirmoperateure. Luke konzentrierte sich auf die Gefahr, in der sich Wedge befand, und achtete nicht mehr auf die eigene.

Winzige Ssi-ruuk-Jäger hatten Wedge und seine Staffel nahezu eingekesselt und in einem ausweglosen Globus aus Energieschirmen und Feuerkraft gefangen. Luke kämpfte die Panik nieder und kanalisierte seine emotionelle Energie in die Macht um ihn herum und in sich selbst.

Er streckte seine eigene Präsenz in Richtung des kleinen fremden Schiffs unmittelbar vor Wedges X-Flügler aus. Er berührte es und spürte zwei fast menschliche Präsenzen an Bord der kleinen Kampfmaschine. Während er sich gegen das schwindelerregende Elendsgefühl abschottete, das sie ausstrahlten, tastete er jede der beiden Präsenzen ab. Die eine kontrollierte die Schutzschirme, die andere alle verbleibenden Schiffsfunktionen. Luke konzentrierte sich auf die zweite, ließ Machtenergie in ihr Zentrum strömen. Obwohl schwach und matt, leistete sie mit gequälter Kraftanstrengung Widerstand. Ihr Elend brachte ihn an den Rand der Verzweiflung: Niemand verdiente es, frei zu leben, erklärte sie mit ihrer ganzen Wesenheit. Nach Ansicht der Präsenz konnte Luke nichts für Wedge tun, nichts zur Rettung seiner selbst, nichts zur Rettung der beiden menschlichen Wesen an Bord des Ssi-ruuk-Jägers. Sie waren alle zum Untergang verurteilt.

Luke strengte sich an, um aus dem Blickwinkel des Fremden zu sehen. Die gesamte Raumsphäre ringsum öffnete sich ihm. Sie überlastete seine Sinne. Er mußte seinen Blickwinkel einengen, um Wedges X-Flügler zu finden. An jeder Seite seiner projizierten Präsenz schwebte eine weitere Pyramide, scheinbar bewegungslos im Formationsflug. Vom Zentrum jeder dreieckigen Stirnseite aus starrte eine Ansammlung von Scannern und Sensoren zurück wie ein kollektives Auge. Lasergeschütze stachen an jeder Ecke hervor.

Furcht, Zorn, Aggression: sie gehören der dunklen Seite an. Yoda hatte ihn gelehrt, daß seine Methoden so heikel waren wie seine Motive. Wenn er die dunkle Macht einsetzte, auch zur Selbstverteidigung, konnten der Preis für seine Seele verheerend sein.

Er entspannte sich in der Macht. Bemüht, die Kontrolle um seiner Seele und seiner geistigen Gesundheit willen aufrechtzuerhalten, verstärkte er den mitleiderregenden Willen der Präsenz. Ihre menschliche Natur gewann die Oberhand, ein hoffnungsloser Sieg für einen gequälten Geist. Sie hatte einmal gelebt – frei. Mit der ganzen Intensität der zum Untergang Verurteilten strebte sie danach, weiterzuleben.

Luke suggerierte eine Antwort. *Aber ein guter Tod ist besser als ein dem Haß ausgeliefertes Leben, und Frieden ist besser als Qual.*

Mit einer Plötzlichkeit, die ihn überraschte, änderte das fremde Schiff seinen Kurs und steuerte direkt auf einen seiner Staffelkameraden zu. Es beschleunigte, um den anderen Jäger zu rammen. Luke riß sich vom Bewußtsein des menschlichen Wesens los und saß keuchend und schluckend da. Er strich sich seine durchnäßten Haare aus dem Gesicht.

Ein Kriegsschrei aus seinen Kopfhörern drang stechend in Lukes Gehirn. Er brauchte eine Sekunde, um sein Bewußtsein wieder auf die Kommandobrücke des Trägers einzustellen. Eine weitere Sekunde dauerte es, bis er wieder einen klaren Blick hatte und seinen Magen beruhigen konnte.

Wedges X-Flügler brach durch eine Lücke, die durch die Zerstörung von zwei Fremdschiffen verursacht worden war, und war in Sicherheit.

»Sir«, meldete sich Captain Manchisco zu Wort. Luke konzentrierte sich auf seine unmittelbare Umgebung. »Geht es Ihnen gut?«

»Gleich. Lassen Sie mir eine Minute Zeit.«

»Uns bleibt vielleicht keine Minute, Sir.«

Die *Flurry* erzitterte unter schwerem Beschuß. Der SAC blinkte weiterhin rot. Manchiscos Kanoniere hatten einen Schwarm kleiner Kampfmaschinen ausgeschaltet, aber hinter ihnen kamen weitere – und noch drei zusätzliche fremde Schiffe. In einer Ecke des Schirms blinkten sechs rote Dreiecke warnend auf. Die Schutzschirme drohten zusammenzubrechen. Er hatte die Aufmerksamkeit der Fremden auf sich gezogen, ganz klar. Die Verzweiflung in ihm schmolz dahin.

»Der Maschinenraum kann uns nicht mehr Energie liefern«, sagte Manchisco. »Haben Sie noch ein paar weitere Tricks im Ärmel, Sir?«

Mit anderen Worten: Konnte der berühmte Jedi sie aus dieser Patsche herausbringen? Ihre Geisteshaltung war noch immer großspurig, aber auch ihr Adrenalinspiegel stieg steil an.

Ihr Navigator gurgelte ihr etwas zu.

»Nein«, befahl sie. Ihre Stimme klang alarmiert. »Bleib auf deinem Platz.«

Er fuhr sich mit einer seiner langen Hände über seinen lederartigen, grauen Kopf.

»An alle Staffeln«, rief Luke. »Die *Flurry* braucht Verstärkung.«

Das Schiff schüttelte sich abermals. Die Brückenbeleuchtung flackerte.

»Das war's«, verkündet ein Besatzungsmitglied an seiner Seitenkonsole. »Die Schirme existieren nicht mehr. Jetzt werden wir sehen, wie stabil die Hülle ist.«

Zwei Meter große Pyramiden wirbelten über den Sichtschirm. Luke ballte eine Faust. Er sprudelte vor Ideen, die aber alle nutzlos waren.

Irgend etwas schimmerte im Schlachtgetümmel auf, die asymmetrische Form eines Frachters, der mitten in dem Schwarm der fremden Jäger aus dem Hyperraum gefallen war. Ein Schiff geriet in seine Schußlinie. Kein Schiff mehr.

»Dachte mir, daß du ein bißchen Hilfe gebrauchen könntest«, sagte eine vertraute Stimme in seinen Ohren.

»Danke, Han«, murmelte er. »Nett, daß du vorbeischaust.«

Ein feindlicher Jäger nach dem anderen flüchtete an der *Flurry* vorbei in Richtung des offenen Weltraums. Die roten Warnlichter wurden bernsteinfarben.

»Wie viele schuldest du mir jetzt, Junior?«

»Mehrere«, antwortete Luke. Vielleicht schuldete er ihm Leia. Auch sie konnte vielleicht lernen, Fingerzeige der Macht aufzufangen.

Das Schlachtgetümmel flaute allmählich ab. Ziffern und Symbole wechselten auf dem SAC, aber Luke ignorierte sie. Später würde er diese Informationen vielleicht verwenden, um seine Piloten mit den Fähigkeiten der fremden Schiffe vertraut zu machen. Im Augenblick jedoch starrte er auf den lichtüberfluteten Sichtschirm und überdachte die Situation. Sich der Macht zu überlassen, bedeutete Reflexion, nicht Gedankenlosigkeit.

»Rot-Gruppe begibt sich in Position unterhalb dieses Kreuzers«, befahl er. »Nähert euch seinem Bug. Er wird sich systemeinwärts drehen.«

Er rubbelte mit seinem Daumen einen Fingernagel, ertappte sich dabei und umklammerte mit dieser Hand seinen Oberschenkel. Er wartete darauf, daß sich das große Schiff drehte. Langsam begann der feindliche rote Leuchtfleck auf seinem Schirm zu rotieren. Er bewegte sich vorwärts, sich der Anwesenheit der Rot-Gruppe so wenig bewußt, wie Luke vermutet hatte. Noch ein kleines Stück weiter, und die Rot-Gruppe konnte ...

»Führer Rot?« sendete Luke.

»Greifen an«, schrillte eine junge Stimme.

Luke mußte seine andere Hand gegen die Kante des Schirms stemmen. Beim nächsten Mal würde er dafür sorgen, daß Ackbar einem anderen das Kommando übertrug. Es war lächerlich. Er haßte das Kommandieren. Bei der ersten Gelegenheit, die sich bot, würde er sein Kommando aufgeben.

Durch die Macht spürte er die Vernichtung des Kreuzers Millisekunden vor dem grellen Aufleuchten auf seinem Sichtschirm.

»Ja!« krähte Wedges Stimme. »Gute Arbeit, Führer Rot!«

Luke stellte sich vor, wie sein jüngster Staffelführer unter seiner von der Detonation verdunkelten Kanzel grinste.

»Gut gemacht«, echote Luke. »Aber fangt jetzt nicht an zu schlafen. Es sind immer noch genug übrig da draußen.«

»Verstanden, *Flurry*.«

Die Ansammlung der blauen X-Flügler-Leuchtflecken stob in vier Richtungen auseinander. Die Scanner jedes Schiffs sammelten dabei Daten, die in die Kampfcomputer der Flotte eingingen.

Hübscher Versuch, Dodonna, gedachte er des SAC-Erfinders.

Die ausgeklügelten Schaltkreise des SAC waren so nützlich – und so begrenzt – wie die Zielcomputer der Jäger.

»Sir«, meldete sich Lieutenant Delckis' leise Stimme hinter ihm. »Einen Schluck Wasser?«

»Danke.«

Luke griff nach einem Trinkkolben mit flachem Boden. Ein neues Muster auf dem SAC nahm seine Aufmerksamkeit in Anspruch. Irgend jemand auf der anderen Seite hatte gerade einen bedeutsamen Befehl gegeben, weil sich überall auf dem Schirm die roten Leuchtflecken absetzten.

»Staffelführer, sie bereiten sich zum Sprung vor«, sagte er. »Kommt ihnen nicht in die Quere, aber schaltet alle aus, die euch attackieren.«

Er hatte in der Macht an Reife gewonnen. Schon war seine erste Wahl das Einschüchtern, nicht das Töten, insbesondere deshalb, weil es um eine Kampftruppe ging, die vielleicht gegen das bröckelnde Imperium eingesetzt werden konnte.

Er wechselte den Kanal. »Sehen Sie das, Commander Thanas?«

Keine Antwort. Aber auch der imperiale Commander Thanas war beschäftigt. Mit Erleichterung beobachtete Luke, wie Schiffsgruppe nach Schiffsgruppe verschwand.

»Das war's«, sagte er leise. »Wir haben es geschafft, für den Augenblick. Aktivieren Sie die Außensystem-Scanner, Delckis. Ich nehme an, daß sie sich nicht allzu weit entfernen werden.«

»Ja, Sir.«

Luke ließ weiches, recyceltes Wasser durch seine ausgedörrte Kehle rinnen. Er hatte schwer geatmet. *Bessere Kontrolle beim nächsten Mal,* gelobte er sich.

»Sir«, sagte Delckis, »Sie hatten recht. Sie tauchen schon auf, knapp außerhalb des Systems.«

»Hm.« Er hatte gerne recht, aber er wünschte, daß sie ganz einfach nach Hause geflogen wären.

Er reckte sich. Was jetzt? Er stellte den Trinkkolben auf dem SAC ab. Er eignete sich besser als Tisch denn als Ratgeber.

»Senden Sie eine kodierte Mitteilung an Admiral Ackbar, Delckis. Wir brauchen noch mehr Schiffe. Fügen Sie die SAC-Aufzeichnungen dieser Schlacht bei. Sie werden ihm zeigen, gegen was wir hier ankämpfen. Können Sie es in einer halben Stunde auf den Weg bringen?«

»Mit Leichtigkeit, Sir.«

Der Macht sei gedankt für geschmuggelte imperiale Sendeanlagen. »Tun Sie es.« Als nächstes: Treibstoff auffüllen und ausruhen. »Staffelführer, hier ist die *Flurry*. Gute Arbeit. Kommt nach Hause.«

Manchisco atmete tief aus, schüttelte ihre Zöpfe und schlug dem Duro kräftig auf die Schulter.

Blaue Allianz-Glitzerpunkte näherten sich der *Flurry*.

Lukes Funkgerät knarrte. »Allianzkommandeur, hier ist Commander Thanas. Verfügen Sie über Holonetzkapazitäten?«

»Ja, aber sie arbeiten langsam. Geben Sie uns fünf Minuten Zeit.«

Lieutenant Delckis war bereits dabei, Hebel umzulegen und Energie in kürzlich zusammengebastelte Geräte zu leiten.

Luke schob seinen Sessel in den Aufnahmebereich. »Sagen Sie mir, wenn Sie bereit sind.«

»Fertig«, sagte Delckis schließlich. »Zweiwegig.«

Über einer Instrumententafel erschien das Bild eines Mannes, der aussah wie ungefähr Fünfzig. Er hatte ein schmales Gesicht und dünner werdendes braunes Haar, das kurz genug geschnitten war, um die Krause beinahe zu verbergen.

»Danke«, sagte Commander Thanas. »Und meine Glückwünsche.«

»Sie haben sich nicht weit entfernt.«

»Ich sehe es. Wir werden auf der Hut sein. Sie, äh, sollten vielleicht aus der Kampfzone verschwinden. Diese fremden Schiffe hinterlassen sehr heiße Trümmer.«

»Heiße?« Luke blickte auf eine Hüllentemperaturanzeige.

»Ssi-ruuvi-Drohnen verbrennen schweres Fusionsmaterial.«

Ein neuer Begriff: Ssi-ruuvi. Noch bedeutsamer — wenn die Fremden eine Invasion Bakuras beabsichtigten, warum verseuchten sie das System dann mit radioaktiver Schlacke?

Und warum hatte sich Thanas die Mühe gemacht, für diesen kurzen Wortwechsel das Holonetz-System zu benutzen? wunderte sich Luke, als Thanas' Bild verblaßte. Entweder wollte

Commander Thanas seinen Widerpart sehen oder er argwöhnte vielleicht, daß die Rebellen, da sie über eine Holonetz-Ausrüstung verfügten, auch noch andere imperiale Gerätschaften zusammengestohlen hatten.

Luke starrte auf die goldgelben Punkte der »Alliierten«. »Analysiere das«, wies er den SAC an. Die Anzeigen kamen schnell, und er nahm seinen Trinkkolben weg, um alles überblicken zu können. Der imperiale Kreuzer driftete, offenkundig schwer beschädigt. Thanas' verbleibende Streitkräfte hatten sich aus der Kampfzone zurückgezogen und um dieses Schiff — und um Bakura — eine Verteidigungsstellung aufgebaut.

Er schätzte, daß auch er keinen Imperialen trauen würde, die behaupteten, daß sie *ihm* helfen wollten. Dafür zu sorgen, daß die Leute einander vertrauten, würde Leias Aufgabe sein.

»Nochmals vielen Dank, *Falke*«, sagte er auf ihrem privaten Kanal. »Hat es auf dem sechsten Planeten Probleme gegeben?«

»Das erzählen wir dir bei Gelegenheit«, antwortete Leias Stimme aus dem Kommunikator an seinem Ellenbogen.

∗ 5 ∗

Die imperiale bakurische Senatorin Gaeriel Captison saß zehenwackelnd da und konstruierte mit den Typen ihrer Eingabetastatur spielerische Muster. Unter einer gekachelten Decke, die sich im Zentrum spitz verjüngte, lag die Kammer des imperialen bakurischen Senats still da – nur in den vier zweistöckigen, durchsichtigen Regenpfeilern in den vier Ecken des Saals rieselte es leise. Dachrinnen ließen Regenwasser in die Pfeiler fließen. Diese wurden von unten beleuchtet und schimmerten mit dem flüssigen Pulsschlag der Biosphäre Bakuras.

Gaeriel hatte an diesem Morgen im Regen gestanden, um zu beobachten, wie er auf tanzende Pokktablätter prasselte, und um ihre Haut, ihre Haare und ihre Kleidung durchnässen zu lassen. Tief atmete sie die feuchte, milde Luft Bakuras ein und faltete ihre Hände auf dem Tisch.

Das imperiale Zentrum war jetzt die einzige Welt, auf der sich ein Student nach dem Examen in der Regierungsarbeit weiter ausbilden lassen konnte. Dies war eine der Methoden des Imperators, um zu gewährleisten, daß seine Philosophie auf den abhängigen Welten Fuß faßte. Nach dem geforderten Indoktrinationsjahr auf der Zentralwelt war sie im letzten Monat zurückgekehrt. Inzwischen auf dem Senatorenposten bestätigt, den sie in jungen Jahren erobert hatte, war sie heute hier, um an ihrer ersten abendlichen Krisensitzung teilzunehmen.

Ganz oben auf der Tribüne, zur Linken Gaeriels, war der schwere, purpurgepolsterte Repulsorsessel Gouverneur Nereus' noch leer. Der Senat, der jedes Jahr an Macht verlor, wartete, bis es Nereus beliebte, zu erscheinen.

Ein paar Stufen unterhalb des Gouverneurssessels, auf der langen mittleren Ebene Gaeriels, standen zwei Tische. Auf der dritten, untersten Ebene rahmten zwei innere Tische einen freien Platz ein. Seniorsenator Orn Belden winkte mit einem Finger über den niedrigen Zentraltisch hinweg.

»Erkennen Sie das nicht?« schnarrte Belden zu Senator Govia hinüber. »Im Vergleich zu den Systemen, die der Imperator wirklich kontrollieren will, sind unsere Schiffe und Stationen . . . Nun, die Schiffe sind älter, als ich es bin, und die Stationen sind unterbesetzt. Was die Besatzung angeht, sind wir ein Schuttabladeplatz . . .«

»Alle erheben sich«, bellte eine Stimme nahe des Saaleingangs. Ein Bediensteter mit violettem Wams und Beinkleid im altertümlichen Stil stampfte mit einem Speerknauf auf den Boden. Gaeri schlüpfte in ihre Schuhe und stand zusammen mit neununddreißig anderen Senatoren auf. Nur die imperialen Wachen salutierten. Sie hoffte, daß diese Sitzung nicht weitere Steuern bedeutete. Nicht jetzt angesichts der Ssi-ruuk-Bedrohung.

Der imperiale Gouverneur Wilek Nereus schritt herein, flankiert von vier Raummarine-Soldaten mit schwarzen Helmen. Sie erinnerten sie an langbeinige Käfer. Gouverneur Nereus trug eine spezialangefertigte Uniform, schwer mit Borten und Litzen behangen. Die kurze Jacke war so geschnitten, daß sie die Illusion einer Verjüngung von den Schultern bis zur Hüfte hervorrief. Dazu hatte er enganliegende, schwarze Handschuhe an, die ihm den Ruf der Überempfindlichkeit eingetragen hatten. Seine Gesichtszüge waren kräftig, abgesehen von den zarten Lippen, und er hatte den imperialen Stolziergang zu einer Wissenschaft gemacht.

»Setzen Sie sich«, sagte er.

Gaeri glättete ihren langen blauen Rock und nahm Platz. Gouverneur Nereus blieb in der Nähe des Eingangs stehen. Er war höher gewachsen als alle anderen und benutzte seine Größe zur Einschüchterung. Sie hatte immer eine Abneigung gegen ihn gehabt, aber ihr Jahr auf der Zentralwelt hatte dafür gesorgt, ihn ein bißchen erträglicher erscheinen zu lassen – vergleichsweise.

»Ich werde Sie nicht lange aufhalten«, sagte er und blickte an seiner langen Nase vorbei. »Mir ist klar, daß Sie damit beschäftigt sind, die Ruhe in Ihren Sektoren aufrechtzuerhalten. Einigen von Ihnen gelingt das gut, anderen nicht.«

Gaeri runzelte die Stirn. Die Bewohner ihres Distrikts gaben ihre Arbeit auf, um Schutzunterstände auszuheben, aber Bunkersprengungen waren zumindest produktiv. Sie blickte zu ihrem Onkel hinüber, Premierminister Yeorg Captison. Hier in Salis D'aar hatte Captison zur Beendigung von Tumulten bakurische Polizei eingesetzt, um Nereus davon abzuhalten, Sturmtruppen aus der Garnison loszuschicken.

Nereus hob eine behandschuhte Hand, um Murmelnde zum Schweigen zu bringen. Als er ihre Aufmerksamkeit wiedergewonnen hatte, drehte er langsam den Kopf und räusperte sich. »Im Bakura-System sind Schiffe der Rebellen-Allianz eingetroffen.«

Diese Neuigkeit versetzte ihr einen regenkalten Schock. Rebellen? Das Imperium gestattete kein Dissidententum. Nachdem Bakura vor drei Jahren dem Imperium beigetreten war, waren zwei kleinere Rebellionen brutal niedergeschlagen worden. Gaeri erinnerte sich an diese Periode nur allzugut. Ihre beiden Eltern waren gestorben. Sie hatten sich während eines Kampfes zwischen Aufständischen und imperialen Truppen am falschen Ort aufgehalten. Seitdem lebte sie bei ihrem Onkel und ihrer Tante. Sie hoffte, daß sie weder einen neuen Aufstand noch abermalige blutige Säuberungen, die sich daran anschlossen, erleben mußte.

Vielleicht ging es diesen Unruhestiftern um die Fabrik für Repulsorliftteile in Beldens Distrikt. Konnten Nereus' Streitkräfte Bakura vor rebellischen Räubern *und* den Ssi-ruuk schützen?

Nereus räusperte sich. »Die *Dominant,* unser einziger verbliebener Kreuzer, hat schwere Beschädigungen erlitten. Auf Ratschlag meiner Mitarbeiter habe ich unseren Streitkräften Anweisung gegeben, sich aus der Hauptkampfzone zurückzuziehen und Bakura selbst zu verteidigen. Ich erbitte Ihre Bestätigung dieses Befehls.«

Belden straffte sich und fummelte an einem Stimmverstärker auf seiner Brust herum. »Die Hände in Unschuld waschen, Gouverneur? So daß Sie mit dem Finger auf uns zeigen können, wenn etwas schiefgeht? Wer hält die Ssi-ruuk auf Distanz, frage ich mich!«

Es war nicht klug, die Aufmerksamkeit eines imperialen Gouverneurs auf sich zu lenken, aber Belden schien keine Angst zu haben. Vielleicht würde Gaeri, wenn sie hundertvierundsechzig wäre, ein zweites prothetisches Herz besäße und schon einen Fuß im Grabe hätte, so etwas wie Zivilcourage aufbringen können.

Plötzlich abgelenkt, prüfte sie, wie spät es war. Sie hatte Senator Belden versprochen, seine ältliche Frau an diesem Abend zu besuchen. Madam Beldens Pflegerin Clis ging um zwanzig Uhr dreißig, und Gaeri hatte angeboten, bei ihr zu bleiben, bis Senator Belden mit einem Komiteetreffen fertig war. Der Verstand der leidenschaftlichen kleinen Eppie ließ nach, und das, obwohl sie erst hundertundzweiunddreißig war. Ließ nach? Sie hatte ihn schon vor drei Jahren völlig verloren. Orn Beldens Fürsorge und die aufrichtige Zuneigung einiger lebenslanger Freunde der Familie wie Gaeriel hielten sie aufrecht. Eppie war Gaeriels erste »erwachsene« Freundin gewesen.

Gouverneur Nereus fuhr mit der Hand über seine dunklen

Haare. Er versuchte, einen klassischen altrepublikanischen Politiker zu imitieren, der die Bevölkerung mit einem Minimum von Gewaltandrohung auf seine Linie einschwor. Folgerichtig hatte er eine Herrschaft der Neuen Ordnung fernab von den Schiffswegen des Imperialen Kerns errichtet, die mit minimaler offener Gewalttätigkeit auskam – nach diesen blutigen Säuberungen vor drei Jahren.

Nereus lächelte milde. »Die Aktion, die ich befohlen habe, gewährleistet lediglich, daß keine Rebellen Bakura angreifen.«

»Haben Rebellen die *Dominant* beschädigt? Oder waren es die Ssi-ruuk?«

»Mir liegen noch keine vollständigen Berichte vor, Senator Belden. Es sieht so aus, daß Ihre Fabrik – gegenwärtig – sicher ist. Ich werde drei Bataillone aus der Garnison zur Verteidigung hinüberschicken.«

Das würde Belden nicht gefallen. Premierminister Captison stand auf. Die dunkelgrünen Schulterstücke seiner Jacke schienen über den Schultern seines vollkommen geraden Rückens zu schweben. Es hatte Gaeriel verblüfft, daß sein Haar weiß geworden war, als sie von der Universität zurückkam. Captisons Würde beschämte Nereus' Gehabe. Er legte zwei Finger an seine Hosennaht – ein Zeichen der Beschwichtigung. Offenbar sah es auch Belden. Er nahm langsam wieder Platz, beugte sich dem Premierminister.

»Ich danke Ihnen, Senator Belden«, sagte Premierminister Captison. »Offensichtlich befinden sich die Rebellen im Augenblick zwischen uns und den Ssi-ruuk. Das ist vielleicht der beste Aufenthaltsort für sie.« Er blickte über den Tisch hinweg. Vierzig Senatoren, alle menschlich mit Ausnahme von zwei bleichen Kurtzen aus dem Kishh-Distrikt, starrten zurück. Wie der Senat hatte auch Premierminister Captison jedesmal, wenn er sich imperialen Wünschen widersetzte, an Autorität verloren. »Wir sollten Gouverneur Nereus unterstützen«, sagte er ohne Enthusiasmus, »und seinen Rückzugsbefehl bestätigen.«

Er rief zur Abstimmung auf. Gaeri hielt mit der Mehrheit ihre Handfläche nach oben. Nur Belden und zwei andere ballten die Fäuste.

Gaeriel seufzte leise vor sich hin. Belden war kein Anhänger des Kosmischen Gleichgewichts. Er konnte sich nicht zu dem Glauben bekennen, daß andere erhöht wurden, wenn er dem Schicksal gnädig gestattete, ihn zu erniedrigen. Das Rad drehte sich immer, und diejenigen, die sich gegenwärtig demütig zeigten, würden eines Tages reichen Lohn ernten.

»Ich danke Ihnen für Ihre Unterstützung«, schnurrte Nereus. Seine käferartige Eskorte folgte ihm nach draußen.

Gaeriel blickte ihm nach. Vor dem Imperium war Bakura von einem Premierminister und einem Senat regiert worden – und niemals hatte sich eine Gruppe von drei Individuen in der Regierung auf ein Programm einigen können. Als Gaeri zur Schule ging, wurde der Unterricht halbjährig abgehalten, dann auf einen »Wechselmonat«-Stundenplan umgestellt – zwei Monate Schule, einer frei. Schließlich warf irgend jemand den gesamten Lehrplan über Bord. Wenn sich die Regierung nicht einmal auf einen Schulkalender einigen konnte, dann wußte sogar ein Kind, daß sie sich auch auf nichts anderes einigen würde. Als Tochter eines Senators und Nichte des Premierministers hatte sie endlose Machenschaften und Streitereien über andere Themen mitbekommen – soziale Gerechtigkeit, Repulsorlift-Exporte, Steuerfragen.

Am wichtigsten jedoch war, daß sich keine zwei Senatoren jemals auf eine Verteidigungsstrategie einigen konnten. Konsequenterweise fiel Bakura schnell an das Imperium.

Sie straffte ihre Schultern. Vielleicht erklärte diese leichte Eroberung, warum Gouverneur Nereus einen so großen Teil der alten Regierung im Amt belassen hatte. Ihre Erfahrungen auf der imperialen Zentralwelt hatten Gaeri gelehrt, über den bakurischen Senat kein Wort zu verlieren. Andere Bewohner des Systems reagierten auf seine Existenz mit Entrüstung.

Imperialer Friede entschädigte Bakura für die verlorene Autonomie, das sagte Gaeri jedenfalls ihre zugegebenermaßen begrenzte Erfahrung. Er hatte das Chaos und die zivilen Grabenkämpfe beendet und bakurische Handelsgüter hinaus auf die stellaren Märkte gebracht.

Dennoch, viele ältere Senatoren waren anderer Ansicht, und wenn sie leise redeten, hörte Gaeri zu.

Apropos Dissidenten – sie sollte sich besser auf den Weg zu Beldens Apartment machen. Sie schlüpfte in ihre Schuhe und eilte zum Dachausgang hinauf.

∗∗∗

Im allgemeinen hielt sich Dev während eines Kampfes im Quartier seines Meisters Firwirrung auf, wo er dann fieberhaft an seinem Übersetzungsprojekt arbeitete. Auf diese Weise wollte er vermeiden, die Furcht der feindlichen Jägerpiloten zu fühlen, wenn diese von Traktorstrahlen gefangen wurden. Heute jedoch hatte ihn Meister Firwirrung gebeten, Eßtabletts und Trinkkolben von der Schiffsküche über einen hell erleuchteten Korridor zum Kommandodeck zu bringen.

Voll damit beschäftigt, die Vorhutstreitkräfte zu verteidigen, hatte Admiral Ivpikkis befohlen, zusätzliche Kampfdroiden in Dienst zu stellen, statt die übliche Anzahl von Droidenbediensteten an Bord der *Shriwirr* aufzufüllen – abgesehen von den Sicherheitsdroiden, die die Brücke selbst bewachten. So übernahm Dev eine Bedienstetenrolle, die sich von seinem sonstigen Aufgabengebiet unterschied. Der Kapitän der *Shriwirr* beteiligte sich nicht am Kampf, sondern schützte Ssi-ruuvi-Leben und hielt die Kommunikationslinien zwischen der Vorhut und der Hauptflotte über eine Kette von Subraumbojen offen.

Immer wenn menschliche Gefangene an Bord gebracht wurden, bezog Dev insgeheim Trost aus ihrer Gesellschaft – für eine kurze Weile. Sie wurden immer sofort technisiert, wobei ihre Machtpräsenzen in Kampfdroiden integriert wurden. Um seines eigenen psychologischen Wohlbehagens willen wollte er ihnen diese Freude nicht vorenthalten, aber im stillen stimmte es ihn traurig, obwohl dies egoistisch war. Ohne daß es seine Meister wußten, streckte er während der Kämpfe manchmal seine Hand durch die Macht aus und streichelte menschliche Präsenzen. Voller Schuldgefühle, aber einem inneren Zwang gehorchend, griff er auch jetzt nach draußen...

...und berührte Kraft. Er umklammerte die Steuerflächen seines Repulsorwagens und stand bewegungslos da. Irgend jemand – irgendwo außerhalb der *Shriwirr* – besaß die große, gelassene Stärke, die er immer mit seiner Mutter assoziiert hatte. Seine Augen wurden feucht. Sie war doch bestimmt nicht zu ihm zurückgekommen, oder? Konnte das sein? Er hatte von Visitationen gehört, aber...

Nein. Wenn dies der Geist eines Menschen war – und dieser Mensch befand sich angesichts der Entfernung eindeutig nicht auf Bakura –, dann war es der Geist eines Feindes. Er war auch weitaus stärker als seine Mutter. Er hatte gehört, daß der Admiral ganz nebenbei, so als sei es unter seiner Würde, überhaupt davon Notiz zu nehmen, eine neu eingetroffene Kampfgruppe erwähnt hatte, und dieser Feind ließ ihn an... sein Zuhause denken. Der Fremde konzentrierte sich ebenfalls auf die Kämpfenden, aber nicht mit derselben Gefühlsintensität, die Dev empfand. Dev drang tiefer ein. Ihre Ähnlichkeit lockte und verführte ihn. Der Fremde schien sein Tasten nicht zu bemerken.

Dev gab dem Repulsorwagen einen Stoß. Er sollte sich keine Gedanken darüber machen. Hoffentlich würde das Gefühl nicht zurückkehren.

Er eilte weiter. Als er die Brücke fast erreicht hatte, wurde ein trillerndes Pfeifen mit dem Heulen der Alarmanlage hörbar. Notfall: Eingurten zur Reorientierung.

Überrascht ließ Dev seinen Wagen los. Er sprang durch die nächste offene Luke und erspähte mehrere Notfallmatten, die von der Decke bis zum Boden reichten. Hochgewachsene rostfarbene Ssi-ruuk und kleine braune P'w'ecks mühten sich in die nächsten Harnische. Dev entdeckte einen, der schlaff dahing. Er rannte hinüber, packte die rote Schnur an seinem Rand, hielt sie gegen sein Brustbein und drehte sich im Kreis, um sich einzuschnüren. Noch mehr als sonst sehnte er sich jetzt nach einem massigen Ssi-ruuvi-Körper. Schlank und schwanzlos, wie er war, mußte er sich ein halbes Dutzend Male drehen, bevor ihn das Gewebe sicher umhüllte.

Dann blieben ihm einige Sekunden, um sich über den Alarmpfiff hinaus Gedanken zu machen. Er versuchte sich zu erinnern, ob er an diesem Morgen die Nestkissen gefaltet hatte. Außerdem hatte er einen beladenen Wagen im Korridor stehen lassen.

Schlimmer noch, die unbesiegbare *Shriwirr* beschleunigte völlig unerwartet, um in den Hyperraum zu springen. Mit Sicherheit war dies kein Rückzug. Sie waren dem Sieg so nahe gewesen. Sie hätten...

Die nächste Schottwand wurde zum Boden, dann zur Decke. Devs Magen protestierte heftig. Die Beschleunigung schmetterte sein Gesicht in sechs Lagen Netzwerk. Unfähig, sich gegen den Boden zu stemmen, bohrte er seine Finger durch das Gewebe, verlor aber dennoch die Körperkontrolle. Er kniff die Augen zu und betete, daß es aufhörte.

Als die Schwerkraft wieder vom Boden ausging, hörte das Alarmpfeifen auf. Wie betäubt wickelte sich Dev mühevoll aus.

»Was geht hier vor?« fragte einer seiner Nachbarn. »Ich kann mich an keine Notfallreorientierung seit Cattamascar erinnern.«

Die Antwort lieferte eine beunruhigend vertraute Stimme: »Wir haben einen Kreuzer verloren. Fast alle neuen Drohnenjäger sind vernichtet. Wir müssen Menschen vergeuden, um unsere verbleibenden Schiffe zu schützen. Wir müssen die Taktik der Neuankömmlinge analysieren, bevor wir zurückkehren. Diese Gruppe ist anders. Andere Schiffstypen, ein anderer Kommandostil.«

Kommandostil? Besaß die neue Gruppe einen machtstarken Kommandeur? Vielleicht einen echten ... Jedi, der die Ausbildung beendet hatte, die von seiner Mutter nur begonnen worden war?

Aber das Imperium hatte die Jedi ausgelöscht. Jeden einzelnen zur Strecke gebracht.

Ja, aber der Imperator war jetzt tot. Ein wahrer Jedi konnte jetzt vielleicht wagen, sich zu zeigen.

Das waren alles Vermutungen. Nachdem er sich endlich ausgewickelt hatte, trat Dev aus seiner Matte. Vor ihm stand ein massiger Ssi-ruu, der mit seinen feuchten, schwarzen Augen durch ihn hindurchblickte. Es war der Ssi-ruu, der bei ihm die stärkenden »Erneuerungen« vornahm: Sh'tk'ith, der Älteste, dem man respektvoll den Spitznamen Blauschuppe gegeben hatte. Blauschuppe war einer Ssi-ruuvi-Rasse entsprungen, die sich von der Firwirrungs unterschied: glänzende, kleine blaue Schuppen, schmaleres Gesicht, längerer Schwanz. Blauschuppes Rasse dominierte auf der Heimatwelt so, wie Firwirrungs Rasse das Militär dominierte.

Er sollte Blauschuppe sagen, was er gespürt hatte ... Aber damit würde er seine sündhafte geheime Angewohnheit eingestehen.

Dev blickte zu Boden. »Ich grüße dich, Ältester ...«

»Was ist nicht in Ordnung?« wollte Blauschuppe wissen. Seine schwarzen Witterungszungen zuckten und schmeckten die Luft. Von allen Ssi-ruuk schien er gegenüber den subtilen menschlichen Geruchsveränderungen, die durch Streß verursacht wurden, am sensitivsten zu sein.

»So eine ... Tragödie«, sagte Dev vorsichtig. »So viele Kampfdroiden, die verlorengegangen sind. Diese armen Menschen – ihr neues Leben, ihr neues Glück war nur von so kurzer Dauer. Laß mich um meine ... um die anderen Menschen trauern, Ältester. Wie traurig für sie. Wie traurig.« Die Kühnheit seiner Lüge ließ ihn erbeben.

Dreifache Augenlider blinzelten. Blauschuppe gab ein gutturales Schrillen von sich, das Ssi-ruuvi-Äquivalent eines gedankenvollen »Hm«.

Blauschuppe schlug seine Vorderklauen aneinander. »Also später«, antwortete er. »Wenn du über ihren Tod nachgedacht hast, kommst du zu mir zurück. Ich werde dich erneuern, damit du deinen Dienst glücklicher versehen kannst.«

»Ich danke dir, Ältester.« Devs Stimme krächzte, als er einen Schritt zurücktrat. »Entschuldige mich. Ich muß den Korridor aufräumen. Die Arbeit wird mir Zeit zum Nachdenken geben.«

Blauschuppe wedelte mit einer Vorderklaue und ließ ihn gehen.

Dev floh durch die Luke nach draußen und fühlte sich schuldiger denn je. Hatte er die Vorhutstreitmacht in Gefahr gebracht? Sicherlich nicht. Admiral Ivpikkis würde erfolgreich sein. Devs unmittelbares Problem war es, den Augenblick jenes Kontakts aus seinem Gedächtnis zu verbannen, bevor ihn Blauschuppe zu sich rief und ihn davon überzeugte, daß er gestehen mußte.

Kaltes Essen klebte an den Schottwänden und Trinkkolben hatten die grauen Bodenfliesen besudelt. Dev eilte zu einem Vorratsschrank im unteren Teil des Schiffes. Saubermachen war P'w'eck-Arbeit, aber er fühlte sich verantwortlich.

Er war nie imstande gewesen, Blauschuppe hinters Licht zu führen. War das Verbergen von Gedanken verräterisch? Seine Meister hatten ihn vor dem Hungertod gerettet. Er schuldete ihnen so viel.

Aber er hatte noch nie einen so guten Grund gehabt. Sein Geist hatte eine verwandte Seele berührt. Er konnte sie jetzt noch nicht verraten.

Er riß den Vorratsschrank auf, griff nach einem Feuchtsauger und machte sich auf den Weg zum nächsten Tropfenspender.

✱6✱

»... zur Hauptstadt Salis D'aar geleiten«, drang die Stimme eines Raumhafenbediensteten aus dem Empfangsgerät des *Falken*. »Ein Fluglotse wird sie 'runterbringen.«

»Danke.« Han unterbrach die Verbindung und lehnte sich zurück. Leia atmete tief durch. »So. Wir können mit der Arbeit anfangen.«

Han hob eine Augenbraue. Er hatte den Eindruck, daß sie schon länger an der Arbeit waren.

Leia bemerkte es nicht. »Wir müssen entscheiden, was wir als nächstes tun.« Sie glättete eine der Haarflechten, die ihren Kopf umgaben.

»Richtig«, antwortete er, erfreut darüber, daß sie vernünftig dachte. »Machen wir Gebrauch von diesem sicheren Geleit und landen wir auf Bakura oder nicht? Sie sind jetzt in besserer Verfassung. Dies könnte ein guter Zeitpunkt sein, um unsere Truppen zu sammeln und zu verschwinden.«

Leia blickte auf das Deck des *Falken*. »Das war nicht das, was ich meinte, aber du hast recht. Es tut mir leid, aber ich frage mich, ob wir uns sofort mit den Imperialen befassen sollen.«

»Leia«, meldete sich Luke über den Kommunikator von der *Flurry*, »fühlst du dich nicht wohl?«

Sie räusperte sich und beugte sich zum Kontrollschirm vor. »Ich mache mir Sorgen, Luke. Vielleicht fange ich an, so zu denken wie Han. Ich habe bei dieser Situation kein gutes Gefühl. Ich bin nervöser als sonst.«

Han warf einen Blick zu Chewie hinüber, der leise schnaufte. Ja, vielleicht entwickelte sie endlich einen Selbsterhaltungstrieb. Skywalkers schienen ohne einen solchen geboren zu sein.

»Wir sind alle nervös«, antwortete Lukes Stimme. »Abgesehen von dem, was sich an der Oberfläche zeigt, geht hier noch irgend etwas vor sich. Ich muß es herausfinden.«

Han blickte durch die Sichtöffnung des *Falken* zur *Flurry* hinüber. Sie sah klobig und plump aus und schwebte unweit des *Falken* in einem Parkorbit außerhalb des imperialen Verteidigungsnetzes.

»Bist du dir da sicher, Junge?« fragte er. »Dies wäre ein guter Zeitpunkt, um nach Hause zurückzukehren.«

»Ich bin mir sicher. Leia, du bist für die Verhandlungen

zuständig. Willst du mit der Fähre 'rüberkommen und mit dem Transporter der *Flurry* eine würdige Landung vornehmen?«

»Warte mal einen Augenblick.« Han straffte seinen Rücken. »Ich werde mit nichts anderem als dem *Falken* landen. Ich will diese Kiste auf dem Planeten haben – für den Fall, daß wir abermals einen Schnellstart hinlegen müssen.«

»Abermals?« fragte Luke. »Was ist passiert?«

»Später.« Leia verschränkte die Finger und rieb ihre Daumen aneinander. »Was ist mit dem Eindruck, den wir erwecken, wenn wir die Landung mit . . . Nun, überleg' mal, wie der *Falke* aussieht, wenn man ihn nicht kennt.«

»*Vielen Dank, Eure Hoheit.* Das ist Tarnung.«

Sie spreizte die Hände. »Dies wird der erste Eindruck der bakurischen Imperialen von unserer Gruppe sein, Han. Wir wollen sie als Alliierte. Denk mal langfristig.«

»Zuerst einmal müssen wir kurzfristig überleben.«

Luke räusperte sich. »Der *Falke* wird nicht in die Hangarbucht der *Flurry* passen. Die ist voll.«

Leia blickte auf das makellose Instrumentenbrett, dann hinüber zu einem Schott, das durch überschüssige Schaltdrähte zusammengehalten wurde. Sie bedachte Han mit einem langen, düsteren Blick.

»In Ordnung, Luke«, sagte sie schließlich. »Wir werden mit dem *Falken* landen – aber nur, wenn sich jeder gut anzieht.«

Han ballte in Hüfthöhe eine Faust. »Also, ich werde nicht . . .«

»Mit Ausnahme von dir, Captain.« Ihre Stimme klang süß, aber Han sah ein bösartiges Funkeln in ihren Augen. »Es ist deine Kiste. Dann solltest du auch entsprechend aussehen.«

✳✳✳

Einige Zeit später blickte Leia durch die Sichtöffnung auf die Wolkenmuster einer atemberaubenden, azurblauen Welt. Chewie kontrollierte die Instrumente, stand dann zufrieden aussehend auf und ging den Gang hoch.

Luke erschien mit feuchten, zerzausten Haaren. Er hatte ihren Bericht über die Ereignisse auf Planet Sechs ruhig aufgenommen und dann etwas von einer Dusche gemurmelt.

»Fühlst du dich besser?« fragte sie.

»Darauf kannst du wetten.« Er ließ sich in den überdimensionierten Kopilotensessel fallen. »Dann wollen wir mal sehen, ob wir Commander Thanas wieder erreichen können.«

»Ich sage weiterhin, daß es nach einer Falle riecht.« Han nahm wieder Platz auf dem Pilotensitz. »Vielleicht denkt Thanas, daß er ein feiner Kerl ist, wenn er uns anbietet, uns in dieses Verteidigungsnetz hineinzulassen. Aber wenn wir unsere Kräfte aufsplitten, dann ist die eine Hälfte mit irgendeinem imperialen Schreibtischhengst beschäftigt, während nur die andere Hälfte einsatzbereit am richtigen Ort steht.«

Luke trommelte rhythmisch auf die Konsole. »Ihre Schiffe benötigen längere Reparaturpausen als unsere. Was ich gesehen habe, war ganz schön zusammengeschossen.«

»Und wir wissen noch immer nicht, was diese Fremden beabsichtigen«, sagte Leia. Sie warf Luke einen Seitenblick zu. Sie hätte schwören können, daß er mehr wußte, als er sagte. »Ich habe ein ganz schlechtes Gefühl dabei.«

»Es sind unsere Hälse, die jetzt in der Schlinge stecken«, warf Han ein. »Zusammen mit denen der Bakurer.«

»Das war auch mein Gedanke«, stimmte ihm Leia zu. »Wir beweisen, daß wir auf ihrer Seite sind, indem wir die Gefahr mit ihnen teilen.«

»Allianzstreitkräfte?« brummte Commander Thanas' Stimme aus dem Kommunikator.

Leia beugte sich über Lukes Schulter. Seine Haare waren schon fast trocken und fingen die matte Kabinenbeleuchtung auf wie eine Aureole.

»Auf Empfang, Commander Thanas«, antwortete Luke.

»Ich habe den Allianzschiffen die Freigabe erteilt, sich an den Positionen in das Verteidigungsnetz einzugliedern, die Sie erbeten haben, während Ihre Abordnung in Salis D'aar Verhandlungen führt. Ich freue mich darauf, Sie persönlich kennenzulernen.«

»Das beruht auf Gegenseitigkeit. Allianz Ende.« Nachdem er von der imperialen Frequenz auf eine andere umgeschaltet hatte, machte Luke eine kurze Pause. »Alles mitbekommen?«

»Im SAC gespeichert«, antwortete Captain Manchisco über Kommunikator. »Viel Spaß da unten.«

Luke machte einen tiefen Atemzug.

»Früher oder später wirst du den Imperialen sagen müssen, wer du bist, Luke.« Han schnitt ein schiefes Gesicht.

Leia zuckte zusammen. *Nein, das mußt du nicht.*

»Ich würde es lieber von Angesicht zu Angesicht tun«, sagte Luke ruhig.

Oh, sie meinten nur, daß er seinen Namen offenbaren sollte,

nicht seine Abstammung. Leia beeilte sich, ihr Einverständnis zu erklären. »Vor Ort hat er eine bessere Kontrolle, ein besseres ... Urteilsvermögen, Han. Er kann fühlen, ob sie etwas verbergen.«

Han schnaubte leise. »Es riecht noch immer nach einer Falle. Es gefällt mir nicht.«

Aber er streckte die Hand nach dem Instrumentenbrett aus. Luke machte Chewies Sitz frei und setzte sich nach hinten.

»Und Luke ist ein Jedi«, erinnerte ihn Leia.

Luke nickte ihr zu. »Wir werden unsere Augen offenhalten.«

Der *Falke* verließ seine Position im Parkorbit und ging auf einen Annäherungskurs in Richtung der bakurischen Hauptstadt Salis D'aar. Während sie das Verteidigungsnetz passierten, entdeckte Leia eine riesige Reparaturstation: untertassenförmig, nicht sphäroidisch, dem Himmel sei Dank. Sie hatten genug von Todessternen. Han setzte im steilen Sturzflug zur Landung an — schließlich waren sie auf keiner Besichtigungstour. Leia blickte zwischen Hans und Chewies Sitzen hindurch auf das Scannerdisplay.

Zwischen zwei Zwillingsflüssen funkelte ein riesiges Gebirge aus puren weißen Felsen im flachwinklig einfallenden Licht. Es blendete ihre Augen.

Blinzelnd schaltete Han einen Sichtfilter ein. »Besser?«

»Seht euch das an«, flüsterte Leia.

Dort, wo das Gebirge einen südöstlichen Bogen beschrieb, lag auf seinem Kamm eine ganze Stadt. Südlich von der Stadt machte sie einen Doppelring aus großen Trichtern aus, die einen hohen Metallturm umgaben. Ein ziviler Raumhafen, nahm sie an.

Sie blickte wieder nach Norden auf die Stadt. Die strahlenförmigen Geraden und konzentrischen Kreise ihres Straßensystems verliehen ihr ein Spinnwebmuster. Zwischen mehreren spitzen Türmen in der Nähe des Zentrums wogte dichter Luftwagenverkehr hin und her.

»Wie ist die Ortszeit?« fragte sie.

»Kurz nach Morgengrauen.« Han rieb sich das Kinn. »Es wird ein langer Tag werden.«

Unregelmäßige grüne Flecken ließen ahnen, daß man an erdigen Stellen des weißen Felsmassivs üppige Parks geschaffen hatte.

»Seht.« Luke zeigte auf einen Ort einen Kilometer südlich des Raumhafens. Innerhalb einer kreisförmigen künstlichen Fläche, die kahl und schwarz war, bewachten riesige Turbolasertürme einen hexagonalen Komplex.

Leia verschränkte die Arme. »Standardbauweise einer imperialen Garnison.«

»Darin dürfte es von Sturmtruppen nur so wimmeln«, stellte Han fest.

»Was war das?« rief 3PO von seinem üblichen Aufenthaltsort im Spielraum aus. »Hat jemand Sturmtruppen gesehen?«

»Überlade keinen Schaltkreis«, sagte Han. »Sie werden überall sein.«

3POs Antwortgemurmel klang wie: »Oh, Himmel, oh, Himmel.«

Luke schnallte sich los und schlüpfte aus dem Cockpit. Chewbacca heulte irgend etwas.

»Luke scheint eine glatte Landung zu erwarten«, übersetzte Han.

»Warum auch nicht«, fügte er hinzu.

Leia zog es vor, auf ihrem Sitz zu bleiben und eine Falte ihres weißen Rocks glattzustreichen. Sie hatte sich eine Kopie ihres abgetragenen, weißen Senatorengewands nähen lassen. Noch immer hegte sie die Hoffnung, die Lumpenpackreputation der Rebellen widerlegen zu können, sofern das nach der Landung mit dem *Falken* überhaupt noch möglich war.

Han flog das Schiff zweimal über die Peripherie von Salis D'aar und über die Flüsse zu beiden Seiten des weißen Felsmassivs, das sie daran hinderte, zusammenzufließen.

»Sie schießen nicht auf uns«, sagte er. »Nehme an, wir können es genausogut hinter uns bringen.«

Fluglotsen dirigierten Han zu einem freien Multischifftrichter am westlichen Ende des Raumhafens. Die langen Morgenschatten mehrerer fahrbarer Reparaturkräne breiteten sich auf dem rauhen, weißen Untergrund aus.

»Woraus besteht diese Oberfläche?« murmelte Leia, als Han das letzte Teilstück des Abstiegs anging.

Han blickte auf einen Scanner. »Offenbar besteht das Gebirge aus fast reinem Quarz. Der Trichter sieht nach Felsglas aus, aber irgend jemand hat es aufgerauht.«

Der *Falke* setzte weich auf.

»So«, sagte Han. »Seht ihr? Kein Grund zur Besorgnis.«

Chewie knurrte. Leia drehte sich, um zu sehen, wohin er mit seiner haarigen Hand zeigte. Ungefähr zwanzig Personen drängten sich um eine lange Repulsorfähre unweit eines Krans am Rand ihres Landetrichters.

»Beeile dich, Luke«, brüllte Han.

»Ja, ja«, drang Lukes atemlose Stimme vom Gang. Leia sprang aus ihrem Sessel und gesellte sich zu ihm.

3PO nickte zustimmend, als er Lukes weiße Schiffsmontur ohne Rangabzeichen sah. Während ihn Leia von oben bis unten musterte, schnallte er sich einen silbrigen Allzweckgürtel um, an dem ein Blaster, drei Vorratsbeutel und sein Lichtschwert baumelten. Er richtete seine Augen auf Leia. Sie sahen so blau und unschuldig aus.

»Ich nehme an, so sollte sich ein Jedi kleiden«, sagte sie zweifelnd. *Ich wünschte, du würdest älter aussehen.*

Luke blickte erwartungsvoll zu Han. Han zuckte die Achseln.

Leia lachte. »Was spielt es für eine Rolle, was er denkt?« fragte sie Luke.

»Sie sehen großartig aus, Master Luke«, bemerkte 3PO. »General Solo, Sie sind ziemlich schlampig. Glauben Sie nicht, daß es die Gefahr minimieren würde, wenn . . .«

»Chewie«, sagte Han, »willst du an Bord bleiben?«

Dies war eine berechtigte Frage. Chewbacca würde die Allianz gut repräsentieren, wenn er mitkam. Imperiale verabscheuten Nichtmenschen aus Prinzip, aber Menschen und von den Imperialen unterdrückte Nichtmenschen hatten die Allianz gemeinsam gegründet.

Chewie brüllte.

»In Ordnung«, sagte Han zweifelnd. »Nehme an, wir können noch ein paar Augen mehr gebrauchen. Ihr seht alle scharf aus.«

Leia glaubte, 3PO kichern zu hören, falls so etwas überhaupt möglich war. R2 zirpte laut.

»Alles klar«, bemerkte Luke. »Auf geht's.«

Leia bezog Position im Zentrum der Gruppe, Luke zu ihrer Rechten, Han zu ihrer Linken und Chewie mit 3PO und R2 hinter ihr. Chewie ließ die Einstiegsrampe nach unten. Sie schritt langsam hinunter und sog dabei kühle, feuchte Luft ein, die schwer mit exotischen Pflanzendüften geschwängert zu sein schien. Ihr erster Atemzug auf einem neuen Planeten war immer ein Hochgenuß.

Als sie auf den fahlen Raumhafenboden trat, knirschte es. Sie warf einen Blick zurück. Der *Falke* ruhte auf einem seidigen Bett aus weißem Felsgestein und grauem Raumhafenstaub.

Genug geforscht. An die Arbeit. Sie schritt auf die imperiale Gruppe neben ihrer Fähre zu.

»Oh«, sagte Han sarkastisch. »So viele hübsche weiße Rüstungen.«

»Sei still«, knurrte Leia. »Ich trage ebenfalls Weiß.«

Sie dachte zurück an ihre Zeit als imperiale Senatorin, an ihr Doppelspiel als Mitglied der Clique des Imperators und der noch in den Kinderschuhen steckenden Allianz, für die ihr Vater gestorben war.

Ihr *wahrer* Vater war Bail Organa, der sie aufgezogen und ausgebildet und der ihren Sinn für Selbstwert und Selbstaufopferung genährt hatte. Biologie hin, Biologie her – es würde für sie nie einen anderen Mann mit dieser Titulierung geben. Punkt. Daten speichern. Programmende.

Der Mann in der Mitte der Gruppe mußte der imperiale Gouverneur Wilek Nereus sein. Er war groß und dunkelhaarig und hatte kräftige Gesichtszüge. Bekleidet war er mit einer Khakiuniform, die er sich von Großmoff Tarkin geborgt haben konnte. Dazu trug er dünne, schwarze Handschuhe. Die anderen Individuen in seiner Gruppe veränderten ständig ihre Position, um ihn im Auge behalten zu können. Er war eindeutig der Mann, der das Sagen hatte.

Entspanne dich, sagte sie sich im stillen. *Fühl dich ein. Deine Stärken liegen hier, in einem anderen Bereich als Lukes.*

Gouverneur Nereus' Delegation bildete einen Halbkreis um ihn. »Prinzessin Leia von Alderaan.« Er deutete eine halbe Verbeugung an. »Es ist uns eine Ehre, Sie zu empfangen.«

»Gouverneur Nereus.« Sie erwiderte seine Verbeugung, wobei sie darauf achtete, daß sie sich nicht einen Millimeter tiefer verneigte. »Es ist uns eine Ehre, hier zu sein.«

»Im Namen des Imperators, willkommen auf Bakura.«

Einen besseren Anfang als diese protokollarische Begrüßung hätte sie sich gar nicht wünschen können.

»Ich danke Ihnen für die Willkommensgrüße«, antwortete sie gelassen. »Sie werden mich für schrecklich taktlos halten, wenn ich Ihre freundlichen Worte korrigiere, aber es ist nicht länger angemessen, uns im Namen von Imperator Palpatine willkommen zu heißen. Imperator Palpatine ist vor einigen Tagen verstorben.«

Nereus hob eine dunkle, schwere Augenbraue und verschränkte seine großen Hände auf dem Rücken. »Meine liebe Prinzessin.« Er stolzierte einen weiteren Schritt nach vorne. »Sind Sie nach Bakura gekommen, um Gerüchte und Lügen zu verbreiten?«

»Es kommt noch besser, Eure Exzellenz. Er wurde von seinem Lehrling Darth Vader getötet.«

»Vader.« Nereus streckte sich um mehrere Millimeter, um sie noch höher zu überragen. Er sprach den Namen voll Abscheu aus, was sie vollkommen verstand. »Vader«, wiederholte er. »Seine Imperiale Majestät hätte niemals einem Sith-Lord vertrauen sollen. Ich war geneigt, Ihnen nicht zu glauben, Eure Hoheit. Aber Vader als Meuchelmörder, daran glaube ich.«

»Lord Vader ist ebenfalls tot, Eure Exzellenz.«

Am Rand ihres Gesichtsfelds hob sich Lukes Kinn. Sie wußte, was sie seinem Wunsch gemäß hinzufügen sollte. Vielleicht war Vader heroisch gestorben, aber zehn Minuten Reue konnten jahrelange Abscheulichkeiten nicht aufwiegen.

Die Leute des Gouverneurs wandten sich paarweise zur Seite und tuschelten. Leia ergriff wieder die Initiative.

»Gouverneur, darf ich Ihnen meine Begleiter vorstellen – zuerst General Solo.«

Han sollte sich eigentlich verbeugen oder Nereus zumindest die Hand schütteln. Statt dessen stand er nur mit mißbilligendem Gesichtsausdruck da. Auf diese Weise würde er es nie zum Diplomaten bringen.

»Sein Kopilot, Chewbacca von Kashyyyk.«

Chewie knurrte, als er sich verbeugte. Wookiees waren vom Imperium schändlich verraten worden. Sie hoffte, daß sich Chewie nicht vergaß und anfing, den Imperialen die Arme auszureißen. Die frostige Morgenbrise zauste seinen Pelz.

Mit Bedacht spielte sie ihre Trumpfkarte aus. »Und Commander Skywalker von Tatooine, Jedi-Ritter.«

Luke verbeugte sich wundervoll – sie hatte ihn trainiert. Nereus spannte seine Schultern. Nach einem Augenblick erwiderte er die Verbeugung.

»Jedi.« Seine lange Nase zuckte. »Wir werden auf uns aufpassen müssen.«

Luke verschränkte seine Hände vor dem Bauch. *Gut!* Leia lobte ihn im stillen. Er ließ sie antworten, so wie sie es erbeten hatte. Jetzt fühlte sie sich entschädigt dafür, daß sie ihm beim Kampf die Führung überlassen hatte. Vielleicht hatte diese Arbeitsteilung Zukunft, sofern sie nicht zu weit ging.

»Ja, Exzellenz«, sagte sie, als sich Gouverneur Nereus wieder ihr zuwandte. »Wir gedenken, die Alte Republik neu entstehen zu lassen, einschließlich des Ordens der Jedi-Ritter. Commander Skywalker ist Oberhaupt des Ordens.« *Guck nicht so schafsköpfig, Luke!* Wieder erriet sie, was sie seiner Meinung nach hinzufügen sollte: Und auch das einzige Mitglied.

»Commander Skywalker«, wiederholte Nereus, und sein Ton wurde so ölig wie Droidenschmiermittel. »Ah. Jetzt erkenne ich Ihren Namen, Commander. Zum Glück für Sie hat Bakura eine gute Handelsbilanz. Sie wissen vielleicht, daß seit einigen Jahren eine . . . astronomische Belohnung für Ihre Gefangennahme ausgesetzt ist. Nur lebend. Das muß so etwas wie eine Auszeichnung innerhalb der Rebellenstreitkräfte sein.«

»Ich bin mir dessen bewußt«, antwortete Luke ruhig. Dies war nichts Neues. Sie standen alle auf der Liste der Meistgesuchten.

»Und ich sehe zwei Droiden«, sagte der Gouverneur. »Sie werden während der Dauer Ihres Aufenthalts auf Bakura mit Hemmbolzen versehen werden müssen.«

Droiden mit diesen Bolzen auszustatten, war eine Standardprozedur auf den meisten Planeten, obligatorisch auf imperialen Welten und Kampfstationen.

»Wir werden dafür sorgen«, stimmte Leia zu. Jetzt sicher, daß sie Nereus' Respekt gewonnen hatte, legte sie ihre Zurückhaltung ab. »Gouverneur, Streitkräfte der Allianz haben Ihr Hilfegesuch abgefangen. Die imperiale Flotte ist nicht länger präsent in diesem Teil der Galaxis. Wir sind hier, um Ihnen behilflich zu sein, die Invasoren zurückzuschlagen. Wenn dies erreicht ist, werden wir Sie verlassen. Bakura muß sein Schicksal selbst bestimmen. Wir werden nicht versuchen, unseren Weg Ihrem . . . dem bakurischen Volk aufzuzwingen.«

Gouverneur Nereus zeigte ihr ein frostiges Halblächeln. Die linke Seite seines Gesichts zog sich zusammen, der Mundwinkel hob sich. Die rechte Seite hätte in Eisen gegossen sein können.

***

Luke blieb wachsam. Nicht nur, daß Nereus' Gesicht zwei Ausdrücke zur Schau stellte, auch in seinem Kopf sah es fühlbar unterschiedlich aus. Es würde für solch einen Mann schwierig sein, Rebellen als Alliierte zu akzeptieren.

Das Wesen des Handschuhe tragenden Gouverneurs züngelte und stieß in der Macht gegen ihn. Nereus hatte den unkontrollierbaren Zwang, Leute zu dominieren, und dies ließ seine Delegation ständig auf der Hut sein. Luke kannte diesen Typ: Seine Methoden waren die einzig vernünftigen Methoden. Jeder, der sich gegen ihn stellte, würde seine Aufmerksamkeit nur so lange erwecken, bis er vernichtet war. Das hieß, er war der perfekte imperiale Gouverneur.

Luke hielt sich weiterhin geöffnet und nahm ringsum Spannung wahr. So viele nervöse Zuckungen erschütterten die Macht, daß schon das Bemühen, ganz einfach gelassen zu wirken, seine Selbstkontrolle stark beanspruchte. Er beabsichtigte nicht, sich von einem schießwütigen Soldaten grillen zu lassen, bevor Leia einen Pakt ausgehandelt hatte.

Während Leia und Gouverneur Nereus ihre bedachtsame Unterhaltung fortsetzten, drang er tiefer und öffnete sich ihnen wieder. Leia: ruhig und gelassen, nicht eingeschüchtert von Nereus. Der Gouverneur: eine Fassade antrainierter Umgangsformen, der Drang zu dominieren und – von beidem überlagert – ein entsetzliches Furchtgefühl. *Sicherlich nicht vor uns.* Wieder dachte Luke an die verzweifelten, nicht ganz menschlichen Präsenzen in diesem Kampfschiff der Ssi-ruuvi. Hatte er gefangene Bakurer kontaktiert?

Offenbar gedachte der Gouverneur in jede Richtung zu springen, aus der ihm Schutz angeboten wurde. So feindselig, wie er vor seinen Leuten agierte, so leicht konnte er ins Lager der Allianz überlaufen.

Zeitweilig.

***

In einer zivilen Fähre, die man ihnen für den Flug in die Stadt zur Verfügung gestellt hatte, gab Luke diese Eindrücke an Han weiter.

»Ja«, knurrte Han leise, »er könnte in unser Lager überlaufen, ganz recht. Oder er könnte es torpedieren. Willst du Wetten abschließen?«

Seine Monturhose klebte Luke an den Beinen, klamm geworden durch die allgegenwärtige Feuchtigkeit Bakuras. Leia saß vor ihm und sah in ihrem weißen Senatorengewand ganz reizend aus. Sie blickte aus dem Fenster des plüschig gepolsterten Zubringers. Der bakurische Senat hatte sie tatsächlich gebeten, an einer sofort einberufenen Krisensitzung teilzunehmen.

Leia straffte sich plötzlich. »3PO, was muß ich über das Protokoll wissen?«

»Ich fürchte, das ist in meinem Programm nicht enthalten.« 3PO trug bereits seinen mittels eines Magneten installierten Hemmbolzen und klang weinerlicher als je zuvor. R2 schaltete sich mit einem elektronischen Pfeifen ein. »Was? Master Luke hat die Dateien aus dieser Sonde in deine Gedächtnisspeicher eingegeben? Warum sagst du das nicht gleich, du aufgemotzter Recyclezylinder?«

R2 schnatterte eine längere Erwiderung. Dann gab 3PO Leia Antwort.

»Ich kann lediglich feststellen, daß Bakura einst von einem Premierminister und einem Senat regiert wurde, aber die gesamte tatsächliche Autorität liegt jetzt beim imperialen Gouverneursamt.«

»Erzähl' uns mal was Neues«, warf Han ein.

Ein bakurischer Pilot, der gleichzeitig als Reiseführer fungierte, flog dicht über ein großes, keilförmiges Gebäude, das von zwei breiten, bogenförmigen Grünstreifen eingerahmt wurde und ging tiefer. »Dies ist der Bakur-Komplex«, erklärte die Assistentin des Piloten und schlang dabei einen Arm um eine silberne Haltestange. Sie starrte Chewbacca an. Luke vermutete, daß sie noch nie einen Wookie gesehen hatte.

Der Komplex, gelegen zwischen zwei strahlenförmigen Highways, schien mehrere Hektar auszufüllen und grenzte mit seinem südwestlichen Bogen an den runden Park im Stadtzentrum. »Der Komplex enthält Gäste- und Belegschaftswohnungen, imperiale Büros, ein großes medizinisches Zentrum und das altehrwürdige Gebäude an der Parkseite, das unter der Bakur Corporation unser Regierungssitz war.«

Leia blickte nach unten, wie um die riesigen, rebenbewachsenen Bäume zu betrachten, die über das Dach des Komplexes verstreut waren. Tatsächlich jedoch, nahm Luke an, ging sie im Geiste das imperiale Protokoll durch. Bakuras Freiheit hing von ihrer Fähigkeit ab, diesen Waffenstillstand auszuhandeln. Han, der neben ihr auf dem Vordersitz des Zubringers saß, fummelte an seinem Blaster herum.

Auf einem Dachlandeplatz stiegen sie in einen Repulsorwagen um, der sie in schneller Fahrt durch den großen Komplex beförderte. Die Reiseleiterin fuhr mit ihren Erläuterungen fort. »Der Corporation-Flügel des Bakur Memorial Building wurde vor über hundert Jahren errichtet und bietet Ausblick auf den Statuenpark im Stadtzentrum. Bitte behalten Sie Platz, bis der Wagen völlig zum Stillstand kommt.«

Der Wagen glitt unter ein rebenbekränztes Gewölbe und bremste ab.

»Warte, Leia.« Han sprang auf.

Luke schlüpfte auf seiner Seite aus dem Gefährt. Leia blieb noch für einige Sekunden sitzen.

»Ich glaube, dieser Bogengang ist einigermaßen sicher«, drang 3POs Feststellung durch eine offene Tür. »Dennoch müssen wir sichergehen.«

Leia steckte den Kopf auf Lukes Seite aus dem Wagen. »Hört mal«, sagte sie, »wenn sie die Absicht haben, uns etwas anzutun, dann ist die ganze Mission schon jetzt gescheitert.«

Han blickte über das Gefährt. »Richtig. Auf dieser Seite ist alles in Ordnung, Luke.«

Luke wandte sich zur Rückseite des Wagens und lud R2 aus. Der Droide pfiff heiter und fuhr seine dreirädrigen Rollen aus. Han und Chewie stiegen aus, dann Leia und 3PO. Luke folgte ihnen, mit R2 im Schlepptau. Türwächter in goldbesetzten, violetten Wämsern und Beinkleidern ließen sie in eine weiträumige Eingangshalle treten, die mit schwarzen Teppichen ausgelegt war. Goldfarbene Ornamente liefen wie Adern aus Edelmetall an einer Säulenreihe im Doppelkeilstil empor und kreuzten sich dann an einer Kuppeldecke.

»Roter Marmor«, murmelte Leia.

»Ist ein Vermögen wert, wenn man ihn herausschmuggeln könnte«, antwortete Han über die Schulter.

Er ging hinter einem Türwächter her. Nachdem er dessen Gang mit ein paar gezierten Schritten imitiert hatte, fiel er wieder in seine wachsame Gehweise zurück, bei der er immer wieder nach links und rechts blickte, hinter jeden Pfeiler und in Richtung jeder offenen Tür. Luke suchte durch die Macht intensiv nach aggressiven Regungen. Bisher spürte er nichts. Leia schritt in der Mitte der Gruppe neben ihrem Protokolldroiden gelassen vor ihm her.

Der violettbeinige Wächter machte an einem Bogen halt, der aus glänzend weißem Stein gemeißelt war. Eine rauhe Holzwand blockierte ihn größtenteils. Auf beiden Seiten schwebten Scanner-Repulsorlifte, und vier imperiale Sturmtruppler standen Wache. Ihr Anblick gab Luke einen Kampf- oder Flucht-Adrenalinstoß.

»Sie sind illegal hier«, murmelte Leia. »Wir sind auf Bakura die rechtmäßigen Gesandten der Galaxis.«

»Sag ihnen das.« Han sah die Soldaten finster an.

Luke blickte nach oben in das glänzende, runde Auge eines Sensors. R2s Kuppel drehte und drehte sich, während seine eigenen Sensoren die Halle überprüften.

»Waffenkontrolle.« Ein Soldat beugte sich über Leia und sprach mit metallischer Stimme weiter. »Hinterlegen Sie alle

Waffen in einem Sicherheitsfach.« Er deutete auf eine Reihe von Kästen gegenüber dem Bogen, deren Schlösser auf Handflächenmuster reagierten.

Leia spreizte ihre leeren Hände und faltete sie dann in gespielter Unterwürfigkeit. Luke ging an dem Bogen vorbei, wählte einen Kasten aus und legte seine Handfläche auf das Schloß, während er gleichzeitig einen Knopf drückte, um das Fach auf sein Handmuster zu programmieren. Er zog seinen Blaster aus dem Gürtelhalfter und legte ihn hinein.

»Komm schon, Han«, sagte er leise.

Han war ihm langsam gefolgt, ebenso wie Chewie und Leia. Han fühlte sich nicht glücklich dabei, aber er programmierte einen Kasten auf sich selbst und schob seinen Blaster hinein.

Leia räusperte sich.

Han warf ihr einen Blick zu, der Blei geschmolzen hätte, zog dann aber sein Stiefelmesser hervor, den Taschenblaster aus der Handgelenkscheide und sein liebstes Vibromesser. Chewbacca war dabei, den Gurt seines Blitzwerfers zu lösen, als ein Gedanke aus Lukes Unterbewußtsein aufstieg.

»Chewie«, sagte er leise, »bleib hier bei den Fächern. R2, du auch.«

Chewie zog mit offenkundigem Vergnügen die Lippen zurück und rümpfte seine schwarze Nase. Der große Wookiee konnte mit Politik nichts anfangen und traute den Imperialen nicht. Er würde gerne Wache stehen.

Leia führte sie zurück zu dem Bogen.

»Stehenbleiben«, sagte der Soldat, der vorhin schon gesprochen hatte. Er zeigte auf Lukes Lichtschwert. »Auch das ist eine Waffe.«

Luke streckte einen Fühler aus Machtenergie aus. »Dies ist ein Ehrensymbol«, sagte er ernst. »Keine Angriffswaffe. Lassen Sie es durchgehen.«

»Durchgehen«, echote der Soldat in demselben ernsten Tonfall. Er kam wieder zu sich und fügte hinzu: »Ich würde den Droiden an der Tür lassen. Fehlfunktionen von Droiden haben die erste Gruppe bakurischer Kolonisten beinahe umgebracht.«

»Sir«, protestierte 3PO, »meine Funktion ist . . .«

»Danke«, sagte Leia fest. Keiner von ihnen hatte die Hemmbolzen vergessen. »3PO wird unmittelbar an der Tür warten.«

Ein Türwächter gab bekannt: »Senatorin Prinzessin Leia Organa von Alderaan. Und . . .« Er machte eine vage, wedelnde Handbewegung. »Und Begleiter.«

7

Leia schritt durch den Bogen und stieg vier breite Treppenstufen hoch, die in einen weiträumigen, quadratischen Saal führten. Luke folgte mit Han im Gleichschritt. Er hoffte, mit dem Behalten seines Lichtschwerts das Richtige getan zu haben. Es war nicht seine Absicht, den gesamten bakurischen Senat durch das Tragen einer Waffe zu brüskieren, aber es konnte gut sein, daß man das Schwert als nicht gefährlich ansah. Er hoffte außerdem, daß ihm Leia Bescheid gesagt hätte, wenn es ihr wichtig gewesen wäre.

Der Saal lag unter einer gekachelten Decke, und in jeder Ecke stand ein hoher, gläserner Pfeiler. Die meisten Senatoren waren menschlich, mit nur zwei Ausnahmen: hochgewachsene, weißhäutige Individuen mit runzliger Kopfhaut anstelle von Haaren. Luke öffnete sich, um durch die Macht zu lauschen. Geplapper umfing ihn, die Strukturen von vierzig oder fünfzig nervösen Bewußtseinen. Er verengte seinen Fokus und griff quer durch den Saal nach einem wuchtigen Repulsorsessel, ganz in Gold und Purpur gehalten, sah man von den beiden Reihen mit Kontrolleisten an den Armlehnen ab. Wilek Nereus mußte einen schnelleren Zubringer genommen haben. Er saß bereits da, und seine zwiespältige Gesinnung war stärker spürbar als zuvor.

Luke ließ seine Aufmerksamkeit nach links wandern und beobachtete die Reaktionen der Senatoren auf Leia. Er spürte Neugier mit Anklängen von Feindseligkeit, aber auch eine dunkle Unterströmung von Furcht durchdrang den Saal. Diese Welt sah sich einem Angriff ausgesetzt.

»Bleib hier, 3PO.« Leia blieb oben auf den Stufen stehen und blickte Gouverneur Nereus an. »Noch einmal guten Morgen, Gouverneur.«

Seine schweren Augenbrauen senkten sich. »Kommen Sie herein«, sagte er. »Kommen Sie herunter.«

Sie traten nach vorne und stiegen dann zu dem zentralen Rechteck hinunter. Fugen im Fußboden ließen erkennen, wo er zur Seite geschoben werden konnte. Luke durchzuckte ein beunruhigender Erinnerungsblitz, in dem eine Falltür und ein riesiger, geifernder Rancor vorkam, der ihn beinahe verschlungen hatte. Er verdrängte das Bild und blickte sich im Saal um. Die bakurischen Senatoren wiesen alle üblichen Schattierungen menschlicher Hautfarben auf, ein subtiles Gemisch von Abstammungslinien.

Ein gepflegter, athletisch aussehender Mann mit vollem weißen Haar, der unter Gouverneur Nereus an einem inneren Tisch saß, streckte eine Hand aus.

»Willkommen auf Bakura«, sagte er. »Ich bin Premierminister Yeorg Captison. Unter normalen Umständen wäre Ihnen eine protokollarische Einladung übermittelt worden, und ich entschuldige mich für die Eile, mit der dieses Treffen anberaumt wurde. Aber Sie haben sicherlich Verständnis dafür.«

Leia, die Gouverneur Nereus nur mit knapper Gestik gegrüßt hatte, machte einen tiefen, wohlüberlegten Knicks vor dem älteren Mann. Luke sondierte ihn. Das Charisma des Premierministers verursachte ein Leuchten in der Macht, das nur um eine Schattierung matter war als das Mon Mothmas. Luke warf einen Blick zurück auf Nereus und fragte sich, warum ihn der Gouverneur nicht beseitigt hatte. Captison mußte *sehr* vorsichtig gewesen sein. Oder hatte er imperiale Beziehungen?

»Bitte, entschuldigen Sie sich nicht«, sagte Leia. »Dies ist eine Stunde der Not.«

Ein anderer Mann am inneren Tisch stand auf. »Blaine Harris, Verteidigungsminister. Sie haben keine Ahnung, wie groß die Not ist. Alle unsere Außenposten auf den anderen Planeten des Systems sind zerstört worden. Unsere Rettungsmannschaften, die überlebt haben und Bericht erstatten konnten, fanden keine Leichen und keine Überlebenden.«

Harris' Furcht jagte einen Schauder über Lukes Rücken. Eilig lenkte er seinen Fokus links am Tisch entlang und spürte Echos von Furcht, Hoffnung und Feindseligkeit. Als er am Ende ankam, arbeitete er sich längs des äußeren, oberen Tisches nach rechts vor.

Eine junge Frau mit energischem Kinn saß auf dem dritten Platz von links. Er stutzte, verblüfft darüber, wie sie die Macht zu ihm zurückhallen ließ. Ihre Präsenz reagierte auf sein Tasten mit einer starken Überlagerung, die wie ein tiefer, langsamer Trommelschlag war. Sie verfügte nicht selbst über die Macht – zumindest glaubte er das nicht –, aber sie übte einen einzigartigen, energetisch wirkenden Effekt auf sein Bewußtsein aus. Er hatte so etwas noch nie erlebt. Hastig schaltete er bis auf seine fünf Sinne alle Wahrnehmungen ab. Er durfte sich durch sie nicht verwirren lassen.

»Prinzessin Leia, sind Sie sich im klaren darüber, gegen was

Sie hier ankämpfen?« Nereus' knarrende Stimme tönte lautstark durch den Saal. Er hatte seinen Thronsessel an einem akustischen Brennpunkt aufgestellt.

Leia legte eine Hand auf eine der inneren Tischplatten. »Nein«, räumte sie ein. »Wir sind aufgrund eines Hilferufs gekommen, um zu zeigen, daß die Allianz keinen Groll gegen Völker hat, die imperial regiert werden, nur gegen das Imperium selbst.«

Nereus verzog die Lippen. »Ellsworth«, befahl er, ohne jemanden dabei anzusehen, »lassen Sie die Sibwarra-Aufnahme laufen. Eure Hoheit, kommen Sie zu mir hoch. Bringen Sie Ihre Eskorte mit.«

Während er hinter Leia die mit Teppichen belegten Stufen hinaufging, blickte Luke wieder nach links. Die junge Frau erwiderte seinen Blick, stützte dabei ihr Kinn auf eine Hand. Hellbraune Haare umrahmten eine blütenweiße Haut und einen aufmerksamen Gesichtsausdruck. Obwohl sie sich vorbeugte, hielt sie ihre schmalen Schultern stolz gerade. Er wagte nicht, sie wieder mit der Macht zu berühren – noch nicht –, aber ihre Gegenwart als solche elektrisierte ihn. Vom Äußeren her beeindruckend. Nicht von blendender Schönheit, aber beeindruckend.

Selbstkontrolle! rief er sich scharf zur Ordnung. *Du bist hier, um Leia zu helfen!*

Servomotoren summten hinter ihm. Vor ihm stellte sich Leia neben Gouverneur Nereus' Sessel, drehte sich dann, um zurückzublicken. Luke blieb auf der Stufe unter ihr stehen und nahm die gleiche Position ein. 3PO schimmerte auf der anderen Seite des Raums. Über der Stelle, an der sie gestanden hatten, erschien schwebend eine holographische Projektion. Es war ein junger Mann mit bräunlicher, cremefarbener Haut, kurzem, schwarzen Haar und einem hübschen Gesicht mit vorstehenden Wangenknochen. Er trug einen weißen Umhang mit blauen und grünen Streifen an der Seite.

»Menschen von Bakura, freut euch!« rief der... Junge? Mann? »Ich bin Dev Sibwarra von G'rho. Ich überbringe euch die warmherzigen Grüße des Ssi-ruuk-Imperiums, einer Kultur mit vielen Welten, die euch die Hand entgegenstreckt. Unser Flaggschiff ist die mächtige *Shriwirr* – ein Ssi-ruuvi-Wort, das *Hort fruchtbarer Eier* bedeutet. Wir kommen in eure Galaxis auf Geheiß eures eigenen Imperators.«

Luke warf einen Blick zu der jungen Senatorin hinüber. Als

das Bild des Invasors erschienen war, hatte sie, in sich selbst versunken, die Hände auf die Tischplatte gestemmt und sich mit durchgedrückten Armen in ihren Sessel zurückfallen lassen. Behutsam streifte er sie wieder mit der Macht. Furcht und Widerwillen strömten aus ihr heraus, aber unter diesen düsteren Emotionen verbarg sich eine Empfindung, die so tief war wie ein aufgewühlter Teich voller juwelenbunter Farben. Verwirrt schüttelte er den Kopf. Das ergab keinen Sinn. Aber genauso fühlte es sich an.

Er hatte all dies in einem einzigen Augenblick wahrgenommen, während das Holobild weitersprach.

»Bakurer, seid froh! Die Freude, die wir bringen, geht über das Glück hinaus, das man mit den Sinnen empfinden kann. Ihr habt das Privileg, den Ssi-ruuk behilflich zu sein, die anderen tausend Welten der Galaxis zu befreien.« Die ausholende Geste, die der Junge machte, sah mehr nach Erobern als nach Befreien aus. »Ihr seid die ersten, die Speerspitze! Welche Ehre!«

»Passen Sie auf«, knurrte Nereus.

Das Bild wechselte. Mehrere mattbraune, echsenartige Fremde versammelten sich um eine metallische Pyramide, die Luke augenblicklich erkannte. Antennen und Laserkanonen stachen an den vier Ecken hervor, und die vier Seiten waren mit Düsen ausgestattet, umgeben von Scanner- und Sensortrauben. Die Pyramide ruhte auf einer Art Instrumentenkonsole.

Die Erkenntnis traf Luke wie ein Schlag. Er erkannte auch die Kreaturen wieder – von seinem beunruhigenden Traum auf Endor.

Die Stimme des Jungen sprach weiter: »Hier seht ihr das wundervollste Kampfschiff in der Galaxis. Selbst wenn ihr nie zu träumen gewagt habt, zu den Sternen zu fliegen – jedem von euch steht eine dieser Kampfmaschinen bereit. Eure Lebensenergie wird in einen dieser Kampfdroiden übergehen. Ihr werdet zwischen den Planeten fliegen...«

Lebensenergien. Luke erinnerte sich an die menschlichen Präsenzen, die er berührt hatte, verzweifelt und voller Qual. Er beugte sich vor.

Der Junge im Umhang erschien wieder. »Um eure Ängste auszuräumen, möchte ich euch ein wenig von der Technisierungsprozedur zeigen. Wenn dann die Zeit kommt, könnt ihr eure Bestimmung mit Freude begrüßen.«

Ein kleineres Bild erschien neben ihm. Ein Mann saß mit hängendem Kopf auf einem Stuhl, mit durchsichtigen Gurten daran gefesselt. Luke blinzelte. Steckten da Kanülen in seiner Kehle? Ein kleineres holographisches Bild-im-Bild des Jungen senkte einen weiß glänzenden Bogen aus Metall über den Mann. Das kleine Bild blieb stehen.

»Es ist eine Freude«, sagte das größere Bild. »Es ist Frieden. Es ist Freiheit. Es ist unser Geschenk an euch.« Er streckte eine bleiche Handfläche aus.

Es *waren* also Menschen, gegen die sie gekämpft hatten. Luke preßte die Hände zusammen. Die Ssi-ruuk waren nicht einfache Sklavenhalter, sondern Seelenräuber...

***

Die Senatorin Gaeriel Captison schauderte und zog ihren warmen blauen Schal um die Schultern. »Wen glaubt er für dumm verkaufen zu können?« flüsterte sie.

»Sie haben ihn in jungen Jahren gefangen«, antwortete der Senator zu ihrer Rechten. »Sehen Sie ihn sich an. Er benimmt sich genau wie ein Flöter. Er muß sogar wie einer denken.«

Gaeri blickte nicht mehr hin. Sie hatte diese Aufnahme schon zehnmal gesehen, angefangen an dem Nachmittag, an dem sie ganz plötzlich alle Tri-D-Schirme, Vid-Monitoren und Unterhaltungskanäle überlagert hatte. Der Senat hatte sie studiert und analysiert, nach tieferen Bedeutungen gesucht – und nach Hoffnung. Die einzige mögliche Schlußfolgerung war gewesen, diese Fremden zu vertreiben oder einem schrecklichen Schicksal entgegenzublicken.

Waren die Rebellen also hier, um zu helfen, wie sie behaupteten? Wenn sie in der Hoffnung gekommen waren, Repulsorliftspulen stehlen zu können, dann waren sie gemeinsam mit Bakura in die Falle der Ssi-ruuvi geraten. Jetzt würden sie Bakura helfen müssen, schon allein, um der Falle zu entkommen.

Gaeri betrachtete die Delegierten. Die Senatorin Prinzessin Leia Organa, in ihrem Alter, war im ganzen Imperium als eine der Hauptübeltäterinnen der Rebellion bekannt. Sie mochte eine irregeleitete Seele sein, die für eine verlorene Sache kämpfte – so wie Eppie Belden, als diese noch ihre Jugend und ihren Verstand gehabt hatte –, aber sie war zur Führerschaft emporgestiegen. Gaeri hoffte, Erfahrungen austauschen zu können.

Prinzessin Leias dunkelhaariger Begleiter war jedoch kein

Idealist. Er behielt alles und jeden im Auge, insbesondere ihren Fluchtweg. Nach den Dateien, die Gouverneur Nereus eilig an Onkel Yeorg übermittelt hatte, war dieser Mann – Solo – ein Schmuggler mit fragwürdiger Vergangenheit und einem langen Strafregister. Mehrere Preise waren auf seinen Kopf ausgesetzt.

Der Hellhaarige hingegen war in keiner dieser Dateien verzeichnet gewesen. Er strahlte eine tiefe Ruhe aus, die einen gefangennehmen konnte. Während das Bild von Dev Sibwarra weiter über die Freuden der Technisierung schwatzte, beugte sich Begleiter Nr. 2 vor, um besser sehen zu können, obwohl sich seine aufrechte Haltung gar nicht zu verändern schien.

Mehrere zwitschernde Triller lenkten Gaeris Aufmerksamkeit wieder auf das Hologramm. Hier kam er: der Feind. Eine massige, aufrechtgehende Echse mit einem schwarzen V im Gesicht schlurfte ins Blickfeld, Berechnung im schwarzen Auge.

»Mein Meister Firwirrung hat mich immer mit äußerster Güte behandelt, meine Freunde.«

»Blutbefleckte Flöter«, knurrte der Senator zur Rechten Gaeris.

»Auf Wiedersehen für jetzt. Ich freue mich darauf, jeden von euch persönlich kennenzulernen. Kommt bald zu uns.«

Das Bild verlosch.

Jetzt, da die Rebellen wußten, was die Ssi-ruuk Gefangenen antaten, war Prinzessin Leias Gesicht weiß wie ihr Kleid. Sie berührte den Arm des Schmugglers, der sich zur Seite beugte, um ihrem Flüstern zuzuhören. Plötzlich kam Gaerie der Gedanke, daß er ihr Rebellenprinzgemahl war. Der jüngere Mann ließ langsam seinen Blick über die Tische wandern.

Zeit, sich zu Wort zu melden. »Verstehen Sie?« rief Gaerie, ohne aufzustehen. »Dies ist eine Bedrohung, bei der uns die Erfahrung fehlt und gegen die wir keine Verteidigung haben.«

Der junge Mann nickte ihr zu. Offensichtlich verstand er ihre Zwangslage.

»Wenn ich ums Wort bitten dürfte«, rief der goldplattierte Droide auf der anderen Seite der Kammer. »Ich fand dieses Schauspiel äußerst abstoßend. Mechaniken aller Art werden geschockt sein durch diese perverse Darbietung...«

Gellende Pfiffe aus allen Ecken des Saals brachten ihn zum Schweigen. Während die Projektoren wieder unter den Bodenfliesen versanken, blieben die Rebellen auf der Stufe unterhalb des Gouverneurssessels stehen. Prinzessin Leia machte einen weiteren Schritt nach unten.

»Bakurer«, rief sie, »ganz gleich, wie Sie über Droiden denken, hören Sie jetzt mir zu. Lassen Sie mich Ihnen meine eigene Geschichte erzählen.«

Gaeri stützte ihr Kinn auf eine Hand. Die Rebellenprinzessin streckte wie ein klassischer Redner eine Hand aus.

»Mein Vater Bail Organa war Vizekönig und Erster Vorsitzender des Alderaan-Systems, ein geachteter Staatsmann der Republik in der Zeit der Klonkriege. Als sich Senator Palpatine zum Imperator erklärte, begann mein Vater für Reformen zu arbeiten. Eine Veränderung erwies sich jedoch als unmöglich. Das Imperium ist niemals an Reformen interessiert gewesen. Es wollte lediglich Macht und Reichtum.«

Gaeris Mund zuckte. Das stimmte schon, wenn es auch einseitig war. Das imperiale System entmutigte Veränderungen und baute auf ökonomische Stabilität. Sie rutschte auf dem Repulsorstuhl.

»Ich war kaum mehr als ein Kind, als ich anfing, meinem Vater als diplomatische Botin zu dienen, und nicht viel älter, als ich in den Imperialen Senat gewählt wurde.« Sie warf Gouverneur Nereus einen Seitenblick zu. »Die Rebellion war bereits im Gange, und wie der Imperator sicherlich ahnte, war ich nicht die einzige unter den jungen Senatoren, die sich daran beteiligte. Mein Vater hatte kaum seine offene Unterstützung bekundet, als ich von Lord Darth Vader, dem Gefolgsmann des Imperators, gefangengenommen und an Bord seines ersten Todessterns gebracht wurde.

Der Imperator behauptet, daß Alderaan zerstört wurde, um anderen rebellischen Welten als Warnung zu dienen. Dies ist nur ein Teil der Wahrheit. Ich stand an Bord des Todessterns. Ich sah, wie der Befehl gegeben wurde. Er wurde gegeben, um mich gewaltsam dazu zu bringen, Informationen preiszugeben.«

Gouverneur Nereus ruckte nach vorne. »Prinzessin Leia, das reicht – es sei denn, Sie wollen für Ihre Verbrechen hier und jetzt festgenommen werden.«

Prinzessin Leias Kinn schob sich trotzig vor. »Gouverneur, ich habe lediglich Ihre Position gefestigt. Das Imperium regiert durch Furcht. Ich habe den Bakurern gerade einen weiteren Grund gegeben, Sie zu fürchten.«

Aber nicht, ihn zu respektieren. Gaeri verschränkte ihre Unterschenkel und war für den Moment bereit, zuzuhören, wenn nicht gar die Sichtweise der Rebellen zu akzeptieren. So etwas wäre auch auf Bakura möglich gewesen, wenn die Rebellen den Todesstern nicht zerstört hätten. Zwei Senatoren in Gaeris Blickfeld bedachten den Gouverneur mit verstohlenen, argwöhnischen Blicken.

»Nach der Vernichtung Alderaans floh ich ins Hauptquartier der Allianz«, fuhr Prinzessin Leia leise fort. »Ich habe mit ihren Führern zusammengelebt und regelmäßig den Standort gewechselt, da das Imperium weiterhin versuchte, uns auszulöschen.« Ihre Stimme wurde lauter. »Wir wollen Ihnen helfen. Die Allianz hat einen ihrer fähigsten militärischen Führer geschickt, Commander Skywalker vom Jedi-Orden.«

Jedi? Aus der Fassung gebracht, griff Gaeri nach einem Anhänger an ihrem Halsband, dem halb schwarzen, halb weißen emaillierten Ring des Kosmischen Gleichgewichts. Nach ihrer religiösen Überzeugung hatten die Jedi das Universum durch ihre Existenz an sich durcheinandergebracht. Für jede Höhe mußte es eine Tiefe geben. Sie glaubte, daß jedesmal, wenn ein Individuum die Fähigkeit entwickelte, soviel Macht auszuüben, ein unglücklicher Widerpart irgendwo in der Galaxis zum Niedergang verurteilt wurde. Die machtgierigen Jedi hatten ihre Fähigkeiten in die Höhe getrieben, ohne auf die unbekannten anderen Rücksicht zu nehmen, die sie dadurch vernichteten. Ihr Verschwinden war eine Moralgeschichte geworden. Der Tod ihrer beiden Eltern hatte Gaeri tief religiös gemacht. Im Gleichgewicht hatte sie endlich Trost gefunden.

Aber hatten einige der Jedi überlebt? Commander Skywalker sah so jung aus, entsprach so gar nicht ihrer Vorstellung von einem Jedi, abgesehen von seiner Ausstrahlung. Er hatte sie direkt angesehen, als sie sprach. Vielleicht las er die Gedanken anderer.

War ein einzelner Jedi so mächtig, daß der Kosmos die Ssiruuk geschickt, so viele Menschen zu Schaltkreisen für Droiden reduziert hatte, damit ein Gleichgewicht zu seinen wachsenden Kräften entstand?

Er drehte sich um. Blaue Augen blickten sie wieder forschend an.

Sie blinzelte und funkelte ihn an. Sie wandte den Blick nicht ab, bis er es tat, und hatte somit die Befriedigung, seine innere Ruhe schwanken zu sehen. Er sah sie wieder an, veränderte dann die Stellung seiner bestiefelten Füße und starrte zu Boden.

Nachdem sie diese Bedrohung für den Augenblick gebannt hatte, blickte sie ihn noch ein Weilchen länger an. Irgend etwas an ihn erinnerte sie an Onkel Yeorg.

***

Chewbacca lehnte sich gegen die Reihe mit den Fächern und erwiderte unverblümt die starrenden Blicke der Soldaten. Er glaubte, ihre Absichten erahnen zu können: Sie wollten die Waffen der Gruppe konfiszieren, um sie hilflos zu machen. Ein Soldat hatte vor ein paar Minuten Anstalten gemacht, herüberzukommen. Ein einziges Grollen mit gebleckten Zähnen hatte ihn wieder zurückgeschickt, aber dabei würde es nicht bleiben. Lukes Astromech-Droide stand mit rotierender Antenne in der Nähe des Bogens. R2 würde bei einem Kampf nicht viel nützen.

Chewbacca machte sich wegen der Gewinnchancen keine Sorgen. Ein bewaffneter Wookiee gegen sechs Soldaten der Sturmtruppe, das sollte so ungefähr ausgeglichen sein.

Er hörte Stiefelschritte. Ein weiterer Imperialer kam durch die rote Marmorhalle. Dieser trug die Khakiuniform eines diensthabenden Offiziers. Die Soldaten sammelten sich um ihn und sprachen leise.

Chewie fingerte an seinem Blitzwerfer herum.

***

Leia waren das Flüstern der Senatoren und ihre Seitenblicke zu Luke nicht entgangen. Sie nahm an, jetzt gesehen zu haben, wie *sie* auf Menschen wirken würde, wenn sie ein ausgebildeter Jedi wäre. Luke hatte angeboten, sie zu unterweisen, aber vielleicht war das keine so gute Idee. Es war ein Erbe Vaders: selbst Lukes Talente, ehrenvoll eingesetzt, um Gerechtigkeit und Freiheit zu unterstützen, ängstigten die Menschen.

Sie mußte ihre Aufmerksamkeit wieder auf sich ziehen. Sie machte einen Schritt zur Seite in Richtung des vergoldeten Repulsorsessels des Gouverneurs.

»Gouverneur Nereus, erkennen Sie es nicht? Sie müssen Rebellenhilfe akzeptieren oder ihre gesamte Bevölkerung aufs Spiel setzen. Wir sind Ihre einzige Hoffnung. Erlauben Sie uns, Ihnen behilflich zu sein, die Ssi-ruuk zurückzuschlagen. Wir sind keine große Streitmacht, aber wir sind gut koordiniert und mit besseren Angriffsschiffen ausgerüstet, als das Imperium Ihnen zugestanden hat.«

Luke hatte ihr die SAC-Auswertungen gezeigt.

Nereus preßte seine femininen Lippen zusammen. »Für die Hilfe, die Sie uns geleistet haben«, sagte er, »werden wir Ihnen gestatten, das Bakura-System unbehelligt zu verlassen. Und wir geben Ihnen einen Vorsprung bei ihrem Rückflug nach Endor.«

Ein Senator am oberen Tisch wurde spöttisch. »Wenn die Allianz so eifrig um Hilfe bemüht ist, warum hat sie dann nicht mehr Schiffe geschickt?«

Luke breitete die Hände aus. »Wir tun alles, was wir können, ohne . . .«

»Sehen Sie«, unterbrach ihn Leia, der es darum ging, die Wogen zu glätten, »unsere Streitkräfte auf Endor haben den Wunsch, zu ihren Heimatwelten zurückzukehren. Einige mögen bereits unterwegs sein.«

Nereus umklammerte die Armlehnen seines Sessels und schmunzelte über den Wortwechsel.

»Wir haben uns mit Endor in Verbindung gesetzt«, beharrte Luke. »Um Verstärkung anzufordern.«

Die Art und Weise, wie sich Gouverneur Nereus' Stirnrunzeln verfestigte, gefiel Leia nicht. »Aber unsere Endor-Truppen sind erschöpft«, sagte sie. »Verstärkungen könnten erst in mehreren Tagen eintreffen oder auch gar nicht.«

Arbeite nicht gegen mich, Luke.

Han hob eine steife Hand. »Der springende Punkt ist, daß wir hier sind, um Ihnen zu helfen. Sieht so aus, als sollten Sie von dem Angebot Gebrauch machen, solange es noch steht.«

»Würden Sie uns Ihre Dateien zugänglich machen?« fragte Leia schnell. »Über die Ssi-ruuk natürlich – und solche über Bakura selbst, die Ihre Sicherheit nicht gefährden würden.«

Gouverneur Nereus bedeckte seinen Mund mit einer fleischigen Hand. Leia fühlte sich wie ein Insekt auf einer Laserplatte. Sie behielt ihre Körperhaltung bei und versuchte mental, Nereus zur Kooperation zu drängen. Wenn sich diese Diskussion ohne Aussicht auf ein gegenseitiges Beistandsabkommen hinschleppte, hatten sie verspielt.

Ein hochgewachsener, älterer Mann an einem der unteren Tische stand auf. »Nereus«, rief er, »nehmen Sie jede Hilfe an, die Sie bekommen können. Jeder auf dem Planeten weiß, warum die Rebellen hier sind. Wenn Sie ihre Hilfe zurückweisen, werden Sie einen Aufstand provozieren.«

»Vielen Dank, Senator Belden.« Gouverneur Nereus kniff seine schwerlidrigen Augen zusammen. »In Ordnung, Prinzessin Leia. Sie bekommen Ihre Datcien. Sie werden in das Kommunikationszentrum in Ihrem Apartment überspielt. Haben

Sie im Moment noch andere Wünsche, oder kann ich Sie in Ihre provisorischen Quartiere geleiten lassen?«

»Wollen Sie die Frage eines Abkommens ungelöst lassen?« Sie unterdrückte ihre Enttäuschung.

»Sie haben Ihre Sache vorgetragen. Wir werden darüber diskutieren.«

»Sehr schön. Premierminister Captison...« Leia schritt hinunter zu dem inneren Tisch und streckte die Hand aus, die der gepflegte Herr kurz drückte. »Ich hoffe, wir sprechen uns wieder.«

Leia führte ihre Gruppe durch das zentrale Rechteck und dann die Treppenstufen auf der anderen Seite hinauf.

***

»Beweg' dich, Goldkopf«, wisperte Han, als sie an 3PO vorbeikamen. »Und laß deine Stimmbox ausgeschaltet.«

Er lief zum Waffenschrank. Chewbacca begrüßte ihn mit einem Knurren und ließ ihn wissen, daß die Soldaten ein Auge auf ihre Fächer geworfen hatten.

»Zu dumm, was?« Han langte nach seinem Blaster.

Luke machte einen Schritt zur Seite. Er hielt sein gesenktes desaktiviertes Schwert mit einer Hand, in unentschlossener Körperhaltung und nicht ganz kampfbereit.

Han sah, wie sich seine Augen weiteten. »Ist schon gut«, sagte er. »Dieser Offizier hat sie unter Kontrolle.«

»Wer hat sie unter Kontrolle?« Leia wirbelte herum. Sie blickte angestrengt zu den miteinander redenden Imperialen hinüber. »Er ist von Alderaan«, flüsterte sie. »Ich kann es an seinem Dialekt erkennen.«

»Hm.« Das war nicht besonders beruhigend. Han steckte sein Stiefelmesser und den Taschenblaster ein. »Wie groß ist die Chance, daß er ein alderaanisches Gewissen unter seiner imperialen Uniform hat?«

»Nicht groß«, sagte sie – aber sie sagte es zu Luke.

Han straffte sich und blickte den Mann an. Der schwarzhaarige Offizier sah aus wie irgendein beliebiger Imperialer: wie ein Zielobjekt, bei dem die Trefferzone mit roten und blauen Quadraten markiert war. Er drehte sich um und kam auf sie zu. Han behielt eine Hand in der Nähe seines Blasters.

Luke steckte sein Schwert wieder in den Gürtel, schob den Blaster ins Halfter und ging dem hochgewachsenen Offizier entgegen. Leia folgte Luke und ließ Chewie bei den Droiden zurück.

»Gib uns Deckung, Chewie«, murmelte Han und schloß sich ebenfalls an.

»Eure Hoheit«, sagte der Offizier ölig, als er auf Leia zutrat, »welche Ehre, endlich mit Ihnen zusammenzutreffen. Captain Conn Doruggan, zu Ihrer Verfügung.«

Han hätte nichts dagegen gehabt, ein für allemal über ihn verfügen zu können, aber Leia war wieder zu ihren Senatorenmanieren übergegangen.

»Captain Doruggan«, sagte sie mit einem anmutigen Kopfnikken, »dies ist Commander Skywalker, Jedi-Ritter.« Dann geruhte sie, ihn zur Kenntnis zu nehmen. »Und General Han Solo.«

Luke schüttelte dem Offizier die Hand, aber Han hielt seine Rechte gesenkt. Er warf einen Blick über die Schulter zu Chewie hinüber. Der Wookiee erwiderte den Blick. Er beobachtete – und deckte – sie gewissenhaft. Leia konnte, was Standfestigkeit anging, ein paar Unterrichtsstunden bei Chewie nehmen.

»Wir müssen gehen«, sagte Leia. »Vielen Dank, daß Sie sich vorgestellt haben.«

Der imperiale Captain griff nach ihrer Hand. Han preßte seine Handfläche gegen seinen Blaster und hielt dabei den Finger nur Millimeter vom Abzug entfernt. Sie nahm den Handschlag an und gestattete ihm, ihre Finger zu küssen. Sofort blickte Luke in Hans Richtung und machte eine schnelle Handbewegung. Er mußte irgend etwas mit dieser Macht, die er beherrschte, angestellt haben. Hans Eifersucht kühlte sich um hundert Grad ab, aber ihr Feuer ging nicht aus.

Leia führte sie aus der Halle hinaus und ging in Richtung Dachlandeplatz. Während er mit Luke und Chewie folgte, funkelte Han Luke an.

»Mach das nicht mit mir«, sagte er. »Mach das nie wieder.«

Er war schon früher eifersüchtig gewesen – auf Luke. Das war unnötig gewesen. Und dies hier war es vermutlich ebenfalls.

»Tut mir leid«, murmelte Luke, die Augen geradeaus gerichtet. »Ich mußte es tun. Wir konnten uns das, was du tun wolltest, nicht leisten.«

»Ich kann mich schon beherrschen, vielen Dank.«

Leia drehte sich um und kam ein paar Schritte zurück. »Was ist los, Luke?«

Nicht Han. Luke.

»Alles in Ordnung.« Luke schüttelte den Kopf. »Ich möchte mit... einigen dieser Senatoren reden. Und Commander Thanas hat versprochen, sich heute mit uns in Verbindung zu setzen. Laßt uns gehen, damit wir uns in diese neuen Dateien vertiefen können.«

✶ 8 ✶

Ihr Führer beförderte sie mit dem Wagen wieder durch den Bakur-Komplex und brachte sie zu einer im ersten Stockwerk gelegenen Apartmentwohnung. Kaum hatte sich die Tür der Suite hinter Chewie geschlossen, als Han auch schon herumwirbelte. Sein finsterer Gesichtsausdruck ließ Leia ahnen, was er sagen würde. Die Miene hätte Banthamilch gerinnen lassen.

»Du hast ihnen zuviel erzählt.« Er fuchtelte mit dem Arm herum. »Besonders über die Endor-Truppen. Diese Imperialen brauchen nicht zu wissen, daß unsere Leute erschöpft sind. Sie werden im Umkreis von Parsecs jedes Kampfschiff zusammenklauben und unsere Flotte vernichten.«

»Nein, das werden sie nicht. Sie können mit niemandem *Kontakt aufnehmen*. Sie haben es versucht.«

Erleichtert legte sie ihre Handflächen auf seine Brust und blickte ihm in die blitzenden dunklen Augen. Sie hatte einen Vortrag über diesen abtrünnigen Alderaaner erwartet. Für einen kurzen Augenblick hatte die tote Welt wieder für sie gelebt – bittere und süße Erinnerungen hatten sich vermischt. Die imperiale Politik war auf Alderaan niemals auf Zustimmung gestoßen. Jemand, der freiwillig in den imperialen Dienst eintrat, war eine seltene und verdächtige Person.

»Nun, du hast Kontakt aufgenommen«, knurrte er. »Erzähl Ihnen nicht soviel.«

»Sie werden annehmen...« Leia wurde unterbrochen.

»Warte mal«, sagte Luke. »Hat noch jemand mitbekommen, daß der Mensch bei den Fremden sagte, sie wären ›auf Geheiß des Imperators‹ gekommen? Diese Bakurer ignorieren das.«

»Ich habe es gehört.« Leia löste sich von Han. »Ich mache mir Gedanken darüber, wie man es ausnutzen kann.«

»Gut.«

»Aber habt ihr...« Leia wurde abermals unterbrochen.

»Später«, sagte Han.

Er machte eine Runde durch das Hauptzimmer der Wohnung und blickte in alle Fußboden- und Deckenecken. Der Raum war mit hellgelbem Naturholz getäfelt und besaß ein einziges langes Fenster mit Blick auf einen der Grünstreifen. Eine sechseckige Sitzlandschaft füllte das Zentrum des Zimmers aus. Kleine, blaue Kissen schwebten mehrere Zentimeter über grünen Polstern. Han drehte jedes Kissen um und fing dann an, die Wände abzuklopfen.

»Es macht mir nichts aus, euch zu sagen, daß ich lieber auf dem *Falken* schlafen würde.«

»Ich nicht«, seufzte Leia.

3PO stand an der Tür und bedeckte mit einer Hand seinen Hemmbolzen, so als ob ihn dieser verlegen machen würde. Manchmal amüsierte Leia seine pseudoemotionale Programmierung.

»Sir«, sagte er, »Droiden bedürfen keiner Ruhe. Darf ich vorschlagen, daß Sie Menschen eine Weile schlafen? R2 wird Wache stehen...«

R2, der unter einer Hängelampe stand, schnitt ihm mit einem höhnischen Hupton das Wort ab.

Han blieb vor einer langen, gebogenen Wand stehen, die ein Realzeitbild mit einem Wald zur Schau stellte. Zweige bewegten sich in einem nicht spürbaren Wind. Er betrachtete die Details.

Leia schüttelte den Kopf. Natürlich hörten die Imperialen sie ab. Vermutlich hatten sie von dem Komplex gegenüber Stimmsensoren auf die Suite gerichtet.

»Offensichtlich übt Nereus die wahre Macht auf Bakura aus«, sagte sie. »Aber er versucht, die Bakurer ruhigzustellen, indem er sie Regierungsspielchen spielen läßt.«

Han drehte sich um und lehnte sich gegen das Wandbild. »Darauf kannst du wetten. Und er ist so sauer wie ein Lokus voller Rattenkakerlaken, weil er bewaffnete Rebellenschiffe in seinem System hat.«

»Aber die Menschen sind das nicht«, stellte Leia fest.

»Nein, die Menschen wollen ganz einfach überleben«, schaltete sich Luke wieder ein. »Genau wie Nereus«, fügte er trocken hinzu.

»Wenn er also in Sicherheit ist«, sagte Han, »dann wird er sich gegen uns wenden und uns auslöschen – wenn wir nicht aufpassen.«

»Das werden wir.« Luke blickte auf das Kommgerät. »Da ist eine Nachricht für uns«, fügte er mit überraschter Stimme hinzu. Er ging zu dem Gerät hinüber und betätigte einen Knopf.

Han blickte an Lukes Schulter vorbei, und Leia quetschte sich zwischen die beiden. Der Kopf und die Schultern eines imperialen Offiziers erschienen auf dem Tri-D-Schirm: schmales Gesicht, dünnes, krauses Haar.

»Commander Skywalker, wir müssen miteinander reden, wie

vereinbart. Wie schnell können Sie mich in meinem Büro aufsuchen?«

Der Schirm wurde dunkel.

»Commander Thanas«, murmelte Luke.

»Wo ist sein Büro?« fragte Han.

»Vermutlich hier in diesem Komplex. Ich werde es feststellen.« Leia trat aus dem Aufnahmebereich. »Komm schon, Han.«

Sie wollte wenigstens für ein paar Minuten nicht einmal einen flüchtigen Blick auf einen weiteren Imperialen werfen müssen. Dieser Ort raubte ihr den Nerv. Jedesmal wenn sie sich umdrehte, erwartete sie – mehr oder weniger – einen flatternden schwarzen Umhang vor sich zu sehen. Vader war tot! Besiegt! Sie durfte nicht zulassen, daß dunkle Erinnerungen sie von ihren realen Aufgaben ablenkten.

Luke wandte sich dem in die Wand eingelassenen Gerät zu. »Ich glaube, Commander Thanas hat eine Nachricht hinterlassen ...«

Schweigen.

Dann: »Ja, das würde mir passen. Ich werde in ungefähr einer Stunde da sein.« Er schlenderte zurück zu der Sitzlandschaft.

»Und?« fragte Leia.

Luke verschränkte die Hände hinter dem Rücken. »Wir haben wieder Ssi-ruuvi-Schiffe in unserem Hinterhof. Thanas sagt, es sieht aus wie eine Blockade, unmittelbar außerhalb der Abschußzone des Verteidigungsnetzes. Ungefähr in der orbitalen Distanz des zweiten Monds Bakuras. Außerdem habe ich, äh, eine Einladung in die imperiale Garnison.«

»Allein?« rief Leia aus.

Luke nickte.

»Tu das nicht«, sagte Han. »Bring ihn dazu, sich an einem neutralen Ort mit dir zu treffen.«

Luke zuckte die Achseln. »Bakura ist nicht neutral. Er hat in der Garnison vermutlich bessere Gerätschaften, um über Taktiken zu diskutieren, als wir sie im Bakur-Komplex finden könnten.«

»Dann nimm Chewie mit. Dieser Thanas könnte dich festnehmen, nur weil du ein Jedi bist. Vom Grillen des Imperators wollen wir gar nicht reden.«

»Aber ich habe nicht ...«

»Sie glauben noch immer nicht, daß der Imperator tot ist«, unterbrach Leia. »Aber nimm Chewie trotzdem mit. Selbst unbewaffnet wirkt er einschüchternd.«

Han fingerte an seinem Blasterhalfter herum. »Wie schnell könntest du irgendwelche Hilfstruppen herbeirufen?«

»Ich habe einen Kommunikator. Ich könnte eine X-Flügler-Staffel der *Flurry* binnen ... na ja, einer Stunde in den Orbit bringen.«

»Das könnte zu spät sein«, blieb Leia beharrlich.

Der Wookiee tat brüllend seine Übereinstimmung mit beiden kund.

»Ich denke, ich sollte hier bleiben«, regte 3PO hilfreich an.

»Han, Leia, Chewie – ich kann selbst auf mich aufpassen.« Luke warf sich auf eine Eckcouch und ließ dabei kleine, blaue Kissen auseinanderfliegen. »Je mehr wir so handeln, als ob wir ihnen vertrauen, desto eher werden sie auf uns eingehen. Leia hat gerade beim Senat schon große Fortschritte erzielt.«

»Nicht groß genug.« Leia kräuselte die Lippen. »Eine ehrlich gemeinte Übereinkunft ist unsere einzige Chance, um zu einem dauerhaften Vertrag zu kommen, zu einem, der die Abtrünnigkeit vieler desillusionierter Imperialer herbeiführen könnte.«

»Nur weiter so.« Han ruderte mit einem Arm. »Sagt mir, daß ihr euch gut fühlt, wenn ihr mit diesen Leuten zusammenarbeitet, ihr alle beide. Aber seht mir dabei in die Augen, wenn ihr es sagt.«

»Nun ...« Leia blickte nach Unterstützung heischend zu Luke hinunter.

Er hob eine Augenbraue.

»Nein«, gab sie zu.

»Hm, nein«, antwortete auch Luke. »Ich fühle mich nicht *gut*. Auf der Hut.«

»Genau«, sagte Leia. »Daß wir uns unwohl fühlen, darf jedoch auf unsere Verhandlungen keinen Einfluß haben. Wir müssen irgendwo anfangen. Wir tun es hier auf Bakura.«

Luke räusperte sich. »Ich würde sowieso lieber R2 mitnehmen.«

Aus der Ecke, in der er unbeachtet stand, quiekte R2 eine Frage.

»Zum Informationsaustausch.«

»Oh«, sagte Leia. Wenn Luke einen Plan hatte, dann würde er sich davon nicht abbringen lassen. »Erzähl mit etwas über die Senatoren. Welche Gefühle hast du bei ihnen gespürt?«

Sie setzte sich neben Luke, zog ihre Beine auf die Couch und schlug sie übereinander. Das Repulsorfeld fühlte sich an wie eine unsichtbare Flüssigkeit, die sie von der Oberfläche fernhielt.

»Sie waren feindselig«, sagte Luke. »Zuerst: ›Wer seid ihr, was wollt ihr hier und was geht es euch an?‹ Aber dieser alte Bursche Belden war erfreut, uns zu sehen. Und es gab noch andere. Andere ...« Er blickte zu Han hinüber, der in die Fensterecke gegangen war. »Leias Geschichte hat sie aufgeschlossener gemacht. Sie hat die erste wirkliche Veränderung ihrer Einstellung bewirkt.«

»Ich bin *so* froh«, rief 3PO von seinem Protokollposten an der Tür. »Ich würde es vorziehen, so schnell wie möglich zu unseren eigenen Leuten zurückkehren zu können.«

R2 gluckste irgend etwas, das Leia für Zustimmung hielt.

»Da hörst du es,« Leia blickte zu Han hinüber. Sie wollte ihn bewegen, sich umzudrehen und ihr durch irgendein Zeichen zu verstehen zu geben, daß er mit ihrer Verhandlungsführung einverstanden gewesen war. Eine unsichtbare Mauer hatte sich seit dem Moment, in dem dieser Alderaaner auf sie zugekommen war, zwischen ihnen aufgebaut. »Es muß schwierig sein, nach jahrelangen verdeckten Operationen so offen aufzutreten«, räumte sie ein.

Er drehte sich schließlich um, die Daumen in seinen Gürtel gehakt. »Es ist so, als würde man beim Sabacc-Spiel zu früh zeigen, was man in der Hand hat. Die Karten können sich verändern. Es gefällt mir nicht. Diese Leute gefallen mir nicht. Insbesondere Nereus gefällt mir nicht.«

Leia nickte entschieden. »Er ist ein absolut normaler imperialer Bürokrat. Aber Luke, was hast du noch gespürt? Ihre Reaktion auf dich...«

Er runzelte die Stirn. »Ungefähr so, wie man es erwarten durfte, da sie nicht vorgewarnt waren. Warum?«

Sie prüfte ihre Empfindungen, um die richtigen Worte zu finden.

Luke fand sie zuerst. »Dir geht wieder Vader durch den Kopf, nicht wahr?«

Ertappt zeigte sie mit dem Finger auf ihn. »Ich will mit nichts, das von Vader kommt, irgend etwas zu tun haben.«

»Ich bin von Vader gekommen, Leia...«

Sie ballte die Fäuste. »Dann laß mich in Frieden.«

Er machte den Mund zu, ohne den Satz zu beenden, den sie gefürchtet hatte: *Genauso wie du.* Er hätte es sagen können, aber es kam ihm nie in den Sinn, sie mit Worten zu verletzen. Sie bedauerte ihren Ausbruch bereits. Es paßte nicht zu ihr, so schnell die Nerven zu verlieren.

»He«, rief Han, »nimm's nicht so schwer, Prinzessin. Er will dir doch nur helfen.«

»Was erwartet ihr von mir?« Sie sprang auf und tigerte an ihm vorbei. »Daß ich nichts dabei finde? Daß ich es Mon Mothma erzähle?«

»Nicht das wieder«, knurrte Han.

Leia stemmte die Fäuste in die Hüften. Entweder sie liebte diesen Mann oder sie würde ihn umbringen.

»Wieder?« murmelte Luke.

»Sieh mal«, sagte Han, »niemand wird dein Geheimnis verraten. Auch Luke nicht. Stimmt's, Luke?«

»Darauf haben wir uns geeinigt.« Luke zuckte die Achseln. »Zumindest für die nächste Zeit wird außer uns niemand erfahren, daß du mit *irgend jemandem* verwandt bist.« Er streckte ihr seine Hand entgegen.

Leia schlug ein. Unerwartet trat Han hinzu und umschloß ihre Hände mit seiner Rechten.

Hinter Leia wurde Gebrüll laut. Eine große, haarige Pfote landete auf ihrer Schulter, während Chewie mit seinem Röhren und Brüllen fortfuhr.

»Was hat er gesagt?« fragte sie Han.

Chewies andere Pfote landete auf Hans Kopf.

»Daß wir seine Ehrenfamilie sind.« Han versuchte, sich zu ducken. Schwarzspitziges Unterarmfell hing ihm ins Gesicht. »Das ist die Basisgruppe der Wookiee-Gesellschaft. Es ist die beste Loyalitätsgarantie, die du kriegen kannst, Leia.«

Keine Namensspielereien diesmal, keine Ironie, einfach nur *Leia*. Das war die beste Loyalitätsgarantie, die sie von Han bekommen konnte.

»In Ordnung«, sagte sie ruhig. »Wir haben zu arbeiten. Wir sollten jede Sekunde nutzen, bis Luke gehen muß oder eine weitere Konferenz anberaumt wird.«

Chewbacca grollte. Luke ließ ihre Hand los und ging zum Kommgerät hinüber.

»Richtig.« Han befreite sich von seinem Kopiloten. »Außerdem müssen wir prüfen, ob Reparaturen vorzunehmen sind. Unsere Gruppe hat auf dem Raumhafen vorübergehend einen Standplatz zugewiesen bekommen. Rampe Zwölf. Noch einmal: Zwölf. Das ist Chewies Rampe.«

»Aha.« Luke war bereits dabei, Tasten zu drücken. »Hier, ich habe unsere neuen Dateien gefunden. R2, überprüfe das. Stelle fest, was du nicht schon aus dem Drohnenschiff erfahren hast.«

R2 pfiff fröhlich.

»Halte die Augen offen, Junge«, sagte Han.

»Und seien Sie vorsichtig«, rief 3PO.

***

Eine Fähre der Allianz holte Luke auf dem Dachflugplatz des Bakur-Komplexes ab. Während R2 im rückwärtigen Abteil untergebracht war, betrachtete Luke die vorbeihuschende Stadt, die sich in konzentrischen Kreisen auf diesem unglaublichen weißen Felsenflöz erhob.

Er fürchtete, daß seine eigene Nervenverfassung Leia aus der Fassung gebracht hatte, aber er hatte bisher nicht gewagt, ihr oder Han etwas zu sagen. Er allein wußte, wie schrecklich die technisierten Menschen litten und welcher Gefahr sie deshalb alle entgegenblickten, wenn Bakura fiel. Und wenn dies passierte, würden Bakuras Ressourcen – und die Bevölkerung – den Fremden helfen, eine weitere Welt zu erobern, wo sie noch mehr Kampfdroiden aufladen konnten, um in einer Kettenreaktion, die sich bis zu den Kernwelten ausbreiten mochte, weitere und immer weitere Planeten an sich zu bringen.

Vielleicht beabsichtigten sie, die gesamte Menschheit auszulöschen – oder ganze Gefängniswelten zu Nachschubzwecken zu unterhalten. Es würde ihn nicht überraschen, wenn sie auch noch andere Droiden besaßen, die mit menschlicher Energie angetrieben wurden. Er, Thanas und sogar Nereus konnten sich nicht einmal sicher sein, daß sie der gesamten Ssi-ruuk-Flotte gegenüberstanden.

Angesichts dieser Krise konnte es nicht angehen, daß er sich durch die Senatorin Gaeriel Captison ablenken ließ.

Und doch riefen diese Empfindungen, die er gespürt hatte, als ihre Präsenz auf sein Tasten reagierte, in der Rückerinnerung ein Kribbelgefühl in ihm hervor. Genauer gesagt, die Empfindungen vor ihrem plötzlichen Umschwung. Niemals zuvor hatte er einen derartig entschiedenen und abrupten Wechsel von Anziehung zu Widerwillen gefühlt. Jetzt *mußte* er mit ihr sprechen. Wenn sie den Jedi gegenüber so ungemein feindlich eingestellt war, konnte sie Leias Chancen bei den Bündnisgesprächen ruinieren. Statt ignoriert zu werden, wäre ihm ihre aufrechte Opposition lieber. Anfänglich jedenfalls.

Früher als sich Luke bereit fühlte, landete seine Fähre am Rand der dunklen, künstlichen Bodenfläche, die sie als die Garnison ausgemacht hatten. Der nervöse Allianzpilot half Luke, R2 auszuladen, und jagte dann nordwärts in Richtung Raumhafen davon. Luke blickte auf den Außenbereich der Garnison. Über und hinter einem Zaun, der vor Hochspannung knisterte, patrouillierten Sturmtruppen auf Laufgängen zwischen riesigen Beobachtungstürmen. Ein schimmerndes, funkensprühendes Kraftfeld blockierte den Zugang zwischen den Torhaustürmen. Patrouillendroiden näherten sich ihm aus drei Richtungen.

Dies war das Imperium, keine Frage. Couragiert schritt Luke auf das Tor zu.

»Komm, R2.«

Hinter einem der Torhäuser traten zwei Soldaten mit schwarzen Helmen hervor. Das Kraftfeld schaltete sich aus.

»Commander Skywalker?« fragte einer der Soldaten, die Hand am Blaster.

Ganz ruhig.

Luke preßte vor der Brust beide Handflächen aneinander. »Ich bin hier, um mit Commander Thanas zu sprechen.«

»Und der Droide?«

»Informationsspeicher.«

Der Soldat lachte kurz auf. »Spionage.«

»Ich werde Commander Thanas wahrscheinlich mehr Informationen geben, als ich mitnehme.«

»Warten Sie hier.« Der Soldat verschwand in seinem Torhaus.

Luke blickte durch den Zaun. Ein AT-ST-Scoutläufer, der aussah wie ein großer, grauer Metallkopf auf Beinen, trottete vorbei. Auf einem breiten Freigelände ragte drohend die Hauptgarnison in die Höhe. Sie mochte dem »Standard« entsprechen, aber aus nächster Nähe wirkte sie ausgesprochen mächtig. Luke schätzte, daß sie acht Stockwerke hoch war. An jedem Obergeschoß glänzten Turbolasertürme wie die Wächter eines riesigen Schlosses. Aus seinem Blickwinkel machte er zwei gewaltige Startrampen aus, die himmelwärts gerichtet waren. Er konnte nur raten, wie viele TIE-Jäger im Inneren aufgereiht standen. Mit einer Staffel X-Flügler hätte er sich nicht in die Nähe dieses Ortes gewagt. Allein war er sicherer. Das hoffte er zumindest.

Der Soldat kam wieder zum Vorschein. Er hatte einen Hemmbolzenschlüssel und eine Repulsorscheibe mit zwei Seitenklammern bei sich.

»Der Droide kommt auf der Scheibe herein«, sagte er. »Abgeschaltet. Sie können ihren persönlichen Schlüssel bei sich behalten, aber eine unautorisierte Reaktivierung wird als feindseliger Akt angesehen.«

R2 piepte nervös.

»Ist schon gut«, sagte Luke. »Mach dir keine Sorgen.«

Er ließ es geschehen, daß der Soldat den Hauptenergiekonverter R2s desaktivierte. Nachdem sie den zum Schweigen gebrachten Droiden auf der Repulsorscheibe festgeschnallt hatten, überprüfte er die Klammern, um sich zu vergewissern, daß sein metallischer Freund nicht herunterfallen würde. Er berührte seinen Schlüssel, der neben dem Lichtschwert baumelte. Auch diese Szene erinnerte ihn an seinen Traum auf Endor.

Er hatte Hemmbolzen nie gemocht. Gouverneur Nereus' Leute verfügten vermutlich ebenfalls über Schlüssel, die es ihnen möglich machen würden, R2 und 3PO trotz der ursprünglichen Programmierung der Droiden Befehle zu erteilen.

»Folgen Sie mir«, sagte der Soldat.

Er ging voran zu einem offenen Gleiter. Luke nahm einen Sitz in der Mitte ein und befestigte das Zugkabel der Repulsorscheibe an einer Seite. Sie jagten durch die Basis. Der Bodenbelag, der bei der Annäherung so dunkel ausgesehen hatte, schien sich jetzt als simpler dunkelgrauer Permabeton zu entpuppen. *Verlaß dich drauf, daß die imperiale Bürokratie alles, was natürlich ist, mit einer Maskerade versieht.*

Das Gefährt passierte ein großes Drucklufttor zwischen zwei monströsen Wachtürmen und fuhr in eine Fahrzeughalle, die mit den vertrauten militärischen Gerüchen von Treibstoffen und Maschinen gesättigt war.

Auf einer Parkfläche für Düsenräder, auf der es von Reparaturtechnikern wimmelte, stellten die Soldaten den Gleiter ab. Luke spürte, wie von allen Seiten Neugier auf ihn eindrang.

Tut mir leid, ich bin kein Gefangener. Noch nicht.

Als er R2 losschnallte, wurde aus der Neugier Feindseligkeit. Er hob einen Finger und stieß mit der Macht zu. Irgend etwas kippte auf einer Seite des Düsenradparkplatzes um.

Die Techniker rannten in Richtung des Lärms los. Unbeachtet ging Luke zwischen ihnen hindurch und folgte dem Soldaten, der R2s Repulsorscheibe steuerte. Sie passierten einen schmalen Korridor mit nackten Wänden, dessen Decke sich nach unten neigte, und erreichten dann einen Hochgeschwindigkeitsturbolift. Lukes Magen drehte sich um, als der Turbolift in die Höhe stieg.

Am Ende eines langen, geraden Gangs betrat er eine andere Ebene. Fast alles war grau – Wände, Fußboden, Decke, Mobiliar, Gesichter –, so daß ihm die Kontraste schnell auffielen. Ein Offizier in Schwarz hastete von einer Tür zur nächsten. Soldaten der Sturmtruppe standen an jedem Türeingang – Wächter in weißer Rüstung. Luke schritt an ihnen vorbei, die Augen nach vorne gerichtet, mit den Jedi-Sinnen jedoch im Winkel von 360 Grad voll konzentriert und eine Hand in der Nähe seines Lichtschwerts.

In einer kreisförmigen Empfangshalle wurde Luke auf einen Mann aufmerksam, der den Flur aus der entgegengesetzten Richtung herunterkam. Seine aufrechte Haltung und die gemessenen Schritte verrieten ihn. Das schmale Gesicht und die dünnen, krausen Haare bestätigten Lukes Vermutung. Er ging ihm entgegen.

»Commander Thanas.«

»Commander Skywalker.« Thanas blickte an seiner Adlernase vorbei nach unten. »Hier entlang, bitte.«

Er drehte sich auf dem Absatz um und schlenderte den Weg zurück, den er gekommen war. Hochgewachsen und pfahldünn, wie er war, strahlte er eine unangefochtene Selbstsicherheit aus, die Luke warnte. Imperiale Augen begleiteten sie – eine Warnung war da nicht erforderlich. Während er die Repulsorscheibe hinter Thanas herlenkte, zählte er die Waffen, die in dem Flur sichtbar waren.

Am anderen Ende des Korridors trat Thanas in ein Büro. Luke folgte ihm. Abgesehen von einem eigenartigen Bodenbelag, der aussah wie verschlungenes Moos, war der Raum einfach möbliert und wirkte wie ein Ort, der der Arbeit diente, nicht dem Vergnügen. Selbst die makellos sauberen, grauen Wände zeigten keinerlei Erinnerungsstücke, so als ob Thanas keine Vergangenheit hätte. Sein schlichter rechteckiger Schreibtisch hatte nur eine Eingabetastatur, die Luke erkennen konnte.

»Nehmen Sie Platz.« Thanas deutete auf einen Repulsorsessel.

Luke ließ R2 abgeschaltet und setzte sich.

Thanas machte eine Handbewegung in Richtung einer Servoeinheit. »Etwas zu trinken? Der einheimische Schnaps ist erstaunlich gut.«

Luke zögerte. Selbst wenn er keine Drogen enthielt, mochte er stark genug sein, um seine Sinne zu verwirren. Wie auch immer, es hörte sich ganz einfach nicht sinnvoll an.

»Danke, nein.«

Thanas nahm Platz und goß sich auch selbst nichts ein. Er faltete die Hände, wobei er sich mit den Ellbogen aufstützte.

»Ich will gestehen, daß ich Ihr Kommen nicht erwartet habe, Skywalker. Ich hatte erwartet, daß Sie mich um einen anderen Treffpunkt bitten würden.«

Luke zuckte die Achseln. »Das hier schien praktisch zu sein.« Er tastete nach Thanas' Sinnen. Wachsamkeit mit einer Spur von Bewunderung, Argwohn, der aber frei war von Täuschungsversuchen: vertrauenswürdig für den Augenblick, unterlegt mit spürbarer Redlichkeit.

»Stimmt.« Thanas berührte eine Leiste auf seinem Schreibtisch. Versenkbare Projektionsantennen glitten aus der Tischplatte nach oben. Über ihnen erschien ein großer blaugrüner Globus. »Sollen wir uns die Schlacht ansehen, die Sie so kühn unterbrochen haben?«

»Das wäre hervorragend. Darf ich?« Luke deutete mit dem Hemmbolzenschlüssel auf R2.

»Aber sicher.«

Luke schaltete den kleinen Droiden wieder ein. R2s Kopfkuppel drehte sich einmal und kam dann, den blauen Fotorezeptor auf Thanas' Hologramm gerichtet, zum Stillstand.

Die Schlacht hatte mit einem umfassenden Angriff der gesamten Ssi-ruuk-Streitmacht begonnen. Es handelte sich, wie Luke vermutet hatte, um den entscheidenden Vorstoß gegen einen geschwächten Gegner mit dem Ziel einer planetaren Invasion. Seine Kampftruppen waren gerade noch rechtzeitig gekommen.

»Darf ich das noch einmal sehen?« fragte Luke, als sich imperiale blaue Lichtflecken zu einer Gegenattacke neu formierten.

Thanas zuckte die Achseln und ließ einige Sekunden des Holos erneut ablaufen.

»Ist das ein Standardmanöver?« fragte Luke.

Thanas legte die Fingerspitzen aneinander. »Vergeben Sie mir, wenn ich eine Antwort ablehne.«

Luke nickte und legte das Manöver in Gedanken unter »streng geheim« ab.

»Verraten Sie mir eins«, sagte Thanas. »Haben sich die Scanner meiner Streitkräfte geirrt, oder hat einer Ihrer Piloten wirklich einen Raumfrachter in die Schlacht geführt?«

Luke lächelte dünn. Was Thanas über den *Falken* nicht wußte, würde Luke ihm nicht erzählen.

»Sie müssen bedenken, daß ein großer Teil der Unterstützung, die der Allianz zuteil wird, vom Rand der Legalität stammt.«

»Schmuggler?«

Luke hob die Schultern.

»Vermutlich modifiziert unter Außerachtlassung aller gesetzlichen Richtlinien.«

»Gestohlene imperiale Ausrüstungsgegenstände bringen hohe Gewinne.«

»Erst nachdem ich gefragt hatte, wurden mir die Implikationen des Umstands, daß Ihr Flaggschiff über Holonetz-Kapazitäten verfügt, klar.«

Genug zu diesem Thema ...

»Sind Sie sich bewußt, was hier auf dem Spiel steht?« Luke teilte ihm den größten Teil seiner Schlußfolgerungen im Hinblick auf die Absichten der Ssi-ruuk mit. »Warum hat der Imperator Verbindung zu ihnen aufgenommen?«

Thanas kratzte sich im Nacken und versuchte, gelassen zu wirken, aber die Streßlinien um seine Augen verdunkelten sich. »Wenn ich es wüßte, wäre ich nicht befugt, es Ihnen zu sagen.«

»Aber Sie wissen es nicht.«

Thanas blickte ihn nur schweigend an. Dies würde ein heikler Waffenstillstand sein, wenn er hielt.

»Wir müssen die gegenwärtige taktische Situation diskutieren«, schlug Luke vor. »Nach meinen Daten verfügen wir zusammen über zwei Kreuzer, sieben Kanonenboote mittlerer Größe und ungefähr vierzig Ein-Mann-Jäger, von denen zwei Drittel im Moment in das Verteidigungsnetz integriert sind, während ein Drittel repariert wird. Stimmen Ihre Zahlen damit überein?«

Thanas bedachte Luke mit einem amüsierten Kräuseln seiner Lippen. »Gute Daten. Sie haben außerdem noch einen ziemlich irregulären Frachter.«

»Den auch.« Luke veränderte seine Sitzposition in dem Repulsorsessel. »Waren Sie imstande, eine Zählung der Ssi-ruuk-Einheiten vorzunehmen?«

Thanas nickte kurz. »Hier innerhalb des Systems – drei Kreuzer. Zwei mittelgroße Schiffe, die sich bisher zurückgehalten haben, in der Nähe des Orbits von Planet Nr. 4 – unserer besten Schätzung nach Schiffe zum Planetenangriff. Ungefähr fünfzehn große Jäger oder kleine Kampfschiffe unmittelbar außerhalb des Verteidigungsnetzes. Und niemand weiß, wie viele es von diesen kleinen Jägern gibt – oder welcher Kreuzer sie trägt. Vielleicht tun es alle.«

Einfach gesagt, die Situation sah schlecht aus.

»Woher bekommen Sie Ihre Informationen?« wollte Luke wissen. Er fragte sich, was ihm Thanas über den Nachrichtendienst innerhalb des Systems erzählen würde.

Thanas hob eine Augenbraue. »Standardmäßige Quellen«, sagte er. »Wo bekommen Sie Ihre her?«

»Offene Augen.«

Der Gedankenaustausch wurde geprägt von weiteren frustrierenden Sackgassen, aber als Luke zwei Stunden später aufstand, hatte er einen besseren Überblick über die taktische Situation. Er verfügte über präzise Daten in bezug auf die orbitalen Verteidigungsnetz-Vektoren und hatte Kenntnis von ein paar verschiedenen anderen Dingen, die in seinem Kopf und in R2s Gedächtnisbänken gespeichert waren.

»Commander Skywalker«, sagte Thanas leise, »ich frage mich, ob Sie mir den Gefallen tun würden, eine Demonstration dieses Lichtschwerts zu geben. Ich habe davon gehört.«

»Ich glaube nicht.« Lukes Tonfall blieb höflich. »Ich möchte Ihre Soldaten nicht erschrecken.«

»Sie werden sie nicht erschrecken.« Thanas betätigte eine andere Taste an seinem Schreibtisch. Die Tür glitt auf. Zwei Soldaten in weißer Rüstung traten ein. »Ich möchte Ihren Astromech-Droiden hierbehalten. Ihr beide: Nehmt ihn in Gewahrsam.«

»Ich ziehe es vor, R2 bei mir zu behalten.«

Luke glaubte nicht, daß Thanas die Drohung ernst meinte, aber er zog das Schwert, schwang es hoch und aktivierte es mit einer einzigen Bewegung. Trotz seiner Bereitschaft zum Reden dachte Thanas wie ein Imperialer. Er wollte eine Demonstration. Er sollte sie bekommen.

Die Soldaten feuerten im Abstand von Sekundenbruchteilen. Luke stellte sich dem Mündungsfeuer entgegen und lenkte es ab. Kleine Flammen erloschen in Thanas' grauer Holzverkleidung.

»Feuer einstellen.« Thanas hob eine Hand. »Wegtreten.«

Die Soldaten marschierten nach draußen.

»Ich verstehe das nicht.« Luke behielt seine kampfbereite Stellung bei und ließ das Schwert aktiviert. »Sie hätten zwei Ihrer Männer verlieren können.«

Thanas betrachtete die summende grüne Klinge. »Ich dachte mir, daß Sie sie nicht töten würden. Ich wäre gezwungen gewesen, Sie gefangenzunehmen, wenn Sie es getan hätten. Mich interessiert, ob Sie sich auch durch die ganze Garnison kämpfen würden.«

Luke tastete nach seinem Kontrollfokus. »Wenn ich es müßte, würde ich es tun.« Er spürte einen Hauch von Amüsiertheit in dem älteren Mann. Vielleicht beruhte Thanas' Feindschaft mehr auf professioneller Gewohnheit als auf echtem Glauben an das Imperium, aber Luke traute ihm noch nicht. Er schaltete das Schwert aus. »Ich muß die Schiffsschäden meiner Streitkräfte überprüfen, Commander.«

Thanas nickte. »Gehen Sie nur. Und nehmen Sie Ihren Droiden mit.«

Luke hakte die Daumen in seinen Gürtel. »Meine Fähre ist zum Bakur-Komplex zurückgekehrt. Ich würde es begrüßen, wenn ich zu Rampe Zwölf auf dem Raumhafen gebracht werden könnte.«

Thanas zögerte einen ruhigen Herzschlag lang, lächelte dann. »In Ordnung.«

Wenn Thanas vorhatte, Luke und seine Leute daran zu hindern, Bakura zu verlassen, würde er reichlich Gelegenheit dazu bekommen.

Ein Unteroffizier fuhr Luke mit einem Repulsorwagen. All die dumpfen Schmerzen hatten wieder Besitz von ihm ergriffen. Es schien tatsächlich ein sehr langer Tag zu werden. Er machte in Gedanken eine Liste der Dinge, die zu tun waren: Mit Leia Verbindung aufnehmen und sie wissen lassen, daß er die Garnison sicher verlassen hatte; noch einmal prüfen, ob der *Falke* unbehelligt blieb; dafür sorgen, daß die Jäger inspiziert wurden und die Piloten ihre Ruhepause bekamen ...

Ganz plötzlich wurde sich Luke bewußt, daß er seit länger als einer Stunde nicht mehr an diese beeindruckende bakurische Senatorin gedacht hatte. Er bemühte sich, ihr Bild und die Erinnerung an die Art und Weise, auf die ihre Machtaura die seine erregt hatte, wieder zu verdrängen. Das Vergessen war ohne die unmittelbare Nähe von Imperialen gar nicht so leicht, aber dies war weder der Ort noch die Zeit, um sich durch persönliche Gelüste ablenken zu lassen.

Aber auch auf dem ersten Todesstern war weder der Ort noch die Zeit für eine Romanze gewesen, und doch hatte seine leidenschaftliche Liebe zu Leia so viel in Bewegung gesetzt.

Wenn Gaeriel Captison doch nur gerettet werden müßte ...

***

Kurz nachdem Skywalkers Wagen die Garnison verlassen hatte, hörte Pter Thanas auf, mit seinem Taschenmesser aus Alzoc-Perlmutt gegen den Tischcomputer zu klopfen. Er hatte den illegalen Frachter auf Rampe Zwölf des zivilen Raumhafens aufgespürt. Eine relevante Information, aber noch nicht lebenswichtig.

Er klappte eine Messerklinge auf und balancierte sie auf seinem Zeigefinger. Er hätte dem jungen Skywalker gegenüber niemals zugeben können, wie lange er sich schon gewünscht hatte, ein Lichtschwert in Aktion zu sehen. Als Vader und der Imperator die Jedi ausrotteten, hatte er die Hoffnung aufgegeben. Faszinierend, wie es das Laserfeuer ablenkte. Sein Nutzen im Kampf würde beschränkt sein, aber seine bloße Erscheinung war unwiderstehlich.

So wie der junge Mann, der es trug. Jetzt verstand er, warum die Belohnung für seine Ergreifung so hoch war.

Thanas malte sich aus, was er mit so vielen Krediten anfangen könnte. Er war auf diesen Hinterwäldlerplaneten versetzt worden, nachdem er sich geweigert hatte, auf Alzoc III ein Dorf widerspenstiger talzischer Minensklaven zu vernichten.

Er hatte nicht versucht, den Helden zu spielen...

Er hatte lediglich die Nahrungsmittelzuteilung seiner Minenarbeiter erhöht. Die meisten vernunftbegabten Lebewesen arbeiteten härter, wenn sie besser ernährt wurden, und die Lagerhäuser waren voll gewesen. Ohne daß er es wußte, hatten die pelzigen, vieräugigen Talz ihren Wohltäter identifiziert. Eines Tages war er in den Minen einen Schritt zu nah an einen offenen Schacht herangetreten. Drei Talz hatten sich auf ihn gestürzt, um ihn zu retten. Er verdankte ihnen sein Leben.

Sechs Standardmonate später hatte ein Colonel mit mehr Habgier als gesundem Menschenverstand die Nahrungsmittelrationen wieder herabgesetzt. Der Vormann der Talz hatte einen vorsichtig formulierten Protest vorgebracht. Von dem Colonel war der Befehl gekommen, ihr Dorf zu vernichten, um ein Exempel zu statuieren. Thanas hatte den Befehl ignoriert. Der Colonel hatte selbst Sturmtruppen losgeschickt und Thanas dann an Bord seines Schiffes beordert – zwecks »weiterer Verwendung«.

Thanas lächelte bitter. Ihm war gesagt worden, daß er sich glücklich schätzen könnte – wenn er diese Nummer in Lord Vaders Gegenwart abgezogen hätte, wäre er längst den Erstickungstod gestorben. Statt dessen saß er hier auf Bakura, auf einem isolierten, schlecht bezahlten Posten, der wenig Hoffnung bot, wieder zu den Kernwelten zurückversetzt zu werden.

Abermals dachte er über diese Belohnung nach – und über

einen vorzeitigen Rückzug ins Privatleben. Sanft fuhr er über den schillernden Perlmuttgriff. Er könnte wieder heiraten und ein ruhiges Leben auf irgendeiner neutralen Welt führen. Die Belohnung für Skywalker führte ihn in Versuchung, aber wenn irgend jemand auf Bakura diese Kredite beanspruchen würde, dann war das Gouverneur Wilek Nereus.

Thanas verzog das Gesicht, klappte das Messer zusammen und steckte es in die Tasche. Kein vorzeitiger Rückzug ins Privatleben für ihn. Er war nicht einmal in der Lage gewesen, fremde Invasoren zurückzuschlagen, ohne die Unterstützung... der Rebellenallianz in Anspruch zu nehmen. Jetzt würde er Bakura gar nicht mehr verlassen.

***

Leia löschte Lukes Nachricht auf ihrem Datenschirm und ging zur nächsten Datei über. Ein fotografisches Gedächtnis wäre nützlich gewesen. Es würde Wochen dauern, diese vielen Rohdaten zu verinnerlichen. Von R2 hatte sie bereits gelernt, daß Bakura über eine Informatik-Technologie verfügte, Repulsorspulen herstellte und exportierte – dank reichlicher Mineralvorkommen in den Bergen nördlich von Salis D'aar – und Namanabäume anpflanzte, ein markttträchtiges tropisches Gewächs, das erstaunliche Profite einbrachte. Eine neue Information war, daß immer Nachkommen des Kapitäns des ersten Bakur-Corporation-Schiffs als Titularoberhaupt der Regierung fungiert hatten. Ebenfalls neu: Der Senat, nicht die zahlenmäßig kleine Bevölkerung, wählte neue Senatoren, um verstorbene oder zurückgetretene Vorgänger zu ersetzen.

Jetzt, führte sich Leia vor Augen, war der Senat ein Akklamationsorgan des imperialen Gouverneurs Wilek Nereus. Sie würde gerne vertraulich mit ein paar Privatleuten reden und herausfinden, welches Reservoir an antiimperialen Stimmungen die Rebellen vielleicht anzapfen konnten.

Sie gähnte kräftig, streckte dann die Arme aus und brachte den Repulsorstuhl in eine Schräglage. Hans Füße waren durch die Tür seines Schlafzimmers zu sehen – die Suite verfügte über vier Privaträume, zwei mit Fenstern und zwei mit Realzeitwandbildern. Wenn Han beim Studium der Dateien R2s auf dem Fußboden eingeschlafen war, dann kümmerte sie das nicht.

Soviel von ihm zu sehen, ließ ihren Blutdruck steigen. Den Nerv, den er hatte, ihr zu unterstellen, daß sie sich mit einem ehemaligen alderaanischen Imperialen einlassen wollte. Mit einem Renegaten, einem Quisling.

Sie sah und hörte nichts von Chewbacca. 3PO stand wahrscheinlich da, wo sie ihn zurückgelassen hatte, eingestöpselt in das Kommgerät in Türnähe. Und Luke ...

Nachdem Luke gegangen war, hatte sie sich ein bißchen beruhigt. Sie sollte sich durch das Wissen, daß Vader ihr und Lukes Vater war, nicht so durcheinanderbringen lassen. Selbst Han hatte keine einzige spöttische Bemerkung gemacht, als es ihr auf Endor gelungen war, sich über ihre Demütigung hinwegzusetzen und ihm von Vader zu berichten. Er hatte nichts gesagt, hatte sie nur umarmt. Trotz allem, was ihm von Vader angetan worden war – der hatte ihm den Abschaum der Galaxis auf den Hals gehetzt, ihn als Versuchstier bei der Erprobung eines Carbonit-Einfriergeräts mißbraucht und sein kostbares Schiff mit den Laserkanonen von TIE-Jägern malträtiert –, hatte er offensichtlich nicht die Absicht, irgend etwas davon ihr oder Luke anzulasten. Solange sie alle Dinge und Personen mied, die sie an Vader oder die Macht erinnerten, würde es ihr gutgehen.

Dicke Chancen – auf diesem Trip! *Reiß dich zusammen*, befahl sie sich selbst.

»Mrs. Leia?« meldete sich 3POs Stimme.

Sie trat an ihre Schlafzimmertür. »Was ist los?«

»Eine Nachricht für Sie. Premierminister Captison.«

»Leg sie auf das Terminal in meinem Schlafzimmer.«

Sie eilte zurück zum Tri-D-Gerät. Die Tür glitt auf einer reibungslosen Nut zu. Sie hatte noch nie so viele kleinkalibrige Repulsoren gesehen.

Leia setzte sich. Sie hätte das Gesicht auch ohne 3POs Ankündigung wiedererkannt. Um Haltung bemüht, grüßte sie ihn respektvoll.

»Ich hoffe, Ihr Senat hat zu unseren Gunsten entschieden, Premierminister.«

Er lächelte mit der traurigen, autoritativen Würde, die sie von Bail Organa kannte.

»Es ist noch kein Beschluß gefaßt worden«, sagte er. »Ich hoffe, Sie und Ihre Abordnung fühlen sich wohl?«

»Ich bin entzückt, so ausführlich mit Ihren Leuten reden zu können, aber wir erwarten einige Schwierigkeiten bei dem Bemühen, das imperiale Militär davon zu überzeugen, daß wir hier sind, um eine Aufgabe zu erfüllen, und dann wieder nach Hause zurückkehren werden.«

»Eure Hoheit.« Der Tonfall des Premierministers war leicht vorwurfsvoll. »Deshalb sind Sie nicht hier, nicht wahr?« Captison hob eine Hand. »Es ist schon in Ordnung. Unsere Menschen brauchen eine Ablenkung. Seit über einer Woche haben sie nichts anderes als die Ssi-ruuk im Kopf.«

»Ich verstehe«, murmelte Leia. »Was kann ich für Sie tun, Premierminister?«

»Sie und Ihre Abordnung könnten mir heute abend in meinem Haus einen Besuch abstatten. Das Dinner findet um 19.00 Uhr statt.«

Sie sehnte sich danach, sich hinlegen und schlafen zu können, aber ...

»Das wäre reizend«, sagte sie. Es *könnte* eine wundervolle Abwechslung, ein echter Durchbruch werden. »Im Namen von General Solo und Commander Skywalker nehme ich die Einladung an.«

Was ist mit Chewie? dachte sie plötzlich. Er würde nicht dazu passen, so wie diese Leute über Nichtmenschen dachten. Nun, sie hoffte, ihm das verständlich machen zu können. *Er* würde ein bißchen Schlaf bekommen.

»Ich danke Ihnen vielmals«, sagte sie.

»Ich werde Ihnen kurz nach 18.30 Uhr eine Eskorte schicken«, antwortete er. »Oh«, fügte er dann hinzu, »ich habe auch Gouverneur Nereus eingeladen. Eine Möglichkeit, die Kommunikation abseits des offiziellen Protokolls zu eröffnen.«

Das würde sie wach halten. Garantiert.

»Wie umsichtig von Ihnen, Premierminister. Ich danke Ihnen.«

Leia schaltete ab. Es *war* die perfekte Gelegenheit. Höchste Zeit, die Imperialen zu fragen, was sie von Imperator Palpatines Absichten, die Ssi-ruuk in diese Region einzuladen, hielten.

Sie hoffte, daß Luke rechtzeitig vom Raumhafen zurückkam, um sich zurechtzumachen.

Sie hoffte, daß Luke überhaupt zurückkam.

9

Als Dev endlich damit fertig war, mit der Hand übelkeiterregende Klumpen von Nahrungsmittelresten aus dem Feuchtsauger zu kratzen, war eine Stunde vergangen. Er mußte dem Ältesten Sh'tk'ith — Blauschuppe — vor seinem Mittelzyklusbad Bericht erstatten. Nicht daß er sich eine Erneuerung wünschte, aber wenn Blauschuppe glaubte, daß ihm Dev aus dem Weg gegangen war, dann würde er nur noch tiefer graben. Blauschuppe war gegenüber den Veränderungen von Devs Ausdünstungen unglaublich sensitiv. Außerdem hatte der Älteste ein Talent für hypnotische Kontrolle, obwohl er so machtblind wie die anderen auch war. Dev sollte jedoch in der Lage sein, ihm zu widerstehen, denn im Vergleich zur Kraft der Macht war einfache Hypnose gar nichts.

Allerdings konnte er sie nicht gut genug kontrollieren, und er hatte keinen, der es ihn lehren konnte.

Dev hatte die Präsenz eines Individuums seiner eigenen Art gespürt. Was wäre, wenn es da draußen *wirklich* einen echten Jedi gäbe? Die Ssi-ruuk wären daran ungeheuer interessiert, aber Dev wollte nicht, daß es Blauschuppe jetzt schon erfuhr.

Andererseits, vielleicht wäre es doch gar nicht so schlecht. Sie würden den anderen suchen, und Dev hätte einen menschlichen Freund ...

Nein, der Fremde war stärker in der Macht — diesen Begriff hatte ihn seine Mutter lange vor jenem schicksalhaften Tag der Invasion gelehrt. Devs Ansehen bei seinen Meistern würde sinken. Immerhin, sie würden ihn endlich technisieren.

Leichtfüßig ging er den breiten Korridor hinauf. Ssi-ruuk kamen aus beiden Richtungen an ihm vorbei, mit schnellen Schritten und wackelnden massigen Köpfen. Einige hatten Paddelstrahler bei sich, denn es kam gelegentlich vor, daß sich P'w'ecks unter der Anspannung des Kampfes gegen ihre Meister wandten.

Andererseits — er ging wieder langsamer — konnten sie versuchen, den Fremden zu technisieren. Menschen schrien auf dem Technisierstuhl. Jemand, der so stark in der Macht war, konnte Dev mit seiner Agonie umbringen.

Nein, nein, nur der Körper spürte Schmerz.

Und wenn dies *wirklich* ein voll ausgebildeter Jedi war?

Dev sprang in einen Turbolift und eilte zu Blauschuppes Arbeitsstation auf dem Deck der Kampfdroiden. Er war nicht anwesend. Mehrere kleine, braune P'w'eck-Arbeiter beugten sich über antennenbestückte Pyramiden, die mit Traktorstrahlen zurückgeholt worden waren. Diese Mannschaft sah nach Jünglingen aus, erkennbar an ihren kurzen Schwänzen und ruckartigen Bewegungen. Sobald sie mit der Reparatur fertig waren, würden diese Droiden für die nächste technisierte Gefangenengruppe bereit sein.

Dev sah eine Minute lang zu. Jeder P'w'eck verrichtete seine Arbeit, ohne dabei ein Zeichen der Zufriedenheit von sich zu geben. Diese geistig beschränkte Dienerrasse ähnelte den glänzenden, muskulösen Herren nur oberflächlich. Stumpfe Augen und schlaffe Haut zeigten an, daß nicht einmal junge P'w'ecks Wert darauf legten, sich richtig zu beköstigen. Im Vergleich zu ihnen glänzten sogar Kampfdroiden.

Er ging zur Brücke hoch und schickte einen der zylindrischen Sicherheitsdroiden los, um Blauschuppe zu suchen. Er wartete draußen. Die Brücke war von einem Leitungsnetz umgeben, das stark genug war, um während des Kampfes die Schwerkraft zu stabilisieren und Energiestöße aufzufangen. Wie ein Reaktor konnte es überlastet werden, und ein direkter Treffer von einem Schiff, das groß genug war, konnte das Netz zusammenbrechen lassen und die Brücke zu einer Todesfalle machen. Admiral Ivpikkis sorgte dafür, daß die *Shriwirr* nicht in den Feuerbereich eines großen Feindschiffs geriet.

Der Droide konnte Blauschuppe auch nicht finden. Von einem drängenden Gefühl erfüllt, versuchte Dev es in Meister Firwirrungs Technisiersaal.

Blauschuppe stand im Korridor und gab einer Gruppe von P'w'ecks Anweisungen. Dev blieb in respektvoller Entfernung stehen. Als die P'w'ecks davoneilten, trat er näher.

»Du wolltest, daß ich mich bei dir melde, Ältester.«

Blauschuppe öffnete eine Luke. »Komm herein.«

Im Inneren blickte sich Dev vorsichtig um. Dies war keine der üblichen Arbeitsstationen Blauschuppes. In einer Ecke umgaben hüft- und kniehohe Gitter eine in den Boden eingelassene Fläche, die etwa einen Quadratmeter groß war. Eine Tür stand offen. Wenn Blauschuppe sie schloß, würde eine vollständige Umzäunung entstehen. Sie sah beinahe so aus wie ein Käfig, in dem P'w'ecks eingesperrt wurden. Diese mußten manchmal diszipliniert werden. Dev hatte dabei noch nie zugesehen. Panik stieg in ihm auf.

»Da?«

»Ja.« Blauschuppe trat seitlich an einen kleinen Tisch heran. Unfähig, irgend etwas anderes zu tun, stieg Dev in die Umzäunung hinab. Blauschuppe preßte etwas Hartes auf seine Schulter.

»Wenn du so gut wärst, dich auf die Gitter zu lehnen...«

Normalerweise begann Blauschuppe die Erneuerungen damit, daß er Dev anwies, sich bequem auf dem Boden auszustrecken. Zumindest fühlte sich das hier nicht nach einer Disziplinierung an – bisher.

»Was wünschst du von mir?« pfiff Dev unbehaglich. »Was kann ich tun, um dir gefällig zu sein?«

»Rede mit mir.« Blauschuppe ließ seine glänzende Masse neben Dev nieder. »Wie kommt dein Projekt voran?«

Plötzlich erfreut über die Aufmerksamkeit des Ältesten, ließ Dev sein Gewicht auf das obere Gitter sacken.

»Es geht sehr gut voran. Meine letzten Bemühungen gelten einer Übersetzung der Bekanntmachung, die wir vor ein paar Wochen an Bakura...«

»Halt«, sagte Blauschuppe. Er beugte seinen massigen Kopf dichter über Dev und starrte mit einem Auge auf ihn hinab.

Dev lächelte freundlich zurück.

»Du bist menschlich«, sagte Blauschuppe. »Denk für einen Augenblick darüber nach, was das bedeutet.«

Dev schob einen Ärmel hoch und blickte auf seinen weichen, flaumigen Arm. »Es bedeutet... minderwertig.«

»Bist du sicher?«

Verwirrt schloß Dev die Augen. In den tiefsten Gefühlswinkeln setzte er etwas frei, das kontrolliert und unterdrückt war, das stinkend und hassenswert und...

Die große Echse kam bedrohlich näher. Dev heulte auf und schlug nach ihrem Vorderglied.

»Fester«, pfiff sie. »Das kannst du doch besser, Schwächling.«

Dev knirschte mit den Zähnen und bohrte eine Faust in ihren Oberarm. »Ihr habt meine Welt getötet. Meine Eltern, mein Volk. Alle sind verschwunden, aufgesaugt, ermordet, verstümmelt...« Schluchzend brach er ab.

»Nichts Neues, um wütend zu sein?«

Dev hob seine Fäuste vor die Brust. Was tat die Echse da – wollte sie Informationen aus ihm herausholen? Sie würde diesmal keine bekommen.

Sie kam noch näher und hauchte ihm Echsengestank entgegen. »Du würdest gerne in dieses Auge hineinschlagen, nehme ich an.«

Dev starrte auf das Auge. Es schien zu wachsen und ihn mit Schwärze zu umgeben. Es saugte ihn auf. Er stürzte in seine Tiefen, klammerte sich dabei an die zurückbleibenden Grenzen der Freiheit.

Er wankte.

Entsetzt krümmte er sich auf kalten, grauen Bodenplatten zusammen. Er hatte Blauschuppe geschmäht. Sein weiteres Schicksal konnte er nur ahnen.

»Dev«, sagte Blauschuppe weich, »du solltest solche Dinge niemals sagen.

»Ich weiß«, antwortete er kläglich.

Blauschuppe trillerte, ein sanftes, kehliges Gurren. »Du schuldest uns so viel.«

Wie konnte er jemals etwas anderes denken?

»Dev«, flötete Blauschuppe.

Er blickte hoch.

»Wir vergeben dir.«

Er seufzte tief und stemmte sich auf die Knie, wobei er sich an dem unteren Gitter der Umzäunung festhielt.

»Hier, Dev.« Blauschuppe hielt eine Spritze hoch. Dankbar reckte Dev seine Schulter einem neuen Stich entgegen. Seine Schande schmolz auf magische Weise dahin.

»Ich habe dich ganz bewußt erzürnt, Dev. Um dir zu zeigen, wie dicht unter der Oberfläche dein Naturell liegt. Du darfst niemals zornig sein.«

»Ich werde es nie wieder sein. Vielen Dank. Es tut mir leid.«

»Was hat dich heute Nachmittag so beunruhigt, Dev?«

Vage erinnerte er sich, daß er gehofft hatte, nichts sagen zu müssen, aber er konnte sich nicht erinnern, warum. Die Ssi-ruuk beschützten ihn und befriedigten alle seine Bedürfnisse. Sie erfüllten ihn mit Freude, selbst wenn er es nicht verdiente.

»Es war bemerkenswert«, begann er. »Das Gefühl eines anderen Machtbenutzers, ganz in der Nähe.«

»Machtbenutzer?« wiederholte Blauschuppe.

»Jemand wie ich. Es ist nicht so, daß ich einsam bin, aber verwandte Geister ziehen sich an. Ich habe mir gewünscht, ihn finden zu können, aber ich nahm an, daß er ein Feind der Flotte war, weil er mit den Neuen angekommen ist. Er hat mich traurig gestimmt.«

»Er? Er war männlich?«

Dev hob mit einiger Anstrengung den Kopf und lächelte Blauschuppe an. Was auch immer sich in der Spritze befunden hatte, es machte ihn so schläfrig, daß er sich kaum bewegen konnte.

»Vielleicht werde ich von ihm träumen«, murmelte er und glitt von dem Gitter hinunter.

***

Gaeriel ruhte in der Luft über einem kreisförmigen Repulsorbett. Eine gestrickte Felldecke hüllte sie von den Schultern bis zu den Knien ein. Das Bett schwebte über einem leicht verblichenen Teppich. Yeorg und Tiree Captisons Heim gehörte zu den schönsten auf Bakura — das hatte sie jedenfalls gehört —, aber seit die imperialen Steuern stiegen, mußte selbst der Premierminister Reparaturen und Neuanschaffungen verschieben. Gaeris neues Gehalt sorgte mit für den Unterhalt. Ihr lag nichts am Luxus, aber ihr lag etwas an Onkel Yeorg und Tante Tiree.

Zum erstenmal seit Monaten hatte sie wieder eine Nachmittagsruhe gebraucht, aber das Nickerchen hatte nicht geholfen. Gebadet in kalte Furcht, die das Repulsorbett in Eis verwandelte, war sie aufgewacht. Der Jedi Luke Skywalker war ihr in einem beunruhigenden Traum erschienen, über ihrem Kopf in einem Repulsorfeld schwebend, das er mit seinen Jedikräften selbst geschaffen hatte. Bevor sie sich aufwecken konnte, waren sein Haar und seine Haut dunkel geworden. Er hatte sich in Dev Sibwarra, den Botschafter der Ssi-ruuk, verwandelt. Sibwarra war langsam nach unten geschwebt, durch das Repulsorfeld und ihre Decke, und hatte ihr das Leben ausgesaugt...

Ärgerlich wickelte sie sich aus der Decke und drückte auf einen Knopf an der Wand. Das Imperiale Sinfonieorchester setzte innerhalb und außerhalb ihrer Ohren zu einer besänftigenden Melodie an. Fasziniert von der neuesten imperialen Klangtechnologie, einem hydrodynamischen Musiksystem, war sie von der Zentralwelt zurückgekehrt. Als Geschenk für ihr Diplom hatte Onkel Yeorg ein solches System in die Wände dieses Zimmers einbauen lassen. Jede Fläche, selbst das lange Fenster, diente als riesiger Lautsprecher. Flüssigkeit, die den Klang transportierte und verstärkte, zirkulierte langsam zwischen Paneelen. Um eine bessere Akustik zu erreichen, hatten Arbeiter ihren langgestreckten, rechtwinkligen Raum in ein Oval umgebaut.

Allerdings besaß Wilek Nereus die einzigen Hardcopy-Kataloge auf Bakura, die zu dem System paßten. Daten, Literatur und Musikaufnahmen mußten über sein Büro beschafft werden. Bisher konnte sein gesamter Umgang mit ihr als »Sponsorenschaft« angesehen werden. Aber Wilek Nereus tat nichts umsonst.

Über ihrem Kopf verlangsamten sich die Harmonien, und gedämpfte Blasinstrumente griffen eine Melodie auf. Vielleicht hatte Bakura mit den Verstärkungen durch die Rebellen eine größere Chance, die Invasion zurückzuschlagen. In diesem unbedachten Augenblick der Muße erinnerte sie sich daran, wie sie sich zu dem Jedi Luke Skywalker hingezogen gefühlt hatte, bevor sie erfuhr, was er war. Sie drehte sich in dem Repulsorfeld um und dachte nach. Wenn sie zehn Jahre jünger gewesen wäre, hätte sie sich wahrscheinlich gewünscht, daß er etwas anderes sein und eine Weile bleiben möge – oder daß sie in der Zeit zurückgehen könnte, um das, was sie jetzt wußte, wieder ungeschehen zu machen.

Aber das kosmische Rad rollte nur vorwärts. Es baute Spannung auf und glich sie aus.

Eine Klingel läutete. Gaeriel setzte sich auf, als die Tür langsam zur Seite glitt. Tante Tiree trat ein, elegant in ein formelles blaues Kostüm gekleidet und mit einer goldenen Kette um den Hals.

»Fühlst du dich besser, Gaeriel? Kopfschmerzen weg?«

Sie fühlte sich verpflichtet, die Wahrheit zu sagen. »Ja, danke.«

»Schön. Wir haben Gäste zum Abendessen eingeladen. Es ist sehr wichtig. Zieh dich bitte nett an.«

»Wer kommt?«

Gaeriel stellte das Klangsystem leiser. Das paßte gar nicht zu Tante Tiree. Normalerweise benutzte sie die Sprechanlage oder schickte einen Bediensteten.

Tiree stand so still da wie ein Mannequin. Wie Onkel Yeorg diente sie Bakura schon seit dreißig Standardjahren. Ihre Haltung war zu einem Markenzeichen geworden.

»Die Delegation der Rebellen-Allianz und Gouverneur Nereus brauchen eine Gelegenheit, um auf neutralem Boden miteinander zu sprechen. Es ist unsere Pflicht, ihnen diese Möglichkeit zu verschaffen.«

»Oh.«

Verdammt! Rebellen *und* Nereus? Zum zweitenmal binnen

weniger Minuten wünschte sich Gaeri, zehn Jahre jünger zu sein. Sie hätte sich entschuldigen können.

»Wir zählen darauf, daß du uns hilfst, sie an einem Streit zu hindern, meine Liebe.«

Sie hatte die Nachricht also selbst überbracht, um sicherzugehen, daß Gaeri die Wichtigkeit verstand. Bakura brauchte die Hilfe der Rebellen, um die Ssi-ruuk zurückzuschlagen, aber Gouverneur Nereus vor den Kopf zu stoßen, konnte neue Säuberungen verursachen.

»Ich verstehe.« Sie schwang ihre nackten Füße über die Bettkante. Wie lange war es her, daß sie zum letztenmal barfuß durch den Statuenpark gegangen war? »Ich werde da sein. Angezogen.«

Zu ihrer Überraschung nahm Tante Tiree neben ihr auf dem Repulsorfeld Platz. »Wir machen uns auch Gedanken über die Aufmerksamkeit, die dir Nereus schenkt«, sagte sie mit ruhiger, vertraulich klingender Stimme. »Er hat bisher noch nicht viel gemacht – zumindest hast du uns nichts anderes gesagt –, aber dies ist der Zeitpunkt, um dem einen Riegel vorzuschieben.«

»Ganz meiner Meinung«, sagte Gaeri, erleichtert darüber, Tante Tiree so reden zu hören.

»Ich setze dich zu Prinzessin Organa, es sei denn, irgend etwas durchkreuzt meine Sitzordnung.«

Mit anderen Worten, es sei denn, Onkel Yeorg hatte andere Vorstellungen.

»Vielleicht könntest du Senator Belden einladen.« Ein weiteres freundliches Gesicht und eine weitere angenehme Stimme würden ihre Aufgabe viel leichter machen.

»Gute Idee, Liebes. Ich will sehen, ob er frei ist. Und du fängst an, dich anzuziehen.« Tiree tätschelte ihre Schulter und eilte hinaus.

Gaeri gähnte und streckte sich wieder auf dem Bett aus, aber nur für einen Moment. Bakura brauchte sie. Sie war ein Kind der Gesellschaft und hatte Pflichten gegenüber dem Imperium, Bakura und der Captison-Familie.

Aber nicht in dieser Reihenfolge. Und sie würde sich auch kein anderes Leben wünschen. Es war Zeit, wieder an die Arbeit zu gehen.

***

»Sie sind da, Luke.«

»Ich beeile mich.« Luke steckte den Kopf unter den Wasserstrahl und rubbelte mit aller Kraft. Er war bei der Justierung von Motorklemmen behilflich gewesen und dabei in einen kleinen Schmiermittelschauer geraten. Wollte dieser Tag denn niemals enden?

Er sagte sich, daß er aufhören müsse, so 'rumzujammern wie 3PO, aber er hatte sich auf ein langes, langsames Einweichen in einer altmodischen Badewanne, wie es sie nur auf Planeten gab, eingerichtet. Aufgewachsen auf der Wüstenwelt Tatooine, würde er Regen — oder genug Badewasser, um darin unterzutauchen — niemals als selbstverständlich ansehen. Unglücklicherweise hatte ihn Leia schon an der Tür mit der Nachricht ihrer Abendessenverpflichtung in Empfang genommen.

»Ich werde sie hinhalten.« Leia beugte sich über das Kommgerät.

Luke schlüpfte hastig in seine weiße Kleidung und gesellte sich dann zu Han und Leia ins Hauptzimmer. Leia sah in einem langen, roten Kleid, das eine Schulter frei ließ, prachtvoll aus, und Han hatte eine elegante, schwarze Satinuniform mit militärischem Silberbesatz angezogen. Luke fragte sich, wo und bei welchem Abenteuer in seiner Vorallianzzeit er *diese* Kluft aufgetrieben hatte.

Dann holte Leia ihre rechte Hand hinter dem Rücken hervor. Ein schweres Armband, das aus langen, gewundenen Flechten gemacht war, hing an ihrem Handgelenk, fing das Licht auf und reflektierte es in alle Richtungen.

Sie drehte ihre Hand. »Der Ewok-Häuptling hat es mir gegeben. Ich wollte es nicht annehmen. Sie besitzen so wenig Metall — es handelte sich offensichtlich um einen Schatz des Stammes und war von einer anderen Welt gekommen. Aber sie haben darauf bestanden.«

Luke verstand. Manchmal mußte man ein außerordentliches Geschenk akzeptieren, da man ansonsten einen aufrechten Geber beleidigen würde.

Chewie, überall makellos gebürstet, trat aus der Tür neben Lukes Zimmer. Eine ältliche Frau, die wartend neben der Haupttür stand, stolperte zurück.

»Oh«, sagte Sie. »Ihr ... Freund ist natürlich ebenfalls willkommen.«

Luke warf einen Blick auf Leia und Han. Wie er es sah, hatte es zwischen ihnen eine weitere Auseinandersetzung über die

Frage gegeben, ob die Einladung Chewbacca einschloß. Offenbar hatte Han die Schlacht gewonnen, verlor aber den Krieg, denn Leia blickte überallhin, nur nicht auf ihn. Ihre Haare lagen vorne eng am Kopf an und flossen hinten locker über ihre Schultern, wie ein lebendes Ding, das man freigesetzt hatte. Hans tiefhängendes Halfter war nicht zu sehen. *Er trägt es versteckt,* vermutete Luke. *Formelle Kleidung.*

»Gehen wir.« Leia warf den Kopf nach links und rechts. »Wir sind spät dran. Nimm alle Nachrichten auf, 3PO.«

Ihre Begleiterin brachte sie nicht zum Dachflugplatz, sondern nach unten. Ein geschlossener, weißer Repulsorwagen wartete mit laufendem Motor in einer Garage neben dem östlichen Highway. Sie stiegen ein. Der Fahrer stabilisierte das Gewicht des Wagens und nahm Fahrt auf.

Luke blickte nach draußen, während das Fahrzeug in Bodennähe dahinschnurrte. Zwei blinkende, blauweiße Lichter schwebten über der nächsten Straßenecke in der Luft. Die Straße schien die gleiche blauweiße Farbschattierung zu haben. *Aber weißer Stein würde jede Farbe reflektieren.* An einer Stelle zwischen zwei hohen Türmen schwirrte über ihnen ein ständiger Strom von Luftwagen im rechten Winkel zu ihrem Boulevard vorbei. Gleich nachdem sie die Luftwagenroute hinter sich gelassen hatten, bog der Fahrer links auf eine Avenue ein, deren Kurven den Kreisen der Stadt folgten.

Luke verdrehte den Hals. Die Lichter hier schimmerten warm und gelb, nicht blauweiß, aber schon in dem Moment, in dem er ihre Farbe zur Kenntnis nahm, lenkte der Fahrer den Wagen auf eine kurze Zufahrtsstraße, die zu einem Portikus mit sanft leuchtenden Säulen führte. Luke bekam große Augen. Das massive Steingebäude hinter diesem Portikus, errichtet aus weißen Steinblöcken, war niedriger als die meisten Hochhäuser in Salis D'aar: ein Privathaus mitten in der Stadt, auf einer Welt, wo Wohnsilos die Norm zu sein schienen. Er wünschte, er könnte sich während des Dinners davonschleichen, um festzustellen, wie jemand so viele Privaträume belegen konnte.

Ein Mann und eine Frau in dunkelgrünen Fallschirmspringeruniformen — eindeutig nicht imperial, vielleicht Überbleibsel der präimperialen Bakurazeit — öffneten die Wagentüren und traten dann zur Seite.

Luke sprang als erster nach draußen und sah sich um. Es schien alles in Ordnung zu sein. Er nickte Han über das

Wagendach hinweg zu. Aber da waren Leia und Chewbacca bereits ausgestiegen.

»Da sind Sie ja«, rief eine weibliche Stimme zwischen den schimmernden Portikussäulen. »Willkommen.«

Er spürte, wie Panik in Leia aufstieg. Er griff nach seinem Schwert und suchte mit den Blicken den Portikus nach einer Bedrohung ab.

Premierminister Captison, bekleidet mit einer dunkelgrünen Militärjacke, die von den Epauletten bis zur Schärpe nur so mit goldenen Litzen übersät war, verbeugte sich vor Leia.

»Tiree, meine Frau«, sagte er.

Eine Gestalt in einem flitterbesetzten, schwarzen Cape trat näher. Madam Captison trug eine bodenlange, mit edelsteinartigen kleinen Perlen verzierte ebenholzfarbene Robe und ähnelte Darth Vader nicht einmal entfernt — trotz des schwarzen Capes.

»Tiree, darf ich bekannt machen...«

Leia, spürbar bemüht, ihre Panik unter Kontrolle zu bringen, machte vor der Frau einen Knicks. Luke runzelte die Stirn. Diese Vader-Befangenheit machte ihr wirklich zu schaffen.

Bei Captisons Vorstellung wurde offensichtlich, daß er auf die Anwesenheit Chewbaccas nicht vorbereitet war. Leia, die ihre Fassung wiedergewann, funkelte Han an, aber Madam Tiree Captison schien entzückt zu sein. Sie streckte die Hand aus und legte sie auf einen der großen, zottigen Arme Chewies.

»Gehen wir hinein«, rief sie. »Es ist fast alles bereit.«

Leia ignorierte Han und nahm Premierminister Captisons Arm. Luke sah und fühlte, wie sich alles in Han sträubte.

»Ganz ruhig«, murmelte er, als sie hinter Leia hergingen. »Zeig ihnen deinen Charme.«

Han hob den Kopf. »Charme«, knurrte er. »Na klar.«

Im Inneren der Eingangshalle standen an beiden Seiten weitere Reihen von glitzernden Regenpfeilern, ähnlich denen draußen und in der Senatskammer, aber schmaler. Hinter den Regenpfeilern wurden unebene, weiße Steinwände von blühenden Ranken bekränzt.

Leia blieb stehen, um einen Regenpfeiler zu berühren, und bedachte Premierminister Captison dann mit einem Lächeln. »Seit ich von Alderaan weg bin, habe ich noch kein so reizendes Haus gesehen.«

»Dieses Haus wurde von Captain Arden, dem Stadtgründer, gebaut. Warten Sie, bis Sie den Tisch sehen, den mein Großvater hinzugefügt hat.« Captison hob eine weiße Augenbraue.

Luke hielt Han ein paar Schritte zurück. »Es ist alles nur Politik.«

»Ich weiß, aber ein anständiger Kampf ist mir lieber.«

Am Eingang zu einem Speisesaal, der von Zimmerbäumen mit herabhängenden Zweigen umgeben war, schlossen sie zu Leia auf. Weitere rankenbekränzte, weiße Steinwände umrahmten die Bäume, und in ihrem Zentrum sah Luke einen Tisch, der in etwa dreieckig war. Die Ecken waren abgestumpft, um zusätzliche Sitzgelegenheiten zu bieten.

Dann blickte er nach unten. Blaugrünes Wasser kräuselte sich unter dem transparenten Fußboden des Raums. Unterwasserlampen zeigten die sich bewegenden Schatten von Fischen und ein paar langgestreckten, schlangenähnlichen Kreaturen.

Auf dem Tisch schließlich stand ein Miniaturgebirge, das kunstvoll aus irgendeinem durchsichtigen Mineral gemeißelt war und wie die Regenpfeiler von innen beleuchtet wurde. Kleine blaue Flüsse rieselten an seinen Hängen nach unten.

Tief verwurzelte Gewohnheit veranlaßte Luke, den Raum nach feindlichen Absichten abzutasten. In Höhe der Tischmitte spürte er...

Sie. Die Senatorin Gaeriel Captison — es sei denn, es gab zwei Frauen auf diesem Planeten, die ihn elektrisieren konnten, ohne ihm in die Augen zu blicken. Sie saß bereits, mit dem Rücken zur Tür.

»Reizend«, murmelte Leia.

Madam Captison warf einen Blick über die Schulter. »Ich danke Ihnen, meine Liebe.«

So als würde sie auf Wasser wandeln, schwebte sie in den Raum, streifte ihr Cape ab und übergab es einem Bediensteten. Bäume an den rankenbekränzten Wänden hoben ihre Zweige wie Arme. Luke fragte sich, ob sie auf ihre Bewegung oder ein anderes Signal reagierten und ob es wirklich flexible Bäume, irgendwelche primitive Tiere oder künstliche Produkte waren.

Er trat nach vorne, angezogen fast gegen seinen Willen. Menschliche Bedienstete — er hatte bisher nirgendwo einen Droiden gesehen — entfernten sich hastig vom Tisch. Wahrscheinlich hatten sie die Sitzordnung anders arrangiert, um Chewbacca unterbringen zu können. Captison eskortierte Leia zu einem Platz neben sich an einer Seite des Tisches. Madam Captison nahm den anderen Stuhl an diesem Ende. Ein älterer Mann mit einer Stimmbox auf der Brust — Seniorsenator Belden, erkannte Luke — saß bereits neben ihr an der Ecke.

»Gleich hinter ihm, mein Lieber«, sagte Madam Captison zu Chewbacca.

Luke grinste trotz seiner Irritation. *Lieber* war kein Ausdruck, mit dem er einen Wookiee bedacht hätte. Chewbacca zog den Kopf ein und kicherte leise. Sie hatten ihm fast eine ganze Tischseite eingeräumt. Keine Repulsorstühle hier. Das Ambiente war antik und formell.

»Gute Arbeit gestern«, sagte der ältere Mann zu Luke. »Meine Chance, Ihnen zu danken. Wir waren schon darauf vorbereitet, in die Berge zu fliehen, als Sie ankamen.«

Han setzte sich neben Leia auf den zweiten Eckplatz. Damit blieb für Luke nur noch ein Stuhl übrig, gleich links von diesem Funkeln in der Macht. Er setzte sich, sammelte sich und blickte nach rechts.

Gaeriel Captison lehnte sich so weit weg, wie sie nur konnte. Über ihrem dunkelgrünen Kleid schmückte ein glänzender, goldener Schal ihre schlanken Schultern.

»Unsere Nichte Gaeriel, Commander«, erklärte der Premierminister. »Ich bin mir nicht sicher, ob sie in der Senatskammer vorgestellt wurde. Es ging zu hektisch zu.«

»Schon in Ordnung, Onkel Yeorg«, sagte sie. Bevor Luke auch nur »Hallo« sagen konnte, wandte sie sich Chewbacca zu. »Wenn Sie es vorziehen sollten, bei Ihren Leuten zu sitzen, bin ich gerne bereit, die Plätze zu tauschen.«

Luke suggerierte Chewie unterschwellig ein, daß er gerne bleiben wollte, wo er war. Chewie schnaufte.

»Er sagt, es gefällt ihm da«, übersetzte Han. »Passen Sie auf, Madam Captison. Wenn Wookiees mit jemandem Freundschaft schließen, dann fürs ganze Leben.«

»Es ist mir eine Ehre.« Die ältere Frau rückte eine Litze mit drei blauen Juwelen an ihrem mattgoldenen Mieder zurecht.

Luke blickte bewußt nicht mehr in Gaeriels Richtung, bis die Frage des Platztauschens endgültig geklärt war. Als die allgemeine Konversation am Tisch begann, wandte er sich ihr zu.

Überrascht sah er eingehender hin. Die Senatorin Gaeriel Captison hatte ein grünes und ein graues Auge.

»Wie geht es Ihnen, Commander Skywalker?« Ihre Augen verengten sich.

»Es war ein langer Tag«, antwortete er ruhig und dämpfte dabei sein Bewußtsein in der Macht, um die verführerische Ausstrahlung ihrer Präsenz davon abzuhalten, seine Aufmerksamkeit völlig in Beschlag zu nehmen.

Das Eintreffen einer weiteren Besuchergruppe raubte ihm die Möglichkeit, noch mehr zu sagen. Flankiert von zwei Soldaten der Sturmtruppe in schwarzer Uniform, schritt Gouverneur Nereus zur dritten Ecke des Tischs und nahm Platz. Seine Soldaten nahmen unisono hinter ihm Haltung an und standen dann in wachsamer Rührt-euch-Stellung da.

Alles wirkte schrecklich formell – und irgend etwas roch köstlich. Lukes Magen knurrte und gab ihm mehr denn je das Gefühl, ein Junge vom Land zu sein. *Großartig,* dachte er. *Fehlt gerade noch, daß ich mich vor all diesen Leuten zum Narren mache – und Leia in Verlegenheit bringe.* Er wünschte, daß er ihr Gelegenheit gegeben hätte, ihm diplomatische Umgangsformen – beispielsweise bei formellen Abendessen – beizubringen. Es stand ein Waffenstillstand auf dem Spiel.

»Guten Abend, Captison. Eure Hoheit. General. Commander.« Gouverneur Nereus blickte mit öligem Lächeln am Tisch entlang. »Guten Abend, Gaeriel.«

Das Auftragen eines Suppengangs machte Erwiderungen unnötig. Als Luke den Mund wieder zum Sprechen frei hatte, war Senator Belden am anderen Ende des Tisches mit Madam Captison, Leia und dem Premierminister in ein Gespräch vertieft. Gut: Leia würde die Beziehung zu Belden und den älteren Captisons pflegen. Gouverneur Nereus lehnte sich zur Seite und ließ sich von einem seiner Leibwächter etwas ins Ohr flüstern. Hans Blicke verfolgten Leia.

Nur die Senatorin Gaeriel Captison stand zur Konversation zur Verfügung. Luke holte tief Luft. Wer nicht wagt, gewinnt nicht.

»Sie haben ein paar sehr starke Vorurteile gegenüber Jedi«, sagte er.

Ihre mysteriösen Augen blinzelten. Kleine Fältchen kräuselten ihre Stirn.

»Sehen Sie«, fuhr er schnell fort. »Heute morgen in der Senatskammer habe ich alles getan, was ich tun konnte, um festzustellen, wer vielleicht gewillt wäre, mit der Allianz zusammenzuarbeiten. Das will ich nicht bestreiten.«

»Ich bin eine ausgebildete imperiale Diplomatin, Commander.« Sie betupfte ihren Mund mit einer Stoffserviette und blickte über den Tisch hinweg zu Belden hinüber. »Es ist möglich, daß einige der anderen Sympathisanten der Rebellion sind. Fehlgeleitete.«

Er mußte unbedingt mit Senator Belden reden.

»Wir wollen behilflich sein, Sie vor den Ssi-ruuk zu schützen«, sagte er leise. »Ich habe heute morgen zwei Stunden in der Garnison verbracht und mit Commander Thanas Strategien besprochen. Er hat unsere Anwesenheit akzeptiert – vorübergehend. Können Sie das nicht auch? Um Ihres Volkes willen?«

»Wir sind der Allianz für die Hilfe dankbar.«

Er beschloß, direkt vorzugehen, und legte seinen Löffel auf den Tisch. »Sie denken vielleicht, daß ich ihre Gedanken lesen kann, Senator Captison. Ich kann lediglich Ihre Empfindungen spüren, und das auch nur, wenn ich es versuche. Die meiste Zeit lebe ich ziemlich genauso wie Sie.«

»Das ist es nicht«, räumte sie ein. Er spürte, wie sich in ihr etwas entspannte. Sie spielte an einem emaillierten Anhänger, der an einer kurzen Goldkette über ihrem Brustbein hing. »Ich habe... religiöse Schwierigkeiten mit Ihrer Art.«

Das traf ihn wie ein Tritt in den Magen. Ben und Yoda hatten ihn gelehrt, daß die Macht alle Religionen umfaßte.

»Und die Allianz?« fragte er.

»Sie haben recht. Im Augenblick brauchen wir jedes bißchen Hilfe, das wir bekommen können.« Sie ballte auf der Tischplatte eine schmale Hand zur Faust. »Vergeben Sie mir, wenn ich undankbar gewirkt habe. Die Ssi-ruuk haben uns mit Entsetzen erfüllt, aber auf lange Sicht könnte es zu unangenehmen Nachwirkungen führen, wenn wir ihre Hilfe akzeptieren.«

»Beispielsweise zu solchen, wie sie Alderaan widerfahren sind«, sagte er leise. »Ich verstehe. Das Imperium regiert durch Furcht.«

Sie blickte auf ihren Suppenteller. Er tastete nach ihr und spürte inneren Aufruhr, der wohl auf den Kampf um eine Antwort zurückzuführen war.

»Es tut mir leid«, sagte er. »Sie müssen meine Manieren entschuldigen. Ich bin nicht zur Diplomatie erzogen worden.«

»Wie erfrischend.« Sie schenkte ihm ein subtiles, bezauberndes Lächeln.

Er übte Selbstkontrolle auf die unsichtbaren Winde der Macht aus und tauchte tief hinab, um ihre Präsenz ganz zu erfühlen. Ebene auf Ebene: die lebendige Unergründlichkeit des wuchernden Waldes auf Endor, die allumfassende Wärme einer Nacht auf der Sandwelt Tatooine und das hypnotische Glitzern des tiefen Weltraums kamen ihm in den Sinn...

Small talk! rief er sich zur Ordnung.

Bedienstete trugen einen Hauptgang mit kleinen, grünen

Schalentieren in Butter und unbekannten Gemüsen auf, zusammen serviert mit Schüsseln voll blassem, blaubraunem Getreide. Luke machte Bemerkungen über das Laubwerk, die Zwillingsflüsse, die Fische im Fußboden und versuchte, Komplimente über ihr Äußeres anzubringen. Sie blieb höflich, aber distanziert.

»Ich mag Senator Belden«, sagte er, als die Bediensteten Teller und Schüsseln entfernten. »Ist er ein Freund Ihrer Familie?«

»Ja. Seit Jahren, trotz seiner Merkwürdigkeiten.« Offenbar ein sehr enger Freund. Plötzlich schmolz ihre steiflippige Zurückhaltung dahin. Sie griff nach einer Karaffe, die neben dem Tafelaufsatz stand, und goß einige helle, orangefarbene Tropfen in den kleinen Becher vor ihm. »Probieren Sie das mal.«

Endlich – eine Reaktion. Neugierig schwenkte er den Becher. Die Flüssigkeit haftete am Glas wie Sirup.

»Machen Sie schon.« Sie hob eine Augenbraue. »Es ist nicht giftig. Unser bestes einheimisches Produkt. Sie beleidigen Bakura, wenn Sie es ablehnen.« Sie goß sich eine gleich große Portion ein und trank sie aus.

Er schlürfte. Flüssigkeit verwandelte sich in Feuer und verbrannte Mund und Kehle. Dann nahm er das Aroma auf, vergleichbar mit berauschenden Dschungelblumen, gemischt mit der süßesten Frucht, die er je gekostet hatte.

Ihre Augen leuchteten. Offensichtlich war ihr keine Nuance seiner Reaktion entgangen.

»Was ist es?« flüsterte er und kühlte seinen Mund mit einem Schluck Wasser.

»Namananektar. Eins unserer wichtigsten Exportprodukte.«

»Ich kann verstehen, warum.«

»Mehr?« Sie griff wieder nach der Karaffe.

»Danke.« Er grinste. »Lieber nicht. Das ist ein bißchen zu stark für meinen Geschmack.«

Gaeriel lachte und füllte seinen Becher trotzdem. »Es wird vermutlich bald zu einem Toast kommen.«

Wenn Gouverneur Nereus keinen Streit vom Zaune brach . . .

»Ich hoffe es«, sagte er.

Sie reichte ihm eine transparente Schüssel mit orangegelben kandierten Früchten. »Vielleicht schmeckt Ihnen die Namanafrucht auf diese Weise besser.«

Er legte eine auf seine Zunge. Ohne das Feuer des Nektars entfaltete sich das exotische Aroma sanft in seiner Kehle. Tropische Blumen ... ein Hauch von Gewürz ... Er schloß die Augen und erforschte die Empfindungen, die ausgelöst wurden ...

Seine Augen flogen auf.

»Das ging schnell«, sagte sie lächelnd. »Die Namanafrucht ruft, wenn sie erst einmal verarbeitet ist, ein leichtes Lustgefühl hervor. Die meisten Leute merken es nicht sofort. Sie fühlen sich einfach nur wohl, ohne zu wissen, warum.«

»Macht es abhängig?«

Sie zupfte eine Haarsträhne hinters Ohr. »Alle hervorragenden Süßigkeiten in der Galaxis machen abhängig. Seien Sie vorsichtig.«

Er beschloß, die Finger von den Früchten zu lassen. Und er hoffte, daß seine Wangen nicht so heiß aussahen, wie sie sich plötzlich anfühlten. Immerhin, Gaeriel schien aufgetaut zu sein.

»Ich ... sollte Sie eigentlich nicht nach Gerüchten fragen«, sagte sie leise und beugte den Kopf näher zu ihm hinüber, »aber wir haben auf unseren Hilferuf keine Antwort von Seiner Imperialen Hoheit bekommen, und das, was Sie heute morgen sagten, ist über die Medien gegangen. Sind Sie sicher, daß er tot ist?«

Plötzliche Feindseligkeit drang von der rechten Seite Gaeriels auf Luke ein. Er blickte an ihr vorbei und sah, daß ihn Gouverneur Nereus anstarrte. *Eifersüchtig?* fragte er sich. Konnte Nereus ein Auge auf Gaeriel geworfen haben?

»Der Imperator war stark in der Macht«, antwortete er leise. »Ich habe seinen Tod gefühlt.« Das entsprach soweit durchaus der Wahrheit.

Zu seiner Überraschung wurde sie leichenblaß. »Das habe ich ... von Seiner Majestät nicht gewußt.«

Gouverneur Nereus wandte sich zur Seite, in Richtung Chewbacca. Luke entspannte sich.

»Es geht also nicht nur um die Jedi?« murmelte er Gaeriel zu. »Ihre Religion verdammt jeden, der über starke Machtfähigkeiten verfügt?«

Was würde sie sagen, wenn sie wüßte, daß der Imperator ihn beinahe getötet hätte? *Später,* befahl er sich energisch, *allein.* Er malte sich aus, wie er die Jedi verteidigte und den Anklagefinger geradewegs auf ihren verehrten Imperator richtete.

»Also, jetzt mal langsam.« Hans Stimme übertönte das höfliche Gemurmel der Dinnerkonversation.

Gouverneur Nereus stemmte seine Unterarme auf die Tischplatte. »Ich bin es nicht gewohnt, mit Nichtmenschen zu Abend zu essen, General«, sagte er. »Eure Hoheit, *Senatorin Organa*, ich zweifle an Ihrem guten Geschmack – heute abend einen Wookiee an den Tisch zu bringen, während Bakura gegen Nichtmenschen um seine Existenz kämpft!«

Luke verkrampfte sich.

Leia errötete. »Wenn Sie . . .«

»Glauben Sie, nur Menschen . . .«, begann Han, aber eine Folge von Bell- und Heultönen Chewies brachte sie alle beide zum Schweigen.

Luke entspannte sich, als er sah, daß Chewie sein Temperament unter Kontrolle hatte. Der Wookiee hätte den gedeckten Tisch umreißen können, nur so zum Aufwärmen.

»Entschuldigen Sie«, sagte Han mit einer Stimme, die kein bißchen reuevoll klang. »Mein Kopilot will nicht, daß ich mich seinetwegen streite. Aber er sagte etwas, das Sie alle hören sollten. Wissen Sie, Ihre Ssi-ruuk sind letzten Endes hinter Menschen her. Wenn sie also ihre Invasion durchziehen, geht Chewie ein geringeres Risiko ein als der Rest von uns.« Han fuchtelte mit seinem Löffel in der Luft herum, um die Versammlung zu beeindrucken. Chewie knurrte etwas, während Han eine Pause machte und dann grinste. »Ja, genau. Das Schlimmste, was sie ihm antun könnten, wäre, ihn zu töten, da sie für ihre Droidenbatterien keine Wookiees wollen.«

Chewie grollbellte ein weiteres Mal.

»Er sagt«, übersetzte Han, »er würde sich freiwillig melden, wenn Sie jemanden brauchen, der Botschaften zu ihren Schiffen befördert.«

»Oh, ja«, höhnte Nereus, »was für eine großartige Idee, General Solo. Allerdings ist die Sprache der Ssi-ruuk niemals übersetzt worden, und das Imperium gibt sich nicht mit . . . Nichtmenschen ab.«

Es sei denn, als Sklaven, fügte Luke im stillen hinzu.

»Niemals übersetzt?« Han beugte sich über sein verstreutes Besteck. »Niemals ist ein großes Wort, Gouverneur.«

An Lukes rechter Seite meldete sich Gaeriel zu Wort. »Wir wissen jedenfalls nichts davon«, erklärte sie. »Und wenn sie irgendwo anders übersetzt worden ist, nutzt uns das hier nicht viel.«

»Und ich bezweifle, daß der Wookiee sie sprechen könnte«, meinte Nereus triumphierend. »Zumal Wookiees nicht einmal die menschliche Sprache gemeistert haben. Pfiffe, Zirpen – wie ein Vogelschwarm. Darum nennen wir sie Flöter.«

»Gouverneur«, rief Leia vom anderen Ende des Tisches aus, »vielleicht darf ich die Dienste meines Protokolldroiden 3PO anbieten. Er kennt mehr als sechs Millionen Sprachen.«

Nereus lachte kurz auf. Es hörte sich fast wie ein Fauchen an. »Einen Droiden und einen Nichtmenschen losschicken, um eine imperiale Welt zu repräsentieren? Ich glaube kaum.«

Leia antwortete nicht. Chewie verschränkte seine langen Arme und lehnte sich zurück. Seine Körpersprache sagte eindeutig: »Ich gehe nirgendwohin.« Han lächelte den Tafelaufsatz an.

»Noch eins«, sagte Nereus. »Jeder, der versuchen sollte, Bakurer zur Meuterei zu veranlassen — öffentlich oder privat —, wird verhaftet und ausgewiesen. Muß ich mich noch klarer ausdrücken?«

»Nein, Gouverneur«, sagte Leia in eisigem Tonfall. »Aber ich habe eine Frage an Sie. Nach der Aufzeichnung, die Sie uns vor dem Senat gezeigt haben, befinden sich die Ssi-ruuk hier, weil Ihr verstorbener Imperator sie eingeladen hat. Wie erklären Sie das?«

Nereus hob den Kopf. »Ich maße mir nicht an, den Imperator zu interpretieren, Eure Hoheit.«

»Vielleicht hat er gedacht, er könnte sie besiegen« vermutete Belden laut.

Han schaukelte seinen verzierten Stuhl. »Vielleicht hatte er überschüssige Gefangene, die er ihnen verkaufen wollte.«

Luke hatte einen Erkenntnisblitz. »Das ist ein Teil davon«, mutmaßte er laut. Gesichter drehten sich ihm zu, einige neugierig, einige anklagend. »Was macht jeder Feuchtfarmer mit seinem Produkt?«

Gaeriel zuckte die Achseln.

»Er liefert es einem Fabrikanten und bekommt dafür einen Anteil an den fabrizierten Gütern.« *Danke, Onkel Owen.* »Palpatine wollte eigene Kampfdroiden. Sie sind manövrierfähiger als Ihre TIE-Jäger — und für ihre Größe weitaus besser abgeschirmt.«

»Stimmt«, gab Nereus zu. »Nach allem, was ich gehört habe.«

»Nun, wir haben sie erlebt.« Leia schob ihr Kinn vor. »Aus nächster Nähe.«

Sekundenlang sprach niemand. Allmählich wurde wieder separates Konversationsgemurmel laut. Han beugte sich dicht zu Leia hinüber.

»... aber das bringt uns nicht weiter, Euer Gnaden«, schnappte Luke auf. »Laß uns gehen und ein bißchen schlafen.«

Er bekam nur ein paar gezischte Worte ihrer Antwort mit: »Ich *muß*... Minister Captison.«

Ein warmer Atem an seinem rechten Ohr ließ ihn zusammenfahren.

»Ist dieser Mann der Prinzgemahl?« wisperte Gaeriel.

Mit Sicherheit streiten sie sich so. »Ich glaube schon.« Luke musterte Han. »Er hat ein paar rauhe Kanten, aber er ist der treueste Freund, den man haben kann. Haben Sie nie jemanden von dieser Art gekannt?«

»Also.« Sie rückte ihren glänzenden Schal zurecht, der von einer ihrer weißen Schultern gerutscht war. »Doch.«

Sie waren mitten im Dessert, irgend etwas Kaltem in einer Schale mit sechs Lagen Nußaroma, als ein imperialer Soldat hereinkam. Er berührte Nereus' Schulter und führte ihn durch einen rankenbekränzten Bogen nach draußen.

»Was, glauben Sie, hat das zu bedeuten?« fragte Luke Gaeriel murmelnd.

Ihr Blick folgte ihnen. »Wir werden es bald erfahren.«

Der Gouverneur kehrte fünf Minuten später zurück, Erregung und Furcht versprühend. Sicherlich nahm das auch Gaeriel wahr.

»Irgend etwas stimmt gewaltig nicht, Eure Exzellenz.« Luke sprach mit einer Stimme, die durch den ganzen Speisesaal drang. Alle anderen Gespräche kamen zum Erliegen.

Nereus machte einen tiefen Atemzug. Dann durchbohrte er Luke mit einem zornigen Blick. »Dies war ein persönliches Kommuniqué von Flottenadmiral Prittick. Sie alle können es durchaus hören.« Seine knarrende Stimme wurde messerscharf. »Seine Botschaft bestätigt die Behauptungen dieser Rebellen. Der zweite Todesstern ist zerstört worden und Imperator Palpatine ist mutmaßlich tot... ebenso wie Lord Vader. Die Flotte sammelt sich in der Nähe von Annaj.«

Leia nickte. »Glauben Sie uns jetzt?« fragte sie. »Commander Skywalker sah ihn sterben.«

Gaeriel schreckte vor ihm zurück.

»Ich habe ihn nicht getötet«, erklärte Luke hastig und legte dabei beide Hände auf den Tisch. »Lord Vader hat ihn getötet — und ist deswegen selbst gestorben. Ich war als Gefangener dort.«

»Wie sind Sie entkommen?« Grinsend wie ein altes Schlachtroß, das begierig darauf war, Geschichten auszutauschen, lehnte sich Senator Belden näher heran.

»Auf dem Todesstern herrschte nach dem Tod Palpatines das Chaos. Er wurde angegriffen. Ich habe es bis zu einem Fährenhangar geschafft.«

Er warf Gaeriel einen Seitenblick zu. Sie war zwischen Abscheu und Bewunderung hin und her gerissen und mühte sich ab, den Konflikt zu lösen.

Premierminister Captison stieß beim Aufspringen seinen Stuhl um. »Dann wird keine Hilfe vom Imperium kommen?«

Gouverneur Nereus blickte über den Tisch hinweg auf Luke. Ausnahmsweise spürte Luke keine Falschheit. Trotz seiner zur Schau gestellten Gelassenheit war der Mann zu Tode erschreckt.

»Ich glaube«, sagte Luke, »daß die imperiale Flotte zu sehr damit beschäftigt ist, ihre Schiffe zusammenzuflicken, um Truppen zu den Randwelten zu schicken.«

»Dies ist letzten Endes einer der Gründe, aus denen wir gekommen sind«, sagte Leia.

»Wir haben es ihnen gegeben!« krähte Han.

Feindseligkeit stieg überall am Tisch auf. Selbst Leia machte eine finstere Miene. Ein Bediensteter richtete Captisons Stuhl auf, und der Premierminister nahm wieder Platz.

Gouverneur Nereus jedoch schüttelte den Kopf. »Prinzessin Leia«, sagte er und stand von seinem Stuhl auf, »wenn Ihre Truppen gewillt sind, mit den meinen zu kooperieren, unter Waffenstillstandsbedingungen, dann bitten wir Sie um Hilfe.«

Leias Schultern strafften sich. »Ein offizieller Waffenstillstand, Eure Exzellenz?«

»So offiziell, wie ich ihn machen kann.«

Das klang in Lukes Ohren ausweichend, aber Leia stellte es offenbar zufrieden. Sie stand auf und streckte ihre Hand aus. Das massive Armband funkelte an ihrem Handgelenk — es schien ihrem Handschlag das Gewicht vieler Sternsysteme hinzuzufügen. Es war eine weite Strecke, die beide Seiten überbrückten, im buchstäblichen und im übertragenden Sinne. Zum ersten Mal — überhaupt — würden Rebellen und Imperiale zusammen einen gemeinsamen Feind bekämpfen.

Nereus umschloß ihre schmale Hand mit seiner behandschuhten, fleischigen Rechten. Dann hob er seinen Becher.

»Auf seltsame Allianzen.«

Leia hob ihr Glas. Belden und Captison folgten ihrem Beispiel. Luke wappnete sich und packte seinen Becher mit fester Hand.

»Die Ssi-ruuk zu vertreiben, wird nicht leicht sein«, sagte er. Und wieder diesen Stoff zu trinken, auch nicht. »Es wird nötig sein, daß unsere Streitkräfte total kooperieren.«

»Stimmt«, schaltete sich Han wieder ein. »Anderenfalls werden wir alle damit enden, daß wir Ssi-ruuk-Droiden antreiben. Gemeinsam.«

Gaeriel schüttelte sich und stieß mit Luke an. Der Milliliter, den er trank, brannte, bis er unten war.

Überall am Tisch fingen die Leute an, Abschiedsworte mit ihren Dinnerpartnern zu wechseln. Unwillig zu gehen, versenkte sich Luke tief in Gaeriels Präsenz. *Bekümmert?*

»Was ist nicht in Ordnung?« fragte er. Bestimmt wünschte sie nicht, daß er noch bleiben würde. Soviel konnte er nicht erhoffen.

Auf den Tafelaufsatz blickend, flüsterte sie: »Wenn Gouverneur Nereus nicht mehr auf den Todesstern zählen kann, wird er sich auf näherliegende Drohmittel stützen müssen.«

Eine realistischere Bedrohung. Luke rieb sich das Kinn. »Wenn die Ssi-ruuk nicht wären, müßten Sie mit Säuberungen rechnen?«

Gaeriels Wangen wurden blaß. »Woher wissen Sie...« Sie beendete den Satz nicht.

Das mußte sie auch nicht. »Imperiale Standardprozedur. Wir haben es auf verschiedenen Welten erlebt.«

Gaeriel schien sich vorübergehend in sich selbst zurückzuziehen. Auf der anderen Seite des Tisches sprangen Han und Leia auf und gingen in entgegengesetzte Richtungen. Beide sahen nicht glücklich aus.

Nur eine weitere Streiterei...

»Sind Sie sicher, daß Sie an das Imperium glauben?« murmelte Luke.

Sie runzelte die Stirn und blinzelte mit ihren nicht zueinander passenden Augen. Dann schlürfte sie den letzten Tropfen ihres Namananektars und stand zusammen mit ihm auf.

»Es gleicht sich aus. Alle Dinge enthalten Dunkelheit und Licht. Selbst Jedi, nehme ich an.«

»Ja«, wisperte er.

Wenn dieser Abend doch nur eine Woche dauern würde. *Bitte sie um ein Wiedersehen!* Kam dieser Vorschlag von Ben oder entsprang er seinem eigenen Impuls?

»Könnten wir diese Unterhaltung morgen fortsetzen?«

»Ich bezweifle, daß dazu Zeit sein wird.« Sie sah freundlich, aber auch erleichtert aus, als sie ihm die Hand hinhielt.

Hatte er nicht gesehen, wie dieser imperiale Offizier Leia die Hand küßte? War das jetzt hier die angemessene Geste?

Er riskierte es und zog ihre Hand zu seinem Gesicht hoch. Sie riß sie nicht weg. Die Hand roch wie eine kandierte Namanafrucht. Um nicht die Nerven zu verlieren, beeilte er sich und drückte ihre Knöchel gegen seine Lippen. Er fühlte sich wie ein Bauernlümmel und wagte nicht, es noch einmal zu tun.

Sie spannte ihre Finger in seiner Hand, löste sie dann und ging in Richtung von Seniorsenator Belden davon. Luke blieb stehen, rieb sich die Hand und versuchte, sich Gaeri als einen Teil seiner Zukunft vorzustellen.

Bei der Macht, er würde dafür *sorgen,* daß morgen Zeit zur Fortsetzung der Unterhaltung zur Verfügung stand.

✱ 10 ✱

Dev stolperte auf die Füße. Er war auf dem Boden einer runden, unangenehm warmen Kabine voller Lichter und mechanischer Töne aufgewacht. Über Instrumententafeln bogen sich Schottwände nach innen und wurden eins mit der Decke.

Dies mußte die Brücke sein. Die Anwesenheit hier war ihm nur selten gestattet. Die Sicherheit der Brücke hatte allererste Priorität. Aber der Kapitän der *Shriwirr* und Admiral Ivpikkis kauerten neben Blauschuppe. Alle drei blinzelten zu ihm herüber.

Anscheinend spielte die Präsenz eines anderen Machtbenutzers eine große Rolle.

Er hatte dies gewußt und vergessen. Welche Spiele spielten sie mit seinem Bewußtsein? War er jetzt bei klarem Verstand oder durch Manipulationen in die Irre geführt? Hatte sein Kontakt zu dem Fremden, so kurz er auch gewesen war, seine mentalen Muster völlig durcheinandergebracht?

»Sag ihnen, was du dem Ältesten Sh'tk'ith erzählt hast«, forderte ihn Meister Firwirrung an seiner linken Seite auf. »Es fühlte sich an wie die Präsenz deiner Mutter, nur männlich?«

Kaum in der Lage, sich an die federleichte Berührung durch seine Mutter zu erinnern, betrachtete Dev metallene Bodenplatten. Seit er Meister Firwirrung gefunden hatte, war er noch nie so von Heimweh erfüllt gewesen wie jetzt. Er hatte gedacht, sie *wären* sein Zuhause.

»Ähnlich«, sagte er leise, »aber anders.«

»Wie anders?« fragte Firwirrung.

»Der hier vermittelt die ... die Form, das Gefühl von Ausbildung, das Mutter hatte, aber Mutter ... war nicht so stark.«

Admiral Ivpikkis' linkes Auge wanderte von Dev zum Kapitän. Der Kapitän schlug seine Vorderkrallen aneinander.

»Stark«, wiederholte er.

»Sieh mich an.« Blauschuppe schob ruckartig seinen Kopf nach vorn. Das wunderschöne Auge erschien wie ein Wirbel. In einer Ecke von Devs Bewußtsein entsprang eine Quelle der Erregung. *Dies* war sein echtes Bewußtsein. Er *liebte* sie.

»Nun«, rief er, »wenn dieser hier ausgebildet ist, könnte er mit anderen Menschen in Kontakt treten. Selbst über große Entfernung hinweg!«

Firwirrungs mächtiger Schädel mit dem großen V wandte sich Dev zu. »Das ist ein interessanter Gedanke. Wie weit, glaubst du?«

Dev fühlte sich von frischer Energie erfüllt. »Ich weiß nicht«, gestand er ein, »aber wir waren viele Lichtjahre entfernt, als ich für euch den Tod des Imperators erfühlte.«

»Das ist wahr«, pfiff Blauschuppe. Er berührte Firwirrungs Schulterschuppen. »Könntest du, wenn ein ausreichend starker Direktkontakt besteht, eine Technisierung aus der Ferne durchführen?«

»Möglicherweise.« Firwirrungs Schwanz zuckte. »Wir müßten vielleicht einen Apparat modifizieren ... ja. Modifizieren, um diesen Starken in einem voll magnetisierten Stadium am Leben zu halten, und Energien von außerhalb zuführen.«

Admiral Ivpikkis' Schwanz bebte ebenfalls. »Eine Pipeline zu den Menschen. Wir könnten den gesamten bekannten Raum besitzen, nicht nur dieses Imperium.«

Dev nahm ihre Erregung wahr. Er verschränkte seine Finger und preßte sie hart aneinander.

»Ich stelle die Notwendigkeit eines abermaligen Strategiewechsels fest«, sagte Admiral Ivpikkis. »Zuerst nehmen wir den Starken in Gewahrsam. Dann testen wir diese Theorie. Wenn sie sich in der Praxis bewährt, können wir die Hauptstreitmacht unserer Flotte benachrichtigen ...«

Sie sprachen hastig untereinander. Von Blauschuppe ignoriert, erschlaffte Dev. Er konnte ihrer Unterhaltung kaum folgen. Er war immer ihr ganz besonderes Hätschelkind gewesen, ihr geliebter Mensch. Würden sie ihn jetzt mit dem Schwanz wegwischen?

Er berührte seine Kehle. Vielleicht bekam er endlich seinen Kampfdroiden – aber um welchen Preis? Seine Vorfreude erstarrte wie der Essensmatsch, den er von den Schotts entfernt hatte. Die Technisierung sollte seine Belohnung sein, nicht ...

Sie mochten ihn ganz einfach nur deshalb technisieren, weil sie ihn nicht länger brauchten. Er wünschte sich seinen Kampfdroiden, aber er sehnte sich nach ihrer Liebe.

Simultan drehten sie sich um. Firwirrung streichelte Devs Arm und rief liebevoll rote Striemen hervor.

»Hilf uns jetzt. Greif hinaus in das unsichtbare Universum. Gib uns einen Namen, einen Ort. Hilf uns, ihn zu finden.«

»Meister«, wisperte Dev, »komme ich bei euch immer an erster Stelle?«

Firwirrung streichelte ihn fester und trieb Dev Tränen in die Augen. »Wir haben deine Ergebenheit nie bezweifelt. Sicherlich willst du nicht, daß wir sie in Frage stellen.«

»Nein, nein.« Dev spürte, wie sein Gesicht blaß wurde. Er hatte Firwirrung zu seiner Familie gemacht, Firwirrungs Kabine zu seinem Heim. Er hatte sein Menschsein aufgegeben. Wenn Firwirrung ihn ersetzte, was blieb dann noch?

Blauschuppe ruckte nach vorne. »Dev Sibwarra, wir benötigen deine Dienste wie niemals zuvor.«

Dev konnte seine Augen nicht von Firwirrung losreißen. Der Chef der Technisierung hatte immer zu verstehen gegeben, daß er Dev liebte, aber hatte er jemals das Wort »Liebe« gesungen? Schwankend machte Dev einen Schritt rückwärts.

Ein P'w'eck schlang braune Vorderklauen um Devs Schultern und hielt ihn in Richtung Blauschuppe. Der Älteste hob eine Spritze. Sie konnten dies nicht wirklich tun. Die Spritze würde kaum schmerzen, aber er erinnerte sich jetzt, was danach folgen würde. Wie konnten sie so gemein sein, nach allem, was er für sie getan hatte? Liebten sie ihn nicht? Liebte ihn Firwirrung nicht? Erkenntnis sickerte aus Devs Erinnerungen. Sie waren schon früher gemein gewesen, und davor auch.

Dies war sein wahres Bewußtsein. *Dies* war Dev Sibwarra, Mensch, wiederhergestellt durch die Berührung des Fremden... Aber er konnte gegen die Drogen seiner Meister nicht ankommen, auch nicht gegen die direkte Beherrschung durch Blauschuppe. Er entglitt sich selbst.

Die Spritze entspannte ihn wie immer, obwohl er um seines Geheimnisses willen dagegen ankämpfte. Firwirrung beugte sich über ihn.

»Blick nach draußen, Dev. Diene uns jetzt. Wo ist dieser eine? Wie ist sein Name? Wo können wir ihn finden?«

Firwirrungs Kopf verschwamm. Dev quetschte einen salzigen Fluß aus seinen Augen. Dann verbannte er seinen Kummer und seine Wahrnehmung des *Shriwirr*-Decks und flüchtete in die Macht. Er ließ sich von dem wirbelnden Universum an den matten Auren seiner Meister vorbeitragen.

Der Fremde fühlte sich so stark und so nahe an wie zuvor, fraglos maskulin und verwandt, obgleich noch eine zweite diffuse, feminine Präsenz ganz in der Nähe schwebte. Das scharf gebündelte Licht der ersten Präsenz löschte das der zweiten fast aus: ein Echo vielleicht? Er verstand es nicht. Alles, was er wußte, war, daß Liebe und Sicherheit von Firwirrung kamen. Er vermied es, die Machtpräsenz des Fremden zu berühren.

»In der Hauptstadt«, murmelte er, halb bewußt. »Salis D'aar. Der Name des Mannes ist Skywalker. Luke Skywalker.«

Abgelenkt durch die Anstrengung des Sprechens, öffnete er wieder die Augen. Firwirrungs flaches Glücksatmen zerriß ihm das Herz. Der Meister achtete nicht darauf – vielleicht wußte er es nicht einmal! –, wie eifersüchtig ihn ihre Aufmerksamkeit gegenüber dem Fremden machte. Vielleicht waren Ssi-ruuk niemals eifersüchtig.

»Skywalker«, wiederholte Blauschuppe. »ein glücksversprechender Name. Gut gemacht, Dev.«

Dev entspannte sich in der Macht. Ihre Freude und ihre Gier vibrierten um ihn. Mit einem unbegrenzten Vorrat an technisierten Menschen konnte Admiral Ivpikkis schnell den bekannten Weltraum erobern. Dev würde daran teilhaben.

Dennoch fühlte er sich gedemütigt. So sehr er sich auch über den Fremden ärgerte, so öffnete er sich doch zum Abschied für eine bloße Berührung, die fast ein Machtstreicheln war.

Firwirrung beugte sich dicht über ihn und sang: »Bist du unglücklich, Dev?«

Seine Empfindungen waren in den letzten paar Minuten so viele Male hin und her geschwankt, daß er sich nur einer Sache sicher war: Wenn sie ihn noch einmal manipulierten, mochte er den Verstand verlieren. Er schloß die Augen und nickte.

»Ich bin zufrieden, Meister.«

Ich hasse dich – ich hasse dich – ich hasse dich.

Sie würden seine Menschlichkeit nicht verbiegen. Keine Spiele mehr mit seinem Bewußtsein.

Aber er konnte Firwirrung nicht hassen, die einzige Familie, die er seit fünf Jahren hatte. Die Emotion schwächte sich ab. Er wagte es, wieder die Augen zu öffnen.

»Meister«, flüsterte er, »mein größtes Vergnügen ist es, denen zu helfen, die mich lieben.« Er zwang sich dazu, Firwirrung liebevoll anzublicken.

Firwirrung trillerte gedankenvoll. Eindeutig war das Vergnügen des Technisierchefs diesmal nicht Sympathie, sondern Kontrolle. Er berührte Blauschuppe mit einer Vorderklaue.

»Ältester, Dev ist inzwischen nah dran, echte Liebe für unsere Art zu empfinden. Gib ihm ein bißchen Spielraum. Laß seine Entscheidung, mir dienen zu wollen, aus seinem eigenen freien Willen kommen. Das ist eine höhere Zuneigung.«

Dev schauderte. Firwirrung hatte ihn bereits versklavt, Geist und Seele. Jetzt wollte er, daß Dev die Stricke seiner eigenen Knechtschaft freiwillig anzog. Das mochte ein Fehler von Firwirrung sein.

Dev legte eine Hand auf Firwirrungs oberes Vorderglied, wobei er die Geste so ssi-ruuvi wirken ließ, wie er nur konnte.

»Dies ist mein Meister«, sang er.

Jeden Augenblick konnte Blauschuppe in seine Augen blicken oder die Täuschung riechen.

»Siehst du?« sagte Firwirrung. »Unsere Beziehung weitet sich aus.«

»Nimm dein Schoßtier und geh«, sagte Admiral Ivpikkis. »Mißbrauche ihn, wie es dir gefällt. Wir haben zu arbeiten, so wie du. Beschäftige deinen Verstand mit Modifikationen – für Skywalker.«

Firwirrung wiegte seinen Kopf gewichtig hin und her und streckte eine Vorderklaue nach der Luke aus.

Jeder Schritt weg von Blauschuppe entfernte ihn genausoweit von der Versklavung. Dev erreichte die Luke, dann den Korridor. Die Luke glitt hinter Firwirrung zu.

***

Eine Stunde später, als sich Firwirrung mit Schemazeichnungen beschäftigte, lag Dev zusammengerollt und vergessen in der warmen Mitte der Schlafgrube. Wie stellte man den Kontakt her? Es waren fünf Jahre vergangen, seit ihn seine Mutter dies gelehrt hatte. Er fühlte sich erschöpft, wollte nur noch still daliegen und sich süßen Erinnerungen hingeben.

Aber er mußte es versuchen, bevor ihn Blauschuppe wieder erneuerte, und ihm blieb nicht viel Zeit. Die Ssi-ruuk würden ihm letzten Endes auf die Schliche kommen. Sie „erneuerten" ihn alle zehn oder fünfzehn Tage, selbst wenn er das Gefühl hatte, daß es nicht nötig war. Er würde für diese Sache mit der gründlichsten Erneuerung seines Lebens bezahlen, aber er schuldete der Menschheit einen Versuch.

Er schloß die Augen und ließ alle Hoffnung, Reue und Bitterkeit aus sich herausströmen. Die Furcht trübte seine Kontrolle, aber er überwand sie und berührte die Macht.

Fast augenblicklich spürte er wieder dieses Leuchten. Er tippte den Rand an, um Aufmerksamkeit zu erregen, und ließ dann in seinem Bewußtsein eine dringliche Warnung entstehen.

***

Luke schleuderte Thermaldecken in die Dunkelheit. Eine rutschte vom Repulsorfeld der Bettkante. Einen kalten, schläfrigen Augenblick lang konnte er sich nicht erinnern, was ihn aufgeweckt hatte. Dann rief er sich ein dunkles, drängendes Gefühl von Furcht, verbunden mit einer Warnung, ins Gedächtnis zurück. Die Menschheit war seinetwegen in Gefahr. Die Fremden wollten ihn gefangennehmen und ...

Oh, Mann!

Tief ausatmend, legte er sich wieder hin. Vom Fuß des Bettes aus gurrte ihm R2 irgend etwas zu.

»Mir geht es gut«, erklärte er.

Was für ein Traum! Er muß sich hüten, sein Ego überzubewerten. Er mochte der letzte – und erste – Jedi sein, aber er war nicht der Brennpunkt für die Versklavung der Menschheit.

Aber die Erinnerung wollte nicht verblassen, wie es ein Traum tun würde. Vielleicht hatte ihn wirklich jemand vor irgend etwas gewarnt.

Ben? rief er. *Obi-Wan? Warum geschieht dies?*

Vergiß die Fragen, befahl er sich selbst. Es gibt kein »Warum«. Prüfe deine Gefühle.

Er schob Furcht und falsche Bescheidenheit zur Seite und betrachtete die Warnung im Licht der bekannten Absichten und Methoden der Ssi-ruuk. In diesem Zusammenhang erschien der Gedanke erschreckend real.

Welchen furchtbaren Fehler hatte Ben Kenobi gemacht, als er ihn hierhin schickte? Jedi-Meister waren nicht perfekt. Yoda hatte geglaubt, daß Luke in Cloud City sterben würde. Ben hatte gedacht, daß er Anakin Skywalker ausbilden könnte.

Er schlang die Arme um die Knie. Wenn Yoda und Ben Fehler machen konnten, dann konnte es auch Luke Skywalker. Tödliche Fehler.

Wenn die Warnung real wäre, würden sich in der Zukunft Spuren davon zeigen. Wie beim Sichten von Schiffen aus der Ferne kam es bei Bildern aus der Zukunft manchmal zu Konflikten, aber jeder Hinweis darauf, daß er den Kriegszielen der Ssi-ruuk behilflich sein könnte, würde die unheimliche Warnung bestätigen.

Er beruhigte sich, stabilisierte Atmung und Herzschlag und tauchte hinab, um die Zukunft in seinem Bewußtsein zu betrachten. Einige Dinge blieben ihm verborgen, und einige

Möglichkeiten, die er sah, erschienen auf groteske Weise unwahrscheinlich. Sekunden, Minuten, Monate später entdeckte er die Möglichkeit: eine Landkarte der Zukunft, auf der sich das Ssi-ruuk-Imperium bis zu den Kernwelten erstreckte. Wie Han befürchtet hatte, waren sie in eine Falle gestolpert – aber es war schlimmer, als sie vorausgesehen hatten.

Und die Ssi-ruuk waren im Begriff, Bakura zu erobern.

***

Dev wälzte sich auf die andere Seite, klammerte sich dabei am Kissen fest. Es *war* ein Jedi dort draußen. Diesmal hatte er die unverkennbare ausgebildete Kontrolle gespürt – auch wenn sie kaum richtig erwacht war.

Firwirrungs Kabine glänzte in strahlendem Licht, aber er fühlte sich nicht ausgeruht.

»Meister«, murmelte er, »ist es schon Zeit zum Aufstehen?«

Firwirrung kletterte aus der Grube. »Lukenalarm«, pfiff er. »Es ist für mich. Schlaf wieder ein.«

Dev zog Arme und Beine fester an sich, hielt aber ein Auge offen. Als die Luke zur Seite glitt, wurde eine massige blaue Gestalt sichtbar.

»Komm herein.« Firwirrungs Begrüßung trillerte vor Überraschung. »Willkommen.«

Blauschuppe marschierte auf die Bettgrube zu. Dev versuchte, seine Glieder zu entwirren, aber seine Muskeln blieben gespannt. Er ahnte, was kam: Der Älteste hatte seine Meinung geändert und ihn verurteilt. Der Schutzring eines Paddelstrahlers sah aus seiner Schultertasche hervor.

»Admiral Ivpikkis hat eine neue Mission für unseren jungen menschlichen Alliierten festgelegt«, sang Blauschuppe. »Er muß frisch erneuert werden, bevor sie beginnt.«

Von Panik erfüllt wollte Dev aufspringen und wegrennen. Aber wohin sollte er rennen?

Firwirrung blinzelte langsam. »Dann ist es mir eine Ehre, dir Dev zu überstellen.«

Blauschuppe umspannte mit einer mächtigen Vorderkralle Devs rechten Arm und riß ihn hoch. Dev strampelte und versuchte, seine Füße auf den Boden zu stellen.

Blauschuppe ließ ihn los. »Geh vor mir her«, pfiff er. »Firwirrung wird folgen.«

Dev schleppte sich durch die Luke in den Korridor, der im

matten Licht der Nachtbeleuchtung dalag. Er könnte dagegen ankämpfen. Er könnte ein bißchen länger überleben, hätte die Chance, nachzudenken und vielleicht sogar zu handeln – aber nur für wenige Minuten. Und wenn Blauschuppe ihn durch Einschüchterung, Schmeicheleien oder Hypnose dazu brachte, einzugestehen, was er gerade getan hatte, würden ihn die Ssiruuk vielleicht gleich an Ort und Stelle umbringen und in ihrem gerechtfertigten Zorn seine Lebensenergie verschwenden. Er war Zeuge gewesen, wie sie einen P'w'eck totgeschlagen hatten, ganz einfach so mit ihren breiten, muskulösen Schwänzen.

Schlimmer noch, wenn die Ssi-ruuk wußten, daß Skywalker sie erwartete, würden sie einen Weg finden, um ihn trotzdem zu fangen: mehr Gewalt, eine größere Streitmacht, erfindungsreiche Technologie. Selbst ein Jedi hatte da keine Chance. Die Galaxis würde fallen.

Dev fiel nur ein einziger Fluchtweg ein. Wenn er das wenige, das er von der Macht wußte, einsetzte, könnte er sich freiwillig in die Erneuerungstrance stürzen und Blauschuppes hypnotisches Bewußtsein umgehen.

Er schreckte vor dem Gedanken zurück. Die Erneuerung würde den Tod des Menschen Dev Sibwarra bedeuten. Er würde alles vergessen, was ihn frei gemacht hatte.

Frei für wie lange? Er ließ den Kopf hängen und schnitt eine Grimasse. Er hatte sein Leben schon zahllose Male weggeworfen, ohne Sinn und Zweck. Diesmal könnte er Dutzende von Millionen Menschen retten – einschließlich eines Jedi. Er würde ein kleines, erbärmliches, von niemandem besungenes Opfer bringen, um so viele Leben zu retten. Aber er würde ihnen helfen, wenn er konnte. Er würde die Erinnerung an seine Mutter ehren.

Aufrechter gehend, als er es seit fünf Jahren getan hatte, schritt Dev vor Blauschuppe durch eine nur allzu vertraute Luke.

***

»Bist du wach, kleines Ding?«

Dev blinzelte. Er lag auf einem warmen, knotigen Fußboden neben wuchtigen, mit Klauen versehenen Hinterfüßen. Er kannte diese pfeifende Singstimme und den Geruch dieses Atems. Ein schmalgesichtiger, blauer Kopf beugte sich über ihn. Er fühlte sich natürlich und frisch, wie ein Schlüpfling, der sein Ei verlassen hatte.

»Ich habe dich geheilt«, sagte ...? Dev kämpfte darum, sich an den Namen zu erinnern. »Willkommen in der totalen Freude.«

Dev streckte die Arme aus und schlang sie um... um... Blauschuppe! Er quetschte verlegen machende Feuchtigkeit aus seinen Augen.

»Ich danke dir«, flüsterte er.

»Du hast nur noch die Gedanken, Empfindungen und Erinnerungen, die dich stärken werden. Nichts von dem überladenen Wirrwarr, der deinen Meistern das Leben schwermacht.« Blauschuppe verschränkte schlanke Unterarme vor der Brust.

Dev atmete tief und freudig ein. »Ich fühle mich so sauber.«

Er konnte sich nicht erinnern, wie Blauschuppe dies machte. Er konnte sich *nie* erinnern. Offensichtlich hätte ihm diese Erinnerung nicht helfen können, sein Leben selbstloser Dienstbarkeit fortzusetzen. Alles, das jemandem soviel Frieden brachte, mußte richtig sein. Jeder, der ihn brachte, mußte vollkommen gut sein. Es mußte lange, harte Arbeit sein.

Meister Firwirrung wartete außerhalb von Blauschuppes Kammer mit erwartungsvoll zuckendem Schwanz. Dev machte sich klein, als er sah, wie das Mitgefühl seine warmen, schwarzen Augen verengte. Offenbar hatte sich Firwirrung Sorgen um ihn gemacht. Das ließ ihn vermuten, daß etwas Böses aus ihm getilgt worden war.

»Es geht mir viel besser, Meister«, sagte Dev von sich aus. »Ich habe unserem lieben Ältesten schon gedankt. Ich danke auch dir.«

Firwirrung berührte mit seiner rechten Vorderklaue seine linke Schulter und ließ mit ausgestreckten Witterungszungen seinen großen Kopf tanzen.

»Es ist gern geschehen«, antwortete er.

»Jetzt werden wir zu Admiral Ivpikkis gehen«, sang Blauschuppe.

Ja, die Mission! Auch daran erinnerte er sich jetzt: ein ganz großes Privileg zum Nutzen des Ssi-ruuk-Imperiums. Dev ging zwischen dem Ältesten und seinem Meister, den Kopf gesenkt und die klauenlosen Hände verschränkt. Er hatte weiße Augen, haarige Haut und einen kleinen, stinkenden, schwanzlosen Körper. Wer war er, daß er soviel Mühe von ihrer Seite, soviel Glück bei der Arbeit, eine so bedeutungsvolle Lebensaufgabe verdiente?

***

Schrille Geräusche schreckten Luke aus einem unruhigen Schlummer hoch. Ein Licht blinkte neben seinem Bett, aber ansonsten blieb das Zimmer dunkel.

»Was?« fragte er benommen. Da war ein makabrer Alptraum gewesen... Nein, eine Warnung. »Was ist los?«

»Commander Skywalker?« drang eine männliche Stimme aus seiner Bettkonsole. »Sind Sie wach?«

»Noch nicht ganz«, antwortete er. »Wo brennt's?«

»Hier ist die Raumhafenverwaltung von Salis D'aar. Es hat da einen störenden Zwischenfall mit einigen ihrer, äh, Truppen gegeben. Wir haben zur dienstlichen Verwendung mehrere Gleiter im Bakur-Komplex. Wie schnell können Sie auf dem Dachflugplatz sein?«

Konnte dies eine Falle sein? Hatte es irgend etwas mit der Traumwarnung zu tun? Er sprang aus dem warmen, gemütlichen Bett. Zumindest fühlte er sich ausgeruht, und die Schmerzen waren vergangen.

»Ich bin schon auf dem Weg.«

Er zog sich hastig an und beschloß, Chewbacca aufzuwecken und mitzunehmen. Chewie brauchte keine Zeit damit verschwenden, sich anzuziehen, und er würde zusätzliche Augen, Verstand und insbesondere Muskeln beisteuern. Han mußte allerdings bei Leia bleiben. Sie hatte irgend etwas von einer Verabredung zum Frühstück mit Gaeriels Onkel erzählt.

Ein störender Zwischenfall. Er konnte sich keine Rebellentruppen vorstellen, die Schwierigkeiten machten...

Doch, ja. Er konnte es. Er hakte sein Lichtschwert ein.

Er stürmte durch seine Schlafzimmertür und lief um die Ecke in Chewies Zimmer, trat dann ein paar Schritte vom Bett zurück. Er wollte nicht in unmittelbarer Nähe eines abrupt aufwachenden Wookiees sein.

»Chewie«, flüsterte er, »wach auf. Wir haben Schwierigkeiten.«

***

»Langsamer, Chewie.«

Chewbacca steuerte den Gleiter die äußere Ringstraße zum Raumhafen hinunter. Luke blickte nach vorne und nach rechts. Rampe Zwölf, die zeitweilige Bodenbasis der Allianz, lag gleich hinter der nächsten der sternförmig vom Kontrollturm ausgehenden Zufahrtsstraßen. Raumhafenlaternen leuchteten auf dieser Seite der Sternstraße, aber auf der anderen Seite wurde die dunkle Nacht nur durch ein gelegentliches Aufblitzen erhellt, das aussah wie Blasterfeuer. Entweder hatte jemand die Laternen von Rampe Zwölf zerschossen, oder sie waren von jemandem ausgeschaltet worden. Wo war der Sicherheitsdienst des Raumhafens?

Sie schwenkten nach links, vorbei an Rampe Zwölf, dann durch ein offenes Tor in dem hohen Maschendrahtzaun auf die Zufahrtsstraße.

Unbewacht, stellte Luke fest. Vielleicht waren die Wachen hineingegangen, um die Störung zu beheben. Er zog den hochgeschlagenen Rückenteil seines Parkas nach unten. Hier draußen in der Nacht, zwischen zwei Flüssen, war feuchte Luft nicht so angenehm.

Vier Multischiff-Start- und Landerampen lagen in einer Gruppe zwischen diesen Sternstraßen und der Raumhafengrenze, und in der Mitte der Gruppe befand sich eine kleine, unattraktive Kantine, die aussah wie zwei im rechten Winkel aneinandergesetzte Bungalows. Jemand, der danebenstand, bedeutete ihnen winkend, daß sie anhalten sollten.

Chewie parkte den Gleiter in dem Winkel zwischen den Bungalows. Als der Repulsormotor abgeschaltet war, herrschte ungefähr zehn Sekunden lang unheimliches Schweigen. Dann sträubte ein weiteres Aufblitzen von Laserfeuer Lukes Nackenhaare und erhellte die Silhouette eines großen Reparaturkrans. Die dunkelhaarige Person rannte auf sie zu.

»Manchisco!« rief Luke. »Was geht hier vor?«

Die Kommandantin der *Flurry* schüttelte ihre schwarzen Zöpfe. »Unsere *Alliierten* — gleich da drüben — behaupten, daß sie ein paar Ssi-ruuk hinter einem unserer Schiffe in die Enge getrieben haben. Ich komme nicht nahe genug heran, um das zu bestätigen. Sie schießen auf alles, was sich bewegt.«

»Hat keiner einen Makrofeldstecher?« Han hatte einen auf dem *Falken,* einen Viertel Kilometer entfernt.

Manchisco schüttelte den Kopf.

»Schön, kommen Sie. Du auch, Chewie!« Luke lief in Richtung des Krans und hakte dabei sein Lichtschwert los.

Bevor sie den Kran erreichten, brüllte eine Stimme: »Ihr da! Runter! Geht zurück, wenn ihr unbewaffnet seid — die Fremden sind gelandet! Sie haben zwei von unseren Leuten umgebracht!«

Manchisco ging duckend hinter einer Batterieeinheit von der Größe R2s in Deckung. Chewie schob sich näher an den Kran heran.

»Ssi-ruuk würden keine Leute umbringen«, knurrte Luke. »Sie würden Gefangene machen. Gib mir Deckung, Chewie.«

Wenn die Ssi-ruuk hier waren, würde er sich lieber selbst um sie kümmern – trotz dieser unheimlichen Warnung.

Aber er hatte eine beunruhigende Ahnung. Er zog sein Lichtschwert und ließ es aufflammen. In seinem Leuchten sah er Chewbacca, der mit seinem Blitzwerfer in die Dunkelheit zielte.

»Bleib da«, sagte Luke leise. »Das ist nahe genug.«

Wieder war es unheimlich still geworden.

»Alle stellen das Feuer ein!« brüllte Luke.

Schritt für Schritt ging er nach vorne, das erhobene Schwert vor sich. Obwohl sein Licht im Vergleich zu den Raumhafenleuchten schwach war, so war es doch das einzige Licht auf Rampe Zwölf.

Er umrundete ein Kanonenboot der Allianz. Zwei menschliche Körper lagen ausgestreckt auf dem eigentümlichen, glasartigen Bodenbelag. Er marschierte an ihnen vorbei und tastete angestrengt nach feindlichen Absichten. Alles, was er spürte, war panikerfüllte Furcht.

Geometrische Formen schimmerten vor ihm auf, metallene Flächen eines weiteren Reparaturkrans, der das Licht seines Schwertes reflektierte.

»Wer ist da?« brüllte Luke. »Zeigt euch!«

Ein gewölbter calamarianischer Kopf erschien hinter dem Kran. Dann noch einer.

Luke ächzte und lief auf sie zu. »Was macht ihr hier unten?« wollte er wissen.

»Landurlaub«, schnaufte der nächste von ihnen und ordnete seinen steifen, hohen Rundkragen.

»Mit Erlaubnis?« fragte Luke. Bestimmt hatte ihr kommandierender Offizier Verstand genug, um . . .

Der Calamarianer wedelte mit einer Flossenhand. »Natürlich, Commander. Unsere Ablösung kam. Wir sind so müde wie jeder andere auch. Aber diese Fremden haben uns entdeckt.«

»Und da habt ihr zwei von ihnen umgebracht?«

»Commander, sie haben uns angegriffen. Zehn Mann! Sie haben zuerst geschossen, Commander.«

Luke wünschte sich zurück nach Endor. »Einer von euch kommt mit mir.«

»Sir?« Der Calamarianer machte einen Schritt rückwärts und umklammerte dabei seinen Blaster.

»Das ist ein Befehl«, sagte Luke ruhig. »Folgen Sie dicht hinter mir, damit ich Ihnen Deckung geben kann.«

Langsam zwängte sich der hochgewachsene Nichtmensch aus seinem Versteck in der Krananlage. Ein Blastergeschoß zischte von gegenüber heran. Luke wirbelte herum und lenkte es ab.

»Feuer einstellen!« schrie er dann. »Chewie, schlag ihre Köpfe aneinander, wenn es sein muß.«

Ein Wookiebrüllen hallte über die freie Fläche zwischen Schiff und Kran.

»In Ordnung«, sagte Luke. »Kommen Sie.«

Etwas langsamer als vorhin – der Calamarianer wollte sich nicht schneller bewegen – lenkte Luke seine Schritte zurück zu dem Kanonenboot. Er mied die Stelle, an der die Toten lagen.

»Chewie, wo bist du?«

Eine weitere Salve Blasterfeuer blitzte auf, dann noch eine. Luke sprang und drehte sich, parierte die Schüsse, ohne dabei nachzudenken.

Genauso plötzlich endete das Feuer. Ein eigenartiges, quietschendes Stöhnen kam aus der Krananlage vor ihm – und das unverwechselbare Gebrüll eines wütenden Wookiees. Luke hielt sein Schwert hoch, um eine bessere Sicht zu bekommen. Der Metallturm schwankte heftig. Hoch oben klammerten sich in der dunklen Nacht mehrere dunkle Gestalten an Verstrebungen. Blaster polterten auf den Boden.

»Gute Arbeit, Chewie«, rief Luke. Er korrigierte seinen Griff um das Schwert. »In Ordnung«, brüllte er. »Alle kommen 'runter. Macht die Augen auf. Das hier ist ein Mon Calamari. Kein Ssi-ruuk. Seht ihn euch an!« Er hörte schlurfende Geräusche, aber in dem grün erleuchteten Kreis erschienen keine Gesichter.

»Kommt schon«, rief er, langsam die Geduld verlierend.

Nach drei Sekunden Schweigen hörte er Chewbacca knurren.

Dann kamen sie heraus, zehn Menschen – acht Männer und zwei Frauen –, bekleidet mit einem Assortiment von locker sitzenden, voluminösen Mänteln und warmen Hüten. Keiner schien bewaffnet zu sein – jetzt nicht mehr. Ein Mann, kleiner und dünner als die anderen, deutete auf den Calamarianer.

»Er hat recht – das ist kein Flöter«, sagte er.

Luke erkannte die Stimme. Das war der Mann, der versucht hatte, ihn mit seiner Warnung fernzuhalten.

Ein größerer Mann drängte sich nach vorne und warf schiefe

Blicke um sich. Grünes Licht schmeichelte niemandem, aber Luke vermutete, daß dieser Typ in jedem Licht dunkle Ringe unter seinen hervorquellenden Augen hatte.

»Sei still, Vane.«

Der dünne Mann machte den Mund zu, schlurfte aber näher an Luke und den Calamarianer heran. Tessa Manchisco trat in den Lichtkreis. In ihren Augen spiegelte sich grüner Zorn wider.

»Diese Rampe ist gesperrt und nur Crews der Allianz zugänglich«, sagte Luke scharf. »Wieso sind Sie hier?«

Der Mann mit den dunklen Augenringen verschränkte seine kräftigen Arme. »Dies ist unser Planet, Schwertjunge. Wir wären dir dankbar, wenn du Viehzeug wie diesen Fisch – und diesen Haarigen da – von Bakura fernhalten würdest.«

Chewbacca schob sich näher an diese Seite der Truppe heran.

Luke brauchte Informationen, und er brauchte sie schnell. Waren diese Krawallmacher vom Imperium geschickt worden oder handelten sie aus eigenem Antrieb? Der dünne Bakurer stand nahe genug, um Luke den Versuch zu ermöglichen, sein Bewußtsein zu sondieren – ganz kurz. Luke hatte das sichere Gefühl, daß seine Motive ehrbar genug waren, um nicht das Risiko einzugehen, der Dunklen Seite entgegengetrieben zu werden.

Dennoch zögerte er, bevor er seine Aufmerksamkeit konzentriert auf den dünnen Mann fokussierte und sich öffnete, um die Gefühle des Mannes zu ergründen – *Verwirrung, Furcht, Verlegenheit, Argwohn* ... An diesen Emotionen vorbei stieß er in das Gedächtnis vor.

Er mußte nicht sehr tief suchen. »Eine kleine Aufmerksamkeit, direkt vom Büro des Gouverneurs« war ihnen versprochen worden, wenn sie sich in der Nähe von Rampe Zwölf herumdrücken und sicherstellen würden, daß die Ssi-ruuk Bakura nicht durch diese abgesperrte Allianz-Landezone infiltrierten.

Luke brach den Kontakt ab und senkte sein Lichtschwert.

»Geht nach Hause.« Er hoffte, daß seine Stimme so angewidert klang wie das Gefühl, das er hatte. »Sagt Gouverneur Nereus, daß wir selbst auf Rampe Zwölf aufpassen werden.«

Keiner bewegte sich.

Ein tiefes, kehliges Grollen wurde aus Chewbaccas Richtung laut.

Luke nahm das Stichwort auf und fügte hinzu: »Geht schon. Ihr habt noch immer nicht gesehen, wie es ist, wenn ein Wookiee richtig wütend wird.«

Der dünne Mann schlich aus dem grün erleuchteten Kreis zu den Leichen hinüber. Einer nach dem anderen folgten die übrigen. Bald darauf trottete eine bedrückte kleine Gruppe in Richtung des Haupttors von Rampe Zwölf. Ihre toten Kameraden hatten sie mitgenommen.

Kaum hatten sie das Tor passiert, als die Hauptbeleuchtung wieder anging.

Irgend jemand in der imperialen Garnison, die nur wenige Kilometer südlich lag, mußte alles beobachtet haben. Und der Sicherheitsdienst war fraglos auf Rampe Zwei, Sechs oder Neun beschäftigt. Mit imperialen Angelegenheiten.

Luke atmete kräftig aus. »Wir wollen uns vergewissern, daß mit dem *Falken* alles in Ordnung ist, Chewie.«

***

Als 3PO Leia früh weckte, fand sie eine Nachricht von Luke vor: Er war mit Chewbacca zum Raumhafen gegangen, um Schiffsreparaturen zu beaufsichtigen. Sie zog sich eilig im Badezimmer an und band ihre Haare hoch. Als sie aus dem Bad hastete, sah sie einen hochgewachsenen Menschen vor der Bildwand stehen. Sie keuchte und verhielt abrupt ihren Schritt. Er schimmerte matt im dämmrigen Zimmerlicht und ließ das Realzeitbild einer blinkenden Stadt verblassen.

Luke hatte gesagt, daß er Ben Kenobi manchmal auf diese Weise sah. Sie wich zurück und kniff die Augen zusammen. Dieser Mann sah nicht aus wie der alte General oder sonst jemand, den sie gekannt hatte.

Wer auch immer er war, er gehörte nicht in ihre Suite. Sie warf einen Blick auf ihren Blaster, der außer Reichweite auf dem Repulsorbett lag. Vermutlich nützte er auch nichts gegen Erscheinungen – wenn dies eine war.

»Wer sind Sie?« wollte sie wissen. »Sagen Sie, was Sie hier wollen.«

»Hab' keine Furcht vor mir«, sagte die Gestalt leise. »Sage Luke, er soll sich daran erinnern, daß Furcht zur Dunklen Seite gehört.«

Wer war diese Person, die Botschaften an Luke in ihr angebliches Privatquartier brachte? Ein Bakurer? Ein Imperialer?

»Wer sind Sie?«

Der Fremde trat seitwärts an eine dunklere Stelle, wo sich sein Leuchten verstärkte. Er war hochgewachsen und hatte ein breites, angenehmes Gesicht und dunkle Haare.

»Ich bin dein Vater, Leia.«

Vader! Eisige Kälte entstand an ihren Füßen und bahnte sich fröstelnd einen Weg bis zu ihrer Kopfhaut. Seine bloße Gegenwart regte sämtliche dunklen Emotionen an, die sie besaß: Furcht, Haß...

»Leia«, wiederholte die Gestalt, »hab' keine Furcht vor mir. Mir ist vergeben worden, aber es gibt vieles, was ich wiedergutmachen will. Ich muß den Zorn aus deinem Herzen und deinem Geist tilgen. Auch Zorn gehört der Dunklen Seite an.«

Ihr Blaster würde eindeutig nicht helfen. Selbst als er noch gelebt hatte, war es ihm gelungen, Blastergeschosse mit den bloßen Händen abzulenken. Sie hatte es ihn in Cloud City tun sehen.

»Ich möchte, daß du gehst.« Die düstere Kälte ließ ihre Stimme gefrieren. »Entkörperliche dich. Verblasse oder was auch immer.«

»Warte.« Er bewegte sich nicht von der Wand weg. Wenn überhaupt etwas geschah, dann schien er ein wenig zu schrumpfen, sich zu entfernen. »Ich bin nicht länger der Mann, den du gefürchtet hast. Kannst du mich statt eines alten Feindes nicht als Fremden betrachten?«

Sie hatte zu lange mit der Furcht vor Darth Vader gelebt. »Du kannst Alderaan nicht wiederherstellen. Du kannst die Menschen, die du ermordet hast, nicht zurückbringen oder ihre Witwen und Waisen trösten. Du kannst nicht ungeschehen machen, was du der Allianz angetan hast.« Alte Pein schmerzte wie eine frische Wunde.

»Ich habe die Allianz gestärkt, obwohl dies nicht meine Absicht war.« Er streckte einen schimmernden Arm aus. Die milde Stimme klang falsch. Das freundliche, nackte Gesicht sah nicht aus, als ob es sich jahrzehntelang hinter einer schwarzen Atemmaske verborgen hätte. »Leia, die Dinge ändern sich. Ich kann vielleicht nie zu dir zurückkehren.«

Sie blickte weg. Möglicherweise konnte sie ihm mit ihrem Blaster nichts anhaben, aber er würde sich in ihren Händen gut anfühlen. Wenn sie sich reckte, konnte sie ihn fast erreichen.

»Gut so.«

»Es gibt keine Rechtfertigung für... meine Taten. Dennoch hat mich dein Bruder vor der Dunkelheit gerettet. Du mußt mir glauben.«

»Ich habe Luke gehört.« Sie verschränkte die Arme und umfaßte mit den Händen ihre Ellbogen. »Aber ich bin nicht

Luke. Oder dein Lehrer. Oder dein Beichtvater. Ich bin nur deine Tochter – aufgrund eines grausamen Streiches des Schicksals.«

»Der Macht«, beharrte er. »Selbst das erfüllte einen Zweck. Ich bin stolz auf deine Stärken. Ich bitte nicht um Absolution. Nur um deine Vergebung.«

Sie schob das Kinn vor und ließ die Arme verschränkt. »Was ist mit dem, was du Han angetan hast? Wirst du auch ihn um Vergebung bitten?«

»Nur durch dich. Meine Zeit hier ist begrenzt.«

Sie schluckte. Ihre Kehle fühlte sich trocken an. »Ich kann dir fast vergeben, daß du mich gequält hast.« Er senkte den Kopf. »Und das Böse, das du anderen Leuten angetan hast, weil diese Taten so viele Welten in die Allianz getrieben haben. Aber die Grausamkeit gegenüber Han... nein. Wenn du sie durch mich haben willst, wirst du seine Vergebung nicht bekommen. Niemals.«

Die Gestalt schrumpfte weiter dahin. »Niemals ist ein zu großes Wort.«

Darth Vader gab ihr Lektionen über Tugend und Ewigkeit?

»Ich werde dir nie vergeben. Entmaterialisiere dich. Geh weg.«

»Leia, ich kann vielleicht nie wieder mit dir sprechen, aber ich werde dich hören, wenn du mich rufst. Wenn du deine Meinung änderst, werde ich es spüren.«

Sie starrte ihn an. Wie konnte er es wagen – nach all seinen Grausamkeiten und Perversitäten? Sollte Luke mit ihm umgehen. Sie würde es nicht tun.

Wie konnte Luke das Wissen ertragen, daß dies ihr Vater war?

Sie rauschte aus dem Schlafzimmer. Morgenlicht strömte durch das lange Fenster des Hauptzimmers und erhellte gelbe Wände und den dunklen Fußboden. Han erhob sich aus der nächsten Ecke der Sitzlandschaft.

»Du wirst zu spät kommen, Hoheit.«

3PO watschelte auf sie zu. »Sind Sie bereit, Mrs. L...«

Sie griff nach dem Schlüssel und schaltete 3PO ab, drehte sich dann zur Schlafzimmertür um. Niemand trat hervor.

»Er kann mir dies nicht antun«, knurrte sie. »Bei meinem Leben. Er kann es nicht tun!«

Han betrachtete den grotesk erstarrten Droiden, verzog dann spöttisch den Mund. »Wer ist er? Hast du einen Anruf von diesem jungen Captain bekommen?«

Sie warf die Arme in die Luft und tigerte am Fenster vorbei. »Oh, großartig. Das ist alles, was dir einfällt, deine lächerliche...« – sie packte ein Couchkissen – »...lausige...« – sie drehte es zwischen ihren Händen – »...Eifersucht! Vader ist hier gewesen, und dir fällt nur ein... ach!«

»He, Prinzessin.« Er streckte ihr die Handflächen entgegen. »Vader ist tot. Luke hat ihn verbrannt. Ich bin mit einem Düsenrad hingefahren und habe den Aschehaufen gesehen.«

Leias Magen schmerzte. »Du hast seine Leiche gesehen. Ich habe gerade... den Rest von ihm gesehen.«

»Du siehst jetzt auch Dinge?« Er stand schief da, die Hände in den Taschen, die Augenbrauen hochgezogen. »Entweder wirst du stärker in diesem Machtzeug oder Luke übt einen schlechten Einfluß auf dich aus.«

»Vielleicht beides«, sagte sie bitter. »Wenn ich schon Geister sehen müßte, wäre ich mit diesem Yoda von ihm einverstanden gewesen. Ich hätte mich auch gerne mit General Kenobi unterhalten. Aber wen kriege ich?« Sie ließ das Kissen fallen und schlug mit der Faust gegen die gelbe Wand.

»Langsam«, murmelte Han. »Es ist nicht meine Schuld.«

»Das weiß ich.« Jetzt taten ihr auch die Fingerknöchel weh. Frustriert drehte sie sich um und lehnte sich gegen die Wand. Über die blauen und grünen Kissen der Sitzlandschaft hinweg blickte sie böse in ihr Schlafzimmer.

»Was wollte er?«

»Das wird dir gefallen. Sich entschuldigen.«

Han gab ein kurzes, ungläubiges Lachen von sich und fuhr mit einer Hand über die Augen.

»Ja«, sagte sie, »genau meine Empfindungen.«

»Weißt du, du bist bei allem in die Luft gegangen, das dich an ihn erinnert hat. Jetzt hast du ihm von Angesicht zu Angesicht die Stirn geboten. Vielleicht ist das Schlimmste vorüber.«

»Ist es nicht.« Sie ließ die Schultern sinken. »Han, er ist noch immer da. Ich bin...« Unfähig, den Satz zu beenden, schloß sie die Augen.

»Na und?« Er trat näher und legte ihr die Hand auf die Schulter. »He, niemand konnte im Imperium so groß herauskommen wie er, ohne eine Menge Stärken und Fähigkeiten zu besitzen. Die hast du auch. Du setzt sie nur anders ein.«

Wie konnte er nur so unsensibel sein? »Vielen Dank, Han.« Sie überlegte, ob sie ihm einen Schlag versetzen sollte.

»Leia?« Er breitete die Arme aus. »Mir tut es auch leid. Ich bedaure jedenfalls, daß ich wegen dieses alderaanischen Burschen so ein Theater gemacht habe.«

Sie atmete tief und langsam ein. »Geh weg.«

»In Ordnung«, stieß Han hervor. »Schon gut. Du brauchst mir das nicht zweimal zu sagen.« Mit funkelnden Augen stapfte er um die Sitzlandschaft.

»Han, warte!« Was hatte sie getan – ihren Zorn an dem einzigen Menschen ausgelassen, den sie nicht verletzen wollte? Er ging an 3PO vorbei, dann an der dunklen Kommeinheit und war jetzt gleich an der Haupttür. »Han, es ist . . . es ist der Vader in mir. Ich kann nicht dafür, was ich bin.«

Als sie von der Bedeutung dessen, was sie gesagt hatte, durchflutet wurde, blieb Han neben der schwarzen Konsole stehen.

»Nein«, sagte er, »es ist der Skywalker in dir.«

Dieser Name – Lukes Name – ließ ihr die Haare nicht so zu Berge stehen. Ein flüchtiger Gedanke ging ihr durch den Kopf: Wie war Vader gewesen, bevor . . . er Vader wurde?

»Ich will dir eins sagen.« Han wanderte zur Ecke der Sitzlandschaft. »Regierungen brauchen einander. Ja. Planeten und Spezies ebenfalls. Und auch Menschen.«

Regierungen . . . Sie würde zu dem Frühstück mit dem Premierminister zu spät kommen.

»Ja.« Sie trat wieder an seine Seite. »In Ordnung. In jedem Fall ist er weg. Er hat mich nicht verletzt. Vielleicht kann er mich nie wieder verletzen.«

»Das wäre gut.« Han ließ einen Finger über die stramm gebundenen Haarflechten gleiten, die an ihrem Kopf anlagen.

Sie riß die Haarnadeln raus und löste die Endspangen. Han sah mit hochgezogenen Augenbrauen zu, wie sie ihre Finger von der Kopfhaut bis zu den Haarspitzen wandern ließ und den Kopf hin und her warf. Ihre Haare lösten sich.

»Aber ich werde ihm nicht vergeben«, sagte sie leise.

»Bist du sicher, daß dir nichts fehlt?« Er fuhr mit den Fingern durch die dunkle Haarkaskade und schlang einen Arm um ihre Hüfte.

Seine Schulter war ein festes, warmes Kissen. »Ich liebe dich, Nerf Herder.«

»Das weiß ich.«

»Tust du das?«

Er streichelte ihren Nacken. »Was läßt dich glauben, daß ich es nicht tue?«

»Es tut mir leid«, wisperte sie und reckte den Hals hoch. Sie hielt ihre Lippen in die Nähe seines Kinns.

Er nahm die Einladung an, beugte sich hinunter und küßte sie. Sie spürte, wie ihre Lebensenergie in diesen Kuß gezogen wurde, bis außer den kaum wahrnehmbaren Bewegungen von Hans Mund nichts mehr existierte. Sie legte ihre Hände auf seine Schultern. Seine Beine kamen näher an sie heran. Alle Wahrnehmungen verflüchtigten sich, nur der Geruch seines Atems blieb. Der Pulsschlag beschleunigte sich in ihren Ohren.

Die Kommeinheit hinter ihm plärrte los.

»Mpff«, rief Han, bevor sie sich lösen konnte. Als er sich befreit hatte, schrie er. »Nein! Das ist nicht fair!«

Leia mußte trotz ihrer Verzweiflung lachen und schob ihre Haare auf den Rücken. »Willst du drangehen? Oder soll ich?«

»Nun, du bist . . .« – er betrachtete sie von oben bis unten und lächelte spitzbübisch – ». . . reizend.«

»Aber ich bin nicht vorzeigbar.«

»Es ist nicht dein gewohntes Erscheinungsbild«, bestätigte Han mit einem traurigen Kopfschütteln. »Ich gehe dran.«

Leia trat zur Seite.

Han berührte einen Knopf und blinzelte dann. »Luke«, rief er. »Was ist los?«

»Es hat ein kleines Problem gegeben«, erklang Lukes Stimme.

Leia hastete zurück an Hans Seite. Luke sah gelassen aus. Sie versuchte, durch die Macht seine Präsenz zu ertasten, schaffte es jedoch nicht. Sie schien noch zu aufgeregt zu sein.

»Ich dachte, du wolltest Schiffsreparaturen überprüfen«, sagte sie.

»Ich hielt die Kommeinheit nicht für sicher genug, um Nachrichten zu hinterlassen. Unsere Mon Calamari sind zu einem autorisierten Landurlaub heruntergekommen. Einige Bakurer auf der falschen Seite des Raumhafens haben sie – auf Anregung Nereus' – entdeckt und für gelandete Ssi-ruuk gehalten. Als ich ankam, hatten die Calamari zur Selbstverteidigung zwei von ihnen umgeblastert.«

»Oh, nein.« In Gedanken sah Leia Bündnisverträge in Flammen aufgehen.

»Schade, daß mir das entgangen ist.« Han grinste. »Sieht so aus, als ob du alles geregelt hast.«

Luke nickte. »Es war so dunkel, daß ein Lichtschwert die ganze Rampengegend erleuchten mußte. Als Chewie und ich die Aufmerksamkeit beider Seiten gewonnen hatten und die

Bakurer einen genauen Blick auf unsere Leute werfen konnten, waren sie zur Feuereinstellung bereit.«

Han hob eine Augenbraue. »Nicht schlecht, Bauernjunge.«

»Aber, Luke.« Leia warf wieder ihre Haare zurück. »Was ist mit den verletzten Bakurern?«

Er preßte die Lippen zusammen und schüttelte den Kopf. »Habe ich verletzt gesagt? Tut mir leid. Sie sind tot. Ihre Familien müssen eine offizielle Entschuldigung bekommen. Könntest du das für mich tun? Du kannst solche Sachen besser erledigen.«

Leia fand keinen Gefallen an diesem Gedanken, aber er hatte recht – sie wollte, daß es korrekt gemacht wurde.

»Ich werde es tun.«

Sie versuchte, wieder nach ihm zu tasten. Was sie berührte, ließ ihr Blut gefrieren. Die Krise mochte vorüber sein, aber in einer tieferen Bewußtseinsebene war düsteres Unbehagen verborgen.

»Luke, was ist nicht in Ordnung?«

Seine Wangen verfärbten sich. »Mach einen Punkt, Leia. Dies ist kein sicherer Kanal.«

Luke hatte große Angst. Was war in der Nacht sonst noch passiert? Han sah sie fragend an. Sie schüttelte den Kopf.

»Später dann«, sagte sie. »Han und ich werden von hier unmittelbar zum Premierminister gehen. Ich werde mich zuerst bei ihm entschuldigen. Außerdem nehme ich 3PO und R2 mit, um eine Übersetzung zu versuchen.«

»Gut. R2 ist vermutlich noch immer in meinem Schlafzimmer eingestöpselt. Han, ich lasse Chewie hier, damit er für Ruhe sorgt. Ich werde versuchen, als nächstes mit Belden zu reden, wenn ich ihn finden kann.«

»Belden?«

»Der Seniorsenator.« Leise fügte er hinzu: »Ich habe so ein Gefühl . . .«

»In Ordnung. Wir sehen uns später.« Das Bild verblaßte.

Han verschränkte die Arme. »Ich nehme an, je früher wir mit der Sache weitermachen, desto eher können wir von diesem Planeten wieder mit heiler Haut wegkommen.«

Leia streckte eine Hand nach der Kommkonsole aus. »Ich schicke Premierminister Captison eine Nachricht, daß wir uns verspäten werden.«

Gut, daß sie sich verspätet hatten. Anderenfalls hätten sie Lukes Anruf nicht mitbekommen.

Mit gerunzelter Stirn tippte sie Premierminister Captisons Kode ein. Vielleicht würde sie sich eines Tages wünschen, daß sie Vaders Entschuldigung angenommen hätte. Anakins Entschuldigung. Wer auch immer er war. Er war freundlich gewesen.

Und er beobachtete sie, nicht wahr? Erneut wütend hieb sie mit der Faust in die leere Luft.

11

Luke trat aus der Kommzelle in unmittelbarer Nähe von Rampe Zwölf, froh darüber, daß er sich nicht für das nonvisuelle Kommnetz der Kantine entschieden hatte. Nachdem er die Gesichter von Han und Leia gesehen hatte, war er sich sicher, daß bei ihnen alles in Ordnung gehen würde. Während der Verbindung hatte er außerdem einen Bericht über den Zwischenfall in den Hauptcomputer eingegeben und eine Adresse nachgeschlagen.

Chewie stand Wache.

Luke packte eine Handvoll Armpelz. »Danke, Kumpel.«

Als Antwort schlug der Wookiee Luke auf die Schulter und schritt dann an der Kantine vorbei zum *Falken* zurück. Eine gründliche Untersuchung hatte sie davon überzeugt, daß sich niemand an dem Frachter zu schaffen gemacht hatte.

Captain Manchisco lehnte an der gerippten Wand der Kantine. »Nach draußen, Commander?« Sie mußte sich für den Landurlaub zurechtgemacht haben, aber der graue Raumhafenstaub hatte ihre cremefarbene Schiffsuniform während des Tumults beschmutzt. Drei schwarze Zöpfe baumelten noch immer flott an beiden Seiten ihres Kopfes nach unten, gespickt mit Blatt- und Zweigfragmenten.

An Bord des *Falken* hatte sie erklärt, daß sie ihrem Duro-Navigator — umsichtigerweise — einen dreifachen Überstundenzuschlag zahlen würde, wenn er im Schiff bliebe. Luke wünschte, daß auch der Mon-Calamari-Kapitän daran gedacht hätte. Die Allianz mochte knapp an Krediten sein, aber ihre Führer würden lieber dreifache Überstundenzuschläge zahlen, wenn dadurch keine Zwischenfälle provoziert wurden, die Bakurern das Leben kosteten.

»Sagen Sie, wie sieht's auf der *Flurry* aus?« fragte er.

Manchisco runzelte die Stirn. »Ein kleines Problem mit dem Steuerbordschutzschirm. Er ist repariert, aber ich mußte eine imperiale Instandsetzungscrew an Bord lassen. Alle ihre Spezifikationen sind wahrscheinlich jetzt in Thanas' Computer.« Sie steckte ihre Hand in eine tiefe Tasche.

»Haben sie wenigstens gute Arbeit geleistet?«

»Sieht in Ordnung aus.« Sie zuckte die Achseln. »Ich weiß nicht, ob ich Ihnen schon gesagt habe, daß es mir ein Vergnügen gewesen ist, Ihre Bekanntschaft gemacht zu haben.«

»Auch ich arbeite gerne mit Ihnen zusammen. Und ich bin mir sicher, daß wir hier noch nicht fertig sind.«

Ihr schlachtgestähltes Gesicht verlor ein paar selbstgefällige Züge. »Sie sind derjenige, der sich mit diesen Dingen auskennt, aber ich habe da so ein eigenartiges Gefühl, daß wir uns nicht wiedersehen werden.«

Eine weitere Warnung. Oder hatte Manchisco eine eigene Vorahnung gehabt?

»Ich weiß es nicht«, antwortete er ehrlich. »Die Zukunft ist immer in Bewegung.«

Sie wackelte mit ihrer linken Hand. »Spielt keine Rolle. Wir tun, was wir können, solange wir es können. Was, Commander?«

»Genau.«

Ein zweisitziger Gleiter, überladen mit vier Besatzungsmitgliedern der Allianz, fuhr durch das Tor von Rampe Zwölf. Genau das, was er brauchte. Die Raumhafenverwaltung hatte den Gleiter, mit dem er gekommen war, wieder in Besitz genommen.

»Heiße Nacht in der Stadt«, stellte Manchisco fest. »Hoffen wir, daß es nicht noch mehr Ärger gegeben hat.«

Die Besatzungsmitglieder sahen umnebelt, aber nicht gewalttätig aus.

»Ich glaube, sie sind in Ordnung. Die Macht sei mit Ihnen, Captain.« Luke requirierte den Gleiter und steuerte ihn auf die Ringstraße.

Fünf Minuten später parkte er auf dem Dach eines Wohnturms. Er fand Seniorsenator Beldens Apartment in der Nähe des Sinkschachts, fuhr mit einer Hand über seine Haare, rückte seine graue Schiffsuniform gerade und betätigte die Klingelleiste.

Während er wartete, blickte er den Korridor in beide Richtungen hinunter. Dieser muffige Flur, in dem an verschiedenen Türrahmen die Plattierung abgeplatzt war, reichte nicht entfernt an das Captison-Haus heran. Vielleicht besaß die Belden-Familie irgendwo anders noch ein schöneres Heim, oder Gouverneur Nereus sorgte dafür, daß der Kontostand von Dissidenten bescheiden blieb.

Die Tür glitt zur Seite. Er machte einen Schritt rückwärts. *Gaeriel auch hier?*

»Ich...«, stammelte er, »äh, hallo. Ich hatte gehofft, mit Senator Belden sprechen zu können.«

»Er ist ausgegangen.« Sie schlüpfte aus der Tür in den Flur, als eine gebrochene Stimme hinter ihr laut wurde.

»Laß ihn rein, Gaeri. Laß ihn rein.«

»Das ist Madam Belden«, flüsterte Gaeri. »Es geht ihr nicht gut.« Sie berührte ihre Stirn. »Kommen Sie für einen Moment herein. Clis, ihre Pflegerin, hatte eine Familienkrise, deshalb trinke ich heute morgen mit ihr Tee.«

»Ich will nur Hallo sagen«, murmelte er. »Ich wollte Sie nicht belästigen.«

Eine verwelkte Frau saß, durch Kissen gestützt, in einem Brokatsessel mit Armlehnen in Flügelform. Sie trug Gelborange, fast von der Farbe der kandierten Namanafrucht, und sie hatte ihr dünnes Haar rotbraun gefärbt.

»Du bist zurück, Roviden. Warum warst du so lange fort?«

Luke warf Gaeri einen verwunderten Blick zu.

»Sie glaubt, daß Sie ihr Sohn sind«, flüsterte sie ihm ins Ohr. »Er wurde bei den Säuberungen getötet, vor drei Jahren. Sie hält jeden jungen Mann für ihren Sohn. Streiten Sie es nicht ab. Es ist besser so.«

Gab es einen Fluchtweg? Luke sah grazile Holzmöbel, die vermutlich antik waren, einen grauen Kasten, der vermutlich elektronisch war, und Gaeriels nackte Füße unter ihrem raumblauen Rock ... aber keinen Weg, um der Sohnmaskerade elegant auszuweichen. Zögernd ergriff er Madam Beldens Hand.

»Es tut mir leid«, murmelte er. »So viel zu tun.« Und er wagte es, noch hinzuzufügen: »Für die Rebellion, weißt du?«

Sohn bei den Säuberungen getötet.

Sie drückte seine Hand. »Ich wußte, daß du irgendwo im Untergrund arbeitest, Roviden. Sie haben mir gesagt ... Oh, es spielt keine Rolle. Gaeriel wird vermißt, mußt du wissen, und ...«

»Nein, sie ist ...«, begann er.

»Ich bin hier, Eppie.« Gaeri nahm auf einem pelzigen Repulsorschemel Platz.

»Du bist ...?« Madam Belden blickte von Luke zu Gaeri, schüttelte hilflos den Kopf. »Bin ich ...?« Sie schloß die Augen und schob ihr Kinn nach vorne.

Gaeriel zuckte die Achseln. »Du bist in Ordnung, Eppie. Würde dir ein Nickerchen gefallen?«

»Nickerchen«, wiederholte die Frau mit müder Stimme.

Luke folgte Gaeriel zurück zur Tür. »Erzählen Sie mir etwas über Madam Belden. Wie lange ist sie schon so?«

»Drei Jahre.« Gaeri schüttelte traurig den Kopf. »Unglücklicherweise war sie tief in den Widerstand gegen das Imperium verstrickt. Sie brach zusammen, als Roviden starb. Es... hat sie zerstört.«

»Vielleicht haben sie sie aus diesem Grunde leben lassen«, mutmaßte er.

Gaeris scharfes Kinn hob sich zornig. »Sie können nicht...«

Madam Belden strampelte in ihrem Sessel. »Geh nicht, ohne dich zu verabschieden«, rief sie.

Zu sehr in die Peinlichkeit der Situation verkeilt, um davonzulaufen, eilte Luke zurück und kniete neben Madam Belden nieder. Er tilgte Betroffenheit und Wünsche aus seinem Bewußtsein und drang in die Tiefe von Madam Beldens Präsenz vor. Sie pulsierte zu kraftvoll für jemanden, der ständiger Pflege bedurfte. Der Geist war noch da und beeinflußte die Macht, schuf dabei einen Lebenspulsschlag, der stark genug war, ihn vermuten zu lassen, daß sie eigene, nicht ausgebildete Stärke besaß. Aber einige der Glieder, die den Geist mit den Sinnen und dem Kommunikationsvermögen verbanden, funktionierten nicht. Sie waren durchtrennt worden.

Das Imperium hat dies getan, nahm er an.

Er blickte in traurige, wässrige Augen. Gaeriel beobachtete ihn von hinten. Wenn er die Macht benutze, würde sie ihn vielleicht rauswerfen. Oder sie würde vielleicht anfangen, seine Fähigkeiten zu respektieren.

Unabhängig von dem, was Gaeriel wollte, brauchte Eppie Belden Heilung. Luke streichelte die gefleckte, knochige Hand. Sollte er weiterhin vorgeben, ihr Sohn zu sein? Dies schien eine gefährliche Unaufrichtigkeit zu sein, wenn er die Macht benutzte.

»Ich möchte Ihnen etwas zeigen«, murmelte er und ignorierte Gaeriel dabei, so schwer dies auch war. »Wenn Sie dies tun, sind Sie vielleicht in der Lage, sich selbst zu heilen.«

Ihr Verstand hellte sich auf und wurde begierig.

»Nein«, wies er sie an. »Seien Sie ganz still und ruhig. Hören Sie intensiv zu.«

Er drang in ihr Bewußtsein ein und zeigte ihr, wie er sich selbst geheilt hatte, indem er durch den Hyperraum gereist war... Das Schweigen, der Fokus, die Stärke... Und er ließ sie erkennen, selbst wenn sie es nicht verstand, daß er nicht in der Lage gewesen war, es perfekt zu machen. Dann lenkte er ihren Fokus nach innen. *Irgend etwas ist beschädigt worden,* teilte er ihr mit. *Ich glaube, das Imperium hat es getan. Finden Sie es. Heilen Sie es. Wehren Sie sich, Eppie. Möge die Macht mit Ihnen sein.*

Yoda hätte sie »zu alt zum Ausbilden« genannt, aber dies war keine Ausbildung. Nicht direkt jedenfalls. *Und Yoda, sie wird den Problemen nicht hinterherjagen, wie ich es getan habe.*

Eine Welle von Dankbarkeit spülte ihn aus ihrem Geist. Er holte tief Luft und stellte sich wieder auf die Füße. Eppie Belden ruhte in ihren Kissen, mit geschlossenen Augen, und atmete ganz entspannt.

»Was haben Sie gemacht?« Gaeriel hatte unbewußt Kampfesstellung angenommen.

Luke studierte ihre Augen. Irgendwie wirkte das graue berechnend, während das grüne wütend aussah.

»Da ist immer noch ein sehr scharfes Bewußtsein in ihr«, murmelte er. »Ich glaube nicht, daß ihr Problem natürlichen Ursprungs ist. Ich glaube wirklich, daß sie verletzt wurde.«

Gaeriel zögerte. »Absichtlich?«

Luke nickte. Er fühlte, wie sich ihre Feindseligkeit von ihm abwandte. Er schwieg noch einen Augenblick länger und gab ihr Gelegenheit, die Implikationen zu verdauen. Irgend jemand hatte sie verletzt. Wer anders als das Imperium?

»Ich weiß ein bißchen über Selbstheilung«, führte er dann aus. »Ich habe ihr etwas gezeigt, was sie ausprobieren könnte. Das ist alles.«

»Ist das so eine Kleinigkeit für Sie?« fragte sie bitter.

Ein Nicht-Jedi könnte so viel nicht tun. »Ich habe nichts *mit* ihr gemacht. Darauf gebe ich Ihnen mein Wort als . . . als Ehrenmann.«

Schließlich zuckte sie die Achseln und ließ die Sache auf sich beruhen. »Kommen Sie hier raus. Setzen Sie sich.«

Sie trat durch einen Türbogen in ein weißgetäfeltes Eßzimmer und strich beim Gehen ihre lange Weste glatt. Dann dirigierte sie ihn vorbei an einem wohlriechenden, köchelnden Teewärmer zu einem Sitz an einem durchsichtigen Tisch.

»Wenn Sie so viel mit der Macht anstellen können«, sagte sie, »warum steigen Sie dann nicht ganz einfach in einen Jäger, schießen sich ihren Weg zum Flaggschiff der Ssi-ruuk frei und machen Schluß mit ihnen?«

Ich könnte es versuchen, wenn du mir sagst, daß ich es tun soll.

Er tat den Impuls mit einem Seufzer ab. »Wenn ich meine

Kräfte aus Zorn oder Angriffslust und nicht um des Wissens willen oder zur Verteidigung einsetzen würde«, erklärte er, »würde mich die Dunkle Seite holen. Sie hat auch...« Er kämpfte eine schreckliche Versuchung nieder. Eines Tages mußte er seine Abstammung eingestehen. Fast wünschte er, er hätte es schon hinter sich, aber der Augenblick, in dem seine erniedrigende, provokative Enthüllung etwas zählen würde, war noch nicht gekommen. Es Gaeriel zu sagen, wäre verhängnisvoll. »Sie hat viele Jedi geholt. Sie wurden zu Agenten des Bösen und mußten zur Strecke gebracht werden.«

»Ich hätte es ahnen müssen.« Gaeriel musterte ihn von oben bis unten, hielt ein Ohr dann in Richtung der offenen Tür.

Er könnte sie doch noch gewinnen, durch Eppie.

»Wenn sie versucht, was ich ihr gezeigt habe, könnte es so erscheinen, daß sie... nun, tagelang schläft.«

»Das könnte ein Segen sein.« Sie entspannte sich und schlug unter dem Tisch die Unterschenkel übereinander. »Was hatten Sie mit Orn zu besprechen?«

Oh, verdammt! Die *Flurry* zu kommandieren, war einfacher, als diese Sache einzugestehen. »Einige Ihrer Leute haben heute morgen auf dem Raumhafen einige von meinen angegriffen. Meine hatten Nichtmenschen der Allianz bei sich, und Ihre haben sie für Ssi-ruuk gehalten. Ich vermute stark, daß Gouverneur Nereus einige Bakurer gesucht hat, die Krawall lieben. Und dann hat er versucht, ihnen einen solchen zu bieten.«

Er spürte ihren Argwohn. »Hat es Opfer gegeben?«

»Zwei Bakurer«, sagte er. »Prinzessin Leia bringt eine offizielle Entschuldigung vor«, fügte er hastig hinzu. »Ich wünschte, wir könnten mehr tun. Es hätte nicht passieren dürfen.«

Er blickte aus einem breiten Fenster. Die Morgensonne begann zu funkeln, aber ihn fröstelte. Er war gewarnt worden. Irgendwo dort draußen würden die Ssi-ruuk bald nach ihm suchen. Er glaubte nicht, daß er sich in ernsthafter Gefahr befand, aber er war sich noch immer nicht sicher, warum sie ihn haben wollten. Wieso war er noch hier und gefährdete Gaeriel und Madam Belden?

»Wenn Senator Belden zu dem Zwischenfall etwas zu sagen hat, soll er bitte Kontakt zu mir aufnehmen.« Er stand auf. »Ich hoffe, der Zustand Madam Beldens bessert sich. Was ich unter ihren Problemen gespürt habe...« Er suchte nach Worten. »Ich glaube, ich hätte sie gemocht. Sie war eine Kämpferin, nicht wahr?«

Gaeriels linke Augenbraue zog sich nach oben.

Großartig. Er hatte sie wieder an seine Jedi-Fähigkeiten erinnert. Auf den Fußboden zu blicken half auch nicht, weil ihre nackten Füße darauf hindeuteten, daß sie ein unbeschwerter Geist war. *Nur nicht dann, wenn ich in der Nähe bin.*

»Vielen Dank für alles. Ich sollte besser gehen.«

Auf dem Weg zur Tür blickte er auf Madam Belden. Sie hatte sich nicht bewegt. Gaeriel schlüpfte hinter ihm in den schäbigen Flur.

»Luke«, murmelte sie, »Danke für Ihre Bemühungen.«

»Luke« – *endlich hat sie meinen Namen benutzt.*

Mit leichterem Herzen eilte er zurück zum Dachlandeplatz.

***

Leia ertappte sich bei übertriebener Eile, als sie vor 3PO durch einen bewachten Türbogen im alten Gesellschaftsflügel des Bakur-Komplexes trat. R2 rollte schweigend hinter ihr, und Han folgte als Nachhut. Das innere Büro Premierminister Captisons war mit Paneelen aus rötlichem Holz getäfelt. Sein massiver Schreibtisch war naturbelassen aus dem knorrigen Stamm irgendeines Regenwaldgiganten herausgesägt worden. Captison saß in der Nähe seines Zentrums, wo es eine glatte, polierte Fläche gab, und runzelte die Stirn.

War sie so spät dran? Plötzlich wurde ihr klar, daß das Stirnrunzeln 3PO und R2 galt, nicht ihr. Sie schwenkte ihren Hemmbolzenschlüssel, um Captison zu zeigen, daß sie beide Droiden unter Kontrolle hatte. Außerdem hatte sie 3PO so programmiert, daß er nicht redete, bevor sie den Befehl widerrief. Ihn zu bitten, von sich aus zu schweigen, war ihr ganz einfach nicht fair – oder plausibel – erschienen.

»Es tut mir leid, daß ich aufgehalten wurde«, sagte sie.

Captison war kein großer Mann, aber wie Luke strahlte er Selbstsicherheit aus.

»Ich hoffe, Sie waren in der Lage, Ihre persönlichen Probleme zu lösen«, meinte er.

»Ja, danke.«

Er deutete mit den Händen auf zwei Repulsorsessel. Han schob einen zu ihr hinüber, nahm dann selbst den anderen. Seitwärts. *Ich liebe dich, Nerf Herder,* wiederholte Leia im stillen, während sie sich auf dem sanft schwingenden Sitz niederließ.

»Ich muß mich offiziell für die Toten heute morgen entschuldigen. Darf ich Kontakt zu den Familien der Kämpfer aufnehmen, die getötet wurden?«

Ein Mundwinkel Captisons zuckte, als er Han beobachtete. »Ich glaube, das wäre zu begrüßen. Ja, ich werde es für Sie arrangieren.« Er machte eine Pause. »Außerdem hat es eine Neuformierung von Ssi-ruuk-Schiffen außerhalb unseres Verteidigungsnetzes gegeben. Auch das Netz ist zur Kompensation neu formiert worden. Soviel habe ich jedenfalls von Commander Thanas gehört.«

Leia fing Hans Seitenblick auf.

»Erstattet er Ihnen *und* Gouverneur Nereus Bericht?« fragte Han.

Captison zuckte die Achseln. »Ich habe ihn darum gebeten. Scheint das mindeste zu sein, was er tun kann.«

Leia stieß die Luft aus. »Vielleicht wissen Sie nicht, wie ungewöhnlich es für einen imperialen Offizier ist, den Leuten, die er angeblich verteidigt, auch nur die geringste Aufmerksamkeit zu schenken.«

»Wirklich?«

Vielleicht wußte Captison es. Vielleicht hatte er den Kontakt zu Commander Pter Thanas gepflegt.

»Wie auch immer, hier sind die Droiden, die ich angeboten habe. Sollen wir versuchen, das, was Sie haben, zu übersetzen?«

»Ich mag keine Droiden«, sagte Captison trocken. »Aber in diesem Augenblick bin ich bereit, sie zu benutzen, wenn die Chance besteht, daß sie helfen können.«

Leia zielte mit dem Schlüssel auf 3PO. Es summte leise.

So als ob er nie zum Schweigen gebracht worden wäre, mischte sich 3PO in das Gespräch. »Ich beherrsche fließend mehr als sechs Millionen Kommunikationsformen, Sir.«

Leia hatte diesen Satz schon so oft gehört, daß sie vergessen hatte, wie eindrucksvoll er war. Captisons plötzliches Interesse erinnerte sie daran.

»Das stimmt«, meinte er. »Eure Hoheit erwähnte es während des Dinners.« Er berührte eine Leiste auf seiner Schreibtischkonsole. »Zilpha, geben Sie diese Schiff-zu-Schiff-Signale ein, die wir von den Flötern aufgenommen haben.« Er lehnte sich in seinem Sessel zurück. »Wir haben reichlich von ihrem Geschnatter«, erklärte er. »Hört sich an wie ein Schwarm von Vögeln – große, häßliche mit tiefen Stimmen.«

»Also, wenn irgendeiner gut beim Reden ist, dann ist es unser Goldkopf.« Han klopfte 3PO auf die metallene Schulter.

3POs Kopf flog zu ihm herum. »Ich danke Ihnen, General Solo!«

Neben Captisons Ellbogen wechselte ein Licht die Farbe. »Es geht los. Ihr Droide soll sich das anhören.«

»Sie können direkt mit ihm sprechen«, warf Leia ein. »Seine vollständige Bezeichnung lautet C-3PO, und er antwortet auf 3PO.«

»In Ordnung«, sagte Captison. »Hör zu, 3PO. Erzähl' mir, was sie sagen.«

Die Konsole gab eine Serie von Pfiffen, Schnalz- und Grunzlauten von sich, einige so hoch wie eine Altstimme, andere unheimlich baßgleich. Der „Flöter" spielte auf einem sehr großen Instrument. Während Leia lauschte, blickte sie sich in Captisons Büro um. Die Doppelfenster boten Ausblick auf einen kreisförmigen Park voller Steinfiguren. Hohe Laubbäume mit geraden Stämmen, eingefaßt in farbige Glasbehälter, erhoben sich vor den blanken Fensterscheiben. Namanabäume, nahm sie an.

3POs Kopf hob sich, dann schüttelte er ihn. »Es tut mir leid, Premierminister, aber ich kann nichts damit anfangen. Es liegt vollkommen außerhalb meines Verständnisvermögens. Ich bin seit vielen Jahren im Dienst und kann in jeder Sprache kommunizieren, die jemals innerhalb des republikanischen oder imperialen Raums benutzt wurde.«

»Unsere Flöter kommen nicht aus dem republikanischen oder imperialen Raum«, erklärte Captison. »Ich glaube, daß dies erwähnt wurde.«

Han rieb sich das Kinn. Leia fiel nichts ein, was sie sagen konnte.

Hinter ihr wurde ein pfeifendes Echo laut. Überrascht fuhr sie herum. R2 stand in einer holzgetäfelten Ecke und trillerte etwas, das eine perfekte Imitation der Aufnahme Premierminister Captisons zu sein schien.

»3PO«, sagte sie, als R2 verstummt war, »klangen die Ssi-ruuk nicht ganz genauso?«

»Nein«, antwortete 3PO fest. »Er hat eine Note um volle vier Vibrationen verfehlt.«

R2 quiekte.

»Spül' deine eigenen Transistoren durch«, erwiderte 3PO. »Ich werde diese Sprache nicht gelten lassen.«

Captison hob eine weiße Augenbraue. »Er kann sie so genau nachahmen?«

»Ich würde nicht an R2 zweifeln, obwohl es mir nie in den Sinn gekommen wäre, daß er in der Lage ist, so etwas zu machen«, gab Leia zu. »Sir, wenn ausreichend Zeit und genug Aufnahmen zur Verfügung stehen, bin ich sicher, daß 3PO einen aussichtsreichen Versuch machen könnte, diese Sprache zu entschlüsseln.«

»Wenn er das kann«, sagte Captison und zeigte auf den kleinen, blaukuppligen Droiden, »dann haben wir hier einen natürlichen Sprecher, falls wir einen solchen brauchen. Bringen Sie Ihre metallenen Freunde in das Büro meines Referenten. Zilpha wird sie mit genug Aufnahmen versorgen, um sie bis weit in die morgige Nacht beschäftigt zu halten.«

✳✳✳

Gouveneur Wilek Nereus biß das Ende eines Namanapriems ab und kaute gedankenvoll. Auf diesem kühlen Grünweg, der von hohen Farnbäumen und Passionsknospenranken gesäumt wurde, konnte er vorübergehend die Bedrohung Bakuras ignorieren und über seine eigene Karriere nachdenken. Jetzt, da sowohl Palpatine als auch Vader tot waren, wurde die in allen offiziellen Kommuniqués immer nur geringschätzig erwähnte Rebellen-Allianz doch zu einer ernsten Gefahr.

Dennoch, alle Wahrscheinlichkeiten favorisierten das Imperium, und er hatte zwei hochrangige Rebellenführer in Greifweite. Er konnte die Allianz erheblich schwächen.

Er schob die Ablenkung zur Seite. Während er den Grünweg hinunterschritt, kehrte er zu seinem ursprünglichen Gedankengang zurück. Zweifellos würde irgendein Neuer auf den imperialen Thron springen. Nereus hätte das Risiko, diesen Sprung selbst zu wagen, sorgfältig abgeschätzt, aber so weit draußen am Rand hatte er von vornherein keine Chance – und jeder, der sprang und sein Ziel verfehlte, war ruiniert oder tot. So mußte er also das Emporkommen eines neuen Imperators beobachten, ihn mit Schmeicheleien und Lob bedenken und Bakura unterdessen zum leuchtenden Beispiel eines befriedeten, ertragreichen Unternehmens machen.

Wenn es die Ssi-ruuk nicht in ihren Besitz brachten! Er verabscheute sie aus Prinzip, auch ohne die Komplikation der Technisierung. Als junger Mensch hatte er zwei Hobbys gepflegt: nichtmenschliche Parasitologie und nichtmenschliche Zahnkunde. Das Imperium hatte im stillen beide Talente genutzt. Nichtmenschen waren Kreaturen, die man sezierte oder bekämpfte – man verbündete sich nicht mit ihnen.

Sein Referent nahm ein paar Schritte vom Zentralbrunnen des südöstlichen Grünwegs entfernt Haltung an. Nereus hatte strikte Order gegeben, daß er nicht gestört werden wollte, und so ließ er den Kurier warten. Er war hierher gekommen, um ein paar Minuten Frieden zu genießen. Und bei allen Mächten und Gleichgewichten, die diese Idioten verehrten – er würde ihn haben.

Er nahm einen weiteren aromatischen Bissen, blickte in das Herz des Brunnens und spürte dem Wohlbehagen nach, das ihm die Frucht gab. Er kontrollierte seine Namanaabhängigkeit: Nektar nur abends und am Tag lediglich zwei Früchte, üblicherweise hier am Brunnen. Wasser schoß in Wirbeln, die der Gravitation Hohn sprachen, aus hundert Sonarmotivatoren, um schließlich von Bakura eingefangen und in den blauen Pool gezogen zu werden.

Auch das Imperium konnte Turbulenzen widerstehen. Nereus' imperiale Kollegen hatten dafür gesorgt, daß sich die galaktische Bürokratie selbst erhielt, und im Dienste des Imperiums würde Wilek Nereus höher aufsteigen, mehr Autorität gewinnen und mehr Macht ausüben als in jedem anderen Regierungssystem. Deshalb würde er alles und jeden verkaufen, um das Imperium auf Bakura zu halten. Der Verlust eines weiteren Todessterns ärgerte ihn. Furcht war sein ultimatives Werkzeug, um Bakura in Schach zu halten.

Nun, die Einheimischen hatten jetzt Angst. Seufzend wandte er sich seinem Referenten zu.

»Es ist dringend, will ich hoffen.«

»Sir.« Der Referent salutierte. »Eine persönliche Holobotschaft von der Ssi-ruuk-Flotte wartet auf Sie.«

Die Flöter hatten seit der Sendung der Sibwarra-Aufnahme mehrere imperiale Schiffe in ihren Besitz gebracht, so daß sie sich jetzt in das imperiale Holonetz einschalten konnten.

»Idiot«, schnarrte Nereus, »warum haben Sie das nicht gleich gesagt? Ich werde sie an meinem Schreibtisch in Empfang nehmen.«

Der Referent löste einen Kommunikator von seinem Gürtel, um den Empfangsbefehl weiterzugeben. Nereus marschierte den moosbewachsenen Grünweg hinauf. Zwei uniformierte Wachposten hielten an der Ecke eines langen, künstlich beleuchteten Tunnels, der diesen Grünweg mit dem anderen verband, die Glastür auf. Nereus bog erst einmal und dann noch einmal scharf links ab und ging durch das Revier seines persönlichen Stabs in sein mit breiten Fenstern versehenes Privatbüro.

Auf dem Holonetz-Display neben seinem Schreibtisch blinkte ein grünes Licht. Er rückte seinen Kragen zurecht und fuhr mit einer Hand über die Rangabzeichen auf seiner Brust, um sicherzustellen, daß sich keine Passionsknospenpollen darauf festgesetzt hatten. Dann drehte er seinen Repulsorsessel in den Aufnahmebereich des Sendegeräts.

»Empfangen«, teilte er seinem Schreibtisch mit.

Er umfaßte mit den Händen die Armlehnen. Was wollten die Flöter jetzt?

Eine meterhohe, halbdurchsichtige Gestalt erschien über dem Empfangsgitter: menschlich, in einem gestreiften, weißen Umhang.

»Gouverneur Nereus.« Die Gestalt verbeugte sich tief. »Vielleicht erinnerst du dich an mich. Ich bin...«

»Dev Sibwarra«, knurrte Nereus. Also, *das* war ein Parasit der Nichtmenschen. »Ich kenne dich gut genug. Welche freudigen Nachrichten hast du diesmal?«

Sibwarra schüttelte den Kopf. »Weniger freudig als zuvor, fürchte ich, aber vielleicht werden sie dir kurzfristig besser gefallen. Die mächtigen Ssi-ruuk erkennen dein Zögern, dich dem Bemühen des Imperiums um galaktische Einheit anzuschließen und die Freiheit von menschlichen Beschränkungen zu erfahren...«

Nereus nahm einen langen Llwelkyn-Elfenbeinzahn von einem Stapel Papier. »Komm zur Sache.«

Sibwarra streckte eine Hand aus. »Admiral Ivpikkis ist bereit, unsere Flotte aus eurem System abzuziehen, wenn du uns eine Wohltat erweist.«

»Sprich weiter.« Nereus befingerte die gezackte Schneide des Zahns. Wenn das Holo Fleisch gewesen wäre, hätte er hineinhacken können, einfach... so...

»Unter den neuen Besuchern in eurem System ist ein Mann namens Skywalker. Wenn du ihn einer Ssi-ruuk-Sonderdelegation überstellst, werden wir augenblicklich abziehen.«

Nereus gab einen unwilligen Ton von sich. »Wozu wollen sie ihn haben?«

Sibwarra hielt den Kopf schief und schielte. Er sah aus wie ein Reptil. »Wir wollen dich lediglich von einer unangenehmen Präsenz befreien.«

»Das glaube ich nicht für eine Sekunde.«

Dennoch, wenn die Fremden ihre menschlichen Droidenbatterien woanders suchten – er könnte Endor empfehlen –, würde Bakura zum Status quo zurückkehren, und er bliebe an der Macht und könnte das Imperium vor der drohenden Gefahr warnen.

»Mir ist erlaubt, zuzugeben«, sagte Sibwarra, »daß er bei gewissen Experimenten nützlich sein würde.«

»Oh, gewiß.«

Ha! Zu welchen Zwecken auch immer sie Skywalker wirklich haben wollten, es mußte etwas mit der Technisierung zu tun haben. Er traute weder Sibwarra noch seinen reptilischen Herren. Wenn sie Skywalker haben wollten, durften sie ihn nicht bekommen.

Aber bestimmt konnte er dieses Angebot zu seinem Vorteil nutzen.

»Ich brauche Zeit, um die Dinge zu arrangieren.«

Eine Option war, Skywalker einfach zu töten. Oder . . . ja, er könnte den Ssi-ruuk helfen, den jungen Jedi in ihren Besitz zu bringen, aber sicherstellen, daß er starb, bevor sie etwas mit ihm anfangen konnten. So ließen sich bei sorgfältiger Planung zwei gefährliche Fliegen mit einer Klappe schlagen.

Aber würden die Rebellenoffiziere Thanas' Befehle befolgen, wenn ihr Kommandant mit der fremden Flotte verschwand? Er trommelte auf den langen Zahn. Sie würden es tun, wenn es ihre einzige Überlebenshoffnung war.

Sibwarra schielte immer noch, als er seine Handflächen aneinanderlegte und mit den Fingern sein Kinn berührte. »Würde dir ein Tag genügen, um deine Arrangements zu treffen?«

Nereus verabscheute ihn. »Ich glaube schon. Setz dich morgen mittag, Ortszeit, wieder mit mir in Verbindung.«

***

Ein dreimaliges schnelles Klopfen an Gaeriels Bürotür unterbrach ihre Bemühungen, die Arbeit eines verlorenen Morgens nachzuholen. Luke Skywalkers Andeutung, daß die Imperialen für den verlorenen Verstand Eppies verantwortlich waren, hatte auf dem ganzen Rückweg zum Komplex an ihr genagt. Sofort nach ihrer Ankunft hatte sie nach Eppies Straftatenregister gesucht. Jeder Ruhestörer, der während des Umsturzes oder bei den Säuberungen festgenommen worden war, hatte eins, selbst Onkel Yeorg – wegen eines kleineren Vergehens.

Nicht so jedoch Eppie. Entweder war es verschwunden oder es befand sich unter dem Siegel einer extrem hohen Sicherheitsstufe. Warum sollte dem Imperium daran gelegen sein, etwas zu verbergen?

Sie schaltete ihr Einkommensübersichtsprogramm auf Datensicherung. »Herein«, rief sie.

Eine schlanke Frau in einem dunkelgrünen Fallschirmspringeranzug blickte über ihre Schulter und schlüpfte dann durch die Gleittür.

Gaeriel setzte sich aufrechter. »Aari. Was ist los?«

»Monitor«, hauchte Aari. »Nereus' Büro.«

Gaeriel winkte Aari näher heran. Ihre Assistenten hatten verschiedene Sicherheitssysteme Gouverneur Nereus' geknackt, aber mit Sicherheit hatten seine Helfer ebenfalls Ohren in ihrem Büro.

»Was hast du gehört?«

Aaris Lippen streiften Gaeriels Ohr, als sie flüsterte: »Die Ssiruuk haben Nereus gerade ein Angebot gemacht, wenn er Commander Skywalker in ihre Hände gibt.«

Ein Eisklumpen bildete sich in Gaeriels Magen. Luke Skywalker hatte den Imperator sterben sehen. Offensichtlich war er nicht einfach nur ein neuer Jedi. Er mußte eine der zentralen Figuren der Allianz sein – in einer sich verändernden Galaxis.

Zu welchem Zweck also wollten *sie* ihn haben? Gaeriel krümmte die Zehen in ihren Schuhen. Luke hatte bewußt ihren guten Willen aufs Spiel gesetzt, indem er seine Kräfte einsetzte, um Eppie zu helfen, und wenn sie ehrlich war, dann bewunderte sie diese Entscheidung. Wenn Jedi von Natur aus selbstsüchtig waren, warum hatte er dann trotz ihrer Mißbilligung auf sein Gewissen gehört, obwohl er so offensichtlich – und auf so erschreckende Weise – hoffte, ihre Freundschaft zu gewinnen?

Offenbar glaubten die Ssi-ruuk, daß sie ihn benutzen konnten. Wenn dem so war, mußte jeder Mensch – selbst Wilek Nereus – wissen, daß Luke ihnen nicht in die Hände fallen durfte. Entweder begriff Nereus nicht, was es für die Menschheit bedeuten konnte, wenn Skywalker ihnen übergeben wurde, oder er war versessen darauf, Allianzleute von seiner Welt zu entfernen, oder...

Oder er würde versuchen, Luke umzubringen, bevor sie ihn entführen konnten. Die dritte Möglichkeit bedeutete, daß Luke Skywalker, was auch immer er war, keine Zeit mehr blieb.

Sollte sie ihn warnen? Nichtstun würde Gouverneur Nereus'

Seite des Gleichgewichts zusätzliches Gewicht verleihen. Hilfe für Skywalker mochte den Rest des Universums aus dem Gleichgewicht bringen.

Aber es war schwer, in universellen Begriffen zu denken, wenn dem bakurischen Volk Gefahr drohte. Luke hatte sie letzten Endes davon überzeugt, daß er alles, was in seiner Macht stand, tun würde, um Bakura zu helfen, die Ssi-ruuk zurückzuschlagen.

»Danke, Aari.« Sie stand auf und blickte auf ihren Chrono. Vernünftige Leute würden längst beim Abendessen sitzen. »Ich kümmere mich darum.«

12

Luke schleppte sich den weißen Steinkorridor hinunter, der zu ihrer Apartmentsuite führte. Nach dem Gespräch mit Gaeriel und Madam Belden hatte er den Rest des Morgens und den halben Nachmittag damit verbracht, sich mit Werkstattleitern herumzuschlagen. Sein Ruf als Jedi sprach sich offensichtlich herum. Sie hatten ihm widerwillig ihren Respekt bekundet, weil er sich zusammen mit ihnen die Hände schmutzig machte – das war der Höhepunkt gewesen –, und ihn dann veranlaßt, alle noch verbliebenen A-Flügler in den Serviceterminplan dieses Tages hineinzuquetschen. Luke argwöhnte, daß Bakuras beste Reparaturmannschaften mit der Fähre zum imperialen Kreuzer *Dominator* geflogen waren.

Dann, ohne Gelegenheit bekommen zu haben, sich zu waschen, hatte er seinem Quartiermeister helfen müssen, die Kampfgruppe mit Proviant zu versorgen, wobei er nicht existierende Garantien einer Vielleicht-eines-Tages-Regierung gegeben hatte.

Bei dieser Sache wäre ihm Leias Hilfe viel wert gewesen. Und währenddessen mußte er ständig einen Blick über die Schulter werfen, um vor den Ssi-ruuk auf der Hut zu sein, und darüber nachsinnen, was die Traumwarnung wirklich bedeuten mochte. Kein Wunder, daß sein kaum genesener Körper schmerzte.

Zwei imperiale Sturmtruppler standen in dem breiten Flur vor der Suite Wache, umgeschlungene Blastergewehre vor der Brust. So müde er auch war, sein Adrenalin wallte hoch. Schneller als ein Gedanke griff er nach seinem Lichtschwert.

Dann holte ihn der Gedanke ein. Er ließ die Hände sinken und spreizte die Finger. »Tut mir leid«, murmelte er dem nächsten Wächter zu. »Bin daran nicht gewöhnt.«

»Verstanden, Sir.« Der Imperiale trat zur Seite.

Luke schlüpfte ins Innere, eilte durch den Gemeinschaftsraum in sein Schlafzimmer und ließ sich auf das Repulsorbett fallen. Lachen löste seine Spannung. Noch nie hatte er von einer derart grotesken Situation gehört. Sein Apartment, bewacht von »befreundeten« Sturmtruppen?

Er blickte durch ein großes Fenster und fragte sich, was sein Onkel Owen für einen Regenschauer wie den, der gerade begann, gegeben hätte. Der bakurische Frühsommer wäre auf Tatooine der Himmel gewesen.

Ein Nachrichtenlicht blinkte auf seiner persönlichen Konsole. Seufzend rief er die Botschaft ab. Seniorsenator Belden bat um seine Anwesenheit bei einem frühen Abendessen.

Luke ächzte. Gaeriel mußte seinen Bericht weitergegeben haben, aber er war zu spät dran. Selbst wenn er sich nicht wusch, würde er kaum noch rechtzeitig hinübereilen können. Er mußte mit dem älteren Senator sprechen – zumindest, um die Krankengeschichte seiner Frau zu diskutieren.

Luke tippte die höfliche Bitte ein, ihn morgen sehen zu dürfen, sandte sie ab und beugte sich dann vor, um die Stiefel auszuziehen. Die Türklingel schlug an.

»Nein«, flüsterte er gereizt.

Ihr Reiseführer hatte ihm gezeigt, wie man die Schlafzimmerkonsole bediente, um Besucher überprüfen zu können. Er drückte verschiedene Knöpfe, aber es funktionierte nicht. Während er durch den Gemeinschaftsraum ging, um selbst nachzusehen, wünschte er, daß er sich nicht so schmutzig fühlte.

Gaeriel stand halb abgewandt vor der Tür, so als ob sie lieber weitergehen, statt mit ihm sprechen wollte. Sie drückte eine engmaschige Netztasche gegen ihren blauen Rock, und ihre bloße Gegenwart ließ wie zuvor seinen Machtsinn kribbeln.

»Commander?« fragte sie zögernd. »Kann ich Sie für ein paar Augenblicke sprechen?«

Luke trat zurück, um den inquisitorischen Blicken der imperialen Wachposten zu entgehen. »Bitte.«

Als die Tür geschlossen war, legte sie trichterförmig die Hände vor den Mund und flüsterte: »Sie werden abgehört. Wir werden abtauchen.« Sie hob die Tasche hoch und hielt sie auf. Im Inneren befand sich eine graue Box, die der in Beldens Wohnung ähnelte. Sie legte einen großen Schalter um. »Störblasengenerator«, sagte sie laut, aber gedämpft. »Ich kann ihn nicht länger als ein paar Sekunden auf einmal eingeschaltet lassen. Sie sind in Gefahr.«

»Was stimmt nicht?«

»Die Ssi-ruuk sind an Gouverneur Nereus herangetreten.«

Sie ließ ihre Hand wieder in die Tasche gleiten. »Fühlt sich Ihre Gruppe wohl hier, Commander?« fragte sie mit lauter Stimme.

Er mußte schnell denken. »Die Situation ist ein bißchen peinlich. Ich reagiere allergisch auf Sturmtruppenrüstungen.«

Gut, hauchte sie. Sie hob ihre rechte Augenbraue, die über dem grünen Auge, drehte dann wieder ihr Handgelenk und sagte leise: »Sie haben Gouverneur Nereus aufgefordert, Sie auszuliefern, und angeboten, Bakura zu verlassen, wenn er es tut.«

Die Traumwarnung schoß wieder in sein Bewußtsein. Sie wollten also über Nereus vorgehen. »Natürlich ist er in Versuchung geraten.«

»Das glaube ich nicht. Er ist kein Dummkopf. Wenn sie Sie lebend haben wollen, wird er dafür sorgen, daß sie Sie nicht in diesem Zustand bekommen.« Sie blickte nach unten und bewegte wieder ihre Hand. »Wir alle haben mit unseren automatischen Reaktionen zu kämpfen, nehme ich an«, erklärte sie dann.

Soweit Leias Versicherung, daß Nereus ihnen nichts antun würde. *Jetzt fängt der Spaß an.*

»Die Unterkunft ist allerdings hervorragend.« Er deutete auf eine Ecke der Sitzlandschaft. »Ich bin den ganzen Tag auf den Beinen gewesen. »Bitte, setzen Sie sich, damit ich es auch tun kann.«

»Ich glaube nicht, daß ich das sollte.«

Er belegte seine Stimme mit einem beruhigenden Furnier aus Machtobertönen. »Ich wünschte, Sie würden mir vertrauen.«

Sie ließ ihre Hand zurück in die Netztasche gleiten. »Ich nehme an, ich reagiere auf Jedi so wie Sie auf Sturmtruppen.«

»Ich lerne, meine Reaktionen zu unterdrücken.«

»Genau wie ich. Eppie schlief noch immer, als ich zurückkam.« Sie blickte zur Seite, murmelte dann: »Danke. Also, meine Assistentin und ich haben eine Nachricht der Ssi-ruuk abgehört. Gouverneur Nereus hat einen Tag Zeit verlangt, um die Dinge zu arrangieren.«

»Einen Tag.« Luke nickte. »Ich danke Ihnen.«

Themenwechsel . . .

»Gibt es irgend etwas, was Ihr Nichtmensch benötigt? Was, sagten Sie, ist er – ein Wook?«

»Wookiee. Nichts Besonderes, einfach nur doppelt soviel Essen wie wir anderen.«

»Verstehe.« Sie bediente wieder den Generator. »Wenn sie hinter Ihnen her sind, werden sie Sie nicht einfach greifen wie einen von uns normalen Leuten, wissen Sie. Und Gouverneur Nereus wird das auch nicht tun. Passen Sie auf Ihren Rücken auf. Passen Sie auf Ihre Wächter auf. Passen Sie auf das auf, was Sie essen und trinken und atmen.«

»Wozu wollen die Ssi-ruuk mich haben?«

Sie zuckte die Achseln.

»Ich werde vorsichtig sein«, sagte er ruhig.

Nereus würde wahrscheinlich versuchen, sich alle Möglichkeiten offenzuhalten, und die Ssi-ruuk davon zu überzeugen, daß er mit ihnen kooperieren wollte.

Vielleicht tat er das auch.

»Haben Sie heute abend schon etwas gegessen?« fragte Gaeriel. »Ich kann eine leichte Mahlzeit in meine Suite schicken lassen und dann nach hier umleiten.«

Ertappt wischte Luke über einen Schmierfleck an seinem Overall und verdeckte ihn dann mit der Hand. »Würden Sie das tun?«

Nachdem sie über das Kommgerät etwas bestellt hatte, das er nicht richtig aussprechen, geschweige denn im Kopf behalten konnte, trat verlegenes Schweigen ein. Luke machte den Mund nicht auf und fragte sich, was sie wohl sagen würde, wenn er weiter wartete. Schließlich hörte sie auf, im Zimmer hin und her zu gehen, aus dem großen Fenster in den Grünbrunnen zu blicken und an die Decke zu starren. Sie sah ihn an.

»Belauschen Sie meine Gedanken?« fragte sie unverblümt.

Ihre Netztasche lag auf der Repulsorcouch.

»Dazu bin ich nicht in der Lage«, sagte er vorsichtig. »Einige Ihrer Gefühle kommen durch die Macht, aber das ist schon alles.« *Nicht wirklich alles.*

»Das ist trotzdem nicht fair. Ich kann nicht sagen, was *Sie* fühlen.«

Luke holte die graue Box hervor und fand den Kontrollschalter. »Würden Sie gerne wissen, was ich fühle?«

»Ja.«

Er holte tief Luft. Aufrichtigkeit war eine Sache, Dummheit eine andere. Er wünschte sich, Leias Formulierungstalent zu besitzen. »Auf einer tieferen Ebene kenne ich Sie bereits besser als jeder andere. Natürlich macht das alles nur schlimmer, denn Sie wissen über mich nur das, was Sie zu glauben denken.« Hatte er das richtig ausgedrückt? Er redete weiter. »Sie haben starke Gefühle für mich. Stark und widersprüchlich.«

Sie ging zur Couch hinüber. »Es ist nicht so, daß ich Angst vor Ihnen habe, Commander ...«

»Luke«, berichtigte er.

»Ich habe religiöse Bedenken gegen das, was Sie sind. Was Sie geworden sind. Sie sind nicht als Jedi geboren worden.

Und jetzt sollten Sie das Ding für ein paar Sekunden abschalten, da wir sonst beide in Schwierigkeiten geraten.«

Dann fing er es auf: einen Wirbel intensiver Zuneigung, der *nicht* von ihm gekommen war. Vor fünf Jahren hätte er vielleicht nach ihrer Hand gegriffen und allem abgeschworen – der Flotte, der Allianz und der Macht.

Aber diese fünf Jahre hatten seine Bestimmung geformt. Vielleicht konnte er ihre Ansicht ändern.

Er rief sich zur Ordnung. Welches Recht hatte er, ihren Glauben anzutasten? Sie nahm die Macht in Anspruch wie jeder andere, obwohl sie sie nicht akzeptieren konnte.

Schnell schaltete er das Feld ab. »Wie lange sind Sie schon Senatorin?« fragte er. Das konnte sicherlich als leichte Konversation angesehen werden.

»Der Senat hat mich vor fünf Jahren gewählt. Seitdem bin ich immer in die Schule gegangen, entweder hier oder auf der imperialen Zentralwelt. Und lassen Sie sich durch die Position nicht zu sehr beeindrucken. Es geht hauptsächlich darum, kreative Methoden zu finden, um den Bakurern Steuergelder aus der Tasche zu ziehen. Jetzt müssen wir auch den Zufluß von imperialer Weltanschauung und Kultur unterstützen. Einiges davon ist sehr gut, aber anderes spricht nur einige wenige Leute an, die so denken wie Gouverneur Nereus.«

In jeder unterjochten Kultur würde es einige wenige Leute geben, die das Imperium willkommen hießen, weil sie in ihrem Herzen bereits Imperiale waren.

»Ich glaube nicht, daß Sie zu ihnen gehören«, sagte er.

Sie blickte auf den Generator. Vielleicht wurde die Unterhaltung zu offenherzig, um gesund zu sein.

»Regnet es immer soviel?« fragte er. »Ich bin auf einer Wüstenwelt aufgewachsen.«

Nach einigen weiteren unverfänglichen Bemerkungen über das Wetter schaltete er den Generator wieder ein. »Ich werde Ihre Ängste respektieren«, sagte er. »Und Ihren Glauben.«

An der Tür klingelte es.

***

Gaeri sprang auf und öffnete, dankbar für die Ablenkung. Sie hatte kein Recht, so mit dem Schicksal zu flirten, und auch keine Hoffnung, daß sie Luke Skywalker dazu bringen konnte, das Universum so zu betrachten, wie sie es sah.

Einer ihrer persönlichen Mitarbeiter schob einen Luftkissenwagen durch die Tür. Gaeri bedeutete ihm, den Wagen zwischen ihren Sesseln abzustellen. Nachdem er gegangen war, deckte sie die eine Platte auf.

»Ich hoffe, Sie mögen Meeresfrüchte.« *Aufgewachsen auf einer Wüstenwelt – dies ist das zweite Mal in zwei Tagen.*

»Würden Sie noch bleiben?«

»Entschuldigen Sie meine Feigheit, Luke, aber ...«

Wortlos löste er ein zylindrisches, silberfarbenes Objekt von seinem Gürtel und legte es auf den Repulsorwagen. Lang genug, um mit zwei Händen gepackt zu werden, sah es halb wie eine Waffe aus.

»Ist dies das, wofür ich es halte?« fragte sie leise.

»Sie sind hier vielleicht sicherer als zu Hause.« Sein Gesicht lief rot an. »Tut mir leid«, fügte er hinzu. »Ich klinge wie ein aufgeblasener Sturmtruppler.«

Zumindest konnte er über sich selbst lachen. Sie zögerte. Für ein paar Minuten würde sie wahrscheinlich sicher sein.

»Es stehen zwei von ihnen draußen im Korridor«, erinnerte sie ihn. »Und wenn ich Sie wäre, würde ich ihnen nicht mehr trauen. In jedem Fall, das hier riecht frisch. Ich leiste Ihnen Gesellschaft.«

Offenbar mochte er Meeresfrüchte, denn er aß wie ein Verhungernder. Sie stillte ihren Appetit mit ein paar delikat gewürzten Bissen. Nach ein paar Minuten griff er nach dem Generator, der jetzt neben seinem Lichtschwert auf dem Wagen lag.

»Teilen die meisten Bakurer Ihren Glauben?« fragte er.

Erleichtert, daß er das Thema angesprochen hatte, antwortete sie. »Viele sind strikter. Meine Schwester ist eine Asketin. Sie lebt von fast nichts, um allen anderen mehr übrigzulassen. Ich bin weniger ... ergeben. Wir sind eine Minderheit, aber das Gewicht des Universums könnte auf einem einzigen richtig plazierten Atom balancieren.«

»Ich kann durch die Macht spüren, daß Sie eine Frau mit Tiefe sind. Mit tiefen Gefühlen.«

»Ich dachte, ich hätte alle davon überzeugt, daß ich eine karrierebewußte Politikerin bin.«

»Alle anderen scheinen überzeugt davon zu sein.«

»Gut so«, sagte sie leichthin. *Sollte nicht in seine Augen blicken – aber sie sind so wunderschön blau.*

»Die Ssi-ruuk sind dort draußen.« Er gestikulierte mit seiner

Gabel. »Mir bleibt noch ein Tag, höchstens, um mich auf sie vorzubereiten.«

»Weniger.«

»Wenn ich mit ihnen fertig bin, werde ich zurückkommen, um mit Ihnen zu reden, Gaeriel – wenn es Hoffnung gibt, daß Sie anders über mich denken. Über Jedi. Sie hatten nur zum Teil recht, als Sie sagten, daß ich nicht als Jedi geboren wurde. Die Macht ist stark in meiner Familie.«

Überrascht nippte sie am Wasserglas. Ein Teil ihres Verstands hatte geahnt, daß er so etwas sagen würde, und ein Teil ihres Herzens hatte sich danach gesehnt, es zu hören. *Warum sollst du es nicht zugeben?* fragte sie sich. *Mal sehen, wie er reagiert.*

»Danke für Ihre ... Offenheit«, sagte sie. »Wir haben keine Zeit für korrekte gesellschaftliche Gepflogenheiten. Und ich fühle mich zu Ihnen hingezogen, was gefährlich ist.«

Er schüttelte den Kopf. »Ich würde niemals ...«

»Doch, Sie würden. Wenn ich Sie ermutigen würde.« Sie blickte auf ihre verschränkten Finger. »Sie könnten die Menschen leicht manipulieren, wenn Sie das wollten.«

»Ich würde das niemals tun«, wiederholte er und errötete dabei. »Es wäre unehrenhaft und hätte keine Zukunft.«

Sie fingerte an ihrem Anhänger herum. »Was sind Sie, Luke Skywalker? Was gibt Ihnen ein Recht auf diese Kräfte?«

»Ich bin ein ...« Er stockte. »Ein Junge vom Land, nehme ich an.«

»Eine Familie von machtstarken Jungs vom Land?« fragte sie sarkastisch.

Die Farbe wich aus seinem Gesicht. Sie mußte einen empfindlichen Nerv getroffen haben.

»Stellen Sie es sich so vor«, murmelte er, während er den letzten Krümel von seinem Teller kratzte. »Es wird immer Leute geben, die stark sind, um Böses zu tun. Wenn die einzige Möglichkeit, andere zu schützen, darin besteht, daß einige wenige von uns auf der guten Seite der Macht stark werden, wäre das nicht wichtig? Selbst wenn Ihr Glaube richtig ist und dadurch einige andere geschwächt werden? Menschen opfern sich ständig für einen guten Zweck. Und ich habe niemanden gebeten, für mich zu sterben.«

Fast überredet, widerstand sie seiner scheinbaren Wahrheit. »Der Kosmos muß im Gleichgewicht sein.«

»Ich stimme zu. Die Dunkle Seite verlangt fortwährend nach

Aggression, Rache, Verrat. Je stärker man wird, desto mehr gerät man in Versuchung.«

Diese Worte ließen ihre Hand zittern. »Wenn Sie ... wenn Sie also jemanden lieben, können Sie ihn ebenso leicht hassen.«

Er blickte auf den Generator und hob fragend eine Augenbraue.

Sie zwang sich, den Schmerz in seinen Augen zu ignorieren. »Keine Veranlassung für den Generator. Wir könnten durchaus schweigend essen.«

»Hier kommt noch eine andere Balance.« Er preßte eine Hand gegen seine mit Schmutzstreifen bedeckte Stirn. »Die Bergspitzen in meinem Leben werden ausgeglichen durch tiefe Täler. Ich habe Freunde, Familienmitglieder, Lehrer verloren. Das Imperium hat die meisten von Ihnen umgebracht. Selbst wenn ich meine Jedi-Ausbildung niemals begonnen hätte, wären sie immer noch tot.« Er runzelte die Stirn. »Tatsächlich wäre ich ebenfalls tot. An dem Tag, an dem ich meinen ersten Lehrer kennenlernte, hat das Imperium unsere Farm heimgesucht. Sie haben meinen Onkel Owen und meine Tante Beru abgeschlachtet, während ich weg war. Jeder, der zu Hause war, ist umgekommen. Haben sie das hier nicht auch gemacht? Stimmen Sie dem Imperium zu?«

»Das ist eine Frage mit Hintergedanken.«

»Tun Sie es?« drängte er.

Natürlich tat sie es. Oder?

»Das Imperium hat mehr Macht an sich gerissen, als für eine Regierung erforderlich ist«, räumte sie ein. »Aber es gleicht Unterordnung durch Privilegien aus. Ein Vorteil des Lebens unter dem Imperium ist eine wundervolle große Breite von bildungsmäßigen Möglichkeiten. Intelligente Kinder können unmittelbar auf der imperialen Zentralwelt studieren.«

Er verzog das Gesicht. »Ich habe gehört, daß die intelligentesten nicht wieder nach Hause zurückkehren.«

Woher wußte er das? Einige blieben, weil man ihnen lukrative Stellungen anbot. Einige verschwanden. Sie hatte es vorgezogen, nach Hause zurückzukehren.

»Sagen wir, wir haben gelernt, uns ein bißchen zurückzuhalten. In jedem Fall ist die imperiale Herrschaft gut für Bakura gewesen. Sie hat die Ordnung wiederhergestellt, als wir kurz vor dem Bürgerkrieg standen. Sie hat Schattenseiten, aber ich bin sicher, Ihre Leute würden Ihnen sagen, daß auch die Allianz Probleme hat.«

»Es sind die Probleme der Freiheit.«
Das tat weh.
»Als Ihre Kampfgruppe eintraf, haben Sie uns erschreckt. Der Ruß der Rebellen-Allianz ist destruktiv, nicht konstruktiv.«
»Ich schätze, vom imperialen Standpunkt aus gesehen, könnte das sein. Aber wir sind es nicht. Ehrlich.«
Er ist kein Diplomat.
»Ich danke Ihnen dafür, daß wir es durchgesprochen haben«, sagte sie. »Ich fühle mich besser . . .«
»Ich wünschte, ich auch.«
». . . und meiner selbst noch sicherer«, log sie mit fester Stimme. Sie griff in die Tasche, drehte das Handgelenk und hängte sich die Tasche über die Schulter. »Wir werden gemeinsam gegen die Ssi-ruuk arbeiten.«
Er machte mit der Hand eine Drehbewegung. Sie schaltete den Generator ein letztes Mal ein.
»Gibt es eine Möglichkeit, daß wir . . . daß ich ein paar davon kaufen kann?« Er deutete ins Innere der Netztasche.
Sie schüttelte den Kopf. »Der gehört Eppie. Es sind nur noch einige wenige auf Bakura übriggeblieben, Eigentum der Gründerfamilien. Wir haben sie vor Gouverneur Nereus geheimgehalten.«
»Das ist zu schade.«
»Ja, das ist es«, stimmte ihm Gaeri zu. »Ich nehme den Luftkissenwagen mit 'raus.«
Er befestigte sein Lichtschwert wieder am Gürtel.

***

Luke brachte sie zur Tür. Er wollte ihre Hand streicheln, vernünftig mit ihr reden, ihre Abwehr mit der Macht überwinden. Selbst Betteln erschien ihm vernünftig. Statt dessen öffnete er mit der Handfläche die Tür und steckte seine Daumen in den Gürtel.
»Ich danke Ihnen«, sagte sie.
Die Sturmtruppenwächter beobachteten sie, als sie den Luftkissenwagen nach draußen schob und den Korridor hinunterschritt, ohne sich umzusehen. Als sie hinter einer Ecke verschwunden war, ließ Luke die Hände sinken. Er ballte sie zur Faust, löste sie und ballte sie wieder zur Faust. Seine Fähigkeiten hatten ihm immer Türen geöffnet. Türen in Gefahren, sowohl im Raum als auch in den helleren, dunkleren, breiteren

Räumen seiner eigenen Seele, und er hatte immer die Freiheit gehabt, sie zu durchschreiten.

Gaeriel hatte versucht, diese Tür vor ihm zuzuschlagen, aber sie war nicht erfolgreich gewesen. Er hatte den Konflikt in ihr gespürt. Sie würde ihn vielleicht nicht für immer bekämpfen.

Andererseits – vielleicht doch. Erschöpft machte er die Apartmenttür hinter sich zu und ging in entgegengesetzter Richtung den Flur hinauf. Eine Dachzugangstür öffnete sich zu seiner Linken. Er trat hindurch und fuhr mit dem Lift nach oben.

Bei Nacht hätte der Dachgarten ein urwüchsiger, isolierter Wald sein können. Stehende Luft kühlte sein Gesicht. Gruppen von weißen Baumstämmen wuchsen aus vorstehenden Wurzelkissen hervor, ragten in die Höhe und endeten in hellen, orangegelben Zweigen, die noch feucht waren, aber nicht länger tropften. Zwei kleine, runde Monde und mehrere Dutzend strahlende Sterne glänzten über ihm, und Nachtleuchten säumten einen steinernen Pfad zwischen dunklen Moospolstern.

Als er sich vom Liftschacht entfernte, gabelte sich der Pfad. Nachdem er den schmalen Weg mehrere Meter in Richtung der Komplexgrenze hinuntergegangen war, kniete er sich auf eine Bank, stützte seine Ellbogen auf die Brüstung und blickte nach unten. Die Kreise der Stadt breiteten sich rings um ihn aus, im Zentrum beleuchtet von schwebenden, blauweißen Straßenlampen, die dann fahlgelb wurden, ins Rötliche übergingen...

Wie ein Diagramm von Sternklassen. Der Vergleich sprang ihm ins Bewußtsein. Die Gründer von Salis D'aar mußten die Stadt zur Orientierung nach Sternfarben angelegt haben, wobei die schönsten Häuser – wie das Captisons – in der Zone zu finden waren, die warme, gastfreundliche gelbe Sonnen repräsentierte.

Der Augenblick der Erkenntnis heiterte ihn auf. Es war *nicht* falsch, wenn ein Mensch lernte, seine natürlichen Talente zu nutzen. Wenn man Gaeriels Religion bis zu ihrem logischen Ende verfolgte, müßten alle in jeder Beziehung gleich – sogar identisch – sein, um nicht irgendeinen anderen herabzusetzen.

Und sein Leben gehörte nicht länger ihm selbst.

Er glaubte, über sich langsam dahinziehende Lichtpünktchen ausmachen zu können, bei denen es sich um Schiffe des Verteidigungsnetzes im Orbit handeln mußte, in unverrückbarer Position zu anderen Schiffen, verbunden durch gemeinsame Befehle und einen gemeinsamen Feind.

Viele dieser Piloten hatten Lebensgefährtinnen, die auf ihre

Rückkehr warteten — oder sie, wenn es zum Letzten kam, betrauern würden. Je stärker er in der Macht wurde, desto schwerer mochte es werden, eine Frau zu finden, die ihn haben wollte.

Er öffnete seine leeren Hände. »Ben?« flüsterte er. »Ben, bitte komm. Ich muß mit jemandem reden.«

Nicht einmal eine Brise antwortete. An der Brüstungsmauer krabbelte eine schwarze Kreatur von der Größe seines kleinen Fingers auf zwanzig Beinen. Er konzentrierte sich auf den Rhythmus dieser Beine und fokussierte seinen Geist. Nachdem das Tier in einer Spalte verschwunden war, rief er abermals.

»Master Yoda? Bist du in der Nähe?«

Törichte Frage. Yoda war mit der Macht und deshalb überall. Aber er gab keine Antwort.

»Vater?« rief er zögernd, wiederholte es noch einmal: »Vater.« Er fragte sich, ob Anakin verstand. Dann versuchte er, sich an Gaeris Stelle zu versetzen. Jetzt, da ihre Heimatwelt bedroht wurde und ihr Leben in Gefahr war, erschien in der Krise ein Mann, der sie erschreckte. Ein Jedi.

Er spürte, daß sich jemand näherte. *Ben?* dachte er, aber die Intensität war nicht die eines Meisters, und sie führte das rastlose Streben einer lebenden Person mit sich. Leichte Füße huschten den Pfad hinunter. Leia zögerte an der Gabelung. Ihr weißes Kleid schimmerte zwischen rankenbeschatteten, weißen Bäumen.

»Ich bin hier«, rief er leise.

Sie eilte an seine Seite.

»Alles in Ordnung mit dir?« Sie zog einen blauen bakurischen Strickschal um ihre Schultern. »Ich hörte . . . nun, ich glaubte, ich hätte dich durch die Macht rufen hören.«

Auf diese Weise hatte sie ihn auch in Cloud City gefunden. Er ließ sich auf die Bank niedersinken.

»Es war ein langer, harter Tag. Wie war deiner?«

»Oh«, antwortete sie, »gut. Ich habe R2 und 3PO bei Premierminister Captison gelassen.« Verlegene Aufregung bettelte ihn an, nicht zur Kenntnis genommen zu werden. Sie brannte vor Eifer.

»Laß es geschehen, Leia«, sagte er neidisch. »Er liebt dich.«

Sie funkelte ihn an. »Hat keinen Zweck, etwas vor dir verbergen zu wollen, wie? Wir sind spazierengegangen. Wir haben geredet. Wir . . . es ist schwer gewesen, Zeit zum Alleinsein zu finden.«

Luke lächelte verschämt. »Das ist es also, was ich vermißt habe. Ohne Geschwister aufgewachsen zu sein, meine ich.«

Leia spielte mit den Enden ihres Schals. »Es ist gut, einen Bruder zu haben. Jemanden, mit dem man reden kann.«

»Du hast noch Han.« Verdrießlich fügte er hinzu: »Jemand sollte die Familienstärken weitergeben. Es sieht nicht danach aus, daß ich in absehbarer Zeit die Chance dazu bekomme.«

Sie legte ihm eine Hand auf die Schulter. »Was stimmt nicht, Luke? Ist es diese Senatorin?«

»Ein Jedi empfindet keine Leidenschaft.« Jeder, der in der Lage war, seine Emotionen zu manipulieren, konnte ihn in Gefahr bringen und ihn unfähig machen, sich selbst zu beruhigen — unfähig, sich zu kontrollieren. »Aber manchmal kontrolliert die Macht offensichtlich mich, statt daß es umgekehrt ist. Sie begünstigt das Leben.«

»Sie *ist* es. Ich hatte schon angefangen, mir Sorgen um dich zu machen. Du hast dich so... abgesondert.«

Ihre Erkenntnis traf ihn. Der einfachste Weg, sie vom Thema abzubringen, war, sie zu ärgern.

»Du und Han«, sagte er. »Laß mich eine Frage stellen, zu der ich kein Recht habe. Ihr seid nicht... dagegen, eines Tages Kinder zu haben, oder?«

»He!« Sie riß ihre Hand weg. »Das steht nicht zur Debatte.«

»Tut mir leid. Es ist nur, weil ich in letzter Zeit soviel darüber nachgedacht habe.«

Hatte er? Verblüffend, was sein Unterbewußtsein einem anderen erzählte, bevor es ihn selbst informierte. Für einen Augenblick sah er sich selbst als Oberhaupt eines Clans von jungen Jedi-Lehrlingen mit nicht zueinander passenden grünen, blauen und grauen Augen. »Aber ein Kind, das stark in der Macht ist, wird auch ein großes Potential für das Böse haben.«

»Natürlich.« Leia setzte sich, schnippte die Enden des Schals auf ihren Schoß und pflückte eine purpurfarbene Trompetenblume von einer Ranke. Sie roch daran. »Dies ist ein Risiko, das Menschen immer eingehen mußten. Es ist gefährlich, einem intelligenten Wesen zur Existenz zu verhelfen.«

»Bringt dich das nicht zu der Frage, wieso es unsere Mutter gewagt hat?«

Ihr Ärger flackerte nur leicht auf, was ihn überraschte. »Oh«, sagte sie wie nebenbei, »das erinnert mich an etwas. Ich soll dir eine Botschaft überbringen. Ich habe Vader gesehen.«

»Vader?« Luke wußte nicht, was er sagen sollte. »Du hast... unseren Vater gesehen? Anakin Skywalker? Vader existiert nicht mehr.«

»Schön, wie du willst — Anakin. Aber ich habe ihn gesehen.«
Ein Gefühl von Verlust zerrte an ihm. Wieso war sein Vater Leia erschienen und nicht ihm?

»Was hat er gesagt?«

Sie blickte an ihm vorbei über die Grenze des Komplexes hinweg. »Ich soll dich daran erinnern, daß Furcht der Dunklen Seite angehört. Er hat sich bei mir entschuldigt oder es zumindest versucht.«

Luke ließ seinen Blick über die Stadt wandern. »Ich habe ihn nur einmal gesehen, für einen kurzen Augenblick. Er hat nicht gesprochen.«

»Also, ich beanspruche keinen Teil von ihm, und ich will auch nicht, daß er vor mir auftaucht.«

Luke sann über die Botschaft seines Vaters nach. *Furcht gehört der Dunklen Seite an.* Gaeriels Furcht vor ihm: Auch sie kam von der Dunklen Seite.

»Haß gehört ebenfalls zur Dunklen Seite, Leia.«

»Es ist nicht schlecht, das Böse zu hassen.«

»Hatte seine, äh, hatte irgend etwas von dem, was er sagte, zu tun mit . . . ah.« Er unterbrach sich. »Oh, als ich heute morgen anrief, habe ich etwas gestört, ja?«

Selbst im Sternenlicht sah er, wie ihre Wangen erröteten. »Es ist schwer gewesen, Zeit zum Alleinsein zu finden«, wiederholte sie.

»Es tut mir leid. Aber vielleicht hat Vater etwas Gutes bewirkt, wenn er dich veranlassen konnte, bei Han Trost zu suchen.«

»Das kannst du nicht sagen. Als ich ihn vor mir hatte, ganz normal aussehend, wurde . . . wurde mir klar, daß ein normaler Mensch zu dem geworden ist, was . . . er war. Daß ich es auch werden könnte.«

»Für die Gute Seite«, beharrte er. Er hauchte einen Kuß auf ihre Wange. Er hatte sie geliebt, vor langer Zeit, wie es schien, bevor sie erfahren hatten, was sie nicht wahrhaben wollte. »Wir sehen uns morgen früh.«

»Warte mal!« Sie setzte sich aufrecht. »Du wirst mich nicht wegschicken.«

»Nur für eine Weile, Leia«, murmelte er. »Geh zu Han. Ich werde euch allein lassen.«

Sie blickte ihm in die Augen und holte mehrmals tief Luft, eindeutig erzürnt. Schließlich sprang sie auf und eilte davon.

Luke blickte hinunter auf die Kreise der Stadt, dann hoch zu den Lichtern eines vorbeiziehenden Repulsorbusses. Er verschränkte die Hände im Schoß und beugte sich vor.

»Vater?« flüsterte er.

Ihm kam der Gedanke in den Sinn, daß er seinen Frieden mit Anakin gemacht hatte. Das würde erklären, warum er statt dessen Leia erschienen war.

Er begann mit einer von Yodas Meditationen, konzentrierte seinen Willen auf eine tiefere Ebene als seine eigene. Persönliche Probleme verschwanden in der Perspektive, und die Kraft des Universums durchströmte ihn. Er hatte eine Schwester – er war nicht allein. Eines Tages, wenn er in der Macht wuchs, würde ihn wahre Liebe mit jemandem von seiner eigenen Art vereinigen. Jede Emotion des einen Partners, jedes Regen von Lust oder Schmerz würde auf den anderen überspringen und widerhallen, bis das süße Echo verklang.

Er öffnete die Augen und löste seine Hände. Er hatte Gaeriel noch nicht verloren. Er würde ihr helfen, so gut er konnte, und wenn sie ihn zurückwies, würde er Bakura mit nur mildem Bedauern verlassen.

Lachende, nicht zueinander passende Augen und wirbelnde Röcke tanzten in seinem Bewußtsein. Wem machte er etwas vor?

Und was tat er allein hier oben? Er stand auf und machte sich auf den Weg zu einem Sinkschacht.

***

Dev streichelte den glatten neuen Technisierstuhl – oder sollte er ihn anders nennen? Drei Dutzend neue Stühle waren im Bau, um den Energiefluß zu ergänzen, den ihnen Skywalker liefern würde, aber dieser eine war etwas Besonderes. Er ähnelte mehr einem aufgerichteten Bett als einem Stuhl – ein Motor konnte ihn von null bis dreißig Grad neigen. Statt eines Sammelbogens war er mit eingebauten energieanziehenden Schaltkreisen ausgestattet, die unter Skywalkers Rücken liegen würden. Größere Halteklammern standen an den Seiten und in Fußnähe offen, und andere medizinische Vorrichtungen machten deutlich, daß die Apparatur für das langfristige Überleben des Insassen bestimmt war. Diese Teile hatte sie gestern getestet. Ganz in Silber- und Schwarztönen gehalten, glänzte der Stuhl im strahlenden Kabinenlicht.

»Er ist wundervoll, Meister Firwirrung.«

»Es tut mir leid, Dev«, sang Firwirrung tief. »Ich weiß, dies wird deine Gefühle verletzen...«

»Ich wünschte, es wäre wirklich, Meister. Aber ich weiß, du mußt ihn testen. Laß uns anfangen.«

Firwirrung nickte mit seinem großen V-gekrönten Kopf.

Dev hatte die meisten Konstruktionsdetails für die Initialinstallation und die Haltevorrichtungen vorgeschlagen. Kein Sammelbogen überspannte das Bett, und es war um einige wenige Grad aus der Vertikalen geneigt. Vorsichtig lehnte er sich mit dem Rücken dagegen. Sein linker Fuß streifte eine offene Klammer. Sie schnappte zu und umschloß sein Fußgelenk.

»Es funktioniert!« rief Dev.

»Versuch die andere«, säuselte Firwirrung.

Diesmal sah Dev hin. Aus einer Rille des Bettes ragte eine schwarze flexible Schnalle hervor. Er schob sein rechtes Fußgelenk langsam heran ...

Schnapp! Dieses zweite Zuschnappen aktivierte einen anderen Mechanismus, den er vorgeschlagen hatte. Er kippte das Bett um zwölf Grad nach hinten. Dev entspannte sich und ließ sich mitsinken, die Arme vor der Brust gekreuzt. Als sein Körper eine andere Auslösevorrichtung berührte, umschloß eine dickere Klammer seine Hüfte. Sie hielt ihn viel sicherer fest als die Riemen des alten Technisierstuhls.

»Wundervoll.« Firwirrung trat näher und strich mit einer Vorderklaue sanft über den Hüftreifen. »Ist er fest geschlossen?«

Dev versuchte, seinen Körper zu drehen. »Ja. Aber locker genug, so daß ich keine Schwierigkeiten beim Atmen habe.«

»Die menschliche Körperform ist so eigenartig«, pfiff Firwirrung heiter. Dev lachte mit ihm. »Hast du es bequem, Dev? Wir können *seine* Größe nur schätzen.«

»Oh, ja.«

»Jetzt die linke Hand.«

Er streckte den linken Arm seitlich aus. Eine weitere Klammer nahm schnell und fest ihren Platz ein. In diese war ein Wust von Lebensfunktionssensoren eingelassen, die seine dünne, schuppenlose Haut nicht beeinträchtigen würde. Hinter Firwirrung begannen auf einem schwarzen Wandpaneel matte Lichter zu blinken. Firwirrung drehte sich um und studierte sie.

»Laß die rechte Hand frei«, wies er Dev an.

Wie sehr sich Dev wünschte, heute wirklich technisiert zu werden! Er stellte sich den Augenblick vor, in dem sein Lebensfunke hinter Augen, die sich niemals schließen würden, aber alles sahen, aufleuchtete, in einem neuen Körper, der alles tun konnte – und nur seine Meister zufriedenstellen wollte. Gestern hatten sie angefangen, noch unreife und überalterte P'w'ecks von den anderen Schiffen zu technisieren, zur Vorbereitung für den Angriff. Technisierte P'w'ecks würden nicht so lange durchhalten wie Menschen, aber es wurden Quantitäten benötigt – vorübergehend.

Firwirrung berührte eine rote Leiste. Irgend etwas stach Dev ins Kreuz.

»Das funktioniert ebenfalls«, rief er.

Dieser Mechanismus war für die langfristige Einschließung ebenso wichtig wie der Strahler für die obere Wirbelsäule. Jetzt würde die Prozedur nicht davon abhängen, daß Skywalkers Nervensystem vorab außer Funktion gesetzt wurde.

»Kannst du deine Füße bewegen?«

Dev blickte nach unten. Der Neigungswinkel hielt seine Füße von den grauen Bodenplatten fern. »Ich kann sie nicht einmal fühlen«, gab er glücklich bekannt.

»Gut.« Firwirrung trat näher. »Ah, Dev.« Er löste einen durchsichtigen Schlauch, der neben Devs linker Schulter am Bett befestigt war. »Ich weiß, wie sehnlich du dir wünschst, daß dies wirklich wäre. Es tut mir leid, daß ich dich so plagen muß.«

»Meine Zeit wird kommen.« Dev schloß die Augen. Er spürte einen leichten Druck an der Kehle, dann einen Stoß, der kaum stach. Er lehnte sich entspannt gegen das Bett und gab sich den Empfindungen hin, während sich Firwirrung zur anderen Seite bewegte und den Vorgang wiederholte. Er wünschte, oh, wie sehr er wünschte . . .

Dennoch lauerte hinter seinem Sehnen eine Unterströmung von Furcht. Die rechte Hand zitterte auf seiner Brust.

Als er ein Zischen hörte, öffnete er die Augen und sah Blauschuppe mit Admiral Ivpikkis hereinkommen, gefolgt von zwei P'w'ecks, die einen schlaffen menschlichen Gefangenen an Kopf und Beinen hinter sich her schleppten. Nach Firwirrungs neuem Verfahren hatten sie ihn bereits mit einem Paddelstrahler vorbereitet. *Das* war derjenige, der wirklich technisiert werden würde. Dev versuchte erneut, mit dem Zehen zu wackeln, spürte jedoch nichts. Perfekt. Um dieses armen, verstörten Menschen willen hoffte er, seine Aufgabe erfüllen zu können.

»Erläutere mir das«, verlangte der Admiral. »Inwieweit wird sich dies hier von der Standardtechnisierung unterscheiden?«

Firwirrung preßte seine Vorderklauen vor der Brust aneinander. »Wir glauben, daß ein machttalentiertes Individuum in der Lage sein wird, Energie aus der Entfernung an sich zu ziehen

– aus einer kurzen Entfernung, in Devs Fall. Wenn Dev richtig mit den Sammelschaltkreisen verbunden ist, werden die Energien des anderen Subjekts durch ihn strömen. Dev selbst bleibt untechnisiert und wird imstande sein, den Vorgang unzählige Male zu wiederholen.«

»Nicht wie der... Stuhl also.« Ivpikkis blickte auf das Bett.

Dev erinnerte sich daran, wie amüsiert sie gewesen waren, als er ihnen zum ersten Mal menschliche Möbel beschrieben hatte. P'w'ecks lagen flach auf dem Boden, wenn sie technisiert wurden.

»Nein«, stimmte Firwirrung zu. »Das tatsächliche Subjekt muß nicht gefangen sein. In Skywalkers Fall wird das Subjekt nicht einmal in der Reichweite eines Traktorstrahls sein müssen – das hoffen wir jedenfalls.«

»Aber um der Bequemlichkeit willen haben wir diesen hier gefangen und vorbereitet. Ist alles bereit?« Blauschuppes Witterungszungen zuckten aus seinen Nasenlöchern und richteten sich auf den Gefangenen. Der arme Mensch war vermutlich unrein.

»Ja.« Firwirrung wandte seinen V-Kamm Blauschuppe zu, sein rechtes Auge Dev und das linke den P'w'ecks und ihrem Gefangenen. Dann legte er den Hauptschalter um.

Devs Kehle brannte. Diesmal injizierten die Servopumpen nicht einfach nur Magsol, sondern eine Lösung aus Magsol und anderen Faktoren. Sie sollten das gesamte Nervensystem auf die im Bett installierten Sammelschaltkreise ausrichten und die Energie dort hinleiten. Dies erübrigte die Notwendigkeit eines Sammelbogens. Zuerst spürten sein Hals und sein Kopf, dann seine Brust und seine Glieder den Zug, der schnell stärker wurde, so als ob sich die Schwerkraft veränderte oder die *Shriwirr* eine Reorientierung vorgenommen hätte. Abrupt hatte er das Gefühl, daß sein aufrecht stehendes Bett umgekippt wäre. Firwirrung und die anderen sahen so aus, als ob sie auf der nächsten Schottwand stehen würden. Die Illusion der Biogravitation überzeugte tatsächlich seine Augen.

»Mir ist so«, sagte er, »als würde jeder Nerv meines Körpers in Richtung des Brennpunkts gezogen. Es tut ein bißchen weh.«

»Das sollte die Sammelfunktion nicht beeinträchtigen. Bist du bereit für den Versuch, die Energien dieses Menschen in einem Kampfdroiden umzuleiten?«

»Ich werde es versuchen.«

Der zweitbeste Aspekt der Technisierung war vielleicht, daß

er dieses Geschenk einem anderen machen konnte. Dev schloß die Augen und tauchte, vorbei an seinem Unbehagen, in sein Kontrollzentrum hinab. Im tiefen und demütigen Bewußtsein seiner Beschränkungen tastete er durch die Macht nach der anderen menschlichen Präsenz. Es schien ewig zu dauern, bis er sie berührte und umfaßte. Während er die Sammelschaltkreise durch sich hindurch wirken ließ, benutzte er die Macht, um ihre Energie in sich aufzunehmen. Für einen Augenblick fühlte er sich groß und schwer. Doppelt so starker Schmerz pulsierte in seinen Nerven. Dann verschwand das zusätzliche Gewicht. Keuchend öffnete er weit die Augen. Der Gefangene lag reglos auf dem Boden.

Admiral Ivpikkis fuhr sich mit der einen Vorderklaue über die andere. »Deck Sechzehn?« rief er.

Vom Schott kamen die Worte, die Dev sehnlich hören wollte: »Es funktioniert.«

Ssi-ruuk, P'w'ecks und Dev jubelten mit gleichem Enthusiasmus.

»Der nächste Test ist«, sang Firwirrung leise, »ob wir Skywalker zwingen können, unserem Willen und nicht seinem eigenen zu gehorchen. Er ist ein weitaus stärkerer Machtbenutzer als unser Dev, wenn Dev mit seiner Einschätzung richtig liegt.«

»Das sollte er besser.« Blauschuppe schien von der Wand zu Dev herunterzuklettern. Devs rechte Hand ballte sich unwillkürlich zur Faust, als der große, blaue Kopf ganz nah an ihn herankam. Das Auge wirbelte. Er fiel hinein.

Dann trat Blauschuppe zu seiner Überraschung zurück. »Versuche es«, pfiff er.

Firwirrung kletterte von der Wand herunter und schwenkte ein dreischneidiges Messer, das benutzt wurde, um die kleinen, Fft genannten Fleischechsen zu entklauen. Er drückte Dev den Griff in die freie rechte Hand.

»Ja?« Dev spürte keine Furcht, nur Neugier.

»Stich es durch deine andere Handfläche.«

Was konnte vernünftiger sein? Dev mühte sich, seinen Körper unter der Hüftklammer zu drehen, brachte das Fft-Messer in Position und trieb es so tief hinein, wie er nur konnte. Knochen knirschten. Rotes menschliches Blut quoll neben der Klinge hervor. Es tat weh.

»Laß es stecken«, sagte Firwirrung.

Dev rollte sich in die Bereitschaftsstellung zurück und wartete auf das nächste Kommando.

»Rechter Arm.«

Dev ließ die Klammer um seine freie Hand zusammenschnappen.

Firwirrung zog das Messer aus der Hand, wischte es an Devs Umhang ab und klatschte dann ein Stück Synthfleisch – wahrscheinlich aus einem geraubten imperialen Medipack – auf beide Seiten der verletzten Hand. Dann wandte er seinen Kopf hoch zu Admiral Ivpikkis.

»Glaubst du, daß es auch bei Skywalker funktionieren wird?« fragte Ivpikkis.

»Wir haben keinen Grund, etwas anderes zu glauben. Der Selbsterhaltungstrieb aller Menschen ist stark ausgeprägt, und du hast gesehen, wie vollkommen wir Dev ausgeschaltet haben. Der letzte und entscheidende Test ist natürlich, wie lange ein Subjekt in dieser Verfassung überleben kann. Wir haben nur Zeit für eine kurze Simulation, aber mehrere Stunden sollten ausreichen, um zu zeigen, ob irgendeine Verminderung der Lebenszeichen einsetzt.«

Admiral Ivpikkis zuckte mit seinem Schwanz, blickte zur Kontrolltafel und dann auf Dev hinunter. Dev rang sich ein Lächeln ab. Blauschuppe folgte dem Admiral nach draußen. Firwirrung wies einen der P'w'ecks an, den menschlichen Leichnam zu entfernen. Dem anderen befahl er, bei Dev zu bleiben.

»Alarmiere mich, wenn sich irgenwelche Ziffern ändern.« Er klopfte mit einer geballten Vorderklaue gegen die Wandtafel.

Dann ging er nach draußen.

Mehrere Stunden. Hier liegen zu müssen, der echten Technisierung so nahe . . .

So unbequem. Seine Nase juckte, aber er konnte sie nicht kratzen. Niemand hatte ihm dazu Anweisung gegeben. Seine Hand pochte stark, genug, um ihm zu helfen, die nagende Pein in seinem ganzen Körper zu ignorieren. Um sich die Zeit zu vertreiben, rezitierte er Gedichte, die er als Kind gelernt hatte. In Gedanken übersetzte er sie in Ssi-ruuvi, stellte sie sich dann in seinem speziellen Ssi-ruuvi-Alphabet vor.

Zu früh gingen ihm die Gedichte aus. Seine Augen fühlten sich an, als wollten sie durch sein Gehirn und seinen Schädel in die Sammelschaltkreise fallen. Armer Skywalker: wie Dev dazu verdammt, überleben zu müssen, ohne seinen eigenen Kampfdroiden zu gewinnen. Verdammt aufgrund derselben Fähigkeiten.

Dev seufzte und fing an, an Hand des Pochens in seiner linken Hand die Pulsschläge zu zählen.

Zwischen vier- und fünftausend verlor er die Übersicht. Weitere Zeit verging. Das Unbehagen hatte sich schon vor einer ganzen Weile zu Schmerz intensiviert, und Firwirrung war nicht zurückgekehrt, um nach ihm zu sehen. Verletzt und verwirrt begann er abermals zu zählen.

Er konnte seine Nase noch immer nicht kratzen. Niemand hatte ihm dazu Anweisung ...

Tu es von dir aus, Dummkopf!

Jetzt, da er es versuchen konnte, machte ihn die Unfähigkeit, die Nase zu erreichen, verrückt. Warum war Firwirrung nicht geblieben? Das war Grausamkeit. Wenn er lange genug den Atem anhielt, um ohnmächtig zu werden, würde der stumpfsinnige P'w'eck vielleicht eine Veränderung seiner Lebenszeichen bemerken. Er atmete ein, bis der Hüftstreifen in sein Fleisch schnitt, ließ die Luft dann entweichen. Leergepumpt schloß er seine Kehle und atmete nicht.

Ein intensiver elektrischer Schlag zuckte im Bogen zwischen der linken und der rechten Kammer. Unwillkürlich holte er Luft.

Er hatte diesen Mechanismus vorgeschlagen. Gereizt versuchte er, seine rechte Hand freizubekommen. Er preßte den Daumen gegen den kleinen Finger und drehte seine Hand in der weichen Klammer. Nicht weit genug. Er zerrte weiter, aber dreihundert Herzschläge später gab er auf. Er ruhte sich aus. Dann versuchte er es erneut.

Die Luke zischte. Dev fuhr zusammen und schob sein Handgelenk die drei Millimeter zurück, die er gewonnen hatte. Firwirrung trat als erster ein. Ohne auch nur einen Blick auf Dev zu werfen, stapfte er an dem P'w'eck-Wächter vorbei zur Kontrolltafel. Blauschuppe führte einen anderen P'w'eck herein, der einen zweiten Gefangenen hinter sich her schleppte.

»Hervorragend.« Firwirrung drehte sich um. »Alle Lebenszeichen sind stabil. Beschreibe jetzt deine Empfindungen, Dev.«

»Es tut weh«, sagte er mit belegter Stimme.

Blauschuppe blinzelte und stampfte so nah heran, daß Dev ihn riechen konnte. »Beine auch?«

Er zog die Fußgelenke tiefer in ihre Fesseln. »Sie bewegen sich wieder. Aber sie tun weh. Sie sind zu schwer.«

»Aha.« Firwirrung studierte eine Anzeige und zischte Zufriedenheit. »Die neuromuskuläre Kontrolle ist nach zwei und sieben Zwölftel Stunden zurückgekehrt, exakt nach Zeitplan.«

Dev schluckte mühevoll. »Es tut weh«, wiederholte er mit gebrochener Stimme.

»Das sollte die Sammelfunktion nicht beeinträchtigen. Technisiere diese Frau für uns, Dev.«

»Du hörst nicht zu.« Dev preßte die Lippen zusammen. »Es tut weh.«

»Weh?« höhnte Blauschuppe. Der Nichtmensch drehte sich leicht. Als er die Position plötzlich erkannte, fuhr Dev zusammen und wappnete sich. Ein muskulöser Schwanz klatschte so hart gegen seine Beine, daß er Sterne sah. »Gut«, sang Blauschuppe. »Wir brauchen dich widerspenstig, Mensch.«

Firwirrung kam auf ihn zu, eine eigenartig geformte Spritze in der Klaue. »Du hast recht«, antwortete er Blauschuppe singend. »Mit Sicherheit wird der Jedi nicht kooperieren. Jetzt, da unser Kriegserfolg davon abhängt, daß alle Fehlerquellen bei der Kontrolle Skywalkers ausgeschaltet werden, probieren wir anstelle deiner Talente... das hier aus. Dann wird der Sieg unseres Volkes nicht von unserem persönlichen Überleben abhängen.«

»Es könnte ihn töten.« Die Schwanzspitze Blauschuppes zuckte drohend.

»Es wird ihn entweder töten oder zum Gehorsam zwingen. Es ist viel besser, professionelle Objektivität bei diesem weniger wertvollen Subjekt zu bewahren.«

Weniger wertvoll? Meister, was sagst du da?

Panikerfüllt versuchte Dev, sich der Spritze zu entwinden. Sie brannte einen Augenblick lang in seinem Oberschenkel. Er wartete. Dann...

»Technisiere diese Frau«, befahl Firwirrung.

Dev blinzelte. Für was sonst waren Menschen gut? Er tastete nach ihr. Als ihre Essenz durch ihn hindurchschoß, spürte er weiteren Schmerz. Er hörte einen Schrei. Einen männlichen Schrei, der seine Kehle peinigte. Dann öffnete er wieder die Augen und erwartete Befehle.

Blauschuppe zog das Fft-Messer aus seinem Schulterbeutel.

»Nicht nötig«, sagte Firwirrung schrill. »Ich möchte ihn mehrere Tage hierbehalten, um die anderen Lebenserhaltungsfunktionen zu testen.«

»Aber du hast den Admiral gehört«, sang Blauschuppe verzerrt durch die Nase. »Sie wollen sofort mit Skywalker anfangen.«

Mehrere Tage? Dev zitterte und ballte die Hände zu Fäusten.

Die linke fühlte sich verbrannt an. Vermutlich hatte er Knochen angebrochen und Sehnen durchtrennt.

Firwirrungs Witterungszungen zuckten. »Wie sie stinken, wenn sie Angst haben.«

»Manchmal verhalten sie sich beinahe intelligent. Wäre es nicht komisch, wenn sie Seelen hätten, während unsere P'w'ecks keine haben?«

»Keine Chance.« Firwirrungs Gefühllosigkeit entsetzte Dev. »Bring es zu Ende.«

»Sieh mich an«, befahl Blauschuppe. Das Auge war schwarz und lieblich und rund, und es wirbelte ...

Seine Hand schmerzte unglaublich. Als sein benebeltes Gehirn die Empfindungen einer frischen, aber nur teilweisen Erneuerung wahrnahm, löste Meister Firwirrung die letzte Handgelenkklammer an dem glänzenden neuen Bett. Blinzelnd versuchte Dev, sich auf die Füße zu stellen. Von zwei P'w'ecks gestützt, kämpfte er gegen eine unerklärliche Schwäche an. Irgend etwas roch schlecht. Menschlich. Er roch an sich selbst. Pfui.

»Ist es gut abgelaufen?« fragte er Firwirrung. Das Sprechen tat seiner Kehle weh. »Warum ... die Erneuerung? Warum jetzt?«

»Ah, Dev.« Firwirrung streichelte seinen Arm mit einer offenen Vorderklaue. »Es würde dich zu traurig stimmen, wenn du dich daran erinnerst, daß du der Technisierung so nahe warst und dir diese Freude doch verweigert wurde.«

Ihre Güte und Fürsorge überwältigten ihn. »Aber es hat funktioniert? Habe ich ihm seinen Kampfdroiden gegeben?«

Firwirrung schlang eine Vorderklaue um Devs Kopf und drückte ihn an seine schuppige Brust. »Es hat funktioniert. Jetzt fehlt uns nur noch eins.«

»Skywalker«, flüsterte Dev.

Firwirrung schob ihn liebevoll von sich. »Bitte geh baden, Mensch.«

✶ 13 ✶

Mit einem Gefühl der Erwartung, das er fest unter Kontrolle hatte, marschierte Gouverneur Wilek Nereus in den Planungsraum seiner Suite. Die Decke, die kahlen Wände, der Fußboden und die Möbel im Planungsraum waren in Schwarz gehalten, um Projektionen optisch besser zur Geltung kommen zu lassen. An dem kleinen Konferenztisch, gegenüber von Commander Thanas und neben dem schurkischen »General« Solo, stand der Jedi-Ritter Commander Luke Skywalker, der wegen seiner Unverwundbarkeit äußerst selbstsicher wirkte.

»Läuft soweit alles gut, meine Herren?« Nereus nahm auf dem Repulsorstuhl am Kopfende des Tisches Platz und bedeutete seinen Leibwächtern, zurückzutreten. Die anderen setzten sich.

Für einen Mann, dessen Karriere von Nereus' nächstem Zweijahresbericht abhing, sah Commander Thanas angemessen ernsthaft aus. Er war vermutlich begierig darauf, den Alzoc-Makel in seiner Akte zu tilgen.

»Alle Kampfschiffe sind repariert«, sagte Thanas. »Die Besatzungen warten auf unseren Einsatzbefehl.«

Zu dem Angriff würde es nicht kommen, wenn die Ssi-ruuk ihr Wort hielten – nicht daß Nereus das von ihnen erwartete. Für den Fall, daß sie Skywalker nahmen und trotzdem attackierten, hatten er und Commander Thanas eine neue Waffe in Dienst gestellt, die den Kampfdroiden schwere Verluste zufügen sollte.

»Was ist mit den neuen, in den Schiffen installierten... äh...«

»DEMI-Kanonen«, sprang ihm Thanas bei.

Davon sichtlich überrascht, blickte Skywalker zu Thanas hinüber und sah dann seinen Schmugglerfreund an.

»Sie machen Droiden aus einiger Entfernung mittels elektromagnetischer Impulse kampfunfähig«, erklärte Thanas. »Wir haben zwei Super-DEMI-Prototypen auf systemgebundenen Patrouillenschiffen installiert, aber sie sind noch ungetestet.«

Sofort verlangte Solo DEMI-Kanonen für die Kampfschiffe der Rebellen. Nereus rieb sich das Kinn und ließ Commander Thanas erklären, daß keine weiteren existierten. Während sie sich stritten, holte er einen Medisensor im Miniaturformat aus seiner Gürteltasche, legte ihn auf die polierte Tischplatte und richtete ihn auf Skywalker.

Betroffenheitsgefühle, nicht Gewissensbisse, ließen ihn die Stirn runzeln. Alle Daten zeigten eine nahezu perfekte Gesundheit an. Der Mann hatte angeblich einen fünf Jahre alten Eierkokon verzehrt, ohne es zu wissen. Nereus mußte sich vergewissern, daß die Eier lebensfähig gewesen waren, und zwar schnell. Eine vollständige medizinische Examinierung würde allerdings Skywalkers Argwohn erregen, und die Ahnungslosigkeit des Jedi war eine entscheidende Voraussetzung für den Erfolg.

Ein holographischer Projektor surrte bis Tischhöhe hoch und baute in der Mitte des Tisches zwischen Skywalker und Thanas ein Bild auf. Silberne und goldene Schiffspünktchen, die eine blaßblaue Kugel umgaben, zeigten das Verteidigungsnetz Bakuras an. Weiter draußen flimmerten die roten Ssi-ruuk-Schiffe.

»Ihre Leute benutzen also auch Rot für ‚feindliche Bedrohung'« stellte »General« Solo fest.

»Das ist vermutlich überall dort, wo die Leute rot bluten, Standard«, sagte Skywalker leise.

Oh, ja, sie bluten rot. Nereus lächelte mild und lehnte sich zurück. Unauffällig bediente er einige Tasten des versenkten Instrumentenbretts und nahm Verbindung zu seiner medizinischen Abteilung auf.

Fünfzehn Minuten später, als die anderen noch immer über die Strategie redeten, hatten seine Meditechniker die starken Hauptsensoren der komplexeigenen Medistation mit seinem Handmodell verbunden. Er setzte Richtungstasten auf seinem Instrumentenbrett ein, um einen kleineren Bereich zwischen Gürtel und Schlüsselbein in den Brennpunkt zu rücken ...

Zwei winzige Vierzehn-Stunden-Larven wanden sich in der linken Bronchie. Primitive Kreislaufsysteme pumpten um ihr Leben.

Es waren drei Eier in dem Kokon gewesen, und schon eine olabrianische Trichinenlarve war tödlich. Jeder gute Nichtmenschparasitologe wußte das.

Solo, der zwei Stunden lang beide Seiten mit Beleidigungen eingedeckt hatte, brachte schließlich mit ernstem Gesicht einen Einwand vor. »Entschuldigen Sie, daß ich das sage, Commander Thanas, aber da ist eine Sache, die mir nicht gefällt. Sehen Sie mal.« Er deutete auf das projizierte Gesamtmanöver. »Gehe drei Schritte zurück«, befahl er der Programmschaltung. Schiffspünktchen wirbelten zurück. »Da«, sagte er. »Stop. Sehen Sie es? Sie haben ...«

Nereus löschte seinen privaten Schirm. Solo machte eine Pause. Skywalker drängte ihn, fortzufahren.

»Sie haben Kampfpaare der Allianz an jeder maximalen Risikostelle eingesetzt«, stellte er nachdrücklich fest. »Ihre Projektion zeigt nicht die Verluste von Subgruppen. Wenn Sie diese eingeben, würde es im ‚Schlußbild' weitaus weniger silberne Pünktchen geben. Das gefällt mir nicht.«

Vielleicht verstand der Schmuggler doch ein bißchen von Taktik, registrierte Nereus. Commander Thanas, der mit seinem Taschenmessersouvenir herumgespielt hatte, steckte dieses in eine Brusttasche. »Commander Skywalker hat vorgeschlagen, daß ich Ihre Streitkräfte als meine eigenen ansehen soll«, sagte er. »Wenn dies meine Jäger wären, hätte ich sie genauso aufgestellt, um die Gesamtverluste zu minimieren.« Er bediente seine Konsole. »Zeige Phase Vier, mit projizierten Verlusten.« Das Muster änderte sich. »Jetzt werde ich einen Austausch der Staffeln einprogrammieren, so daß die Hälfte dieser Schlüsselpositionen durch reguläre Einheiten ersetzt wird. Fair genug, General?«

Solo breitete die Hände aus.

»So.« Commander Thanas drückte auf eine Taste. »Phase Vier, projizierte Verluste nach Austausch der Staffeln.«

Eine beträchtliche Anzahl von Lichtpunkten erloschen, sowohl solche der Imperialen als auch der Allianz.

Skywalker atmete leicht aus. Der Husten würde vermutlich in vier bis sechs Stunden kommen, abhängig von seiner allgemeinen physischen Verfassung – ungefähr zwei Stunden vor den schweren thorakalen Blutungen.

»Überzeugt, General Solo?«

»Bin ich wohl.«

Skywalker faltete die Hände auf dem Tisch. »Ich glaube, wir können es bestätigen. Allianzkräfte werden bei jedem Vorstoß die vorderste Kampflinie bilden. Wir brechen die Blockade und schneiden diesen Kreuzer ab, so daß Sie ihn einkreisen können. Wenn wir einen Kreuzer zerstören, könnte das ihren Sinn ändern. Wenn wir zwei zerstören . . .« Er unterbrach sich. »Nun, wir werden sehen, was sie uns tatsächlich entgegenstellen.« Er wandte sich an Commander Thanas. »Noch eine Frage. Wenn die Ssi-ruuk weiterhin auf uns warten – wie lange wollen wir sie dann noch warten lassen?«

Nereus räusperte sich, um die Aufmerksamkeit auf sich zu lenken. »Bis morgen abend«, sagte er.

Um diese Zeit, junger Jedi, wirst du tot sein.

»Ich würde gerne früher zuschlagen«, sagte Thanas nachdenklich. »Das Überraschungsmoment begünstigt immer die angreifende ...«

»Morgen abend«, wiederholte Nereus. Commander Thanas würde sich bei seiner Wiedergutmachung nach Nereus' Plan richten müssen, nicht nach seinen eigenen Wünschen. Nach dem *Gesamt*plan ... Sonst konnte er selbst zum Minensklaven werden. Wenn sie sich heute abend privat trafen, würde ihm Nereus das klarmachen.

»Nun gut«, sagte Thanas. »Skywalker, General Solo, bis morgen dann.«

Nereus schüttelte allen die Hände, wobei er seine Handschuhe anließ. Larven waren in diesem Stadium nicht übertragbar, aber schon der bloße Gedanke ließ Übelkeit in ihm aufsteigen. Olabrianische Trichinen benutzten fast alle höher entwickelten Tiere als Wirtskörper. Er hatte bereits versucht, die Ssi-ruuk zu infizieren, aber sie vernichteten die Körper von technisierten Gefangenen offenbar sofort. Skywalker, nahm er an, wurde vielleicht lange genug am Leben gelassen, um eine Brut der großen, gefräßigen ausgewachsenen Exemplare heranreifen zu lassen, die nach einer kurzen Verpuppung bereits fruchtbar ausschlüpften. Wenn die Ssi-ruuk Skywalker allerdings nicht vom Planeten herunterholten, würde er heute nacht vernichtet werden müssen. Er mochte sich dazu sogar freiwillig bereit erklären, um einer planetenweiten Verseuchung entgegenzuwirken. Junger Idealismus opfert sich nobel selbst auf.

Aber Skywalker würde innerhalb der nächsten acht Stunden mit ziemlicher Sicherheit Rampe Zwölf mindestens einmal betreten.

∗∗∗

Luke spürte, daß ihm Gouverneur Nereus' Blick folgte, als er mit Han aus dem Planungsraum ging. Nereus erwartete, ihn niemals wiederzusehen.

Nachdem sie um die erste Ecke gebogen waren, knurrte Han: »Du mußt Witze machen, wenn du diesen Leuten vertraust.«

»Mach dir mal über Commander Thanas Gedanken«, antwortete Luke aus dem Mundwinkel.

»Hä?« Han hob eine Augenbraue, drehte dann den Kopf zur Seite, um einen Korridor hinunterzublicken.

Klar. Sie waren beide gut beraten, wenn sie aufpaßten.

»Geradlinger Mann«, sagte Luke. »Will gute Arbeit leisten und freut sich über Unterstützung. Er ist nicht Nereus' Mann.«

»Ein Mann des Imperiums.«

»Hm.«

»Gefällt dir Thanas, weil er dir da drinnen Komplimente gemacht hat?« erkundigte sich Han.

Luke lächelte. »Nein. Aber das war sehr wohltuend.«

»Komplimente von einem Imperialen. Sauber.«

Sie verlangsamten ihre Schritte an der Ecke zu einem breiten Flur. Luke tastete durch die Macht. Niemand wartete hier auf sie. Beim Weitergehen hielt Han eine Hand in der Nähe seines Blasters.

Nachdem sie den Korridor zu den imperialen Büros hinter sich gelassen hatten, runzelte Han die Stirn. »Bilde ich es mir nur ein, oder bist du heute ein bißchen vorsichtiger als gestern?« fragte er.

»Ich habe aus einer Insiderquelle erfahren, daß Gouverneur Nereus plant, mich in die Hände der Ssi-ruuk zu geben. Hast du bemerkt, daß er während dieser Sitzung eine Nachricht oder irgend so etwas bekommen hat?«

»Ja«, sagte Han. »Wirst endlich vorsichtig, was?«

»Ich bin vorsichtig *gewesen*.« Lukes Verbitterung hielt ihn nicht davon ab, auf Schatten zu achten. »Und bilde ich es mir nur ein«, sprach er weiter, »oder bist du heute ein bißchen zufriedener mit dir selbst?«

Han verhielt seinen Schritt. »Was heißt das? Ich nehme an, du willst mich nach meinen Absichten mit deiner Schwester fragen.«

Luke blickte vorsichtig um sich, entspannte sich dann und lächelte Han an. »Ich kenne deine Absichten, Freund. Sie braucht dich. Enttäusche sie nur nicht.«

Hans schiefes Lächeln strahlte wie das Leuchtsignal eines Asteroiden. »Nie im Leben.«

Luke klopfte ihm auf die Schulter. Alles, was sie zusammen durchgemacht hatten, verband sie bereits wie Brüder. Nun, diese...

Schritte, die ihnen folgten, ließen ihn schlagartig wieder wachsam werden. Er schlüpfte hinter eine Säule und griff nach seinem Schwert. Han schlüpfte neben ihn.

Drei Fußpaare kamen näher. Luke blieb in seiner Deckung. Han hob eine Augenbraue. Luke schüttelte den Kopf. Er bewegte sich um die Säule herum, blieb aber hinter ihr, als das Trio vorbeiging: Nereus und zwei Leibwächter von der Sturmtruppe.

In seinem Büro hatte er so beherrscht gewirkt. Aber irgend etwas an seinem Gang und eine flüchtige Empfindung seines Machtsinns ließen Luke zu einer unerwarteten Schlußfolgerung kommen.

»Er ist im Begriff, in Panik zu geraten«, stellte er flüsternd fest.

»Panik?« Han legte die Stirn in Falten. »Er?«

»Sie setzt gerade ein.« Die Rücken des Trios verschwanden im Korridor. »Wir sollten ihn im Auge behalten.«

»Das ist nichts Neues.« Han ließ entspannt die Hände sinken.

Als sie die Suite erreichten, begab sich Han in sein Zimmer. Luke verschlüsselte hastig eine Nachricht an Wedge Antilles draußen im orbitalen Netz.

Angriff koordiniert für morgen abend. Arbeitet mit Gouverneur Nereus' Streitkräften zusammen, befolgt Thanas' Befehle, aber laßt die Deflektorschirme eingeschaltet.

Grimmig lächelnd schickte er die Botschaft ab. Han und Leia wollten zum *Falken,* sobald er sie gefunden hatte. Sie war nach dem Frühstück allein losgegangen, aber jetzt, da der Angriff bevorstand, war es an der Zeit, in Bereitschaft zu stehen. Luke würde die nächste Fähre in den Orbit nehmen und wieder an Bord der *Flurry* gehen. Es würde ihm Spaß machen, zu beweisen, daß Manchiscos Vorahnung falsch gewesen war.

Sein Magen knurrte eine akutere Botschaft. Er sollte zu Mittag essen, aber nicht hier. Das Essen in der Kantine von Rampe Zwölf sollte ungiftig sein.

»Bist du fertig, Han?« rief er.

Han kam heraus. »Leia meldet sich nicht.«

»Vielleicht sind sie und Captison an irgendeinen Ort gegangen, wo die Imperialen sie nicht abhören können.«

»Möglich«, sagte Han. »Sehen wir zu, daß du zu den Truppen kommst. Dann werde ich sie suchen.«

***

Premierminister Captison hatte eine Fahrt vorgeschlagen, und zu Leias Überraschung stieg Seniorsenator Orn Belden mit einer ausgebeulten Brusttasche ein. Sie nahm an, daß die Tasche seinen Stimmverstärker enthielt. Diesmal würden die Bakurer nicht durch Droiden oder Chewbacca abgelenkt werden.

Captisons livrierter Chauffeur steuerte einen Regierungsgleiter mit geschlossenem Cockpit vom Dachflugplatz. Belden legte einen Finger an die Lippen.

Leia gab mit einem Kopfnicken zu verstehen, daß sie begriffen hatte: *noch nicht.*

»Das ist eine reizende Stadt«, bemerkte sie leichthin. »In vielen Beziehungen erinnert mich Bakura an Alderaan.« Sie blickte hoch zu den aufgelockerten Wolkenschichten. »Einige der Wetterregionen jedenfalls. Haben Sie dieses Quarzgebirge nach Metallen untersucht?«

Captison, der neben ihr auf dem Mittelsitz saß, faltete mit einem wissenden Lächeln die Hände. »Gründlich. Warum, glauben Sie, habe man die Hauptstadt hier gebaut?«

»Aha«, sagte Leia.

Entspannt wirkend lehnte sich Captison zurück. »Nach ein paar Boomjahren fingen die Adern an, unergiebig zu werden, und die Bakur-Corporation brach in Fraktionen auseinander. Die Seite meines Vaters wollte an anderen Stätten schürfen. Eine zweite Fraktion sprach sich dafür aus, Bakuras übrige Ressourcen auszubeuten. Und noch eine weitere – überwiegend der zweiten Generation angehörend – wollte zu exorbitanten Preisen Siedler herholen oder eine Reihe von luxuriösen Urlaubsgebieten anlegen.«

»Wenn die Galaxis von einer neuerschlossenen bewohnbaren Welt erfährt, wird diese oft ... schick.«

»Was ein gewisses unerwünschtes Element ins Spiel bringt.«

Vielleicht meinte er Rebellen und Schmuggler oder Spieler und Schundverkäufer.

»Das kann passieren.«

Captison lachte. »In vielen Beziehungen erinnern Sie mich an meine Nichte, Leia.«

»Ich wünschte, mein Leben wäre so einfach gewesen wie das Gaeriels.«

»Sie ist ein gutes Kind gewesen«, schnaufte Belden vom Hintersitz neben Captisons Leibwächter. »Ob sie eine gute Senatorin werden wird, bleibt abzuwarten.«

Premierminister Captison trommelte geistesabwesend gegen ein Fenster. »Sie hat plötzlich die Ernüchterungsphase einer jungen Erwachsenen erreicht.«

»Ich verstehe«, sagte Leia. »Ich habe sie erreicht, als ich noch ziemlich jung war.«

Captisons Chauffeur hielt den Gleiter zwischen zwei anderen

über einer Querstraße der Stadt. Wie viele Städte von einiger Größe führte Salis D'aar den Luftverkehr an feststehenden Strecken entlang.

»Oh«, warf Senator Belden ein, »bitte danken Sie Commander Skywalker dafür, daß er versucht hat, Eppie zu helfen. Er wird wissen, was ich meine.« Dann fing er an, über Gebirgserde, Namanafruchternte und Entsaftung zu plaudern.

Leia wartete und fragte sich, wann die Männer sich sicher genug fühlen würden, um offen sprechen zu können. Dies mochte ihre einzige Chance sein, Fortschritte im Sinne der Allianz zu erzielen.

Fünf Minuten später landete Captisons Chauffeur den Gleiter auf einer kleinen Kuppel, umgeben von grellbunten Repulsorschildern, die mehrere Meter darüber in der Luft schwebten. Leia streckte die Hand nach der Einstiegsluke aus.

Captison legte eine seiner Hände auf die ihre. »Warten Sie«, sagte er leise.

Zehn Minuten später hoben Captisons Chauffeur und der Leibwächter wieder in dem Regierungsgleiter ab, während Leia in einem kleineren Mietfahrzeug, hothweiß und mit eisblauen Kissen und Konsolen ausgestattet, auf dem Beifahrersitz Platz nahm.

»Machen Sie das öfter?« fragte sie amüsiert, fand aber auch Gefallen an dem Täuschungsmanöver.

»Habe ich noch nie gemacht.« Captison fädelte sich in den Verkehr ein. »Es war Beldens Idee.«

»Man darf annehmen, daß Gleiter von der Sammelstelle nicht abgehört werden.« Der Seniorsenator beugte sich zwischen ihnen vor und klopfte auf seine ausgebeulte Brusttasche. »Auch das hier wird helfen. Wir sind jetzt unhörbar.«

Captison runzelte die Stirn und schaltete einen Musikkanal ein. Perkussionsklänge wurden in der Kabine laut.

»Sie müssen verstehen, daß wir schon ein Risiko eingehen, indem wir überhaupt mit ihnen reden. Offiziell ist es uns sogar verboten, Ihnen unser Beileid für den Verlust von Alderaan auszusprechen. Privat jedoch...«

Nicht sein Stimmverstärker also. »Was haben Sie da, Senator?«

Belden hielt seine Tasche mit einer Hand zu. »Ein Relikt aus dem präimperialen Bakura. Grabenkämpfe innerhalb der Corporation haben die Regierung lahmgelegt, aber unsere Vorfahren zu Überlebenskünstlern gemacht. Dieses Ding hier baut eine Störblase auf, die für Schallscanner undurchdringlich ist. Unter der Imperiumsherrschaft hat keine Fraktion mehr gewagt, weitere herzustellen.«

Im Geiste überschlug sie den Wert des Instruments und siedelte ihn irgendwo in der Nähe des *Falken* an.

»Dann sollten Sie das Gerät besser nicht verlieren«, sagte sie und räusperte sich. »Meine Herren, ich würde brennend gerne wissen, wieso das Imperium Bakura nicht ins Lager der Rebellen getrieben hat.«

»Nereus ist subtil vorgegangen, nehme ich an«, meinte Captison. »Er hat die Schraube langsam angezogen. Wie beim Kochen eines Buttermolchs.«

»Wie meinen?« fragte Leia.

»Sie sind zu primitiv, um auf langsame Reize zu reagieren«, krächzte Belden. »Setzen Sie einen in einen Topf mit kaltem Wasser, erhöhen Sie die Hitze ganz allmählich, und er wird zu Tode verbrüht sein, bevor er daran denkt, rauszuspringen. Und genau das wird hier passieren, wenn nicht...« Er stieß Captison an.

»Langsam, Orn.«

Leia blickte rechts in einen hügeligen Park hinunter. »Was wäre nötig, um Sie zum Springen zu bringen, Premierminister?«

»Nicht viel«, warf Belden ein. »Er ist cleverer, als er zu erkennen gibt.«

»Gibt es eine Untergrundbewegung, Senator Belden?«
»Offiziell nicht.«
»Hundert Mitglieder? Zehn Zellen?«
Belden kicherte. »Nah dran.«
»Sind sie zu einem Aufstand bereit?«

Captison lächelte und schob mit dem Daumen einen Steuerknüppel nach rechts. Er schien innerhalb der Stadtgrenzen im Kreis zu fliegen. »Reizende Leia, dies ist nicht der richtige Zeitpunkt. Unsere Gedanken beschäftigen sich mit den Ssiruuk. Wir hoffen, daß uns das Imperium retten und nicht unterjochen wird.«

»Aber es *ist* der richtige Zeitpunkt«, beharrte Leia, die Hintergrundmusik übertönend. »Die Ssi-ruuk haben Ihr Volk geeinigt. Es ist bereit, einem Führer in die Freiheit zu folgen.«

»Tatsächlich«, sagte Belden, »haben bereits drei Jahre Imperium unser Volk geeinigt. Heutzutage wissen alle, was sie verloren haben, als sie zu schnell aufgaben, und daß sie kooperieren müssen, wenn sie es wiederhaben und behalten wollen.«

»Sie glauben an Sie, Premierminister«, drängte Leia ihn.

Captison blickte nach vorne. »Und Sie, Prinzessin Leia? Was ist Ihr wirkliches Ziel hier?«

»Bakura in die Allianz zu bringen, natürlich.«

»Nicht uns gegen die Ssi-ruuk zu verteidigen?«

»Das ist Lukes Ziel.«

Captison lächelte leicht. »Ah. Die festgelegte Zielsetzung der Mission hängt davon ab, wer sie festlegt. Die Allianz beginnt zu reifen.«

Ein weiterer Punkt für die Arbeitsteilung ...

»Premierminister, wieviel Macht haben Sie und der Senat wirklich?«

Captison schüttelte den Kopf.

»Wenn Sie frei und ohne Risiko für Ihr Volk wählen könnten«, setzte sie nach, »welche Seite sollte Bakura dann unterstützen?«

»Die Allianz«, gab er zu. »Wir sind unzufrieden mit der imperialen Besteuerung, mit der Herrschaft von Nichtbakurern und damit, daß unsere jungen Männer und Frauen in den imperialen Dienst treten müssen. Aber wir haben Angst. Belden hat recht: Wir haben gelernt, uns gegenseitig zu schätzen, jetzt, da wir gesehen haben, wie es ist, unterjocht zu sein − und die eigene Identität zu verlieren, weil wir nicht zusammenhalten konnten.«

»Ist es dann nicht wert, zu kämpfen?« fragte sie. »Ist es dann nicht wert, das Leben von freien Menschen aufs Spiel zu setzen? Premierminister, ich erwarte nicht ...« − sie schätzte sein Alter − »... fünfzig zu werden. Aber ich würde lieber mein Leben für die Freiheit anderer hingeben, als schweigend in der Sklaverei zu sterben.«

Captison seufzte. »Sie sind eine Ausnahme.«

»Alle freien Menschen sind eine Ausnahme. Lassen Sie mich mit Ihren Zellenführern sprechen, Senator Belden. Geben Sie Ihrem Volk eine Chance, für seine Freiheit zu kämpfen, und es wird ...«

Aus langer Gewohnheit warf Leia einen Blick über die Schulter. Ein lokales Patrouillenfahrzeug folgte in zehn Längen Abstand.

»Da sind Imperiale hinter uns, nehme ich an«, sagte sie ruhig.

Captison studierte einen Sensorschirm und stieß den Gashebel nach vorne.

Leia suchte auf dem Instrumentenbrett nach der Kommunikationsausstattung. Han würde inzwischen auf dem Weg zum *Falken* sein, irgendwo unterwegs und unerreichbar.

»Sie sind noch immer hinter uns. Fliegen Sie in Richtung Raumhafen.«

»Es kommt noch ein weiterer von unten. Ich kann von dieser Bahn nicht nach Süden abbiegen.«

»Sieht aus wie eine Eskorte«, stellte Leia fest. Captison zog den Gleiter in einem weiten Bogen nach Nordwesten. Dann veranlaßten ihn die Eskorten, wieder geradeaus zu fliegen.

»Wohin wollen sie uns dirigieren?«

»Zurück quer durch die Stadt.« Captison runzelte die Stirn. »Zum Komplex, glaube ich.«

»Ist einer von Ihnen beiden bewaffnet?« fragte sie ruhig.

Captison schob eine Hand unter seine Jacke, zeigte ihr einen Taschenblaster und versteckte ihn wieder. »Aber der wird nutzlos sein, wenn wir in der Minderheit sind. Belden, kannst du deinen Generator loswerden?«

»Unter dem Sitz vielleicht.« Beldens Stimme klang gedämpft.

Leia überlegte schnell. »Es könnte sicherer sein, ihn ... hier einzuwickeln, in meinen Schal, und 'rauszuwerfen, statt damit erwischt zu werden.«

»Nein«, sagte Belden stur. »Er ist zu empfindlich, zu zerbrechlich. Die Leute sind es gewohnt, mich mit einem Stimmverstärker zu sehen. Ich werde ihn in meiner Tasche lassen.«

Die modale Perkussionsmusik hämmerte weiter.

✲✲✲

Abgeschieden in einem kahlen, kleinen Raum ohne Fenster, der mit Aufnahmeanlagen und Kommunikationsgeräten vollgestopft war, stieß 3PO einen dramatischen Seufzer aus. »Jedesmal, wenn ich mir sicher bin, daß ihnen eine letzte Methode eingefallen ist, um uns leiden zu lassen, erfinden sie eine weitere. Sie sind so schwer zu begreifen.«

R2-D2 kreischte geringschätzig.

»Ich will keine Zeit gewinnen, du fehlkonstruierte Sammlung von falsch verbundenen Nanochips. In der letzten Aufnahme war nichts, was nicht auch schon in den anderen war. Sechs Millionen Kommunikationsformen, und sie finden eine neue. Nichtmechanische sind ziemlich unmöglich.«

R2 streckte einen Manipulatorarm nach der Playbackmaschine aus.

»Ich mache das«, brauste 3PO auf. »Du kannst nicht hoch genug greifen.«

R2 machte »Bäh!« wie ein siebenjähriger Mensch, der die Zunge 'rausstreckt.

3PO nahm einen Aufnahmestab aus der Maschine und schob einen neuen hinein, wobei er den alten sorgsam wieder in Premierminister Captisons Sammeletui zurücksteckte. »Selbst der Premierminister, ein erklärter Droidenhasser, muß ganz einfach zugeben, daß wir jetzt einen nützlichen Zweck erfüllen. Wir sind seit sieben Stunden an der Arbeit und haben noch nicht einmal eine Schmiermittelpause eingelegt.« Der Lautsprecher zwitscherte und zirpte. 3PO ging mit dem Kopf näher heran. »Ruhig, R2«.

R2, der ruhig *war*, machte ein bißchen leiser: »Bäh!«

»Auf dieser Aufnahme ist etwas anderes.« Dem Ssi-ruuk-Vogelgesang folgte eine Serie von elektronischen Entladungen in Form eines Jaulens, das für menschliche Ohren nicht hörbar war. Seine automatischen Scanner verglichen den Kode mit Millionen von anderen. »Das ist es!« rief er, bevor die Aufnahme endete. »R2, laß diese Aufnahme noch einmal laufen.«

R2 piepste verzerrt.

»Natürlich komme ich besser dran als du. Mach mich nicht für deine Unzulänglichkeiten verantwortlich.« 3PO verdrehte seinen Oberkörper, drückte auf die Wiederholungstaste und behielt seine schiefe Position bei. Seine automatische Programmierung sorgte dafür, daß sein linker Audiosensor der Ssi-ruuk-Sprache folgte, sein rechter Audiosensor den elektronischen Kode aufnahm und ein Zentralprozessor beides miteinander verglich. Dieser stellte eine Verzögerung von einer Dezisekunde, sich wiederholende tonale Muster und nichtmenschliche labile und gutturale Modifikatoren fest.

Die Aufnahme endete. 3PO ließ sie noch einmal laufen. Ein anderer Schaltkreis, darauf programmiert, logische Variablen außerhalb des Kontexts abzuleiten, nahm alternative Deutungen vor und verglich sie mit ähnlichen Feststellungen, die er während der Jahre seit seiner letzten Gedächtnislöschung aufgezeichnet hatte. Und diese lag lange, lange Zeit zurück.

»Großartig!« rief 3PO. »Also R2, wir müssen am Anfang anfangen und *alle* Aufnahmen durchhören. Sie werden Prinzessin Leia mit allen möglichen nützlichen Informationen versorgen.«

R2 pfiff.

»Ja, Premierminister Captison auch. Werde nicht ungeduldig.« 3PO klopfte auf R2s Kuppelkopf. »Mir ist klar, daß dies nicht deine Spezialität ist. Denk mal an die Stunden, die ich an Bord von Schiffen funktionslos verbringe.«

R2 half seinem Gedächtnis auf die Sprünge.
»Das ist nicht lustig.« 3PO drückte auf die Abspieltaste. »Sei still und hör zu. Ich werde es für dich übersetzen.«
Die Aufnahmen liefen erneut ab, alle sieben Stunden mit hoher Geschwindigkeit. 3PO hörte zu, und R2 hörte 3PO zu. Das meiste von dem, was gesagt wurde, hatte keine weitere Bedeutung: *Reihe dich mit deinem Schiff wieder in die Staffel ein* und solche Sachen.
»Oh, nein«, rief 3PO dann aber plötzlich aus. »R2, du mußt sofort Master Luke rufen. Das ist entsetzlich...«
R2 rollte bereits zu einer Kommkonsole.

***

Leia trat aus dem Mietluftwagen in eine kühle, scharfe Brise hinaus. Sie blickte sich auf dem Dachflughafen des Bakur-Komplexes um und zählte in Gedanken die Sturmtruppler. Es waren achtzehn, und sie hatten ihre Waffen im Anschlag. Jetzt wünschte sie, daß sie Chewie mitgenommen hätte — sie hatte darauf verzichtet, um den Bakurern entgegenzukommen.
Belden stieß sie von hinten an. »Vergessen Sie nicht, Commander Skywalker diese Botschaft zu überbringen, Eure Hoheit«, murmelte er.
»Hier geht's gleich rund«, murmelte sie zurück.
Sie griff in einen Ärmel und langte nach ihrem kleinen Blaster. Vermutlich konnte sie drei oder vier von ihnen erwischen, bevor man sie betäubte. Sie warf sich auf den Permabetonboden des Dachs und fing an zu schießen.
Fünf Soldaten kippten um, bevor jemand von hinten ihren Ellbogen packte. Sie sträubte sich heftig und wäre fast wieder freigekommen, aber dann wand ihr ein weißer Handschuh den Blaster aus der Hand.
Man muß wissen, wann man verloren hat, das ist beim Kampf die halbe Miete.
Wo hatte sie das gehört? Auf Alderaan, nahm sie an und stellte sich langsam wieder auf die Füße, die Hände über dem Kopf verschränkt. Sie hatte noch nicht verloren, aber es war wichtig, daß sie das dachten.
Gouverneur Wilek Nereus trat aus dem Liftschacht, gefolgt von vier Raummarine-Soldaten mit schwarzen Helmen.
»Premierminister Captison«, sagte er ölig, »Senator Belden.

Eine kleine Spritztour?« Er deutete auf den Luftwagen, und zwei Soldaten kletterten hinein.

Der Soldat, der Leias Blaster konfisziert hatte, nahm Premierminister Captison irgend etwas ab. Ein anderer packte seine Arme und legte ihm Handschellen an.

»Sie haben den Verstand verloren«, schnaufte Belden mit rotem Gesicht und bereits gefesselt. »Dies ist ein groteskes Manöver.«

»Warum diese Anstrengungen, der Beobachtung zu entgehen, wenn Sie nichts Verbotenes tun?«

Leia schaltete sich ein. »Es gibt so etwas wie ein Recht auf Privatsphäre, Gouverneur.«

»Nicht wenn dadurch die Sicherheit einer imperialen Welt gefährdet wird, meine liebe Prinzessin.«

Ein Soldat stieg wieder aus dem Luftwagen. »Negativ, Sir.«

»Nehmt ihn auseinander. Sie, Sie und Sie.« Er zeigte auf drei andere Soldaten. »Durchsucht sie.«

Leia ließ sich stoisch scannen und erduldete anschließend eine gründliche Leibesvisitation. Der Soldat nahm ihr das leere Handgelenkhalfter und das Taschenkommgerät ab und fesselte ihr dann die Hände. Ein anderer ging mit schnellen Schritten von Belden zu Gouverneur Nereus, die kleine, graue Box in der Hand.

»Was haben wir denn hier, Senator?«

Belden hob seine gefesselten Hände und drohte Gouverneur Nereus mit einem Finger. »Mein Stimmverstärker ist persönliches Eigentum. Geben Sie ihn zurück.«

»Ah, ein rechtschaffener Mensch, dem man Unrecht antut.« Nereus lächelte. »Ich habe schon seit einiger Zeit den Verdacht, daß Sie oder Ihre Frau illegale Geräte besitzen, Belden. Aber da Sie ja sicherlich völlig unschuldig sind, werden Sie bestimmt nichts dagegen haben, daß wir Sie festhalten, bis meine Leute die Natur dieses Instruments ergründet haben.«

Leia ächzte. Über den geröteten Wangen glänzte Beldens Stirn schweißnaß, und seine Atmung war ganz flach geworden. Er sah aus, als würde er gleich umfallen. In seinem Alter waren dies Gefahrensignale.

Aber dieser Vorfall konnte Bakura in Flammen setzen. *Buttermolch,* dachte sie.

Premierminister Captison eilte an Beldens Seite und kam vor einem Raummarine-Soldaten bei ihm an. »Gouverneur, Sie überschreiten ...«

»Wachen«, rief Nereus, »diese drei stehen unter Arrest. Verdacht auf subversive Tätigkeit reicht aus. Bringen Sie sie in getrennten Teilen des Komplexes unter.«

Leia trat auf Nereus zu, um bewußt die Aufmerksamkeit auf sich zu lenken. »Dies war eine Vergnügungsfahrt, Gouverneur.«

Nereus senkte den Blick. »Ich habe Ihnen während des Essens ein Versprechen gegeben, bei dem es um die Korrumpierung imperialer Bürger ging, meine Liebe. Glauben Sie mir, ich halte meine Versprechen. Wenn ein Gleiter voller Leute auf Sensorfeldern nicht mehr zu hören ist, dann erweckt das Neugier.«

Ein Soldat drückte Belden sein Blastergewehr in den Rücken. »Keine Unterhaltungen«, befahl Nereus. »Verhören Sie jeden einzeln.«

Leia mußte Captison beweisen, daß sie jedes Wort, das sie über Selbstaufopferung gesagt hatte, meinte. Sie senkte den Kopf und nahm Anlauf, um Gouverneur Nereus zu rammen. Sie erwischte ihn voll an seinem voluminösen Bauch.

Mit einem überraschten Ächzen ging er zu Boden. Leia kletterte auf seine Brust, klemmte seinen Kopf zwischen ihre Knie und schlang ihre Handschellen um seine Nase.

»Alle zurück, oder wir wollen mal sehen, wessen Kopf härter ist.«

Die Sturmtruppler wichen zurück, aber sie sah den einen nicht, der sie von hinten betäubte.

* 14 *

Han bremste den Gleiter lange genug ab, um Luke am Raumhafentor hinausspringen zu lassen, und wendete dann so scharf, daß er eine schwarze Staubwolke hochwirbelte. Es mißfiel ihm, Luke hier draußen allein zu lassen, aber Luke hatte erklärt, daß er bestens zurechtkommen würde. Die Fähre der *Flurry* mußte jede Minute eintreffen, und in der Zwischenzeit sollte Luke in der Raumhafenkantine ausreichend Deckung haben. Vermutlich auch Verstärkung: Allianzpiloten, die in provisorischen Unterkünften zeitweilig Quartier bezogen hatten. Zahlenmäßig würden sie der Besatzung der einen imperialen Fähre, die unmittelbar außerhalb von Rampe Zwölf unweit der Kantine gelandet war, sicherlich überlegen sein. Außerdem war Luke Luke, Lichtschwert und alles andere inbegriffen.

Als er in Richtung Norden flog, sah er Rauch in der Nähe des Bakur-Komplexes. Einige Sekunden später flimmerte über der Stadtkarte vor ihm mitten in der Luft ein Gesicht auf.

»Alle Einwohner, Achtung, Achtung. Soeben ist eine Ausgangssperre verhängt worden. Verlassen Sie die Straßen und die Luft. Sicherheitskräfte werden alle Unruhestifter erschießen und ihre Gefolgsleute betäuben, um sie in Haft zu nehmen. Die Ausgangssperre tritt sofort in Kraft.«

Was war das?

Ein zweites Gesicht erschien. »Diese Anordnung ergeht im Anschluß an die Verhaftung Premierminister Captisons und Seniorsenator Orn Beldens wegen des Verdachts der subversiven Tätigkeit. Ebenfalls verhaftet wurde die Rebellenrädelsführerin Leia Organa. Die imperiale Führung verlangt volle Kooperation. Ssi-ruuk-Invasoren können jeden Augenblick angreifen. Jede Kollaboration mit Kräften von außen wird streng und unverzüglich bestraft.«

Leia unter Arrest?

Han ignorierte die restlichen Mitteilungen der körperlosen Köpfe über verkürzte Geschäftsstunden und Sperrbezirke. Offenbar befürchteten die Imperialen, das ein Aufstand losbrach.

Aber er hatte seinen eigenen Aufstand in Angriff zu nehmen. Er beschleunigte voll und knurrte vor sich hin: »Dafür schnappe ich dich mir, Nereus.«

Aber wie? Er wußte nicht einmal, wo Leia war.

Obwohl die Luft durch die Ansaugöffnung des Gleiters gefiltert wurde, roch sie nach Rauch. Er legte auf dem Dachflugplatz des Bakur-Komplexes eine Blitzlandung hin und nahm dann den nächsten Sinkschacht nach unten. Wie vorhin standen zwei Sturmtruppler vor der Suite Wache. Ihre Helme drehten sich, als er an ihnen vorbeiging und eintrat. Sie hatten vermutlich nicht die Absicht, ihn wieder herauszulassen.

3PO stand drinnen und wartete mit unendlicher mechanischer Geduld. »General Solo«, rief er, »dem Himmel sei gedankt, daß Sie kommen. Die Senatorin Captison hat mich zurückgeschickt und R2 mit in ihr Büro genommen. Sein Hemmbolzen...«

»Nicht jetzt. Such Leia.«

»Aber General, die Ssi-ruuk sind hinter Master Luke her und greifen dann sofort an!«

»Das wissen wir. Mit ihm wird alles in Ordnung...« Han blieb mitten im Gemeinschaftsraum ruckartig stehen. »Warte mal, hast du ›angreifen‹ gesagt?«

»Innerhalb einer Stunde. Wir müssen...«

»Woher weißt du... nein. Das hält nur auf. Wo ist Leia?«

Der große Droide straffte sich. »Sie hat uns im Büro von Premierminister Captison zurückgelassen, um eine Übersetzung...«

»Ich weiß, wo sie euch zurückgelassen hat.« Han tigerte quer durch die Sitzlandschaft und stieß überall gegen Repulsorfelder. »Sie und Captison sind verhaftet worden. Hast du Luke vor dem Angriff gewarnt?«

»Ich habe es versucht, Sir...«

»Ich habe ihn in der Kantine bei Rampe Zwölf verlassen. Schalte dich in den Zentralcomputer ein. Finde heraus, wo sie Leia hingebracht haben – sofort!«

»General Solo, R2 ist mit einer direkten Schnittstelle ausgerüstet, ich nicht.«

Hans Wangen brannten. »Dann stell dich dahin und drück' Tasten wie ein Mensch. Darum hat man dich wie einen gebaut.«

3PO watschelte zum Hauptterminal hinüber. Han blickte ihm ein paar Augenblicke lang über die Schulter, aber 3PO arbeitete so schnell, daß er nicht folgen konnte. Er überprüfte die Ladung seiner beiden Blaster und inspizierte sein Vibromesser. Dann blickte er aus dem Fenster und anschließend in Leias Schlafzimmer. Kein Zeichen von Unordnung. Man hatte sie nicht von hier entführt.

»General Solo.« 3POs Stimme drang durch den Gemeinschaftsraum.

»Was?« Han drängte den Droiden. »Hast du sie gefunden? Hast du Luke gefunden?«

»Ich habe beim Kantinenpersonal eine Nachricht für Master Luke hinterlassen, aber sie waren ziemlich grob, und ich habe meine Zweifel, ob sie weitergegeben wird. Aber Mrs. Leia...«

»Welche Haftanstalt? Wo?«

»Es sieht so aus, als ob man sie zu einer kleinen Anlage in den nahen Bergen geflogen hat. Irgendein privater Zufluchtsort, glaube ich.«

»Wo liegt er von hier aus gesehen? Zeig es mir.«

3PO holte eine Karte auf den Schirm. Han merkte sich die Lage – etwa zwanzig Minuten nordwestlich von der Stadt, wenn man einen schnellen Gleiter hatte.

»In Ordnung. Jetzt eine Naheinstellung.«

3PO änderte das Bild. Ein Sicherheitszaun umgab ein großes, T-förmiges Gebäude mit einer langen zentralen Vorhalle und einem breiten Aufenthaltsraum. Zehn Kamine zur Holzverbrennung: richtiges Nostalgiezeugs, abgesehen von einem Gleiterparkplatz in der Nordostecke des eingezäunten Geländes.

»Ja«, sagte Han, »Jagdhaus und Partyräume, wette ich. Kommst du in das Sicherheitssystem 'rein?«

3PO drückte weitere Tasten. »Ich glaube, ich habe es.«

»Schalte es ab.«

3PO legte posierend eine Hand an sein Kinn. »Wenn ich mir eine Bemerkung erlauben darf, General Solo – eine Abschaltung wird die gesamte Einrichtung in Alarm versetzen.«

»Na schön. Dann schalte alles ab, was ihnen ermöglichen könnte, mich zu entdecken, wenn ich von der Luft aus 'reinkomme. Und stell' fest, wieviele Wachposten er da draußen hat.«

»Zehn.« 3PO bediente weitere Tasten. »Es sieht nach einer eher minimalen Bewachung aus. Wenn es mir erlaubt ist, zu spekulieren, würde ich vermuten, daß Gouverneur Nereus während der Dauer der Krise die meisten seiner Wächter um seine Person versammelt hat.«

»Riecht nach einer neuerlichen Falle.«

Andererseits, vielleicht wollte Nereus einfach nur nicht, daß ihm die Allianz an die Kehle ging. Vielleicht wollte er nur Captison in Gewahrsam nehmen und Leia schnell wieder loswerden. Weg vom Planeten, genau gesagt.

Oder vielleicht hatte 3PO recht, und er hatte ganz einfach nur

Angst. Manchmal brauchte man einen Feigling, um einen Feigling zu entlarven.

Er zog seinen Blaster und marschierte in Richtung der Tür.

»Gehen wir, Goldkopf. Wir müssen an zwei Sturmtrupplern vorbeikommen.«

»Sir! Nehmen Sie sich eine Minute Zeit, um zu planen – wenigstens dieses eine Mal! Minimieren Sie Ihr Risiko!«

Han zögerte. »Minimieren? Wie?«

»Statt sich den Weg freizublastern, könnten Sie es mit irgendeinem Täuschungsmanöver versuchen.«

»Was für eine Idee hast du?«

3POs metallene Fingerspitzen klickten gegen seine Hüften. »Ich habe keine Phantasie. Ihre kreativen Fähigkeiten sollten zur Geltung gebracht werden ...

»Schon gut, halt den Mund. Laß mich nachdenken.«

Er ging seine Ressourcen durch: zwei Blaster, ein Vibromesser und 3PO.

Ja, 3PO. Unter der Voraussetzung, daß sie an den Türwächtern vorbeikamen, *gab* es etwas, das Han wirklich gebrauchen konnte: einen Hauptkodierer, um Handflächen-, Netzhaut- und Stimmidentifizierungs-Schaltkreise überwinden zu können. Sie waren so illegal wie lowickanische Feuerjuwelen und auf den meisten Welten gar nicht herzustellen, weil die Hauptschaltkreise gegen Droiden kodiert waren.

»Du hast vollkommen recht«, sagte er zu 3PO. Er eilte zur nächsten Repulsorcouch, nahm sich ihre Kontrollschaltung vor und holte den Steuerchip heraus. »Hier«, sagte er, »lösche den und versehe ihn mit einem Prioritätskode aus dem Hauptcomputer.«

»Sir!« 3PO kreischte wie eine entsetzte Sopranistin. »Sie werden uns *alle* einschmelzen, wenn ich Fälschungen ...«

»Tu es«, knurrte Han. »Dieser Ort hat keine Droiden und wird also auch kein Antidroiden-Sicherheitssystem haben. Sollte ein Kinderspiel sein.«

Dennoch tappte er nervös mit einem Fuß auf den Boden, bis ihm 3PO den umgeprägten Chip zurückgab. Er befingerte ihn. Dieser glatte, sechs Zentimeter große Plastik- und Metallstreifen würde ihn nahezu überall hineinkommen lassen – nicht zuletzt auch in die Patsche, wenn sie ihn damit erwischten. Er steckte ihn in seine Hemdtasche.

»General Solo, sollten wir die Bevölkerung nicht vor dem bevorstehenden Angriff warnen?«

»Du sagtest, die Senatorin Captison hat dich hierhin zurückgebracht?«

»Ja, aber...«

»Du hast ihr Bescheid gesagt, oder?«

»Ja, aber...«

»Dann wird sie sich darum kümmern. Vertrau' mir.« Han schaltete seinen Blaster auf »Betäuben« um – nur aus Rücksicht auf Leias Wünsche, sagte er sich im stillen: *Komm. Das hier ist der nächste Schritt.*

Weniger als eine Minute später ließ er die Tür aufgleiten und trat einen Schritt zurück. 3PO stürmte in den Flur, gab dabei ein kreischendes Kauderwelsch von sich, wedelte mit beiden Armen und schwankte heftig vorwärts und rückwärts. Im Geiste zählte Han bis drei, um den Sturmtrupplern Zeit zu geben, sich zu überlegen, ob sie ihn niederschießen oder ihren Schlüssel auf ihn richten sollten. Dann ging er in die Knie und kroch zur Tür. Er konnte nur einen der Soldaten sehen, aber die Aufmerksamkeit dieses Imperialen war auf den Droiden gerichtet. 3PO drehte sich im Kreis, brabbelte jetzt in einer anderen Sprache. Han zielte sorgfältig auf eine Schwachstelle in der Körperrüstung, feuerte und sprang durch die Tür. Der zweite Soldat schoß vernünftigerweise in Brusthöhe zurück, aber der Strahl ging über Hans Kopf hinweg. Er streckte den zweiten Mann nieder.

»In Ordnung, 3PO. Hilf mir, und zwar ein bißchen plötzlich.«

Han packte einen der Wächter an den Stiefeln und zerrte ihn in die Suite. 3PO griff nach den Blastergewehren der beiden Soldaten, während Han schon den zweiten durch die Tür manövrierte.

»Beeile dich.« Er nahm einem Soldaten ein Armierungskabel ab und band das Pärchen zusammen. »Hierhin kommen wir mit Sicherheit nicht wieder zurück«, knurrte er. Bakurer hin, Bakurer her, er riß 3PO den Hemmbolzen ab. »So. Es wird Zeit, daß wir uns trennen. Ich hole Leia. Du sorgst dafür, daß Luke diese Nachricht bekommt.«

»Aber Sir... wie soll ich da hinkommen? Selbst auf Allianzwelten ist es Droiden nicht gestattet, Gleiter ohne Begleitung zu fliegen.«

Han dachte darüber nach. Sollte er 3PO beim *Falken* absetzen? Oder Chewie auffordern, das Schiff zu verlassen und ihn abzuholen? Zu zeitraubend. Zu gefährlich.

Ha! »In Ordnung, Sonnenschein, du wirst den Helden spielen.« Er band einen der immer noch betäubten Soldaten los und zog ihm mit einem Ruck den Helm vom Kopf. »Hilf mir bei seinen restlichen Klamotten.«

3PO schlurfte näher. »Also, was... Oh, nein! Sir, *bitte* geben Sie mir nicht den Befehl...«

»Wenn du das trägst, werden sie nicht auf dich schießen. Ich will dich zurück auf dem *Falken* haben.«

Bald stand 3PO in voller Sturmtruppenrüstung da, und seine verwirrte Stimme wurde durch einen klobigen, weißen Helm gefiltert. »Aber, Sir, wo soll ich einen Gleiter finden?«

»Folge mir. Und stell' dieses Blastergewehr gleich auf ›Betäuben‹ ein. Du wirst auf *mich* schießen.«

»Noch eine Sache«, flehte 3PO. »Überlassen Sie mir Ihr Kommgerät. Ich muß mich mit Master Luke in Verbindung setzen.«

Han warf es ihm zu, und 3PO fing es auf. Dann nickte Han. »Los«, kommandierte er.

Er rannte den Korridor in Richtung des nächsten Liftschachts hinunter. Ein Blick nach hinten zeigte ihm, daß 3PO mühsam hinter ihm herkam und dabei Lähmstrahlen abfeuerte. Han ließ dem Droiden Zeit, zu ihm aufzuschließen, und sprang dann in den Liftschacht.

Als er auf das Dach hinaustrat, entwickelten sich die Dinge schneller. Rauch quoll über eine Dachkante. Die Bakurer waren wegen dieser Verhaftungen wirklich empört. Mehrere gehetzt aussehende Leute gingen auf den nächsten Sinkschacht zu und spritzten auseinander, als er in einen offenen Gleiter sprang. Er fuhr mit dem Kodechip über die Besitzererkennungsleiste, und der Motor sprang an. Unterdessen schlurfte der tölpelhafteste Sturmtruppler, den man jemals gesehen hatte, aus dem Liftschacht und schoß mit seinem Blastergewehr auf alles, ohne auch nur die geringste Wirkung zu erzielen. Bakurer tauchten nach unten und legten sich flach auf den Boden.

Han wartete, bis 3PO in einen anderen Gleiter geklettert war, und hob dann in Richtung Norden ab, wobei er nur einen Blick zurückwarf, um sich zu vergewissern, daß 3PO beim Start keinen Bruch machte. Dann orientierte er sich nach vorne und kniff die Augen zusammen, während der Wind seine Haare peitschte.

***

Die Kantine neben Rampe Zwölf roch nach Rauch und alter Schmiere. Im Inneren sah alles billig aus, angefangen bei dem schwarz getüpfelten Fußboden bis hin zu den Deckenscheiben. Einige von ihnen flackerten, so als ob ihre Energiezufuhr gleich den Geist aufgeben würde. Keine Automation, nichts auch nur entfernt Modernes. Reisende würden sie zweifellos als ›altmodisch‹ bezeichnen.

Luke warf einen Blick auf einen offenen Kammnetzapparat, der auf einem zentralen Tisch stand, sah dann zu einem Ecktisch hinter einer wackligen Trennwand hinüber. Ein kräftiger Wartungstechniker saß dort über ein etwas privateres Kommnetzterminal gebeugt. Luke hatte nur diese beiden Anschlüsse in dem Bau entdeckt. Die Kommzelle draußen verfügte zwar über visuelle Möglichkeiten, ließ jedoch keine Verbindung in den Orbit zu.

Er wollte deshalb lieber den halbprivaten Apparat benutzen, statt sich offen an einen schmierigen, orangefarbenen Tisch zu setzen, selbst wenn das bedeutete, daß er ein paar Minuten warten mußte. Er saß hier sowieso fest, bis die Fähre in den Orbit eintraf. Er wollte sich mit Wedge in Verbindung setzen, um festzustellen, wie es mit dem Verteidigungsnetz aussah – und warum seine Fähre überfällig war. Ein weiteres Manöver Nereus'? Er blickte aus dem Westfenster der Kantine. Der *Falke* war nur einen Viertel Kilometer entfernt, aber er konnte ihn nicht sehen, weil Krananlagen und andere geparkte Schiffe dazwischen standen.

Irgend etwas scharrte hinter ihm über den schmutzigen Fußboden, nicht einer der allgegenwärtigen Repulsorstühle Bakuras, sondern ein einfaches, billiges Metall- und Kissen-Exemplar. Luke drehte sich um. Der Ecktisch war frei.

Luke setzte sich mit dem Gesicht zum Gastraum, tippte seinen Freigabecode ein und erbat eine Verbindung mit Wedge Antilles: vokal und mit Computeranschluß, wenn möglich.

Schwarze Buchstaben erschienen unter denen, die er eingetippt hatte: *Capt. Antilles nicht erreichbar, Sir. Hier ist Lieutenant Riemann. Kann ich Ihnen helfen?*

Luke kannte den Namen – ein junger Künstler von interplanetarem Rang, den das Imperium zuerst zum Untertauchen und dann zum Zurückschlagen gezwungen hatte.

»Wie ist der Status des Verteidigungsnetzes?« fragte er. »Haben Sie während der letzten Stunden irgend etwas Ungewöhnliches festgestellt?«

Dies hier wäre weitaus bequemer, wenn R2 die Übertragung vornehmen könnte. Er fragte sich, ob die Droiden die Übersetzung für Premierminister Captison abgeschlossen hatten.

Die Antwort erschien: *Das Netz hält weiterhin, alle befinden sich im zugewiesenen Orbit. Wir haben in der letzten Stunde viel Geschnatter auf den Flöterfrequenzen abgehört, aber die nahen Kampfschiffe und der Kreuzer haben ihre Position nicht verändert.*

Irgend etwas war im Gange, selbst wenn sich die Ssi-ruuk noch nicht bewegten. Er fragte nach der nächsten Fähre in den Orbit.

Auf dem Weg nach unten, Sir. Sollte in etwa dreißig Minuten landen.

Luke dankte dem Lieutenant und schaltete ab.

Was konnte er in dreißig Minuten zuwege bringen – hier? Im Hintergrund seines Bewußtseins hörte er Ben Kenobi zu Master Yoda sagen: »Er wird lernen, geduldig zu sein.« Entschlossen, Bens Worte zu bestätigen, zwang er sich zur Ruhe. Bald würde er zurück an Bord der *Flurry* sein, und nachdem Han Leia lokalisiert und die Droiden aufgelesen hatte, würden sie sich zu Chewbacca auf dem *Falken* gesellen. Er erhob sich von dem Ecktisch.

Als er gerade an einer mit Fremden besetzten Nische vorbeigehen wollte, piepste sein Kommgerät in der Brusttasche. Er wirbelte herum und ging zurück in die Ecke, wo er das Kommgerät hervorholte. »Was ist los, Han?« fragte er ruhig.

»Master Luke«, meldete sich 3POs Stimme. »Ich bin so froh, daß ich Sie erreicht habe. Mrs. Leia ist verhaftet worden. General Solo ist losgezogen, um sie zu retten ...«

Luke ließ sich hinter der Nischentrennwand nieder und sprach mit leiser Stimme. Durch Unterbrechungen und das Wiederholen hastiger Fragen fand er heraus, wohin Han unterwegs war.

»Und, Sir«, fügte 3PO hinzu, »die Ssi-ruuk wollen innerhalb einer knappen Stunde angreifen. Sie müssen sich beeilen. Benachrichtigen Sie Chewbacca, daß ich auf dem Weg zum *Falken* bin, aber ich bin als Sturmtruppler verkleidet. Er soll nicht auf mich schießen.«

Eine knappe Stunde? Und das, wo seine Fähre überfällig war?
»Wo ist R2?«

»Die Senatorin Captison hat ihn mitgenommen, Sir. Wir müssen später zurückkommen, um ihn zu holen. Sir, wenn Sie glauben, daß ich während der nächsten Stunden hier unten auf dem Boden nützlicher sein könnte als im Raum...«

»Begib dich zum *Falken*. Wir reden später weiter.«

Luke steckte das Kommgerät in die Tasche und streckte die Hand nach der Kommnetztastatur aus. Sollte er Chewie mit dem *Falken* in die Berge schicken, um Han zu helfen? Nein, manchmal bewegte sich Han schneller, als alle erwarteten. Sie konnten ihn auf dem Rückweg verfehlen.

Aber manchmal stolperte Han auch in Situationen, die zu kompliziert waren, um mit einem Blaster geregelt werden zu können. Luke biß sich auf die Lippe. Er mußte Han und Leia helfen, aber er mußte auch die *Flurry* in Alarmbereitschaft versetzen — und an Bord gelangen —, bevor die Fremden angriffen. Das gehörte zu seiner Verantwortung als Commander.

Abrupt richtete er sich auf seinem schäbigen Sitz auf. Als Commander? Einen Augenblick!

Er nahm wieder Verbindung zu Lieutenant Riemann auf.

***

Für eine Stadt, über die eine Ausgangssperre verhängt worden war, wirkte Salis D'aar auf Han ziemlich lebendig. Kleine Gruppen huschten von Gebäude zu Gebäude und gingen Sturmtruppenabteilungen dabei aus dem Weg. Ein gepanzerter Gleiter des Sicherheitsdienstes nahm Kurs auf ihn. Er tauchte aus der Verkehrsbahn in eine schmale Schlucht zwischen hohen Gebäuden und Bodenwagenrampen hinab. Sein Verfolger blieb hinter ihm und feuerte wild. Han bremste, schwenkte in eine enge Gasse ein, legte einen Immelmann hin und kehrte im hohen Bogen in die Schlucht zurück. Der Sicherheitsdienstgleiter jagte in die Gasse hinein und unter ihm hindurch. Han sah ihn nicht wieder herausfliegen.

Sobald er die Orientierung zurückgewonnen hatte, flog er aus der Stadt heraus und ließ sich ganz tief über dem westlichen Fluß nach unten sinken. Er hielt sich so niedrig, daß er Fische fangen und auf die ausgedehnten, weißen Klippen zu seiner Rechten spucken konnte. Auf diese Weise hoffte er, der Entdeckung entgehen zu können, bis die Hügel hoch genug aussahen, um ein bißchen Deckung zu bieten. Dann zog er den Gleiter über den Fluß und flog ein schmales Nebenflüßchen hinauf.

Nachdem er das richtige Tal gefunden hatte, brauchte er nicht lange, um sein Ziel auszumachen — ein altes, T-förmiges Blockhaus mit dunkelgrünem Steindach, das sich an eine Felswand drängte. Zwei Minuten im voraus planend — 3PO würde stolz auf ihn sein —, löste er die Sicherheitsgurte und schob seine Füße auf die Tragfläche, um absprungbereit zu sein. Niemand schoß auf ihn, als er näherkam. Tief über dunklen Baumspitzen fliegend, bremste er ab. In dem Augenblick, in dem er seiner Beurteilung nach genug Tempo weggenommen hatte, passierte er die Außenmauer. Er sprang in ein Geflecht aus niedrigen Büschen. Der Gleiter explodierte in einem flammenden Rauchwirbel und mit hallendem Getöse an der gegenüberliegenden Felswand. Als drei Raummarine-Soldaten darauf zuliefen, schlüpfte Han durch eine vorübergehend unbewachte Tür, die in großen, schwarzen Scharnieren hing.

Nur eine geschlossene Tür ging von der Eingangshalle ab. Neben ihr saß ein dürrer Sicherheitsdroide, der wie ein zusätzlicher Türpfosten wirkte. Offensichtlich nahmen die Imperialen hier in ihrer privaten Anlage keine Rücksichten auf die antidroidischen Gefühle der Bakurer. Han richtete seinen Blaster auf die Mittelsektion des Droiden und feuerte einmal. Blaue Lichtblitze umzuckten den Droiden und wurden von vier stabartigen Auswüchsen an seinem Oberteil funkelnd reflektiert. Han schlich näher. Der Droide sprühte und qualmte.

Minimale Sicherheitsvorkehrungen, stellte Han fest und hielt seinen Kodechip vor die Schloßleiste. *Ein bißchen zu bequem.* Wenn dies eine weitere Falle war...

Sie würden damit fertig werden. 3PO sollte inzwischen wieder an Bord des *Falken* sein. Er wünschte, er hätte sein Kommgerät bei sich, aber durch elektronische Streusignale wäre wohl auch der letzte Soldat auf dem Gelände alarmiert worden.

»Leia?« rief er leise in die dunkle Suite hinein. »Ich bin es.«

Lampen gingen an.

»He«, sagte ihre Stimme über ihm. Sie hockte auf der Sitzfläche eines Repulsorstuhls unmittelbar über der Tür. »Gut, daß du dich gemeldet hast. Ich hätte dich beinahe plattgemacht.«

Sie landete den Repulsorstuhl am Fuß eines altmodischen Nichtrepulsorbetts. Er hatte nie gesehen, daß ein Repulsorstuhl so etwas machte. Sie mußte irgendwie seine Schaltkreise umprogrammiert haben.

»Haben sie dir weh getan?« Er schleppte den ausgebrannten Droiden ins Innere und ließ die Tür zugleiten. Wenn ihn niemand sah, würden sie vielleicht gar nicht merken, daß er beschädigt war.

»Eigentlich nicht. Wie ich es verstanden habe, wollte mich Nereus dem nächsten Imperator als Geschenk überreichen. Er hat darauf bestanden, daß ich seine Gastfreundschaft genieße. Das Mittagessen war köstlich. Ich habe sogar einen Kamin.«

Mit einer Armbewegung umfaßte sie das rustikale Schlafzimmer. Rauhes, helles Holz bedeckte Wände und Decke.

»So bist du also einfach nur ein Gast, dem es nicht erlaubt ist, zu gehen?«

»Ich werde nicht mehr lange hier sein. Laß uns verschwinden.« Sie ballte die Fäuste an den Hüften. »Du hast, äh, den Weg hier 'reingefunden. Ich nehme nicht an, daß du dir auch einen Weg überlegt hast, auf dem wir wieder 'rauskommen.«

»Noch nicht.«

Sie verdrehte die Augen. »Nicht schon wieder.«

»Sieh mal, Liebling«, sagte er gedankenvoll, während er sich auf die Bettkante setzte. »Ich habe die Blackbox eines Gleiters geknackt und das Ding gegen ihre Wand krachen lassen. Soweit sie es beurteilen können, bin ich schon weit entfernt ausgestiegen. Wir sollten uns eine Stunde lang still verhalten, damit sie den Gleiter überprüfen und das Gelände absuchen können...«

Schwere Schritte näherten sich außerhalb der Flurtür. Han sprang vom Bett. »Komme ich dadurch 'raus?« Er rannte auf den Kamin zu.

»Natürlich nicht. Zu schmal.«

Zu spät. Die Tür zischte. Han packte eine Metallstange im Inneren des geschwärzten Kamins, sprang so hoch, wie er nur konnte, und zog die Beine an.

»Haben Sie durch dieses Fenster irgend etwas Verdächtiges gesehen?« fragte eine helmgefilterte Stimme.

Han verkeilte sich zwischen zwei rauhen, schwarzen Steinwänden. Er wollte mehr Höhe gewinnen, wagte aber nicht, die Aufmerksamkeit auf sich zu lenken, indem er Ruß nach unten rieseln ließ. Rauchrückstände verursachten ein kratzendes Gefühl in Nase und Kehle. Bei dem Gedanken an den Droiden, der unmittelbar an der Innenseite der Tür saß, wurden seine Hände feucht.

»Ich habe es nicht versucht«, trotzte Leias Stimme dem Eindringling.

»Schön. Treten Sie zur Seite.«

Er hörte langsame Schritte — von zwei Personen — und stellte sich ein Scannerteam vor, das den Raum nach Lebensformen absuchte. Er fragte sich, ob Stein ihre Ausrüstung blockierte. An seinen Blaster konnte er nicht herankommen. Jeden Augenblick konnten sie diesen Droiden entdecken...

»In Ordnung, Sie haben Ihre Überprüfung vorgenommen«, sagte Leia. »Nun gehen Sie wieder.«

Wie um der eisigen Drohung in ihrer Stimme Tribut zu zollen, traten die Soldaten einen hastigen Rückzug an. Nach einigen Sekunden meldete sie sich unter ihm.

»Sie sind weg.«

»Tritt zurück«, sagte er.

Vorsichtig stemmte er sich gegen beide Wände, streckte die Beine und ließ sich fallen. Einen Augenblick lang sah er sie mit entsetztem Gesichtsausdruck vor sich stehen, dann kam der Ruß wie in einem Regenguß nach unten und nahm ihm die Sicht.

»Tolle Rettungsaktion«, stellte ihre Stimme fest.

»Glaubst du, daß sie zurückkommen?« fragte er, während er seitlich auf die Steinfläche rings um die Feuerstelle trat. Als sich der Ruß gesetzt hatte, konnte er wieder sehen. Was für eine Schweinerei. Der Wachdroide stand in einer Ecke neben der Tür, so kunstvoll mit Kleidungsstücken drapiert, daß er wie ein Möbelstück aussah. Auch Laia hatte schnell gehandelt.

»Ja«, antwortete sie. »Ich denke, daß stilles Abwarten nicht in Frage kommt.« Sie trat gebückt durch eine kleine Tür und kam mit einem großen, weißen Handtuch wieder zum Vorschein. »Steh still. Ich werde tun, was ich kann.«

Eine Minute später ließ sie ein schwarzes Handtuch auf den Boden fallen.

»Für den Augenblick bist du sauber genug.«

Han hatte auf den Repulsorstuhl gestarrt. »He«, sagte er, »mir ist da eine Idee gekommen.«

✴15✴

Gaeriel stand vor Eppie Beldens Tür und ordnete den Strauß frisch geschnittener Wolkenbeerähren. Jede der duftenden Blüten hätte eine üppige Frucht hervorbringen können, aber zu viele Ähren an einer Ranke machten die Frucht zu klein und sauer. Der Symbolismus — einige Blüten, einige Leben wurden abgeschnitten, damit wenige andere stärker werden durften — gab ihr nur wenig Trost. Würde Eppie begreifen, daß ihr Mann, mit dem sie über ein Jahrhundert lang verheiratet gewesen war, sein Leben in Gouverneur Nereus' Gewahrsam gelassen hatte? Oder würde er, wie Roviden, in ihrer Wahrnehmung wieder und wieder zurückkehren?

Eppies Pflegerin öffnete die Tür.

»Guten Morgen, Clis.«

»Hallo, Gaeriel.« Clis trat zur Seite, mit einem eigenartigen Ausdruck in ihrem runden Gesicht. »Komm 'rein. Schnell.«

»Stimmt irgend etwas nicht?« Gaeriel ging an Clis vorbei zu Eppies Lieblingsohrensessel. Niemand saß in ihm. »Wo ist sie?« fragte Gaeriel alarmiert.

»Im Arbeitszimmer.«

»Im Arbeitszimmer?«

»Sieh es dir selbst an.«

Gaeriel ging durch den Eßraum zu Orn Beldens Büro. Vor einem Arbeitsschirm zeichnete sich die Silhouette einer kleinen, zusammengekrümmten Gestalt ab.

»Eppie?« rief Gaeri.

Die Gestalt drehte sich um. Eppie Beldens faltiges Gesicht glühte mit der Intensität eines kleinen Vogels. »Wüßtest du sonst noch jemanden, der hier sein könnte?«

»So ist sie schon den ganzen Morgen«, murmelte Clis. »Geh 'rein. Sie hat nach dir gefragt.«

»Und was diesen jungen Mann angeht...« Eppie steuerte ihren Repulsorstuhl aus eigener Kraft von dem Arbeitsschirm weg. »Wer war er? Wo ist er hergekommen?«

Gaerie war so betäubt, daß sie sich kaum artikulieren konnte, und setzte sich auf eine Packkiste. Es gab keine anderen Stühle im Büro. »Er ist ein... Rebell, und zwar ein... gefährlicher. Ein Jedi. Einer von *denen*.«

»Aha.« Eppie schwang ihre Füße unter den Stuhl. »Unsere

Lehrer haben uns im Laufe der Jahre viel Weisheit gelehrt, aber auch eine Menge Quatsch.« Sie hob einen knochigen Finger. »Du solltest diesen Jedi nach dem beurteilen, was er tut, nicht nach Gerüchten oder Moralgeschichten. Sag ihm in jedem Fall, daß er zurückkommen und mit mir sprechen soll. Mach ein hübsches Arrangement aus Gaeris Blumen, Clis.«

Die füllige Pflegerin entfernte sich von der Tür. Eppie schlug auf einen Knopf, der sie schloß.

»Eppie, dir geht . . . dir geht es gut!«

»Du bist hier, um mir wegen Orn Bescheid zu sagen, nicht wahr?« Die Mauer ihrer Geistesabwesenheit wurde dünner, und Gaeri erkannte ihren frischen Schmerz. Das volle Begreifen hatte noch nicht eingesetzt. Eppie beschäftige sich, solange sie dazu in der Lage war, die Trauer konnte später kommen. »Ich danke dir trotzdem, meine Liebe. Ich habe es gehört. Sonst hat niemand daran gedacht, mich zu benachrichtigen, aber ich war den ganzen Morgen über eingestöpselt.«

»Aber . . .«

»Weil ich die Nachrichten seit Jahren nicht gesehen habe, hast du angenommen, daß ich es nicht gehört hätte? Sei vorsichtig mit deinen Annahmen, Gaeri.«

»Aber er . . . Orn . . .«

Eppies Schultern sackten nach unten, was sie in eine welke, alte Frau verwandelte. »Ich werde ihn vermissen, Gaeri. Bakura wird ihn vermissen. Sollen es die Imperialen eine Gehirnblutung nennen, aber ich weiß, daß er für Bakura gestorben ist, so wie ich es hätte tun sollen.«

»Hätte tun sollen?«

»Beichten sind gut für die Seele, Kind. Aber ich bin noch nicht bereit, dir alles zu erzählen. Einiges davon ist nicht für junge imperiale Ohren bestimmt.« Sie drehte ihren Repulsorstuhl und bediente eine Taste des Terminals. Ein Schirm voller Symbole verwandelte sich in ein Nachrichtenmedienbild. »Feuer und Streiks und Straßenkämpfe in Salis D'aar. Ich wünschte, ich wäre noch mal achtzig.«

»Eppie, was hast du gemacht?«

»Nur das, was mir der junge Mann – Entschuldigung, dieser schrecklich gefährliche junge Jedi – gezeigt hat. Es ist viel Gutes an dir, Gaeri, aber denk mal über deine Intoleranz nach.«

Gaeriel sperrte den Mund auf. »Dann *hat* man etwas mit dir gemacht?«

»Ich will dich nicht mit meiner Vergangenheit belasten. Machen wir mit der Zukunft weiter.«

»Deine Vergangenheit könnte meine Zukunft sein.«

Eppies aufmerksame blaue Augen blinzelten ihr zu. »Das will ich hoffen. Und auch wieder nicht.«

Gaeri streckte eine Hand aus. »Du überanstrengst dich. Solltest du dich nicht ein bißchen hinlegen?«

Eppie schüttelte den Kopf. »Ich habe Jahre versäumt. Kann jetzt keine Minuten mehr verschwenden. Bakura erhebt sich. Ich will dabei sein.«

Gaeriel kämpfte gegen das Zittern ihrer Hände an. »Erhebt sich?«

»Gegen Nereus natürlich.«

»Aber wir *brauchen* Gouverneur Nereus und seine Streitkräfte. Uns steht jeden Augenblick eine Invasion bevor. Die Allianz redet von Freiheit, aber Bakura war... war durch das Chaos gelähmt. Das Imperium hat uns vor einer Tragödie gerettet.«

»Wir werden nie frei von Tragödien sein, Gaeriel. Jeder von uns muß die Freiheit haben, seine eigene Tragödie zu verfolgen.«

Gaeri verschränkte die Unterschenkel und blickte vor sich hin. Wie konnte diese klarsichtige Philosophin die geistig umnachtete Frau sein, die sie schon gepflegt hatte, bevor sie zur Zentralwelt gegangen war?

»Selbst nach einer Niederlage«, murmelte Eppie, »ist es möglich, ein erfülltes und glückliches Leben zu führen. Ich wünschte, Orn und ich hätten erkannt... Wie auch immer«, rief sie aus und richtete sich auf, »es gibt Arbeit, die getan werden muß. Bist du für oder gegen mich?«

»Was... was machst du da an diesem Terminal, Eppie?«

»Wirst du mich anzeigen? Sieh dir das an!« Sie drehte sich wieder um und bediente Tasten unter dem Schirm. Ein Tastendruck brachte ein Bild mit hochlodernden Flammen in der Nähe des Bakur-Komplexes auf den Schirm. Ein anderes Bild zeigte Sturmtruppler, die bewaffnete Zivilisten jagten. Die Automation in der Fabrik für Repulsorliftspulen war aus dem Lot geraten, hieß es in einem weiteren Bild. »Salis D'aar ist in Aufruhr. Orn ist tot, dein Onkel verhaftet, die Rebellenprinzession in Gewahrsam. Was willst du dagegen tun?«

»Wenn wir uns jetzt gegenseitig bekämpfen, werden die Ssiruuk einen nach dem anderen von uns holen!«

»Deshalb darf es nicht danebengehen. Diese Leute auf den Straßen sind nur die Ablenkung. Du und ich und ein paar andere aus dem inneren Kreis werden die wahre Rebellion durchführen. Wir könnten viel erreichen, bevor die Fremden tatsächlich angreifen.«

»Sie werden in weniger als einer Stunde angreifen. Ich habe Gouverneur Nereus gewarnt. Es ist keine Zeit mehr.«

»Dir hat nie einer erzählt, daß ich mal ein Schaltkreisguerilla war, oder?«

Gaeri sperrte bei dem Gedanken den Mund auf. Wie konnte sie auch nur in Betracht ziehen, mit Eppie und den Rebellen zu kollaborieren? Die Allianz war hoffnungslos. Auf naive Weise idealistisch.

Ihre eigene Tragödie. Wenn das Schicksal ihrem Leben ein Ende bestimmt, was für eine Tragödie würde sie dann wählen?

Eine triumphale. Vorsichtig beschäftigte sie sich mit dem fragilen neuen Gedanken. Sie konnte Eppie Belden nicht an Wilek Nereus ausliefern. *Und da hast du deine Antwort,* sagte sie sich. Es gab keinen einzigen imperialen Offizier, Bürokraten oder Professor, den sie jemals so bewundert hatte, wie sie Eppie liebte.

Dann war dies also ihre Entscheidung. Sie liebte Bakura, nicht das Imperium.

»Ich stehe auf deiner Seite«, sagte sie leise.

Eppie nahm ihre Hand und drückte sie. »Ich wußte, daß du mehr Verstand hast, als du gezeigt hast. Es ist eine schwere Entscheidung, Mädchen, die dich teuer . . . Aber meinen Glükwunsch! Nun wollen wir mal sehen, was wir noch in dieser Fabrik für Repulsorliftspulen anstellen können.«

»*Du* hast die Automation aus dem Lot geraten lassen?«

Eppies Lächeln glättete die Hälfte ihrer Falten und vertiefte die übrigen. »Diese Fabrik ist für die Imperialen so wichtig wie der ganze Rest von Bakura. Wenn die Produktion ausfällt, werden sie, selbst während eines Krieges, jeden Soldaten hinschicken, der noch in Salis D'aar verblieben ist, um die Ordnung wiederherzustellen. Damit bleibt der Bakur-Komplex für mich — und ein paar Freunde.«

Gaeris Blut kribbelte. »Ich kann dir besser von meinem Büro aus helfen. Ich habe da auch einen der Droiden der Rebellen abgestellt.«

»Warte.« Eppie kramte in einer Schublade und holte ein kleines Metall- und Plastikstück hervor. »Du hast von diesem angeblich sicheren Sturmtruppenkanal gehört?«

Gaeri nickte.

»Orn wollte schon seit langem, daß du das hier kriegst, aber er konnte dir nicht trauen. Benutze es jetzt. Es wird es dir möglich machen, den Sturmtruppen einige Befehle zu geben, bevor sie kommen, um dich zu holen.«

Gaeri schloß ihre Hand um den Chip.

»Also, dann geh! Lauf!« Eppie klopfte ihr auf die Schulter.

Gaeri flog mit ihrem Luftwagen zurück zum Komplex, wich dabei Patrouillen des Sicherheitsdienstes aus und steuerte das Gefährt an Unruhestellen und Feuerwehrleuten im Einsatz vorbei. Der Rebellendroide R2-D2 stand noch genau da, wo sie ihn zurückgelassen hatte, neben ihrem Schreibtisch. Er drehte seinen Kuppelkopf und piepte Unverständliches.

Gaeri seufzte. »Du willst mir offenbar etwas sagen. Aber ich verstehe nichts davon. Aari?«

»Hier«, rief ihre Assistentin.

»Sammle alle Informationen, die du aus Nereus' Büronetz kriegen kannst, selbst wenn wir dadurch unsere Sicherheit aufs Spiel setzen. Es wird alles zusammenbrechen.«

»Mache ich.«

Zu Gaeris Amüsement rollte der Droide zu einem Terminal hinüber und stöpselte sich ebenfalls ein. Augenscheinlich war ihm eine Menge Erkenntnisvermögen und Eigeninitiative einprogrammiert worden.

»Hier, Senatorin.«

Aari hatte einen ganzen Schirm voll abgeliefert. Nereus hatte Sturmtruppen in die Stadt befohlen, um drei Demonstrationen aufzulösen, und seinen besten Geheimdienstmann in die Spulenfabrik in Beldens Bezirk geschickt. Geheimdienstleute schossen zuerst und verhörten dann die Überlebenden.

Gaeri ballte eine Faust. Sie mußte versuchen, Onkel Yeorg und auch diese Rebellenprinzessin zu befreien. Aber zuerst... Kein Captison hatte jemals herumgetrödelt, wenn Bakura von Tumulten geschüttelt wurde. Sie gab Aari den Chip.

»Setz' den ein. Er wird uns Zugang zur Frequenz der Sturmtruppen verschaffen.«

Aari hob eine schwarze Augenbraue. R2-D2 piepte und trillerte. Selbst für Gaeri klang es aufgeregt.

Ihre eigenen Hände zitterten. Sie würden jeden unautorisierten Benutzer beim Senden ertappen und sämtliche Sicherheitskodes innerhalb von Minuten ändern, aber dies würde ihr Abschiedsgeschenk für einen tapferen alten Mann sein.

»Wir sind drin«, gab Aari einen Augenblick später von ihrem Nachbarschreibtisch aus bekannt.

Gaeriel entnahm ihrem Hauptspeicher Fabrikdaten des Namanaentsaftungswerks, das in fünfzehn Kilometern Entfernung an der Küste lag — völlig irrelevant und militärisch ohne jede Bedeutung — und spielte sie im Tausch gegen die Produktionsdaten für die Repulsorliftspulen in die Informationsspeicher der Sturmtruppen ein. Wenn sie jetzt versuchten, Beldens Fabrik zu besetzen, würden sie lauter falsche Informationen haben. Sie würden sich überhaupt nicht zurechtfinden, und das könnte Beldens Leuten genug Zeit geben, um... Nun, sie war sich nicht sicher, was Eppie vorhatte, und sie wollte es auch gar nicht wissen.

Aber sie setzte sich mit dem Leiter der Repulsorliftfabrik auf einer konventionellen Frequenz in Verbindung und sagte ihm, daß Soldaten zu ihm auf dem Weg waren — und daß Bakuras Aufstand begonnen hatte. Dies mochte keine unerhört revolutionäre Aktion sein, aber sie würde das Imperium noch für ein paar Minuten mehr in Verwirrung bringen.

»In Ordnung, Aari. Nimm den Chip wieder 'raus.«

Aari stürzte sich auf ihren Werkzeugkasten und entfernte den unzulässigen imperialen Chip. »Den sollte ich wohl besser einschmelzen.«

»Genau.«

Jetzt, da sie daran denken konnte, einen Versuch zur Befreiung Onkel Yeorgs zu unternehmen, wurde ihr klar, daß sie nur eine einzige Person kannte, die ihr möglicherweise helfen konnte. Sie löschte ihr Terminal und beugte sich zu dem Droiden hinunter. Sie kam sich lächerlich vor, als sie mit ihm redete. »R2-D2, kannst du mir behilflich sein, Commander Skywalker zu finden?«

***

Chewbacca machte mit langsamen Schritten einen Patrouillengang um den *Falken*. Alle Systeme waren einsatzbereit — für den Augenblick —, so daß sie jederzeit starten konnte. Vom Äußeren her sah er gut aus, was bedeutete, daß er reichlich verwittert und mitgenommen auf dem weißen Rauhglasboden kauerte, so daß bei jedem zufälligen Betrachter Zweifel daran aufkommen mußten, ob er sich jemals wieder erheben würde. Scharf musterte er jedes Schiff und jede Krananlage, jeden geparkten Bodengleiter und jedes Gebäude in seinem Blickfeld. Von Luke war nichts zu sehen.

Schließlich kam das Jaulen eines offenen Gleiters näher. Chewie schlüpfte hinter den *Falken* und nahm eine Position ein, aus der er feuern konnte, ohne gesehen zu werden. Sekunden später landete der Gleiter in Reichweite. Ein Sturmtruppensoldat kletterte unbeholfen heraus.

Das sah nach Ärger aus. Der Soldat bedrohte ihn nicht, sondern schlurfte lediglich mit eigenartig baumelnden Armen vorwärts. Entweder konnte er sich nicht melden, oder er wollte es nicht.

Chewie hatte den *Falken* gerade startbereit gemacht. Er wollte nicht das Risiko eingehen, daß irgendein anmaßender Imperialer ein Schloß vor die Luke hängte. Er zog seinen Blaster, schaltete ihn auf ›Betäuben‹ und gab einen Schuß ab.

Der Soldat ging weiter, schwankend. Chewie feuerte erneut. Diesmal fiel der Soldat um. Er war versucht, den Eindringling einfach liegenzulassen, kam dann aber zu der Überlegung, daß die Rüstung nützlich sein könnte. Er zog den überraschend schweren Körper die Rampe des *Falken* hoch. Die Hauptluke glitt mit einem Zischen in Position. Chewie bückte sich, packte mit seinen beiden mächtigen Tatzen je eine Seite des weißen Helms und hob ihn ab.

Ein goldener Kopf schimmerte im Inneren auf, der mit dünner, schriller Stimme immerfort die Worte ». . . uke! Master . . . uke! Master . . .!« wiederholte.

3PO!

Jetzt würde er erneut all diese Diagnosen vornehmen müssen. Angewidert fuhr Chewie fort, die Rüstung abzuschälen.

***

Luke warf einen letzten Blick auf den gesprungenen Chrono der Kantine. Wenn seine Fähre in fünf Minuten nicht eingetroffen war, würde er zu Chewie an Bord des *Falken* gehen.

Er betrachtete einen ungleichmäßig gebratenen, öligen, mysteriösen Fleischklops. »Ich glaube, ich nehme einen davon, mit irgendwas dabei«, sagte er. »Zum Mitnehmen.« Er würde mit Chewie essen . . . »Hm, machen wir lieber drei draus.«

Die schmierige, orangefarbene Theke war nicht besetzt und ließ die Vermutung aufkommen, daß die der Rampe Zwölf am nächsten gelegene Kantine so kurz vor Mittag oft leer war.

Einzelne Pärchen von Bakurern saßen an getrennten Tischen, unterhielten sich leise und warfen Blicke um sich.

»Verhaftet«, hatte er von einem gehört und »tot« von einem anderen. Die Namen »Belden« und »Captison« gingen von Tisch zu Tisch. Er hatte außerdem »Jedi« gehört.

Je früher er ging, desto besser.

Schnelle Schritte kamen an der Außenwand näher. Alarmiert tastete er durch die Macht und spürte Gaeriel schon, bevor die Eingangstür aufschwang. Seine Sinne erwachten, konzentrierten sich scharf auf ihre Präsenz. Sie eilte durch den Raum, gefolgt von einer R2-Einheit — *seiner*, erkannte er und erinnerte sich an 3POs Nachricht. R2 piepte und pfiff Unverständliches, und in Gaeriels Bewußtsein herrschte geschockte Erregung. Sie kam hastig auf ihn zu, wobei ihr Rock den schmutzigen Fußboden aufwischte. Luke verließ die orangefarbene Theke.

»Was ist los? Wie haben Sie mich gefunden?«

»Ihr Droide hat mich zu dem Kommnetzterminal gebracht, das Sie zuletzt benutzt haben. Haben Sie noch nichts davon gehört? Sie werden gleich angreifen. Onkel Yeorg ist verhaftet worden.« Ihre Augen blieben geweitet. »Ihre Prinzessin ebenfalls.«

»Ja, ich habe es gehört. Ich versuche, zu meinem Träger zu kommen...«

R2s anhaltende Triller ließen den kleinen Droiden hin und her schaukeln.

»R2, warte«, sagte Luke. »Ich verstehe nicht das geringste.« Er schloß Gaeriel für den Moment aus seinem Bewußtsein aus und tastete in der Ferne nach den Gefühlen seiner Schwester. Weiter, weiter...

»Es ist eine Ausgangssperre in Kraft getreten«, fuhr Gaeriel fort. »Und...« Eine Serviererin, die offenkundig zuhörte, schlenderte vorbei. »Orn Belden ist zusammengebrochen, als sie ihn einsperren wollten, und eine halbe Stunde später gestorben. Die Stadt ist in Aufruhr.«

»Der arme, alte Belden«, murmelte er. In diesem Augenblick fand er Leia. Sehr beschäftigt, sehr aufgeregt. Han hatte sie offenbar aufgespürt.

R2 drängte sich näher an ihn heran, streckte einen Fühler aus und... versetzte seiner linken Wade einen elektrischen Schlag, wobei er immer noch weiterpiepte.

»R2!« rief Luke.

Gaeri blickte von einem zum anderen und wisperte: »Das ist Ihr Augenblick, Luke. Bakura steht auf Ihrer Seite.«

Er sah sie an. Neue Hoffnung schoß in seiner Phantasie hoch wie ein Steppenbrand. »Warum hat man sie verhaftet?«

»Gouverneur Nereus hat einen SB-Projektor bei ihnen gefunden«, sagte Gaeriel. »Aufwiegelung wird mit dem Tod bestraft, Luke. Die Stadt dreht durch. Sie müssen Prinzessin Leia und Onkel Yeorg befreien.« Sie blickte sich im Raum um, so als würde sie erst jetzt ihre Umgebung richtig wahrnehmen. »Aber was tun Sie hier allein? Hatte ich Sie nicht gewarnt?«

»Doch. Ich will niemanden in Gefahr bringen. Ich kann mich selbst schützen, aber Sie sollten besser nicht länger als ein paar Minuten bleiben.« Er sah sich um, durchaus darauf vorbereitet, an den Fenstern die Helme von Sturmtrupplern zu sehen. »R2 soll versuchen, Ihren Onkel zu finden. Können Sie sich von einem öffentlichen Kommnetzapparat in den Hauptcomputer der Regierung einschalten?«

»Das sollte möglich sein.«

Luke nahm ein Brotmesser vom nächsten Tisch. Nachdem er zwei Sekunden lang herumgestochert hatte, sprang R2s Hemmbolzen heraus.

Gaeriels geweitete Augen wirkten schockiert. Um sie zu besänftigen, sagte er: »R2, nimm Gaeriel in dein Erkennen-und-Gehorchen-Programm auf.« Spontan fügte er noch hinzu: »Und auch ihre Freundin Eppie Belden, klar?«

R2 piepste sich zustimmend durch die ganze Tonleiter.

»Gut. Nun sieh mal, ob du Premierminister Captison finden kannst.«

R2 rollte zum Ecktisch.

»Ohne Übersetzer kann man mit ihnen nicht viel anfangen, was?« fragte Gaeriel.

Luke folgte R2. »Ich habe einiges davon verstanden. Er ist ein Astromech-Droide – Pilotenassistent, würden Sie ihn wohl nennen. Aber Sie wären überrascht, wenn Sie wüßten, was er alles auf dem Boden kann.« Luke blickte auf die Küchentür. Die Köche brauchten schrecklich viel Zeit. »Han hat sich bereits auf die Suche nach Leia gemacht«, sagte er.

»Luke...« Gaeriel umklammerte seinen Arm gleich über dem Ellbogen. Wärme und Entschlossenheit durchfluteten diese Berührung. »Kommen Sie zurück, wenn es vorbei ist. Reden Sie mit mir. Wir haben jetzt keine Zeit, aber wir müssen...«

Luke befreite sich. Ein vages Aggressionsgefühl stieg in der Küche auf. Fast augenblicklich löste es sich in drei eindeutig nichtmenschliche Präsenzen und eine weitere auf, die ihm

Rätsel aufgab – menschlich, aber mit nichtmenschlichem Geruch.

Er griff mit der rechten Hand nach seinem Lichtschwert. Keine anderen Menschen in Gefahr bringen, wie? Aber hatte er sich nicht gewünscht, daß Gaeriel gerettet werden müßte? Er zog mit der linken Hand seinen Blaster und hielt ihr den Griff hin.

»Können Sie schießen?« murmelte er. »Es sind Ssi-ruuk im Haus. Es tut mir leid, daß ich Ihrem Onkel jetzt nicht helfen kann. Nehmen Sie ihn.«

Zögernd schloß sich ihre Hand um den Blaster.

»Lassen Sie R2 die *Flurry* oben im Orbit benachrichtigen und ihnen sagen, was passiert ist. Dann suchen Sie Ihren Onkel. Und gehen Sie hier 'raus. Sofort.«

Die Furcht pulsierte in ihr. »Ich verstecke mich nicht hinter Jedi-Fähigkeiten. Ich will der Rebellion helfen.«

Gereizt streckte er eine Hand aus und beherrschte sich, um nicht die Macht gegen sie anzuwenden. »Noch nie hat jemand irgendwelche Schwierigkeiten gehabt, wenn ich ihm...«

Die Vordertür und die Seitentüren flogen gleichzeitig auf. In jeder erschien die Mündung eines schweren Blastergewehrs, dann ein Sturmtruppensoldat in weißer Rüstung.

Diesmal, mutmaßte Luke, standen sie nicht auf seiner Seite. Er packte Gaeriel an den Schultern und zerrte sie hinter sich. Die wenigen bakurischen Gäste tauchten unter die Tische.

Drei Ssi-ruuk drängten sich durch die Küchentür, große, glattschuppige Kreaturen mit langen, muskulösen Schwänzen, die halfen, die massigen Oberkörper im Gleichgewicht zu halten. Die Köpfe sahen vogelartig aus, mit großen, zahnbewehrten Schnäbeln und tiefschwarzen Augen. Sie waren unterschiedlich groß, zwei von ihnen glänzten braun, einer in leuchtendem Blau. Jeder von ihnen hatte einen Schulterbeutel umgeschlungen, der unter einem Vorderglied hing. Sie überragten das verängstigte Kantinenpersonal. R2 erstarrte in seiner Position neben dem Ecktisch.

Luke mußte seine Wahrnehmung einengen, um zu vermeiden, daß ihn Gaeriels Widerwillen überwältigte. Vorsichtig tastete er nach den Fremden. Ihre Empfindungen strömten in die Macht und stärkten die Dunkle Seite. Bei Jabbas gefräßigem Rancor hatte er weniger Feindseligkeit gefühlt als hier.

Er hielt sein Lichtschwert an der Seite. »Was wollt ihr?« fragte er, während er die Macht gegen die Feindseligkeit schleuderte und nach Schwächen suchte.

Ein Mensch in einem gestreiften Umhang trat hinter den Fremden hervor und kam um die Theke herum. »Glücklicher!« begrüßte er Luke mit schielendem Blick. »Du bist Skywalker, der Jedi. Ich werde für dich übersetzen.«

Luke erkannte Dev Sibwarra von der Hologrammaufnahme. Er tauchte tief in die Macht ein und machte sich alles zunutze, was ihn Yoda gelehrt hatte. Er war im Frieden. Er *war* der Friede.

»Ich bin Skywalker«, sagte er. »Wie bist du hierhergekommen?«

»Heimlich, still und leise?« Der junge Mann pfiff den Fremden etwas zu, legte dann seine langen, braunen Hände flach an die Brust. Die Linke bewegte sich marionettenhaft. »Gouverneur Nereus hat uns eine Fähre geschickt und dann dem orbitalen Netz befohlen, sie in amtlicher Angelegenheit passieren zu lassen – das heißt, dich zu empfangen. Du wirst Gast von Admiral Ivpikkis sein und ein neues Leben beginnen, von dem du bisher nur träumen konntest. Gib meinen Begleitern deine Waffe und komm freudig mit mir.«

Leibhaftig sah Dev Sibwarra jünger aus, fünfzehn vielleicht. Luke tastete mit der Macht nach ihm...

...und erkannte ihn ein zweites Mal. Dieser Junge hatte auch die Traumwarnung geschickt. Luke spürte seine Stärke in der Macht, verzerrt und verborgen. Er war einer Gehirnwäsche unterzogen oder hypnotisiert und so gründlich verändert worden, daß seine Gedanken nicht länger seine eigenen waren. Luke konnte ihn nicht hassen. Er mußte versuchen, ihn nicht im Zuge der Selbstverteidigung zu töten, denn der Knabe war jung genug, um ausgebildet zu werden – wenn Luke ihn gewinnen und heilen konnte.

»Ich danke dir für deine Einladung«, sagte Luke ruhig, »möchte aber lieber hier bleiben. Bitte deine Herren, sich zu setzen. Wir werden miteinander sprechen.«

»Sie setzen sich nicht, mein Freund. Wir wären geehrt, auch deine Begleiterin als Gast empfangen zu dürfen. Aber ihr müßt euch beeilen.«

Gaeris Wangen erbleichten, als der blaue Ssi-ruuk nach vorne stampfte, aber sie wich nicht zurück. Er streckte eine Vorderklaue nach ihrer Schulter aus. Etwas Schwarzes glitt aus seinen Nasenlöchern. Sie keuchte und brachte Lukes Blaster in Anschlag.

»Zurück«, befahl Luke.

Der Kopf des Nichtmenschen drehte sich. Ein tiefgründiges, schwarzes Auge richtete sich auf ihn, und die Nasenzungen zuckten in seine Richtung.

Luke kanalisierte Machtenergie in seine Worte. »Geh weg von ihr.«

Das Auge schien zu wirbeln wie ein dunkler Sturm, warb um Aufmerksamkeit, saugte an seinem Willen. Fraglos war er es — oder ein anderer wie er —, der Dev Sibwarra an der Kette hielt.

Dev pfiff auf den blauen Nichtmenschen ein und klang dabei verblüffenderweise wie R2. Das Vorderglied des großen, blauen Ssi-ruuk löste sich von Gaeris Schulter. Er schnalzte und pfiff mit einer tieferen, mehr an eine Flöte erinnernden Stimme, die eine größere Bandbreite und Klangfülle hatte als die Devs.

»Er sagt, daß weibliche Gesellschaft zweifellos gut für dein Wohlbefinden ist«, übersetzte Dev. »Und ich spüre, daß deine Gefühle für sie sehr stark sind. Bitte sie um ihre Kooperation. Wir müssen uns beeilen.«

R2 schaukelte hin und her und zirpte elektronischen Zorn. Luke fragte sich, was er den Ssi-ruuk wohl erzählte. Zwei Sturmtruppensoldaten schoben sich nach vorne und blockierten R2 den Weg zur Tür.

»Diese Frau hat nichts damit zu tun«, rief Luke zu den Soldaten hinüber. »Ich bin es, den sie haben wollen. Laßt sie gehen.«

»Die Flöter wollen sie«, antwortete die gefilterte Stimme eines Soldaten. »Diesmal bekommen die Flöter, was sie haben wollen.«

Luke ließ sein Lichtschwert aufflammen und packte es mit festem, doppelhändigem Kampfgriff.

»Nicht unbedingt.«

Dev wich zurück. »Betäubt sie!« schrie er den Sturmtruppensoldaten zu.

Vier Blastergewehre richteten sich auf ihn, schwarze Löcher, die von weißen Helmen umrahmt wurden. Luke duckte sich und drehte sich zur Seite, um ein schmaleres Ziel zu bieten.

»Runter!«

Gaeri warf sich auf den Bauch. Sie hatte seinen Blaster nicht benutzt. Auch gut: Alles sprach dafür, daß sie bei einer Schießerei verlieren würde. Offenbar wußte sie das selbst. Dies war nicht ihr Element.

Die Soldaten standen neunzig Grad auseinander, als sie das Feuer eröffneten. Luke tauchte tiefer in die Macht ein, überließ sich bereitwillig der Energie, die ihn umgab. Er fühlte, wie sich sein Körper drehte und sein Schwert wirbelte, und nahm vage wahr, wie Energiestöße gegen körnige Kantinenwände klatschten. Tischen ausweichend, näherte er sich einem Punkt zwischen den Angreifern. Als die Imperialen erkannten, daß sie sich, an Luke vorbei, gegenseitig ins Visier nahmen, hörten die Schüsse abrupt auf.

Luke streckte sich mit der Macht aus, berührte zwei feindliche Bewußtseine und sprang.

Blauweiße Lähmstrahlen zischten unter ihm durch die Luft. Soldaten gingen auf beiden Seiten zu Boden. Luke fuhr zu den Nichtmenschen herum. Er kam sich langsam vor, immer noch leicht mitgenommen von der Attacke des Imperators. Er hustete, kam dann wieder zu Atem.

»R2«, brüllte er, »schaff sie hier raus. Hole Hilfe.«

R2 rollte zu Gaeriel hinüber. Sie torkelte hoch und kroch auf Händen und Knien zur Vordertür.

Dev Sibwarra breitete die Hände aus. »Freund Skywalker, du beraubst sie einer unvergleichlichen Freude.«

»Sie zieht ihre Freiheit vor.«

»Freiheit?« Dev zog die Augenbrauen hoch. »Wir bieten euch Befreiung von Hunger.« Er wedelte mit einer Hand über einen Stapel schmutziger Teller und scheuchte dabei eine Wolke fliegender Insekten hoch. »Von Krankheit, von . . .«

Luke fühlte, wie ein leichter Machtwirbel seinen Körper streifte.

»Ah«, rief Dev mit einer Stimme, die aufrichtig freundschaftlich klang, »ist es wahr, daß deine Technisierung bereits begonnen hat?«

Luke trat einen Schritt zurück. »Was?«

»Deine Hand. Die rechte.«

Luke blickte nach unten. Nachdem sie auf Endor repariert worden war, sah die prothetische Hand wieder völlig lebensecht aus.

»Das ist nicht mein Wunsch gewesen.«

»Ist sie nicht besser als die biologische Hand? Stärker, weniger schmerzanfällig? Erkenne doch, wie vielen Menschen du das wahre Leben rauben willst. Das wahre Glück.«

Luke schob sich seitwärts an die Wand heran. Die Ssi-ruuk hatten ihre Schulterbeutel abgestreift. Jeder von ihnen hielt ein paddelartiges Objekt in der Kralle, das nach draußen gehangen hatte. Was wie ein Henkel erschienen war, zeigte jetzt nach vorne, während die Nichtmenschen einen bügelgeschützten Griff umklammerten.

Luke machte einen weiteren Schritt zur Seite. »Dev, sage ihnen, daß ich sie mit einem Lichtschwert nicht betäuben kann. Ich werde sie töten müssen, wenn sie mich angreifen.«

»Das darfst du nicht!« schrie Dev. »Wenn sie hier sterben, fern von einer geweihten Welt, ist dies eine immerwährende Tragödie. Sie werden dich ganz bestimmt nicht töten, wenn sie dich besiegen. Schwöre, daß du sie nicht töten wirst.«

»Nein«, sagte Luke mit fester Stimme. »Warne sie.«

Dev pfiff hektisch.

Die Nichtmenschen zielten auf ihn. Gaeri war näher an die Tür herangekrochen, aber noch nicht nahe genug. Sie würden sie kriegen, wenn er nicht als erster angriff.

Dann war es an der Zeit, die Macht zur Verteidigung einzusetzen. Zu ihrer Verteidigung.

✳ 16 ✳

Einer der Nichtmenschen hob einen Paddelstrahler. Ein dünner, silbriger Strahl schoß aus der schmalen Mündung. Selbstsicher trat Luke dem Strahl entgegen und schwang sein Schwert danach.

Es lenkte den Strahl nicht ab, verformte ihn nur leicht. Bevor Luke reagieren konnte, durchdrang ihn der Strahl. Ein Kribbeln entstand in seinem Bauch. Erleichtert, daß kein schlimmerer Schaden entstand, packte Luke sein Lichtschwert fester. Der zweite Nichtmensch trat hinter dem ersten hervor und fügte seinen Strahl hinzu. Er zielte tiefer, schoß auf seine Beine. Der erste Schuß hatte ihn nicht wesentlich verletzt, aber ein zweiter mochte das ändern. Luke drehte sich zur Seite, so daß ein brauner Ssi-ruuk in das Schußfeld des anderen geriet. Der eine Strahl erlosch, während ihn der andere verfolgte.

Der große Blaue bewegte sich zur Seite und projizierte einen Strahl den Mittelgang des Raums entlang, wodurch Lukes Bewegungsspielraum halbiert wurde.

»Nein!« Gaeri stützte sich auf die Ellbogen und schoß auf den blauen Fremden. Ihr Blastergeschoß ging fehl. Der Nichtmensch richtete seinen Strahler auf sie. Silbernes Licht illuminierte ihre Kehle. Sie stieß einen leisen Schrei aus, brach zusammen und blieb bewegungslos auf dem Boden liegen.

Luke griff den kleinen, V-gekrönten Braunen an und hieb mit dem Schwert nach seiner mysteriösen Waffe. Der Ssi-ruuk verlor zusammen mit dem Strahler eine Vorderkralle. Wild flötend drehte er sich von Luke weg.

»Tue es nicht!« Dev rang die Hände. »Tue ihnen nichts an.«

»Was hat er mit Gaeriel gemacht?«

»Sie ist nicht verletzt. Sie wird sich wieder erholen.«

Aber sie bewegte sich nicht. Wenn Luke sie nicht alle tötete oder entwaffnete, würden sie sie verschleppen. Der größere Braune stampfte auf ihn zu, mit muskulösen Beinen, die wie Kolben pumpten. Selbst wenn Luke seine Waffe vernichtete, konnte dieser ihn physisch zermalmen. Luke schleuderte sein Schwert im hohen Bogen. Der große, braune Ssi-ruuk stürzte enthauptet zu Boden, als das Schwert in Lukes Hand zurückflog.

»Halt!« Weinend rannte Dev zu dem gefallenen Nichtmenschen hinüber.

Der große Blaue projizierte seinen Strahl wieder auf Luke – oder vielmehr dorthin, wo Luke gestanden hatte. Luke sprang mit einem Salto über den Strahl hinweg, streckte eine Hand aus und versuchte, die Waffe wegzureißen.

Dadurch wurde das Vorderglied des Ssi-ruuk auf seinen Körper gezogen. Der Strahl zielte auf Lukes rechten Oberschenkel. Das Bein knickte gefühllos weg. Taumelnd versuchte Luke, rückwärts zu springen. Er kämpfte um sein Gleichgewicht und bemühte sich krampfhaft, wieder die volle Kontrolle über die Macht zu gewinnen. Die Waffe wirkte also auf die Nervenzentren. Gaeriel war vermutlich bei Bewußtsein.

»R2, zieh sie hier 'raus!« rief er.

Als der kleine Droide auf sie zurollte, suchten beide Nichtmenschen ihren Vorteil. Sie stürmten vor und drängten ihn zwischen ihren Strahlen gegen einen umgestürzten Tisch. Luke bekam einen Hauch ihres eigenartigen beißenden Geruchs mit.

Mit dem linken Bein sprang er einem der Nichtmenschen fast in die Arme und riß dabei das Schwert hoch. Während er das tat, überließ er sich ganz der Macht und schlug ohne nachzudenken zu. Das Summen des Schwertes veränderte seine Tonhöhe nicht, als es durch die Waffe des blauen Riesen schnitt. Der große Blaue ließ beide Hälften fallen und wich vehement pfeifend zurück.

Eine weitere Waffe weniger. R2 erreichte Gaeri, packte sie an dem Lederband ihres Gürtels und zog sie zur Vordertür. Luke hüpfte verkrümmt auf die nächste orangefarbene Tischplatte. Sein taubes rechtes Bein verdrehte sich, als er mit vollem Gewicht darauf landete. *Das wird später vermutlich schmerzen.* Er mußte die Macht benutzen, um aufrecht stehenbleiben zu können.

R2s schriller Pfiff ließ Luke herumfahren. Dev zielte mit einem imperialen Blaster auf seinen Körper, um einen klassischen Betäubungsschuß anzubringen.

Luke löste eine Hand von seinem Schwert und entriß Dev mit der Macht den Blaster. Mit langsamer Grazie segelte die Waffe auf ihn zu. Mit Leichtigkeit konnte er sich drehen und zuschlagen. Zwei Hälften der Waffe schepperten auf den Tisch. *Jetzt,* drängte ihn sein innerer Sinn. Er tauchte tief in die Macht ein und spürte der hypnotischen Kontrolle nach, die Dev Sibwarra an den Willen der Nichtmenschen fesselte. Der Schatten von etwas Enormem verdunkelte den größten Teil der Erinnerungen Devs.

Der Junge besaß allerdings eine gewaltige Machtstärke. Luke hüllte die dunkle, wogende Blockade mit seinem Willen ein und erfüllte sie mit Licht.

                           ***

Dev torkelte rückwärts gegen einen anderen Tisch. In einem Augenblick war sein Bewußtsein von entsetzlichen Rückerinnerungen überflutet worden. Sein Zorn verdichtete sich, gehemmt und verkümmert, aber so wild wie eine P'w'eck-Invasionsarmee. Verwirrt blinzelte er. Der monströse Skywalker war plötzlich zu einem Mitmenschen geworden. Er fühlte sich nicht deprimiert, nur wütend. Er konnte keine Erneuerung benötigen – es sei denn ...

Er blickte hoch zu Skywalker, der noch immer auf der Tischplatte stand, und nahm das Blitzen scharfer Augen und ein grimmig vorgeschobenes Kinn wahr.

Dev fuhr mit der Rechten über seine pochende, behinderte linke Hand und erinnerte sich daran, wie sie verletzt worden war. Firwirrung! Sein Meister hatte sich länger als zehn Jahre durch schändliche Manipulation seine ergebene Loyalität erschlichen. Dev sah die Welt jetzt mit offenen Augen und vergaß sein Schielen. Nie zuvor hatte er eine solche Agonie und einen solchen Schmerz empfunden, und nie war er so froh gewesen, ein Mensch zu sein. Trotz allem, was sie getan ... was sie getan hatten, war er böse mitgenommen, aber heil.

»Alles in Ordnung mit dir?« pfiff Blauschuppe.

Ein Schauder überlief ihn. Er erinnerte sich jetzt an alles, auch an die Sprachgewohnheiten, die er sich im Laufe von zehn Jahren angeeignet hatte.

»Mit mir ist alles in Ordnung. Mit dir auch, Ältester?«

»Sag dem Jedi, daß er schnell mit uns kommen muß. Versprich ihm alles.«

Die Erkenntnis durchzuckte ihn: Die Ssi-ruuk beabsichtigten, die Menschheit zu Zuchttieren und Energiequellen zu degradieren. Sie würden lügen, töten, foltern und verstümmeln, um die Dominanz zu erreichen. Sie verdienten nichts anderes als Haß.

»Haß gehört der Dunklen Seite an«, rief Luke Skywalker von der Tischplatte aus. »Gib ihm nicht nach.«

Hatte ihn der Jedi durch die Depression in die totale Freiheit gestoßen?«

»Was?« fragte Meister Firwirrung. »Was sagt er zu dir?«

Verwirrt gab Dev automatisch Antwort. »Er entschuldigt sich dafür, daß er einen von unserer Art getötet hat, Meister.«

»Sag ihm, daß er vor uns her nach draußen gehen soll. Er muß sich beeilen.«

Dev blickte wieder nach oben. In menschlicher Sprache sagte er: »Sie wollen, daß du ...«

Das durchdringende Schrillen einer Sirene hallte durch die Kantine. Abrupt erinnerte sich Dev an den schrecklichsten Augenblick seiner Kindheit, an einen Zivilverteidigungsalarm. Invasion im Gange.

Er kehrte ruckartig in die Gegenwart zurück und starrte seine Meister tief betroffen an. Hatte Admiral Ivpikkis die Schiffe im Orbit also doch angegriffen? Er hatte versprochen, daß die Ssi-ruuk abrücken würden, wenn Skywalker mit ihnen käme. Ein weiteres Glied in der Kette ihrer hinterlistigen Lügen!

***

Luke blickte aus dem Fenster auf der anderen Seite. Seine Gedanken jagten sich. Die Ssi-ruuk hatten wahrscheinlich diese große, untertassenförmige Orbitalstation angegriffen. Das wäre jedenfalls sein erstes Ziel gewesen, wenn er eine Invasion vornehmen würde. Hinter dem Zaun, der Rampe Zwölf umgab, waren die Kranwagen nicht weggerollt, so daß er den *Millennium Falken* immer noch nicht sehen konnte. Chewie wartete vermutlich an Bord. Han würde versuchen, Leia aus der Haft herauszuholen – oder inzwischen versuchte vielleicht Leia, Han zu befreien.

R2 kam wieder hereingerollt, ohne Gaeriel. Luke hoffte, daß er sie irgendwo an einer sicheren Stelle untergebracht hatte. Und wie stark hatte er sein taubes Bein verdreht?

Devs Verwirrung machte ihm ebenfalls Sorgen. Dieser potentielle junge Lehrling hatte schwere Narben an seiner Psyche. Aber er hatte seine Stärke unter Beweis gestellt. Sein Leiden unter der Dunkelheit mochte ihn gegenüber dem Licht loyaler machen. Er blickte wieder auf Dev hinunter.

Plötzlich kippte der Raum. Er schlug mit den Armen um sich und fiel.

***

Tief in Gedanken versunken, bekam Dev das schnelle Zuschlagen von Blauschuppes Schwanz beinahe gar nicht mit. Am Kopf getroffen, brach der Jedi zusammen. Sein Lichtschwert segelte durch die Luft, schnitt durch den Tisch und in den schwarzen Fußboden. Dort hing es einen Augenblick lang in Schräglage, bis der Knauf umkippte. Die grüne Klinge richtete sich auf und lag zischend und summend da.

Dev blieb bewegungslos stehen und behielt die Maske des Gehorsams bei. Aber sein Bewußtsein schrie: *Skywalker! Kannst du mich hören?*

Blauschuppe stapfte nach vorne und richtete seinen Strahler auf den oberen Teil von Skywalkers Wirbelsäule.

Dev eilte näher heran und zwang sich zu einem einfältigen Lächeln. »Gut gemacht, Meister. Was kann ich tun? Ist er betäubt?«

»Leichte Gehirnerschütterung, glaube ich«, pfiff Blauschuppe. »Der menschliche Schädel ist überraschend zerbrechlich. Du kannst ihn tragen. Er scheint besiegt zu sein.«

»Oh, ich danke dir.« Dev gab sich Mühe, genug Enthusiasmus in seiner Stimme anklingen zu lassen. Er kniete nieder und schlang Skywalkers Arme um seine Schulter. *Skywalker,* projizierte er erneut, *geht es dir gut?*

Der Jedi gab keine Antwort. Das Summen seiner Gedanken hatte aufgehört. Dann mußte er wirklich bewußtlos sein. Die Nichtmenschen hatten gewonnen — für den Augenblick.

Dev mühte sich auf die Füße. Jedesmal, wenn er sich an eine weitere Mißhandlung erinnerte, kochte sein Zorn hoch. Die Schandtaten stiegen wie übelriechende Luftblasen an die Oberfläche seines Gedächtnisses. Er konnte die Ssi-ruuk nicht gewinnen lassen — nicht nur um der Galaxis willen. Sie schuldeten ihm ein Leben. Eine Persönlichkeit. Eine Seele.

»Gut«, sagte Blauschuppe. »Jetzt hilf Firwirrung.«

Bereits schwankend nahm es Dev hin, daß sich der kleinere Nichtmensch gegen seine Schulter lehnte. Firwirrung wankte vorwärts und hielt dabei sein verwundetes Vorderglied mit der unversehrten Klaue fest. Das doppelte Gewicht jagte neue Krämpfe in Devs geschwächten Rücken. Er biß sich auf die Zunge. Er stand vorgeblich unter dem Einfluß der Gehirnwäsche. Die Ssi-ruuk betrachteten die Menschen wie P'w'ecks — als Vieh . . . als Versuchstiere . . . als seelenlos.

Blauschuppe bückte sich und packte das Lichtschwert.

Was war mit der Frau? Dev nahm an, daß Blauschuppe sie

nicht tragen wollte. Skywalkers Widerstand hatte wenigstens sie gerettet. Da nur Dev zum Tragen zur Verfügung stand, würden die Ssi-ruuk nicht nach ihr suchen. Sie mußten sogar ihren geköpften Genossen zurücklassen.

Blauschuppe ging vor Dev durch die Küchentür und ließ die Flügel zurückschwingen, so daß sie gegen Dev knallten. Er verlor die Balance und hätte seine Last beinahe auf eine heiße Herdplatte fallen lassen. Die Haarspitzen Skywalkers kräuselten sich in der intensiven Hitze. Als Dev das Gleichgewicht wiedergefunden hatte, war die zischende grüne Klinge verschwunden. Blauschuppe steckte den stummen Schwertgriff in seinen Schulterbeutel, schlang ihn wieder um seinen Leib und ging mit dem Strahler im Anschlag zwischen Küchenmaschinen hindurch. Firwirrung torkelte gegen Dev. Dev durchwühlte sein Gedächtnis nach einer angemessenen Reaktion.

»Hast du Schmerzen, Meister?« fragte er leise.

Der Nichtmensch knurrte.

Blauschuppe hielt die Hintertür für Firwirrung auf. Draußen stand die imperiale Fähre unter einer Wolke aus Raumhafenstaub. Die jetzt betäubten Sturmtruppensoldaten hatten sie zur *Shriwirr* geflogen und dann die Passagiere zum Planeten befördert. Die Sirenen hatten ihre Wirkung getan. Rampe Zwölf und die anderen Rampen, die sich um diese Kantine gruppierten, sahen fast verlassen aus. Zwei P'w'eck-Wachposten standen noch immer neben der Fähre, vor Beobachtern durch die herabhängenden Flügel geschützt.

»Helft Dev, den Gefangenen zu sichern«, pfiff Blauschuppe.

Dev hinkte die Rampe hoch. Der zylindrische Droide des Jedi versuchte, hinter ihm herzurollen, und beschimpfte sie in der Ssi-ruuk-Sprache. Zwei P'w'ecks stießen ihn über die Rampenkante. Er schlug mit einem Krachen und einer letzten impotenten Drohung auf dem Boden auf. Dev zog Skywalker auf einen Rücksitz und redete sich ein, daß er die Hoffnung noch nicht aufgegeben hatte. Die P'w'ecks versahen den Jedi mit Handfesseln und hüllten ihn in einen Flugharnisch ein. Da er für einen Moment unbeobachtet war, spürte Dev durch die Macht seiner Lebenspräsenz nach. Selbst ohne Bewußtsein erschien Skywalkers Geist heller, wärmer und ausgeprägter als der anderer Menschen.

Was sollte er tun? Wenn die Ssi-ruuk Skywalker ihren Willen aufpreßten, war die Menschheit zum Untergang verurteilt.

Dev ballte die Fäuste. Dadurch wurde sein linker Unterarm

von einem krampfartigen Schmerz durchzuckt. War er stark genug, den Jedi zu erwürgen, während Firwirrung und Blauschuppe versuchten, die menschliche Fähre zu fliegen?

Vielleicht konnte er es, aber er schreckte davor zurück. Das wäre ein Ssi-ruuk-Trick. Skywalker war das, was Dev vielleicht gerne geworden wäre, wenn seine Mutter überlebt hätte, um ihn als Lehrling zu einem Meister zu geben. Er konnte Skywalker nicht töten, es sei denn, im allerletzten Augenblick, um die Ssi-ruuk daran zu hindern, ihn sich einzuverleiben.

Wenn es dazu kam, würde Dev nicht viel Zeit bleiben, um Skywalker zu betrauern. Die Ssi-ruuk würden ihn augenblicklich umbringen.

Aber die Menschheit würde in Freiheit weiterleben, wenn er und Skywalker starben. Schmerzgequält schnallte er sich auf seinem eigenen Sitz fest.

***

»Wie sieht's da oben aus?« fragte Leia leise.

»Bin fast durch.«

Han hockte auf dem umprogrammierten Repulsorstuhl unmittelbar über dem Bett. Gefühlvoll hielt er sein Vibromesser in der einen Hand und schnitt ein breites Oval in die Holzdecke. Ein fahler Strom süßlich riechender Sägespäne rieselte blinkend auf die weiße Bettdecke.

»So!« rief er.

Er gab der Ellipse mit beiden Händen einen Stoß. Sie flog nach oben und überschüttete ihn mit weiterem Sägemehl.

»Bist du sicher, daß du da durchpaßt?« fragte sie.

Der Stuhl stieg in die Höhe. Sein Kopf und seine Schultern verschwanden, dann auch der Rest seines Körpers. Einen Augenblick später erschienen Kopf und Beine wieder.

»Sieht gut aus hier oben«, sagte er. »Geh ein Stück zurück.«

Er bediente die Kontrollen des Stuhls. Er krachte auf das Bett. Leia griff nach dem Blaster, den sie in ihren Gürtel gesteckt hatte, und wartete darauf, daß ein Wachposten die Tür zur Vorhalle öffnen würde, aber es kam niemand. Sie kletterte auf das Bett, stellte den Stuhl wieder aufrecht und schaltete ihn ein. Mit majestätischer Grazie stieg sie zu der Öffnung empor, die Han in die Decke geschnitten hatte, griff dann nach seinen Armen und ließ sich hindurchziehen. Sie ließen den Stuhl schweben.

Ein Kriechraum erstreckte sich von einem Ende des Gebäudes bis zum anderen. Das flach geneigte Dach lief an beiden Seiten spitz zu. Mattes Tageslicht warf dunstige Strahlen in einen großen, staubigen Raum an dem einen Ende.

»Luftschächte an jeder Seite«, murmelte Han. »Draußen sind Gleiter geparkt, rechts um die Ecke.« Er deutete zu dem Licht hinüber. »Geh leise. Sie werden dich hören.«

»Nein, im Ernst?« fragte sie und befrachtete ihre Stimme dabei mit Sarkasmus.

Auf Händen und Knien kroch sie voran und bemühte sich, ihr Gewicht auf tragende Balken zu verlagern. Dieser Dachboden fühlte sich älter an als jede menschliche Behausung, die sie jemals betreten hatte. Hinter einem dicken Holzpfeiler bog sie nach rechts ab und kroch zu dem Belüftungsgitter hoch.

»Messer?« wisperte sie über die Schulter.

Han holte das Vibromesser hervor und zerschnitt vorsichtig die Bolzen des Schnappschlosses. »Du nimmst diese Seite«, dirigierte er sie. »Zieh es an dich heran.«

Sie zerrte mit den Fingernägeln an dem Gitter, bis es weit genug nachgab, um es richtig greifen zu können. Dann zogen sie es gemeinsam nach innen und stellten es leise neben einem Haufen vertrockneter Insektenpanzer in den Staub. Han, fast unsichtbar in seiner Schmutzverkleidung, kauerte sich zusammen und blickte aus der neugeschaffenen Öffnung hinaus. Sie kauerte sich neben ihn.

Mehrere Gleiter standen auf halbem Weg zwischen ihnen und der Außenmauer, umgeben von fünf Sturmtruppensoldaten. Leia rückte ein Stück zur Seite, so daß sie gleichzeitig etwas sehen und einen Blaster durch die Öffnung stecken konnte. Er tat dasselbe.

»Fertig?« fragte sie.

»Los!« flüsterte er.

Sie betätigte den Abzug. Erwischte einen. Erwischte einen zweiten. Ein weiterer ging zu Boden. Der vierte und der fünfte tauchten hinter einem geparkten Gleiter weg.

»Von hier aus läuft nichts.«

Han sprang durch die Öffnung. Blastergeschosse jaulten. Leia machte den Soldaten aus, der auf Han schoß, und streckte ihn nieder. Der andere behielt den Kopf unten. Han sprang auf die Füße und rannte auf den nächsten Gleiter zu. Ein Lichtblitz umfing seinen linken Fuß.

Leia sprang ebenfalls, rollte sich ab, um den Fall abzubremsen, und warf sich dann zur Seite. Ein neuerliches Blastergeschoß verbrannte den Boden, wo sie gelandet war. Sie wirbelte herum und schoß zurück, aber der Soldat duckte sich.

Das Aufbrüllen eines Gleiters lenkte ihre Aufmerksamkeit auf sich. Im Zickzack rannte sie darauf zu, krabbelte hinein und packte einen Haltegriff. Irgend etwas roch nach versengtem Stiefelleder. Augenblicklich zog Han den Gashahn und die Steighebel durch. Sie flogen über die Außenmauern des Komplexes hinweg.

»Haben sie dich erwischt?« überschrie sie die Windgeräusche, während unter ihnen ein stimmungsvoller grüner Wald dahinglitt. Der Blick nach Süden schweifte über Hügel, die Stadt und smaragdfarbene Ebenen, die sich bis zum Schimmern eines blauen Ozeans hinzogen. Von mehreren Stellen in der Stadtmitte stieg Rauch auf.

»Glaube nicht, daß mehr als die Sohle verbrannt ist«, antwortete er gepreßt.

Sie sah in sein schmutziges, windgepeitschtes Gesicht und erkannte Schmerz darin. Bis sie den *Falken* erreichten, konnte sie nichts tun. Offensichtlich war er aktionsfähig.

»Das Leben mit dir ist niemals langweilig«, sagte sie und streichelte sein stacheliges Kinn.

Er zwang sich ein Lächeln ab. »Könnte ich auch nicht ertragen«, rief er. Der Wind wehte seine Worte zum Wald zurück.

Leia wandte den Blick ab. Das Dröhnen des Gleiters schien die Tonhöhe zu ändern. Nein, es war ein anderer Gleiter.

»Han...«

»Wir haben Gesellschaft«, unterbrach Han sie. »Da drüben.«

»Auf meiner Seite ist auch einer. Nein, es sind drei!«

Sie waren umzingelt.

»Es *war* also eine Falle.« Han schnitt eine Grimasse. »Sie können uns abschießen und uns ein für allemal loswerden.«

»Auf der Flucht erschossen«, stimmte ihm Leia laut zu.

»Halt dich fest!«

Han zog den Gleiter in einem engen Bogen zurück zu den Hügeln. Zwei weitere imperiale Maschinen tauchten vor ihnen auf. Han betätigte das Höhensteuer, stieg nach oben und drehte sich gleichzeitig. Leia fuhr auf ihrem Sitz herum und feuerte auf einen Gleiter. Sie fühlte sich wie ein in die Enge getriebenes Tier, dem die Meute immer näher kam, und das außer Zähnen und Fingernägeln nichts hatte, um sich zu verteidigen.

Der Magen rutschte ihr in den Bauch, als Han den Gleiter durch die Spitze des Bogens zog.

»Hat keinen Zweck«, schrie er. »Sie haben schnelle Militärmaschinen.«

Etwas Strahlendes und Lärmendes, ein Strahl aus purer Laserkanonenenergie, schoß an der Steuerbordseite vorbei.

Han ging mit schwindelerregender Geschwindigkeit nach unten und steuerte auf die Baumspitzen zu. »Wenn ich sage ›Spring‹, dann springst du. Versteck dich hinter irgendwelchen Felsen oder . . .«

»Han!« rief sie. »Verstärkung!«

Zwei kleine Silhouetten mit X-Flügeln stürzten aus dem wolkenverhangenen, blauen Himmel. Militärische X-Flügler hatten eine doppelt so hohe Geschwindigkeit und Feuerkraft wie diese landgestützten Gleiter . . .

Augenblicklich zog Han den Gleiter wieder nach oben und gewann schnell an Höhe. »In dem Augenblick, in dem die Imperialen sie entdecken . . .«

Und tatsächlich, die Imperialen stoben auseinander.

»Ich wünschte, wir hätten ein Kommgerät«, knurrte Leia. »Sie agieren fast so, als ob sie jemand geschickt hätte. Luke vielleicht?«

»Würde mich nicht überraschen«, murmelte Han.

Er folgte dem Nebenfluß in Richtung des Hauptflusses. Ein X-Flügler bezog Position in der Drei-Uhr-, der andere in der Neun-Uhr-Stellung.

Leia winkte. Im Inneren des schräg liegenden Cockpits winkte ein schwarzer Handschuh zurück.

Ihre Eskorte wirkte so nah an der grünen Planetenoberfläche widersinnig. Leia erinnerte sich an Yavin und die versteckte Bodenbasis der Rebellen, in der sie auf den Angriff des ersten Todessterns gewartet hatte.

Dort, wo der Fluß einen Bogen nach Südosten beschrieb, unmittelbar nördlich von Salis D'aar, stiegen die beiden Jäger wieder in Richtung Weltraum auf.

„Sie wollen so nah bei der Stadt nicht gesehen werden«, stellte Leia fest. »Das würde die Bakurer alarmieren.«

»Bin froh, daß jemand mitgedacht hat«, antwortete Han.

»*Danke, Luke.* Es war immer noch lediglich eine Vermutung, aber Leia war sich ihrer Sache ziemlich sicher.

»Die kürzeste Route zum *Falken* führt mitten durch die Stadt«, meinte Han. »Wenn die Einheimischen versuchen, uns wegen

Verletzung der Ausgangssperre zu stoppen, werden sie ihr blaues Wunder erleben.«

Auf den Bodenstraßen von Salis D'aar, einschließlich einer Hochbrücke, die das weiße Kliff mit dem Westufer des breiten Flusses verband, wimmelte es von langsamen Fahrzeugen — vermutlich Familien, die ihre weltliche Habe in die nördlichen Berge transportierten, Ausgangssperre hin, Ausgangssperre her. Leia wünschte für einen Augenblick, daß sie am Komplex haltmachen könnten. Sie ließ das Ewoks-Armband nur höchst ungerne zurück, aber es war es nicht wert, daß sie ihr Leben riskierte.

Sie begegneten nur geringem Luftverkehr.

»Jeder, der 'rausfliegen konnte, hat es bereits getan«, mutmaßte Han.

»Wo sind die Droiden?«

»R2 ist vermutlich noch immer in Captisons Büro.« Dann erklärte Han ihr, was er mit 3PO gemacht hatte.

Sie lachte und malte sich im Geiste seine Ankunft bei dem *Falken* aus. »Ich hoffe nur, daß Chewie ihn nicht umgeblastert hat, bevor er sich melden konnte.«

»Er hatte mein Kommgerät. Ich bin sicher, daß er auf sich aufgepaßt hat.«

Die staubigen Rauchschwaden von Hunderten von Starts hüllten den Raumhafen ein. Han flog in den Nebel hinein und landete praktisch oben auf dem *Falken*. Er wurde nicht bewacht, abgesehen von einem einzigen einsamen Wookiee.

»Wo ist 3PO?« rief Leia.

Chewbacca schnaufte und schnarrte.

»Du hast *was*?« gab Han zurück. »Chewie, wir müssen sein Programm mit der Flötersprache in den Computer des *Falken* überspielen.«

Chewbacca heulte — es klang entschuldigend.

»Ja, das hätte ich tun sollen. Also, bring ihn in Ordnung.«

Chewie *hatte* ihn umgeblastert. Zu spät, dies zu bedauern. Leia stürmte hinter Chewbacca die Rampe hoch.

»Ich hoffe, er ist mit Treibstoff versorgt«, rief sie, während sie sich auf ihren hochlehnigen Sitz fallen ließ.

Chewbacca bellte.

»Voll bis an den Rand und bereit zu einer Reise zu den Kernwelten«, übersetzte Han, während er ins Cockpit humpelte. »Sieh zu, was du für 3PO tun kannst, Chewie. Leia, schnall dich an.«

Leias Sitz begann zu vibrieren. Das Dröhnen der Maschinen stieg an.

»Chewie, warte mal«, rief Han laut. »Irgendwelche neuen Modifikationen?«

Sein Partner wuffte hinter Leia.

»Oh.« Han klang erfreut. »Das sollte nützlich sein. Wo hast du es eingebaut?«

Chewie erschien wieder im Gang, rollte die Augen zu den Deckenplatten hoch und antwortete.

»Du hast *was* 'rausgeschmissen?«

»Was war das?« fragte Leia.

»Ah, er hat einen bakurischen Techniker veranlaßt, uns mehr Saft auf die Energieschirme zu geben, aber dadurch hat auch der Hyperantriebsverstärker zugelegt.« Er zielte mit einem Finger auf Chewie. »Sobald wir hier 'raus sind«, sagte er nachdrücklich, »kehren wir zu den alten Spezifikationen zurück. Zu meinen Spezifikationen.«

Alles, was Leia jetzt wollte, war Geschwindigkeit innerhalb des Systems. »Der *Falke* ist soweit«, sagte sie kurz. »Machen wir, daß wir wegkommen.«

✳ 17 ✳

»Jetzt das linke Bein.«

Folgsam wackelte Gaeriel mit den Zehen.

Der imperiale Arzt runzelte die Stirn, drückte mit unerbittlicher professioneller Sanftheit Gaeriels Kopf zurück und betrachtet erneut die leichte Verbrennung an ihrer Kehle. »Irgendeine Ionisierung des Nervensystems, nehme ich an. Das werde ich jedenfalls in meinen Bericht schreiben.«

Sie hustete. »Kann ich jetzt gehen?«

»Tut mir leid. Wir sind gebeten worden, Sie noch ein bißchen länger hierzubehalten, zur Beobachtung.«

»Was ist los? Ich habe eine Sirene gehört.«

»Sie haben die Orbitalstation angegriffen.«

Dann hatte es also begonnen. Sie blickte sich in dem kahlen Raum um. Vier weiße Wände und eine hohe Decke, keine Fenster, eine Tür. Die Notdienstpatrouille hatte sie auf einer Repulsortrage zum Komplex zurückgebracht. Ihre lebhafteste Erinnerung an das, was vorher geschehen war, beinhaltete Luke, der auf vier bewaffnete Sturmtruppensoldaten losging. Dann war der Zivilverteidigungsalarm gekommen. Anschließend hatte sie der Droide nach draußen in Sicherheit gebracht, wo sie eine lange, lange Zeit gelegen hatte, bis die Notdienstpatrouille die Kantine erreichte. Zu diesem Zeitpunkt waren Skywalker und die Ssi-ruuk in der imperialen Fähre verschwunden — und sie konnte sich fast wieder bewegen.

Aber es war vorbei, die Menschheit war dem Untergang geweiht. Sie hatten Luke in ihre Gewalt gebracht. Sie traute nicht einmal einem Jedi die Kraft zu, ihnen auf sich allein gestellt Widerstand zu leisten — was auch immer sie mit ihm anstellen wollten. Würden sie versuchen, einen Superdroiden aus ihm zu machen? Vielleicht scheiterten sie.

Aber selbst wenn das nicht der Fall war, sie würde lieber hier auf Bakura sterben als in die Gefangenschaft der Ssi-ruuk zu geraten. Ihre tiefe Depression begann sich zu lösen. Nichts und niemand konnte sie jetzt bedrohen.

Der Arzt schlüpfte nach draußen. Gaeri glitt vom Bett und humpelte zur Tür. Alle Muskeln schienen wieder funktionsfähig zu sein, aber die Bewegungen blieben hinter den Vorsätzen zurück. Sie berührte die Sensorleiste der Tür.

Verschlossen.

Sie konnten nicht die Absicht haben, sie lange hierzubehalten. Das Zimmer hatte nicht einmal ... Jetzt, da sie über häusliche Einrichtungen nachgedacht hatte, wünschte sie, es nicht getan zu haben. Sie dachte an Eppie, die von einer Tastatur in einer schäbigen Wohnung aus eine Revolte plante. Würde sie genug Zeit haben? Der Bakur-Komplex lag im Herzen von Salis D'aar und hatte Dutzende von Eingängen. Wie wollte sie die alle unter Kontrolle bekommen – oder mußte sie das überhaupt? Sie brauchte lediglich Wilek Nereus zu kontrollieren. Commander Thanas und die Raumstreitkräfte hatten den Planeten bereits verlassen, um Bakura zu verteidigen ...

Ihre Gedankengänge endeten abrupt in Niedergeschlagenheit. Es würde jetzt keine Verteidigung gegen die Ssi-ruuk geben.

Die Tür öffnete sich. Zwei Raummarine-Soldaten traten hindurch.

»Kommen Sie«, befahl der eine.

Gaeriel folgte ihnen, vorbei an einer medizinischen Station und dann durch eine Vorhalle. Bald wurde ihr klar, wohin sie sie brachten, und sie widerstand der Versuchung, davonzulaufen. Es war ihr immer gelungen, das Privatbüro Gouverneur Nereus' zu meiden. Sie hatte beunruhigende Gerüchte gehört. Und dann war da auch Nereus' subtile Aufmerksamkeit ...

Der erste Soldat öffnete die Tür des Gouverneurs und bedeutete ihr, hineinzugehen. Ruhig trat sie ein. Es war besser, auf Bakura zu sterben, aber nicht ohne Kampf.

Gouverneur Nereus saß an einem Schreibtisch mit einer polierten, beigefarbenen Platte. Mattbraune Adern auf ihr bildeten konzentrische Kreise, wie Baumringe, aber es schien sich nicht um Holz zu handeln. Nereus deutete schweigend auf einen Stuhl und wartete, bis die Soldaten gegangen waren.

Ein gerahmtes Tri-D an der nächsten Wand erregte ihre Aufmerksamkeit zuerst: ein großer, fauchender Fleischfresser. Seine vier langen, weißen Reißzähne wirkten unheimlich substantiell.

»Der Ketrann«, sagte Nereus. »Von Alk'lellish III.«

»Die Zähne. Sind sie ... echt?«

»Ja. Sehen Sie sich um.«

Über und neben dem Tri-D hingen andere, hier und da mit der einfachen Anordnung eines vollständigen Gebisses.

»Das ist dann Ihre Sammlung?«

»Raubtiere. Ich habe sie von siebzehn Welten, einschließlich des bakurischen Cratsch.« Er drückte auf einen durchsichtigen Würfel in einer Ecke seines Schreibtischs. »An dieser Wand ...« — er deutete nach links auf eine andere Gruppe von Tri-D-Bildern —« ... intelligente Nichtmenschen.«

Sie dachte an die riesigen Eckzähne des Wookiees Chewbacca und runzelte die Stirn.

»Und das gefährlichste Raubtier von allen.« Er warf ihr einen Kristall mit vielen Facetten zu. In seinem Inneren glänzten zwei Paar menschlicher Schneidezähne.

Sie wollte ihm den Kristall an den Kopf werfen, beherrschte sich jedoch. Vielleicht konnte sie später effektiveren Schaden verursachen. »Ich hoffe, Sie können bald einen Satz Ssi-ruuk-Zähne hinzufügen.« Sie bemühte sich, ganz kühl zu klingen.

»Ja. Interessant, das sie Schnäbel mit Zähnen haben.« Er räusperte sich. »Ich ziehe es natürlich vor, Exemplare von Individuen zu nehmen, die ich selbst erlegt habe. Die Rebellenprinzessin scheint sich meiner Gastfreundschaft für den Moment entzogen zu haben. Sie muß dafür bestraft werden, daß sie sich Anordnungen widersetzt hat. Mein Zahnspezialist ist nicht sehr zartfühlend.«

Teufel, dachte sie. Sie würde für jetzt mitspielen und die Schlange in seinem Picknickkorb sein, aber Wilek Nereus würde für seine Verbrechen bezahlen. Sie schluckte angestrengt, um einen Hustenreiz zu unterdrücken. Dies war der falsche Zeitpunkt, um sich einen Virus einzufangen. Er öffnete die Hand, und sie warf ihm den Kristall wieder zu.

»Bewunderungswürdige Diplomatie, Senatorin. Außerordentliche Selbstbeherrschung in einer Streßsituation. Haben Sie sich die Waffe, mit der man auf Sie geschossen hat, gut ansehen können?«

Gaeriel beschrieb sie, während Nereus den Kristall von Hand zu Hand wandern ließ. Als sie fertig war, dachte sie wieder an Eppie Belden. Wenn dieser Ssi-ruuk-Angriff scheiterte, würde Eppie eine weitere Gelegenheit brauchen.

»Gouverneur, bitte denken Sie darüber nach, ob Sie für Senator Belden ein Staatsbegräbnis erlauben können. Bakura braucht ...«

»Bakura braucht keine weiteren Massenversammlungen. Nein. Die Ausgangssperre bleibt in Kraft.« Er blickte ins Leere und hinterließ bei ihr plötzlich den Eindruck, daß er auf irgend etwas wartete.

»Was hat das Imperium mit Madam Belden gemacht?« fragte sie, um ihn abzulenken.

Er zog eine kräftige Augenbraue hoch. »Hat das Imperium etwas mit ihr gemacht? Lassen sie mich in meinen Unterlagen nachsehen!« Seine Finger huschten über eine in den Schreibtisch eingelassene Tastatur. Gaeri beugte sich vor. »Was halten sie von meinem Schreibtisch?« fragte er. »Ein einziger Stoßzahn aus Elfenbein.«

Das war ein Zahn? Mit seinem Durchmesser von anderthalb Metern ließ er auf einen monströsen Rachen schließen.

»Eine im Wasser lebende Kreatur?« riet sie. Der Hustenreiz wurde stärker.

Nereus nickte. »Inzwischen ausgestorben. Ah, hier haben wir es ja.« Er lächelte entspannt. »Madam Belden war zur Exekution vorgesehen. Ihr Gatte erklärte sich als Preis dafür, daß sie weiterhin bei ihm bleiben durfte, mit einem dauerhaften Entmündigungseingriff einverstanden.«

Gaeriel ballte die Fäuste. Orn Belden war... einverstanden gewesen, daß das Imperium sie... Sie wollte es nicht glauben. Plötzlich war sie dankbar dafür, daß Orn Belden gestorben war, so daß sie ihn nicht fragen konnte, ob es der Wahrheit entsprach.

»Und offenbar unterwarf sie sich dem Eingriff, um *ihn* zu schützen«, fügte er hinzu. Er blickte auf seinen Schirm. »Ah, ja, ich hatte die Einzelheiten vergessen. Wir haben eine winzige Kreatur aus dem Jospro-Sektor benutzt, die an der Großhirnrinde schmarotzt. Sie vernarbt den Bereich und beschränkt das Langzeitgedächtnis auf ein angenehm bescheidenes Ausmaß. Einfach und schmerzlos einzuführen, und sie und ihr Gatte konnten zusammenbleiben. Ein ziemliches Liebespaar, wenn man ihr Alter bedenkt. Husten Sie nur, meine Liebe. Ihre Stirn läuft schon rot an.«

»Das muß ich nicht.« Sie schluckte.

Er faltete die Hände auf der Elfenbeinplatte. »Wieviel von diesem Essen haben Sie mit Commander Skywalker geteilt?«

Ihre Magengrube verwandelte sich in Blei. Dieses Essen...

»Was meinen Sie damit?« fragte sie.

Er machte eine wegwerfende Handbewegung. Sie sah ganz beiläufig aus, aber seine Finger zitterten dabei. »Nachdem Skywalkers Türwächter gemeldet hatten, daß sie in die Suite gekommen waren, begann ich natürlich, Anrufen nachzugehen, die Ihrer Identifikationsnummer zugeschrieben wurden. Ich habe die Essensbestellung für Ihre Wohnung abgefangen...

Hübscher Versuch, meine Liebe, aber leider erfolglos. Ich habe das Essen in der Küche impfen lassen. Ihre Aktionen und auch Ihre Fragen stempeln sie als Rebellenkollaborateurin ab.«

Was hatte Nereus gemacht? Würde sie sterben? Würde Luke sterben? Sicher hätte er ihr nicht gesagt, was er getan hatte, wenn er sie einfach nur umbringen wollte.

»Was ist es?« fragte sie, nachdem sie sich gefaßt hatte. »Ein weiterer Parasit?«

Er lächelte. »Die olabrianische Trichine legt Kokons mit drei Eiern in reifende Früchte. Die Larven schlüpfen im Magen des Wirtskörpers aus und wandern in die Lunge, während der Wirt schläft. Dort bleiben sie einen oder zwei Tage. Sie wachsen, und ihre Mundpartie entwickelt sich. Dann fangen sie an, sich zum Herzen durchzunagen. Das nimmt eine unterschiedliche Zeitspanne in Anspruch, abhängig von der Größe und der physischen Verfassung des Wirtskörpers. Sie verpuppen sich in einer hübschen, großen Lache aus langsam gerinnendem Blut... Sie sind blaß, meine Liebe. Wollen Sie sich ein bißchen hinlegen?«

Sie hatte das Gefühl, daß etwas in ihr wuchs.

»Machen Sie sich keine Sorgen. Die Larve ist äußerst anfällig gegen puren Sauerstoff. Sie sind nahezu augenblicklich heilbar – innerhalb der nächsten Stunde etwa.« Er bediente eine Taste auf seinem Computer. »Doktor, bringen Sie die CD-12-Ausrüstung.«

»So hat es also mich anstelle von Skywalker erwischt?«

Wenigstens hatte Luke da oben noch eine Chance.

»Nein«, sagte er milde. »Erinnern Sie sich – drei Eier in jedem Kokon. Er trägt eindeutig zwei in sich. Ich hatte mich schon nach dem Verbleib des dritten Eies gefragt. Seien Sie stolz auf Ihren Freund, Gaeriel. Durch ihn wird vielleicht die Flotte der Ssi-ruuk infiziert. Ich kann fast garantieren, daß in Ssi-ruuk-Körpern keine natürlichen Feinde der olabrianischen Trichine zu Hause sind. Wenn wir sie noch einen Tag fernhalten können, haben wir gewonnen.«

Die Tür glitt auf. Ihr Arzt eilte herein. Er hatte eine Atemmaske, eine kleine Flasche und einen Laborbehälter bei sich.

»Es wird nur eine Minute dauern, Gaeriel.« Nereus faltete die Hände auf der Schreibtischplatte. »Arbeiten Sie mit dem Doktor zusammen.«

Sie musterte die Flasche und fragte sich, was sie außer Sauerstoff sonst noch enthielt. »Nur wenn Sie zuerst selbst etwas davon einatmen.«

Nereus zuckte die Achseln. »Ich nehme eine Priese, wenn Sie nichts dagegen haben«, sagte er zu dem Arzt. Nach zwei tiefen Atemzügen lächelte er breit. »Sie sind dran, Gaeriel.«

Sie wartete, bis der Arzt die Maske sterilisiert hatte, und ließ sie sich dann aufs Gesicht pressen. Das Gas war geruchlos. Sie atmete abermals ein und blickte dem Arzt in die Augen.

»Behalten Sie sie auf«, sagte er, »bis Sie . . .«

Plötzlich mußte sie sich übergeben. Der Arzt drückte die Maske fest nach unten. Sie würgte, schloß die Augen und spuckte etwas Abscheuliches aus. Dann taumelte sie zu ihrem Sitz zurück, während der Arzt etwas aus der Maske in den Behälter kippte.

Luke, seufzte sie im stillen. Wie sie befürchtet hatte, würde er vielleicht sterben, bevor die Ssi-ruuk etwas mit ihm anfangen konnten. Vielleicht hatte Nereus die Menschheit letzten Endes gerettet – aber um welchen Preis? Jetzt, da Luke dem Untergang geweiht war, bedauerte sie jedes grobe Wort.

»Sehr tapfer.« Nereus tippte die Fingerspitzen aneinander. »Natürlich ist es unangenehm, daß Sie wissen, was mit Madam Belden passiert ist.«

Gaeriel konzentrierte sich aufs Schlucken. »Vielleicht nicht, Gouverneur. Manches Wissen muß verbreitet werden, wenn man die Menschen dadurch in Schrecken versetzen will.«

»Gut gespielt, in der Tat! Sie gefallen mir besser und besser. Wenn wir die Rebellen besiegt haben, werde ich Sie vielleicht begnadigen. Vielleicht gehe ich sogar so weit und nehme Sie in meinen persönlichen Stab auf. Aber Sie haben ohnehin schon gewußt, daß ich das gerne tun würde, nicht wahr?« Er stützte sein Kinn auf eine Hand.

Angewidert umschlang sie ihre Knie. »Kann ich einen Schluck Wasser haben?«

Er ließ ein Glas kommen. Nachdem Sie getrunken hatte und der Arzt mit seinem Laborbehälter gegangen war, sagte sie: »Wie es aussieht, wird es eine Schlacht geben. Kann ich von ihrem Kriegsraum aus zusehen?«

»Kein Grund, irgendwo hinzugehen.« Er spielte an seiner Schreibtischkonsole herum. Ein kleines, aber detailliertes Hologramm des nahen Weltraums erschien über dem Schreibtisch. Er beugte sich nach unten, griff in eine Schublade und holte eine versiegelte Flasche Namananektar hervor. »Feiern wir den imperialen Sieg«, sagte er mit großartiger Geste.

Feiern, echote sie bitter im stillen und schwor sich, nichts davon zu trinken. Ihre Kehle brannte bereits jetzt.

***

Devs Herzschlag beschleunigte sich, als sie sich dem orbitalen Verteidigungsnetz der Imperialen näherten. Diesmal würden sie keine imperialen Soldaten an Bord durchlotsen. Als er aus der Hauptsichtluke der Fähre blickte, konnte er langsamere Fähren sehen, die an Schiffen andockten. Menschen strömten zusammen, um sich auf die Schlacht vorzubereiten. Unmittelbar vor ihm trillerten Blauschuppe, Firwirrung und die anderen miteinander. Sie saßen auf dem Fußboden der Fähre, im Kreis um die Vordersitze herum.

Wenn menschliche Kampfschiffe diese Fähre abschossen, würde das Problem Skywalker erledigt sein. Allerdings bezweifelte er, daß es unterhalb des Verteidigungsnetzes dazu kommen würde. Alle Verteidiger würden nach draußen blicken und versuchen, die Ssi-ruuk-Kanonenboote am Durchbruch zur Planetenoberfläche zu hindern. Außerdem sah diese Fähre wie ein beliebiges anderes imperiales Schiff aus, das seine Besatzung zu einem Kreuzer im Orbit beförderte.

Irgend etwas blitzte vor ihnen auf. Einen Augenblick später flogen die Trümmer eines menschlichen Jägers aus der Blitzzone. Er mußte ein Angriffsmanöver gegen sie vorgenommen haben. Durch die neugeschaffene Lücke im Verteidigungsnetz strömte Staffel auf Staffel von Kampfdroiden ein, wodurch eine Gasse zur *Shriwirr* geschaffen wurde. Menschliche Jäger rasten heran und fingen an, sie abzuschießen, aber es kamen immer mehr Kampfdroiden. Dev nahm an, daß Admiral Ivpikkis simultane Angriffe an mehreren Stellen gestartet hatte, um die Aufmerksamkeit der Verrteidiger von dieser Fähre abzulenken.

Wenn Skywalker erst einmal hilflos dalag und Firwirrung den Hauptschalter umlegte, konnten sie Menschen aus den nächsten Schiffen und sogar vom Planeten selbst technisieren und all die Kampfdroiden mit Energie versorgen, die sie brauchten, um die Invasion erfolgreich durchzuführen. Durch dieses Gedankenbild schoß die qualvolle Erinnerung daran, wie er selbst auf dem Technisierbett gelegen hatte. »Dev?« Firwirrungs großes, schwarzes Auge tauchte über der Lehne seines Sitzes auf. »Alles in Ordnung mit dir? Du siehst nicht glücklich aus.«

»Oh«, rief Dev schnell und wünschte sich, daß Ssi-ruuk-

Gesichter einen Ausdruck hätten, den man lesen konnte, »ich mache mir Sorgen wegen deiner Wunde, Meister. Er hatte kein Recht, dir das anzutun.«

Firwirrung blinzelte mit seinen dreifachen Augenlidern. »Es ist eine Wunde der Ehre. Aber unser Gefangener scheint dir keine Freude zu bereiten.«

Devs Finger zuckten. Wenn er seine Geistesverfassung verriet, würden sie ihn augenblicklich erneuern und alles hinfällig machen, was Skywalker erreicht hatte. Schlimmer noch, sie würden ihn von Skywalker trennen. Die perfekte Antwort kam ihm verspätet in den Sinn.

»Er hat dich verletzt, Meister.«

Firwirrung nickte langsam. »Verstehe.« Er wandte sich ab und pfiff etwas, das zu leise war, um verstanden werden zu können.

Der Jedi vermittelte in jeder Beziehung den Eindruck der Bewußtlosigkeit, wie er so mit offenem Mund dalag. Dev fuhr ihm mit einer Hand über den Kopf. Durch die Wärme in der Macht fand er die Stelle, an der ihn Blauschuppe getroffen hatte. Sie heilte bereits. Erneut überkamen ihn Zweifel.

Skywalker? dachte Dev zögernd. *Bist du bei Bewußtsein? Kann ich dir helfen? Was kann ich tun?*

Die einzige Antwort, die er bekam, war der Pulsschlag der Galaxis.

Dev biß sich einen Fingernagel ab. Eine Gruppe von Kampfdroiden schoß blitzend an der Fähre vorbei. Sie verteidigten sie, wurde ihm klar. In Gedanken konnte er sich Admiral Ivpikkis ausmalen, wie er dastand und eine Daumenkralle gegen die andere rieb.

Technisierschaltkreise wirkten nur bei bewußten Individuen. Es würden also zumindest einige Sekunden zur Verfügung stehen. *Du wirst schnell handeln müssen*, dachte er angestrengt an die Adresse des Jedi gerichtet. *Sie werden sich keine Blöße geben.*

Technisierung. Es schauderte ihn. Er hatte sich danach gesehnt, seinem eigenen Willen entfliehen zu können. Er hatte bei seiner eigenen Versklavung freiwillig mitgearbeitet. Er hatte gehofft, sie mit der gesamten Menschheit teilen zu können. Finster starrte er auf Blauschuppes Hinterkopf.

Die Unterseite der *Shriwirr* kreuzte die Sichtluke. Bei dem Gedanken, wieder die Fußklauen der Ssi-ruuk lecken zu müssen, für welche Zeit auch immer, sträubten sich ihm die Haare.

Aber es würde nicht mehr lange dauern. Bald würde er frei oder tot sein — oder beides.

Metallene Drucktüren schlossen sich hinter ihnen. Sekunden später landete die Fähre rauh auf dem Boden einer Andockbucht. Skywalker bewegte sich nicht.

Dev blieb auf seinem Platz sitzen, während einige Medis Firwirrung die Rampe hinunterhalfen. Er ertappte sich dabei, daß er mit den Fingern trommelte, und preßte seine Handflächen aneinander, um damit aufzuhören. Ein Sklave, den man einer Gehirnwäsche unterzogen hatte, zeigte keine Nervosität.

Der schuppige Kopf des Medis drehte sich zurück zur Rampe. »Bewußtlos?« pfiff er.

»Leichte Kopfverletzung«, antwortete Dev. »Sie hat ihn immobil gehalten.«

Der Medi gab einen angewiderten Klickton von sich. »Unsere Kenntnisse der menschlichen Anatomie sind begrenzt. Es ist besser, wenn du bei ihm bleibst.«

Fröstelnd wurde Dev klar, daß sie ihn vielleicht auseinanderschneiden würden, um festzustellen, wie Skywalker aufgebaut war.

»Ja, Meister«, sagte er. »Laß mich ihn tragen.«

»Gut«, knurrte der Ssi-ruu. »Wir haben nur eine Trage mitgebracht.«

Dev nahm seinen Harnisch ab, dann den Skywalkers. Vorsichtig fuhr er mit der Hand über die verletzte Stelle. Zumindest hielt er sie dafür. Alle Spuren hatten sich verflüchtigt. In seiner gebückten Körperhaltung brauchte er mehrere mühevolle Minuten, um mit den gefesselten Armen, den baumelnden Beinen und dem Gewicht des kräftigen, muskulösen Körpers des Jedi fertig zu werden, bevor er die offenstehende Luke erreichte.

In der riesigen Landebucht hatten sich ein Dutzend wartender Ssi-ruuk rund um die Fähre versammelt. Dev zwang sich zu einem Grinsen, weil er Jubelgeschrei erwartete. Statt dessen sahen sie nur schweigend zu, wie er sich abmühte. Seine Deckschuhe klapperten die Rampe hinunter. Vermutlich hatten sie ihren Spaß beim Anblick eines menschlichen Sklaven, der das Schicksal der Menschheit auf seinen Schultern trug.

Unter seiner Last torkelnd, folgte Dev dem Fährenpiloten durch die Landebucht, dann zwischen den Schottwänden einer Frachtschleuse hindurch in einen langen, hell erleuchteten Korridor. Er hörte ein Klickklack hinter sich und fragte sich, wie viele wohl folgten. Die Dinge sahen immer hoffnungsloser aus. Fast wünschte er, den Jedi erwürgt zu haben, solange er noch Gelegenheit dazu gehabt hatte.

Nein, er wünschte es sich doch nicht. Nicht solange es eine Chance gab, ihn zu retten. Nach all diesen Jahren des Lebens unter Feinden hatte er einen Freund gefunden. Weil der Jedi seine Menschlichkeit wiedererweckt hatte, schuldete er ihm die Chance, sich zu wehren.

Der Weg führte mit einem Lift nach oben, um mehrere Ecken und dann zum Technisierlabor. Eigentlich sollte die matte Nachtbeleuchtung eingeschaltet sein, aber die gelben Deckenlichtröhren erstrahlten in vollem Glanz. Dev stolperte und hätte seine Last beinahe fallen lassen.

»Vorsichtig!« schnauzte eine Stimme hinter ihm.

»Ja, Meister!« Es war nicht schwer, erschöpft und reuevoll zu klingen. »Ich wollte das nicht. Es ist alles in Ordnung mit ihm.«

Auf Devs Rücken traf das aber kaum zu. Der Schmerz erfüllte ihn mit bußfertiger Befriedigung.

Er folgte dem Piloten ins Innere des geräumigen Labors. Das neue Technisier-Plattformbett stand an einer Wand neben dem alten Standardstuhl. Jetzt wagte er, sich umzudrehen. Noch zwei andere traten nach ihm ein. Die übrigen würden draußen Wache stehen.

Firwirrung wartete bereits neben der Instrumententafel, assistiert von seinem Medi und zwei P'w'ecks. Damit standen fünf Ssi-ruuk und zwei Diener gegen Dev und einen besinnungslosen Jedi.

»Ah, Dev«, pfiff Firwirrung. »Du bist stark. Gut gemacht.«

Manipulatives Lob: Jetzt erkannte er es. Sich an die Hoffnung klammernd, daß Skywalker bei Bewußtsein war, ließ Dev ihn auf den Boden gleiten.

»Nein«, rief Firwirrung. »Der neue Apparat kann ihn in aufrechter Haltung aufnehmen. Warte, ich helfe dir.«

Dev ging in die Knie und hob Skywalker wieder auf seine Schulter.

Der Zeitpunkt ist gekommen! Sie haben dich in der Falle, wenn du jetzt nicht handelst!

Skywalker gab keine Antwort.

Betrübt stützte Dev den Jedi. Der Pilot löste seine Handgelenkfesseln, und Firwirrung drückte ihn gegen die Plattform. Halteklammern schlossen sich um seine Fußgelenke und um die Hüfte, aber seine Arme baumelten neben der Halterung. Firwirrung schob sie in die Klammern. Das Bett neigte sich mit seinem Gefangenen nach hinten.

Dann glitt die Luke auf. Dev drehte sich um und erstarrte, Blauschuppe kam herein, machte die Tür hinter sich zu und trat an Devs Seite.

»Der Jedi-Mensch wird noch einige Zeit ohne Bewußtsein sein, glaubst du?« fragte er.

Dev breitete die Hände aus. Ssi-ruuk machten diese Geste mit leerer Klaue auch, um Bestürzung anzuzeigen. »Das Warten wird schwer werden, Ältester.«

Blauschuppe drehte seinen massigen Schädel, um Dev mit einem hypnotischen schwarzen Auge zu fixieren. »Du hast es ungemein nötig.«

Zwei andere Fremde schlichen auf ihn zu, die Strahler im Anschlag.

»Wartet«, rief Firwirrung. »Dev hat uns gut gedient. Wir wollen ihn belohnen.« Er streichelte den alten Technisierstuhl. »Setz dich, Dev. Die Zeit ist gekommen. Ich persönlich werde die Kanülen einführen und den Sammelbogen über dich senken, genau wie ich es dir versprochen habe.«

Devs Zunge schwoll an wie eine Kissenfüllung. Seine Speichelleckerei hatte keinen von ihnen überzeugt. Wie abscheulich hatte er sich in all diesen Jahren verhalten?

»Riechst du es nicht selbst?« sang Blauschupe mit leiser Stimme.

So waren sie ihm also auf die Spur gekommen. Er nutzte seinen letzten Augenblick in Freiheit und stürzte sich auf Skywalker. Seine gesunde und seine schmerzende Hand schlossen sich um die Kehle des hilflosen Jedi.

»Ich habe gar nichts nötig«, schrie er sie an. »Ihr werdet niemals...«

Alle Lampen im Raum gingen aus. Die Worte blieben Dev in der Kehle stecken.

18

Der geistig minderbemittelte kleine P'w'eck, den Luke kontrolliert hatte, äußerte wie alle anderen trillernd seine Verwirrung und begriff nicht, daß sein Schwanz die Instrumententafel zerschmettert und die Kabinenlampen zum Erlöschen gebracht hatte. Luke hoffte nur, daß er auch die verabscheuungswürdigen fremden Maschinen funktionsuntüchtig gemacht hatte. Er konnte die Nichtmenschen aufgrund ihrer Präsenzen von Dev unterscheiden, selbst in der Dunkelheit. Ein starkes Individuum stampfte auf eine Eingangsluke zu, die durch ein Energieschloß gesichert war.

Luke hatte seine Fesseln bereits mit Hilfe der Macht gelöst. Er schüttelte Dev mit Leichtigkeit ab und sprang von der Plattform. Sein Kopf schmerzte nicht mehr, aber in seinem rechten Bein hatte er kein Gefühl.

»Dev«, rief er, »versteck dich unter irgendwas. Sonst zertrampeln sie dich.«

»Klar!« Devs Stimme klang trunken vor Begeisterung.

Mitfühlen zu müssen, wie Dev zwischen Entschlossenheit und Furcht hin und her schwankte, war bei seinem Bemühen, sich still zu verhalten, während der letzten Minuten der schwierigste Teil gewesen. Er wünschte, seinen Blaster nicht weggegeben zu haben oder einen weiteren zu besitzen, mit dem er Dev bewaffnen konnte.

Von einer sicheren Stelle an der Schottwand aus streckte er seine rechte Hand aus und stellte sich im Geiste sein Lichtschwert vor. Es mußte ganz in der Nähe sein. Weniger als eine Sekunde später spürte er sein befriedigendes Gewicht in der Hand.

»Bist du unten, Dev?« übertönte er die Kakophonie tiefer Ssiruuk-Pfiffe.

Gedämpfte Antwort: »Ja.«

»Gut.«

Luke zündete die Klinge des Schwertes. Der Raum erstrahlte in unheimlichem Grün, und die alarmierten Pfiffe der Nichtmenschen steigerten sich zu kreischenden Schreien. Zwei schwarze Augen reflektierten einen Moment lang das Schwert, bis es unterhalb von ihnen zuschlug. Ein anderer Nichtmensch heulte auf. Luke wirbelte herum und köpfte ihn.

Der große Blaue – er war es, der am Schott stand – trat es schließlich ein und flüchtete. Ein anderer folgte ihm in den hellen Korridor.

»Was jetzt?« schrie Dev.

»Bleib unten!«

Drei mechanische Gestalten, die R2 ähnelten, tauchten im Eingang auf. Der erste Droide stürmte auf ihn zu. Luke spaltete ihn mit einem diagonalen Schwertstreich und tastete mit der Macht nach den anderen. Sie waren keine puren Droiden, sondern mit marginalem Leben erfüllt. Einer feuerte ein paar Betäubungsstrahlen auf ihn ab. Luke lenkte den einen auf den Angreifer zurück und den anderen auf seinen Partner. Beide wurden überlastet und abgeschaltet, aber der eigenartige Gestank in der Macht, wie die Präsenz einer Seele, die halb verwest war, verflüchtigte sich nur leicht. Er fing denselben Geruch von den Kampfdroiden und von dem Schiff selbst auf. Der Kreuzer stank in seinen Sinnen, durchdrungen von gestohlenen menschlichen Lebensenergien. Er mochte für seine Geschütze und den Antrieb schweres Fusionsmaterial verbrennen, aber seine Kontrollsysteme mußten nach der abscheulichen Ssi-ruuk-Methode mit Energie versorgt werden.

Dev kroch hinter dem schrecklichen Stuhl hervor. Dieser war von Energiespuren der Dunklen Seite umgeben, die von der entsetzlichen Todesangst Tausender von Opfern herrührte.

»Alles in Ordnung mit dir?« fragte Luke.

Devs hellbraune Haut sah im Licht des Schwertes olivgrün aus, und er umklammerte mit beiden Händen einen Paddelstrahler.

»Das war wunderbar.«

Mit Devs Ausbildung konnte gar nicht früh genug begonnen werden. »Zwei deiner Ssi-ruuk sind gestorben.«

»Ich weiß«, ächzte er. »Aber wie sonst...«

»Genau. Man muß kämpfen, aber man muß es nicht unbedingt gerne tun.«

Luke hoffte, das Yoda nicht laut lachte, wenn er diese Worte hörte.

Dev kaute an seiner Unterlippe. »Was jetzt?«

»Tritt zurück.«

Luke drehte sich auf seinem gesunden Bein und spaltete den Stuhl und die herunterbaumelnden Zubehörteile einmal, zweimal, dreimal, dann nahm er sich das aufrecht stehende Bett vor. Bruchstücke krachten auf den Boden und zerschrammten die Fliesen. Er ließ das Schwert wieder zur Ruhe kommen.

»Gibt es noch andere Labors wie dieses?«

Er spürte, wie Dev verzagte. Seine Augen waren weit aufgerissen und wirkten gehetzt.

»Sie haben weitere dreißig fast fertiggestellt.«

Dreißig!

»Es würde uns zu lange aufhalten, so viele demolieren zu wollen. Keine mehr, die schon funktionstüchtig sind?«

»Nicht daß ich wüßte. Und ich habe geholfen...«

»Dann wollen wir annehmen, daß dieser hier der einzige ist.« Obgleich er seinen Geist in der Macht entspannte, lief der Schweiß ihm übers Gesicht. »Werden die Kontrollsysteme an Bord ebenfalls durch menschliche Energie angetrieben?«

Die Falten auf Devs Stirn vertieften sich. »Ich weiß es nicht. Ich habe nie darüber nachgedacht. Möglich ist es.«

»Ich kann es fühlen. Kannst du mich in den Maschinenraum bringen?«

»Ja.«

Luke hielt das Schwert gesenkt und trat seitlich an die äußere Schottwand heran. Dann spähte er in den Korridor hinaus.

»Da draußen sind sechs weitere Droiden, aber keine Ssiruuk.«

»Sie haben Todesangst vor dir.«

»Warum?«

»Sie wollen nicht fern von ihren Heimatwelten sterben. Deshalb zwingen sie Sklaven und P'w'ecks dazu, für sie zu kämpfen.« Dev schlich hinter ihn. »Sei vorsichtig«, flüsterte er.

»Bleib hinter mir.«

Luke war im Begriff, sich ganz der Kontrolle der Macht zu überlassen, als ihm klar wurde, daß dies bereits der Fall war. Er trat in den Eingang, mit aktionsbereitem Schwert. Ein Energiestrahl schoß auf ihn zu. Dev schrie auf und sprang zur Seite. Lukes Schwert flog hoch und warf die Energie zurück. Der Droide gab Funken von sich und war tot.

Einer weniger. Die fünf anderen waren zweifellos darauf programmiert, ihre Schüsse... Sie feuerten alle gleichzeitig! Lukes Schwert wirbelte. Die Droiden gingen zu Boden, qualmend und funkensprühend.

Dev stieß einen leisen Pfiff der Bewunderung aus.

»Ich werde dir beibringen, wie man das macht.« Lukes

rechtes Bein stach und schmerzte. Er mußte es sich bei dem Sprung auf den Tisch schlimmer verrenkt haben, als er gedacht hatte.

»Tue es bald«, sagte Dev ernsthaft. »Ich will das können, was du kannst.«

»Zuerst das Technikdeck«, murmelte Luke. Er war zufrieden. Dev schien wirklich an einer Ausbildung interessiert zu sein. »Bleib dicht hinter mir.«

Sie schlichen einen hell erleuchteten Korridor entlang.

»Links«, wisperte Dev.

Luke wirbelte in den Gang, um das Feuer von allen, die ihn bewachten, auf sich zu ziehen. Er wurde nicht angegriffen und drang weiter vor, wobei er aufmerksam auf Geräusche vor und hinter sich achtete. Unter Verwendung der Macht frischte er seine ermüdenden Muskeln auf und nahm dem stärker werdenden Schmerz in seinem rechten Bein den Biß.

»Jetzt rechts«, flüsterte Dev. »Sinkschacht.«

Luke schüttelte den Kopf. »Darin wären wir hilflos. Der große Blaue ist wahrscheinlich noch immer an Bord. Sind die Decks durch Treppen verbunden?«

»Ssi-ruuk können keine Treppen benutzen«, murmelte Dev. »Auch P'w'ecks, die kleineren, nicht.«

»Weitere Sklaven?« Lukes Stimme versagte, und er räusperte sich.

»Ja.«

Die Ssi-ruuk würden vermutlich andere Rassen niemals als gleichwertig akzeptieren.

»Irgendwelche andere Verbindungen zwischen den Decks?«

»Ich weiß es nicht«, gab Dev zu. »Ich habe immer nur Energielifts benutzt.«

Luke tauchte wieder in die unsichtbare Welt ein. Ein Gewebe aus schwacher Lebensenergie umgab sie, hier und da akzentuiert durch die helleren Machtschimmer vernunftbegabter Lebewesen. Er entdeckte vor sich einen vertikal verlaufenden Leerraum von beträchtlicher Größe.

»Komm«, murmelte er.

Da er keinen Zugang finden konnte, schnitt er eine Öffnung in die Schottwand. Eine Wendelrampe, eng für Menschen, da offensichtlich für P'w'ecks oder Droiden gedacht, führte nach oben und unten. Es war nichts zu hören und zu fühlen.

»Geh vor«, flüsterte Luke.

Dev schob ein Bein durch die Öffnung, dann den Kopf und

verschwand auf der Rampe. Luke folgte ihm. Dev zeigte abwärts, und so machte sich Luke als erster auf den Weg nach unten. Sein rechtes Bein ließ sich nur mühsam beugen. Die Muskeln verhärteten sich und blieben in diesem Zustand. Hinter ihm machte sich auch Devs Schmerzempfinden bemerkbar: Er hatte sich den Rücken und die linke Hand verletzt.

Dutzende, vielleicht Hunderte von Seelen mußten in den Schaltkreisen der *Shriwirr* versklavt sein. Er konnte keine einzige davon ins Leben zurückbringen, aber vielleicht war er in der Lage, einige freizusetzen, so daß sie in Frieden ruhen konnten.

Nach einem langen Marsch in gebückter Haltung fragte Luke mit zusammengebissenen Zähnen: »Wie weit unten liegt der Maschinenraum?«

»Achtzehntes Deck.« Dev deutete auf ein Symbol an der Wand neben einem schmalen Schott. »Wir sind jetzt auf dem siebzehnten.«

Luke brachte einige weitere Biegungen der Rampe hinter sich, machte dann vor einem Schott halt.

»Hier?«

»Hier sind wir richtig.«

Luke tauchte in die Schalterkreise auf der anderen Seite des Schotts ein. Wieder fand er ein Lebensenergiezentrum, das die toten Schaltkreise mit Antriebskraft versorgte. Er schickte einen Erregungsimpuls in die Bruchstücke eines menschlichen Willens.

Das Schott glitt auf.

Er stolperte in einen anderen leeren Korridor, mit aktionsbereitem Schwert. Als Dev an ihm vorbeilief, drehte er sich um und hieb in das Energiezentrum. Die gequälte Seele der eingekerkerten Präsenz erlosch.

Eine weitere befreit...

Dev studierte eine Beschriftung an der Schottwand. »Ich glaube, hier sind wir richtig«, sagte er leise.

»Du bist hier unten noch nie gewesen?«

Dev zuckte die Achseln. »Nein.«

»In Ordnung.«

Hinter einer anderen Schottwand spürte er den Hauch des halbtoten Machtgestanks. Er wollte gerade unter einen beleuchteten Bogendurchgang treten, als er darüber ein Schimmern wahrnahm. Er machte einen Satz rückwärts.

»Was ist das?« fragte Dev.

Luke spürte der Energie nach, die an der einen Wand nach oben, dann an der Decke entlang und an der gegenüberliegenden Wand wieder nach unten floß.

»Ich weiß es nicht«, antwortete er. »Die Lebenskraft ist mit einem starken Verstärker verbunden.«

Er schnitt einen Fetzen aus seinem Hemd, ließ ihn auf den Boden fallen und pustete. Der Stoffetzen flatterte nach vorne.

Zischend blaue Energie verbrannte ihn zu Asche.

***

Sh'tk'iths blaue Vorderklauen rahmten die Sicherheitskontrolltafel ein. »Da«, rief er der P'w'eck-Gruppe hinter ihm zu. »Wir haben sie gefunden. Betäubungsfalle außerhalb des Maschinenraums.«

Er legte eine Spule um. »Fortschritte?« fragte er Firwirrung, der hektisch in einem anderen Labor arbeitete.

»Fertig«, antwortete sein Kollege. »Es wird den Jedi nicht so lange am Leben halten wie das Original, aber ich werde ein anderes — besseres — bauen, bevor sich sein Zustand zu sehr verschlechtert.«

Obwohl er verwundet war, schien Firwirrung entschlossen, sein Desaster wiedergutzumachen. Er und seine P'w'eck-Helfer hatten aus einem fast fertiggestellten Stuhl und verschiedenen Ersatzteilen ein zweites Bett zusammengebaut: eine neue Möglichkeit, die Ernte sofort einzubringen — wenn Sh'tk'ith den Jedi überwältigen konnte. Der Sieg war noch immer in Reichweite.

Sh'tk'ith setzte sich über seine Außenspule mit Admiral Ivpikkis Rettungsboot in Verbindung. »Wir sind im Begriff, ihnen auf den Leib zu rücken. Ich habe drei Abteilungen P'w'ecks auf Deck Sechzehn in Dienst gestellt. Nach meiner Rechnung können wir Kampfdroiden in die Schlacht werfen, sobald wir es geschafft haben.«

»Gut«, kam die Antwort des Admirals. Ssi-ruuk-Kampfschiffe umgaben die *Shriwirr* weiterhin und schützten sie unter seinem Kommando. »Alle unsere anderen Kreuzer haben ihre volle Quote ausgesetzt«, sang Ivpikkis.

»Firwirrung glaubt, daß er Sibwarras Energien vielleicht mit denen des Jedi kombinieren kann.«

»Haltet beide am Leben. Du kannst vielleicht einen Preis für Sibwarra einfordern, wenn wir Bakura erst einmal erobert haben.«

Sh'tk'ith riß seinen Schulterbeutel herunter. »Folgt mir.« pfiff er den zusammengekauerten P'w'ecks zu und hob seinen Strahler.

***

Han hatte alle Hände voll zu tun, den *Millennium Falken* dorthin zu bringen, wo Commander Thanas ihn haben wollte, und die Ssi-ruuk hatten neun Schiffe in Gefechtsvektoren bewegt. Der *Falke* machte einen Sturzflug nach dem anderen, während er Kampfdroiden jagte und Energien in ihre erbärmlich schwachen Schutzschirme pumpte. Sie drangen in solchen Mengen auf ihn ein, daß er einige von ihnen mit den Antriebsdüsen des *Falken* grillen konnte. Chewbacca versuchte, 3PO zu reparieren, und Leia sorgte dafür, daß das untere Geschütz heißlief. Aber wo war Luke?

Irgendwo im Raum, glaubte Leia. Allerdings nicht an Bord der *Flurry*, wie sie von Teresa Manchisco erfahren hatte.

Drei TIE-Jäger kreuzten über dem *Falken*. Han ballte die Fäuste. Diese TIEs mochten auf seiner Seite sein, aber er traute Commander Thanas nur so lange, wie die Flöter noch da waren. Obwohl ihr Invasionsversuch im vollen Gange war, setzten sie nicht einmal ihre Truppenfänger ein – nirgendwo ein Anzeichen von Traktorstrahlen. Ein großes Ssi-ruuk-Schiff hatte bereits ein Dutzend Landeflugkörper ausgesetzt. Diese waren schwerfällig und untermotorisiert und verkörperten eine schwache erste Angriffswelle. Han wußte nicht, ob die neuen DEMI-Kanonen der Imperialen funktionierten, aber er wollte eine haben.

Sein Vektor brachte ihn nahe an einen großen Flöterkreuzer heran, an einen von dreien, die sich langsam auf Bakura zubewegten. Unheimliche, zweitönige Störgeräusche unterbrachen vorübergehend die Schiff-zu-Schiff-Kommunikation.

»Irgendwelche Fortschritte?« fragte er Chewie über die private Kommverbindung.

Chewie heulte bejahend.

»Gut. Beeil' dich. Leia, wie sieht's mit Luke aus?«

»Er ist da drüben! An Bord dieses großen Kreuzers.« Leias Stimme, die über beide Kopfhörerkanäle Hans kam, schien zwischen seinen Ohren zu tönen. »Schnell, benachrichtige unsere Streitkräfte, daß der Kreuzer nicht angegriffen werden darf.«

Der Kreuzer, unter dem sie gerade durchgeflogen waren? Han ließ zusätzliche Energie in die rückwärtigen Deflektoren fließen, wich dem Feuer der Begleitschiffe des Kreuzers aus und verwandelte dann eins davon in Atome.

»Was macht er da?«

»Das kann ich dir nicht sagen«, antwortete Leia.

»Seht euch das an«, rief jemand, als er auf der Staffelfrequenz wieder hören konnte.

Fähren und Rettungsboote lösten sich so blitzartig aus dem Kreuzer wie die Niete eines überstrapazierten Kühlventilators.

»Du hattest recht.« sagte Han zu Leia. »Luke ist da drüben.«

Luke betrachtete den verbrannten Stoffetzen. »Sie fühlen sich nicht unbedingt sicher.«

»Betäubungsfalle«, sagte Dev. »Sie streckt einen Ssi-ruu zu Boden, trotz seines Panzers. Ich glaube, dich und mich würde sie töten.«

Luke lokalisierte die Energiequelle in Schulterhöhe an einer grauen Schottwand, außerhalb der Reichweite des Schwerts auf der anderen Seite des Bogens. Weil Leben die Macht schuf, war jeder Schaltkreis, der diese unreine Energie benutzte, leicht zu finden und zu kontrollieren — und er wurde mit zunehmender Übung immer besser darin. Er berührte diesen behutsam mit seinem Geist und fand einen schwachen, erschöpften Willen, der die Energie lieferte. In seiner Müdigkeit war sein erster Impuls Mitleid. Schnell und vorsichtig zeigte er dem Willen, was er brauchte. Dann bot er Befreiung an. Der Wille schien ihm zuzublinzeln . . .

»Schnell, Dev!«

Luke sprang durch den Bogen. Seinen Paddelstrahler schwingend, folgte ihm Dev. Blaue Energie versengte den Saum seines wehenden Umhangs.

Luke blieb stehen. »Einen Augenblick.« Er mußte sein Versprechen halten. Sorgfältig zielend versetzte er dem Schaltkreis einen Schlag. Der bedauernswerte Wille berührte seinen Geist und hinterließ ein Gefühl der Dankbarkeit, während er dahinschwand.

Die Betäubungsfallen wiederholten sich in Intervallen von sechs Metern. Luke ärgerte sich über jeden Aufenthalt, zumal jede Energiequelle auf andere Weise überzeugt werden mußte. Während er müder und müder wurde, wuchs gleichzeitig das Gefühl der Dringlichkeit in ihm.

Sie erreichten eine Gabelung. Ihr Korridor führte weiter geradeaus und machte dann einen leichten Bogen nach rechts. Ein anderer schmaler Gang zweigte schärfer nach rechts ab. Ein gelber Lichtstab glänzte im Zentrum seiner gewölbten Decke. Auf der anderen Seite des Hauptkorridors war ein breites bedrohlich winkendes geschlossenes Metallschott zu sehen.

Hinterhalt, schrien Lukes Sinne. Vorsichtig trat er rechts um die Ecke, drückte sich gegen die Wand und drehte sich dann, um hinter dem breiten Metallschott etwas hören zu können. Er glaubte, jemanden zu spüren ...

Devs erstickter Schrei ließ Luke gerade noch rechtzeitig herumwirbeln, um erkennen zu können, wie das Schott in die Decke hochschoß. Ein P'w'eck sprang hindurch, packte den Jungen von hinten und setzte ihm eine Klaue an die Kehle. Dev duckte sich und gab aus seinem Paddelstrahler einen Schuß über die Schulter ab. Der P'w'eck brach zusammen und hinterließ eine dünne Blutspur in Devs Nacken.

Geleitet von seinem Unterbewußtsein, schwang Luke das Schwert zurück und schlug hinter sich. Zwei weitere P'w'ecks waren wie aus heiterem Himmel aufgetaucht. Sie stürzten verwundet und kreischend zu Boden, aber andere lauerten in einer Öffnung, wo er gar kein Schott gesehen hatte. Sie deckten ihn mit diffusen blauen Blasterstrahlen ein, immer noch mit der Absicht, ihn zu betäuben. Sein Schwert lenkte die Strahlen auf Wände und nichtmenschliches Fleisch ab. Dev stieß einen Schrei aus und fiel zu Boden. Luke hatte nicht gesehen – oder gefühlt –, daß er von irgend etwas getroffen worden war.

»Dev?« brüllte er.

Der massige blaue Ssi-ruu kam durch die breite Öffnung trillernd und pfeifend auf Luke zu. Er feuerte einen ununterbrochenen Silberstrahl ab. Luke wich aus, hob sein Schwert und lenkte den Strahl auf einen P'w'eck in dem schmaleren Durchgang. Er brach, mit den Vordergliedern um sich schlagend, zusammen.

Der Blaue überquerte die Gabelung, achtete dabei nur auf Luke, nicht auf den Boden. Aus dem gewölbten Korridor kam Dev auf Ellbogen und Knien auf den blauen Riesen zugekrochen. Luke tauchte in den gelb erleuchteten Gang, um dem Silberstrahl zu entkommen. Der Wille des Blauen erschreckte ihn, selbst aus der Entfernung. Er mochte die Macht nicht wahrnehmen, aber in Lukes Sinnen ließ er eine große, dunkle Form mit denselben Merkmalen entstehen, die Devs Erinnerungen plagten – einen lähmenden Schatten.

Dev sprang vom Boden hoch. Hinter dem großen Blauen stehend, feuerte er mit seinem Paddelstrahler auf dessen Schwanzansatz. Der Fremde drehte seinen Oberkörper zu Dev um und fiel mit einknickenden Beinen zu Boden. Luke stürmte nach vorne, sein Schwert schwingend. Dev wich dem Silberstrahl aus, preßte seinen Strahler gegen den Kopf des Blauen und feuerte. Die Kreatur trillerte, schrie dann laut. Der Schrei endete in einem Gurgeln. Dev ließ seinen Strahler im Zickzack über den Kopf des Ssi-ruu wandern. Klappernder Rückzugsgeräusche wurden in beiden Bogengängen laut. Luke entspannte sich und hustete leicht. Tief in seiner Kehle kratzte irgend etwas.

Dev setzte sich auf die Flanke des großen Blauen und trat dagegen. Als er sich nicht bewegte, schob er seine linke Hand unter den anderen Arm und ließ seinen Strahler locker baumeln.

»Ich habe diesen Treffer nur vorgetäuscht«, krächzte er. »Es schien sicherer zu sein, den Toten zu spielen als weiterzukämpfen. Ich hatte nicht den Eindruck, daß ich dir überhaupt helfen könnte.« Das Rinnsal an seinem Hals wurde dunkler.

Luke berührte die Wunde.

»Sie ist nicht tief«, erklärte Dev nachdrücklich. »Nur ein Krallenabdruck.«

Der große Blaue lag reglos da, abgesehen von einer schmalen, schwarzen Zunge, die zitternd aus einem Nasenloch baumelte.

»Ist er betäubt?« fragte Luke.

»Tot.« Dev blickte ihm in die Augen.

Luke sah darin Schmerz, Schuldgefühle und Triumph.

»Wer war das?«

»Er hat mich ... kontrolliert.« Dev starrte auf die grauen Bodenplatten. »Aber Firwirrung war mein Meister – der kleine Braune mit dem V auf dem Kopf, derjenige, dessen Vorderkralle du abgeschlagen hast. Firwirrung ist der wirklich gefährliche. Wir sind alle tot, wenn er dich in seine Gewalt bekommt. Jeder einzelne. Überall.«

»Wieso? Er schien nicht das Sagen zu haben.«

»Nein, aber er leitet die Technisierungen.«

»Haben sie immer ... technisiert, um ihre Droiden anzutreiben?«

»Sie haben ältere P'w'ecks seit Jahrhunderten technisiert«, erklärte Dev. »Aber Menschen halten länger durch. Er will dich dazu zwingen, andere Menschen aus der Ferne zu technisieren. Die Ssi-ruuk wollen die ganze Galaxis versklaven. Da draußen warten noch viele andere Schiffe — ich kenne ihre Zahl nicht — auf den Bescheid, daß Bakura gefallen ist.«

»Dann ist das hier nur eine Kundschaftertruppe,« fragte Luke alarmiert.

Dev nickte, und Luke spürte seine Scham. »Glaube mir, Firwirrung ist bereit für dich.«

Er hatte geholfen... Das war also endlich die Geschichte. Luke schloß die Augen. Kein Wunder, daß Dev versucht hatte, ihn zu erwürgen, statt die Ssi-ruuk gewähren zu lassen.

Luke unterdrückte einen neuerlichen Hustenreiz. »Na, dann wollen wir unsere Arbeit beenden, bevor noch mehr von ihnen auftauchen.«

»Geht es dir gut?«

Luke hustete abermals. Dieser Reptiliengeruch reizte Nase und Kehle. »Irgend etwas, das ich einatme, scheint mir nicht zu bekommen. Ich nehme an, du bist daran gewöhnt. Komm, gehen wir.«

Der Maschinenraum war ein Gewirr von Kontrollinstrumenten und Leitungen, aber Luke hatte keine Mühe, die Hauptkontrolltafel zu finden. Dieser Ort rief den Eindruck einer monströsen Imitation des Lebens hervor, die so stark, so entsetzlich verzerrt war, daß er zurückzuckte. Hundert miteinander verwobene Energien drangen brodelnd auf sein Unterbewußtsein ein. Frisch technisierte Energien verwickelten sich ungestüm in den schlaffen, ausgefransten Fäden des fast verbrauchten Willens anderer.

Luke hieb sein Schwert mit weitem Schulterschwung in die Konsole, verlagerte dann seinen Körper und führte einen zweiten Streich in umgekehrter Richtung. Die monströse Kakophonie hörte abrupt auf.

Er sah sich langsam nach allen Seiten um, atmete dabei tief und vorsichtig ein. Der Raum und das ganze Schiff fühlten sich endlich gesäubert an.

Hatte er gerade selbst dafür gesorgt, daß er an Bord gestrandet war?

Hinter grauen Rohrleitungen an der Decke leuchteten noch Lichtstäbe — es gab also eine Notstromversorgung. Jetzt mußte er den Energieströmen auf den Kontrollschirmen auf die gleiche Art und Weise nachspüren wie jeder andere auch.

»Dev, kannst du hier irgendwas entziffern?«

Nach einer eiligen Besprechung kamen sie zu der Überzeugung, daß der Ionenantrieb und das Hypertriebwerk noch arbeiteten. Allerdings hatte er die Verbindung zwischen der Brücke und dem Maschinenraum unterbrochen.

»Das ist verblüffend«, murmelte Dev.

Luke blickte auf die leuchtenden Displays. Also nicht in einer toten Hülle gestrandet, obwohl die *Shriwirr* schwer beschädigt war. Er hustete wieder. Sie verfügten über ein Lebenserhaltungssystem, über Waffen und über Kommunikationseinrichtungen, nicht jedoch über Medipacks. Sie hatten nichts für überbeanspruchte Beinmuskeln und keine Atemmaske, um das herauszufiltern, was seine Lunge reizte. Er würde es durchstehen müssen, bis er die *Shriwirr* verlassen konnte. Wieder ging ihm der Gedanke durch den Kopf, daß es wirklich nicht gut war, hier gestrandet zu sein, besonders dann nicht, wenn die Ssiruuk die Schlacht verloren.

»Suchen wir uns eine Fähre«, sagte er und wandte sich von der Kontrolltafel ab.

Dev führte ihn nacheinander durch drei große Landebuchten. Alle Flugschächte und Startvorrichtungen für die Rettungsboote standen leer. Sie konnten nicht einmal das entführte imperiale Fährschiff finden, mit dem sie vom Raumhafen in Salis D'aar hergekommen waren.

»Gebt das Schiff auf«, knurrte Luke. »Flieht vor dem schrecklichen Jedi und seinem mächtigen Lehrling.«

Dev machte eine weit ausholende Armbewegung. »Dann ist *das* hier unser Rettungsboot. Ich werde dich zur Brücke bringen.«

Lukes rasselnder Husten löste Schleim in seiner Brust. »Wir werden uns damit begnügen müssen«, sagte er widerstrebend.

***

»Das mit den DEMI-Kanonen tut mir leid«, sagte Han frohlockend zu Commander Thanas. Beide hatten Fehlzündungen gehabt und das Patrouillenschiff außer Gefecht gesetzt, was ihm überhaupt nicht leid tat. Gut, daß er keine für den *Falken* bekommen hatte.

»Kriegsopfer«, antwortete Thanas über den Kommandokanal in Hans linkem Ohr. »Genau wie Commander Skywalker, scheint es. Es tut mir leid. Ich habe seine Fähigkeiten bewundert.«

»Was geht hier vor?« erkundigte sich Leias Stimme.

»Gouverneur Nereus hat gerade die Nachricht durchgegeben. Die Nichtmenschen haben ihn entführt.«

»Schreiben Sie Luke nicht ab«, sagte Leia gepreßt.

Han schnüffelte. Brannte da eine Leitung durch? *Fall nicht auseinander, Baby!*

Thanas' metallene Stimme wurde weicher. »Eure Hoheit, wenn sich die Ssi-ruuk zurückziehen, haben wir die ausdrückliche Anweisung, diesen Kreuzer zu vernichten.«

»Was?« rief Leia.

Han bekam im Nacken eine Gänsehaut. Nur ein Quartett von Ssi-ruuk-Begleitschiffen hinderte Thanas noch an seinem Vorhaben. Die *Dominator* verfügt über große Feuerkraft.

»Warum?« fragte er.

»Ansteckungsgefahr, General. Einzelheiten wurden mir nicht mitgeteilt, aber es ist nicht meine Art, Befehle in Frage zu stellen. Es zahlt sich nicht aus.«

Leia schaltete sich vom unteren Geschützturm aus in das Gespräch ein. »Stellen Sie diesen Befehl in Frage und kümmern Sie sich im Augenblick nicht darum, Commander. Die Ssi-ruuk ziehen sich noch nicht zurück.«

Ha, sie glaubte an diesen Spruch mit der Ansteckungsgefahr ebensowenig wie Han. Gouverneur Nereus wollte lediglich seine Rache haben.

Han entdeckte einen Rauchfaden, der aus einer Schottwand quoll, und schaltete den schuldigen Schaltkreis ab. Der *Falke* war so kreuz und quer verdrahtet, daß der Schaltplan wie eine Stadtkarte aussah. Er war auch dann funktionsfähig, wenn mehrere Systeme abgeschaltet waren.

Commander Thanas' Stimme wurde hart, als er mit irgendeinem anderen sprach. »Staffeln Acht bis Elf, schießt diese Rettungsboote ab.«

»Aber sie können sich nicht verteidigen«, protestierte Leia.

»Das wissen wir nicht«, antwortete Thanas kühl. »Einige Kulturen bewaffnen ihre Rettungsboote.«

»Standardmäßiges imperiales Verfahren!« forderte Leia ihn heraus. »Die Verwundeten töten, um die Krankenhauskosten niedrig zu halten?«

»Sie scheinen sich über die Drohnenschiffe keine Gedanken zu machen. Das sind Lebensenergien.«

»Versklavte«, sagte Leia kurz. »Unumkehrbar. Sie zu töten, bedeutet nur, daß ihre Seelen befreit werden.«

»Dem stimme ich zu«, mischte sich Captain Manchisco von der *Flurry* aus ein. Sie half einem imperialen Patrouillenschiff, einen leichten Kreuzer der Nichtmenschen in Reichweite der Traktorstrahlen der *Dominator* zu treiben.

»Und die Nichtmenschen, Eure Hoheit?« drängte Thanas' Stimme.

Leia klang so, als würde sie die Zähne zusammenbeißen. »Wir kämpfen für das Überleben des bakurischen Volkes – und wahrscheinlich auch für das anderer Völker, Commander. Selbstverteidigung rechtfertigt vieles, aber niemals das Abschlachten von Hilflosen.«

Thanas gab keine Antwort. Hans Scanner zeigten an, daß sich eine Staffel großer Ssi-ruuk-Jäger der *Dominator* näherte. Ihre Turbolaser schossen zwei von ihnen ab.

»Guter Versuch, Leia«, knurrte Han. Er schaltete den Kommandokanal ab. Plötzlich blinkte auf seiner Computerkonsole ein Lichterwirbel auf, und Chewie meldete sich bellend über die Bordverbindung. »Großartig, Chewie«, rief Han. »Dann geh jetzt an ein Vierlingsgeschütz.«

»Was?« fragte Leia.

»3PO funktioniert wieder. Frag' nicht, was mit ihm passiert ist. Er wird uns mit der ganzen Geschichte beglücken, sobald wir ihm Gelegenheit dazu geben. Er hat dem Imperium ein Flöterübersetzungsprogramm zur Verfügung gestellt, aber jetzt haben wir auch eins.«

Leia ächzte.

»Was ist mit Luke?« Han feuerte in einen weiteren Schwarm Droidenschiffe hinein und nahm den Staffelführer ins Visier. Zweimal hatten sie jetzt schon geglaubt, alle erwischt zu haben. Aber zweimal hatte ein anderer Kreuzer einen neuen Schwarm ausgespuckt.

»Es geht ihm immer noch gut«, murmelte Leia. »Er ist gerade mit einer starken Konzentration dieser . . . Zombieenergie fertig geworden.«

Während sie sprach, feuerte die untere Vierlingskanone.

»Liebling, vergiß die Drohnen. Konzentriere dich auf deinen Bruder. Du solltest ihn besser vor dem warnen, was Thanas gerade gesagt hat.«

»Ich versuche es!«

»Bring 3PO dazu, auf einer ihrer Frequenzen zu senden oder so was.«

Han knirschte mit den Zähnen. Luke *war* ganz allein in Jabbas

Palast marschiert. Er hatte ganz allein auf sich gestellt ihn, Leia und Lando im wahrsten Sinne des Wortes aus dem Rachen des Sarlacc gerettet. Vielleicht wußte er trotz seiner Anflüge von Größenwahn, was er tat.

***

Was tue ich?

Luke torkelte auf einem gesunden und einem anderen Bein, das sich jedesmal verkrampfte, wenn er es belastete, und wandte sich von einer Schaltung auf der Brücke der *Shriwirr* ab. Konsolen, die mit fremdartigen Symbolen beschriftet waren, reichten vom Fußboden bis zur Decke. Einige freistehende Displays deuteten auf Arbeitsplätze von Besatzungsmitgliedern hin, aber es gab keine Sessel, Stühle oder Bänke. Eine langgezogene, gewölbte Fläche diente als Sichtluke.

»Weißt du, wie irgendwas davon funktioniert?«

»Ich kann dir die Anzeigen vorlesen. Das ist aber auch schon alles.«

»Immerhin ein Anfang«, knurrte Luke.

Irgend etwas machte sich im Hintergrund seines Bewußtseins bemerkbar. Unbehaglich bewegte er sich von Dev weg und ließ sein Schwert aufflammen.

Dev wirbelte herum. »Was ist los?« flüsterte er laut.

»Ich weiß es nicht.« Luke eilte auf die nächste konkave Schottwand zu und schob sich dann mit eingezogenem Kopf an den Eingang heran. »Vermutlich nichts.«

»Das bezweifle ich.«

Dev hatte das Cockpitschott offen gelassen. Luke schlich weiter. Hinter den Wänden spürte er — glaubte er zu spüren —, daß sich ein Nichtmensch näherte.

»Dev«, rief er, »geh in Deckung.«

Ein P'w'eck stürmte herein. Luke hackte seine Vorderklaue ab, mit Blaster und allem. Dann entdeckte er eine Gasgranate aus mattem Metall, die an einer Kette am Hals des P'w'ecks hing. Er trennte die Kette durch, streckte eine Hand aus und warf mit Hilfe der Macht den Kanister durch das Schott wieder hinaus. Anschließend hämmerte er auf die Wandleiste, um das Schott zu schließen. Hinter ihm wurde ein gedämpftes Stampfen laut. Heulend wich der gefangene P'w'eck zurück.

»Rede mit ihm.« Luke packte sein Schwert fester und atmete ganz flach, um den störenden Husten zu vermeiden. »Sage ihm, daß ich ihm nichts tun will. Wenn er uns hilft, haben wir eine bessere Chance, mit diesem Schiff zurechtzukommen.«

Dev kroch hinter einer Instrumenteninsel hervor und gab einen Schwall zwitschernder und trillernder Pfiffe von sich. Der P'w'eck zögerte, tauchte dann nach seinem Blaster.

Luke fischte ihn aus der Luft. »Sage ihm, daß kein anderer kommen wird, bis sich das Gas draußen im Korridor verflüchtigt hat.«

Dev zwitscherte. Der P'w'eck schüttelte den Kopf. Luke fragte sich, ob er den Versuch wagen sollte, den Nichtmenschen zu verhören. Er war sich nicht sicher, wie er das anstellen sollte. Die Kreatur dachte nicht in Standard.

Luke warf Dev den Blaster des P'w'ecks zu. »Gibt es eine Möglichkeit, ihn zu fesseln? Ihn daran zu hindern, uns noch länger aufzuhalten?«

Dev runzelte die Stirn, brachte den Blaster in Anschlag und schoß dem Nichtmenschen genau in den Kopf.

»Dev!« rief Luke. »Töte niemals, wenn du nicht dazu gezwungen bist!«

»Er hätte uns im nächsten unbeobachteten Augenblick umgebracht. Wir haben ein paar Minuten gewonnen. Nutzen wir sie!«

***

»Aufpassen!« schrie eine unbekannte Stimme in Hans rechtem Ohr.

Han verstärkte die Energie in den Steuerbordschilden. Die kombinierten Streitkräfte der Rebellen und der Imperialen hatten zwei weitere fremde Kreuzer fast völlig eingekreist, aber die Ssi-ruuk leisteten Widerstand. Der schwarze Weltraum wurde erleuchtet von Schiffen, Schutzschirmen und Energien, als die Ssi-ruuk ihre Feuerkraft auf jene Rebellenschiffe konzentrierten, die Schlüsselpositionen in der Schlacht einnahmen – genau wie er es vorhergesehen hatte.

»*Dominator* an *Falke*. Schließen Sie die Lücke in Position Null-Zwo-Zwo.«

Die *Dominator* hatte ihre Angreifer abgeschossen, aber sie hing auf der Steuerbordseite zu tief. Han lächelte. Er schätzte, daß die seitlichen Düsen ausgefallen waren. Vielleicht würde Luke noch eine Weile länger sicher sein. Er wendete sein Schiff in Richtung des solaren Nordens. Die fragliche Lücke war groß genug, um einen Sternzerstörer durchzulassen.

»Lücke geschlossen«, antwortete er Commander Thanas. »Rote Gruppe und der Rest von euch, folgt mir.«

Wie ein Hühnerschwarm schossen vier X-Flügler und fünf TIE-Jäger hinter dem *Falken* her. Jede Staffel hielt sich auf ihrer eigenen Seite der *Falken*.

»*Dominator*«, kam ein lauter Ausruf über den offenen Kanal, »sie nehmen einen Gegenangriff vor! Zuviel Feuerkraft auf meiner...«

Stille. Han schlug seine Fingerknöchel aneinander. Er haßte es, wenn junge Menschen sterben mußten. Aber je mehr sich die Verluste häuften, desto schneller verschwanden die Ssiruuk-Schiffe. Die menschlichen Streitkräfte ließen sich nicht leicht besiegen.

Irgend etwas traf ein imperiales Patrouillenschiff.

»*Falke* an *Nummer Sechs*. Alles in Ordnung?«

Das Patrouillenschiff antwortete nicht. Taumelnd beschleunigte es, um den kleinen Kreuzer der Nichtmenschen zu rammen.

Eine Stunde später mühte sich Han immer noch damit ab, Trümmern auszuweichen, und näherte sich der Erschöpfung. Thanas forderte viel von seinen Piloten, aber die Schlacht war für ihn gewonnen.

Ein Sensor leuchtete auf. Zwischen den Flöterschiffen hatte plötzlich intensive Kommunikation begonnen. Han holte 3POs Übersetzungsprogramm auf einen Seitenbildschirm. Mit einer Kopie von Captisons Programm gedachte Commander Thanas vermutlich zu erfahren, ob der fremde Kommandeur den Rückzug anordnete – ohne daß es die Alliierten mitbekamen.

Auf Hans Seitenbildschirm erschien eine einzige Mitteilung, die vom Kommandoschiff der Flöter unaufhörlich wiederholt wurde.

Kampf abbrechen, vollständiger Rückzug. Kampf abbrechen, vollständiger Rückzug. Kampf abbrechen...

Han hämmerte wie ein Wahnsinniger auf seine Kontrolltafel ein und schloß imperiale Schiffe aus seinen Sendekanälen aus.

»Rebellenschiffe«, befahl er, »die Flöter fliehen. Schutzschirme auf volle Kraft – paßt auf die Imperialen auf. Manchisco, Sie sind in Reichweite der *Dominator*. Entfernen Sie sich!«

»Sie ziehen sich zurück?« rief Leia. »Was ist mit Luke? Ist er immer noch an Bord? Wir dürfen auf diesen Kreuzer nicht schießen.«

Han pumpte Waffenenergie in die Schutzschirme.

»Und wir schießen nicht als erste auf die Imperialen.«

Ein Schmuggler mit einem Gewissen hatte keine große Zukunft. Offensichtlich hatte ihn die Allianz fest im Griff.

»Wir *wissen* nicht, wer die Kontrolle über Lukes Kreuzer hat«, sagte er zu Leia. »Ich sehe noch immer vier Begleitschiffe in unmittelbarer Nähe.«

Der Kreuzer war das einzige große Flöterschiff, das sich nicht zurückzog. Überall im Raum schrumpften die eigenartig geformten Schiffe.

Der *Falke* wurde von den Signallampen bis zum Hyperantrieb durchgeschüttelt. Han zuckte von den für Augenblicke ionisierten Kontrollinstrumenten zurück. Licht überflutete den Weltraum vor ihm, ein zweiter Feuerstoß von der *Dominator*.

Han blinzelte. »*Flurry?*« brüllte er. »Manchisco! Manchisco, sind Sie da?«

Die *Flurry* bestand nur noch aus einem Rauschen und Trümmern.

»Sie haben sie erwischt«, schrie Han. *Unseren einzigen Kreuzer. Klare Himmel, Manchisco..*

In Gedanken drohte er Thanas mit der geballten Faust und dankte Chewie dafür, daß er diesen bakurischen Techniker angeheuert hatte, um die Schilde des *Falken* zu verstärken. Er hätte sich die *Dominator* vorgenommen, wenn er dazu in der Lage gewesen wäre und wenn ihm sein Gewissen an den unteren Vierlingskanonen erlaubt hätte, zuerst zu schießen.

Leia schien wieder mitten in seinem Kopf zu sprechen. »Nun, General, du hast das Kommando.«

Han schaltete die Kommandofrequenz wieder ein. »Vielen Dank für nichts, Thanas«, brüllte er. Dann über den eigenen Schiffskanal: »Das war's — ihr habt es alle gesehen. Das Imperium hat gerade den Waffenstillstand gebrochen. Wir befinden uns wieder im Krieg, sie gegen uns. Erinnert euch an den Todesstern. Sammelt euch um den *Falken*.«

»*Falke*, hier ist Führer Rot. Wir sind etwa tausend K von euch entfernt und haben TIE-Jäger auf allen Schirmen.«

»Nahkampf also«, bellte Han. »Wedge, wo bist du?«

Der größte Ssi-ruuk-Kreuzer drehte sich eigenartig, immer noch verteidigt von seinen Begleitschiffen. Han hatte nicht die geringste Ahnung, wie er Luke schützen sollte — oder ob er es überhaupt wagen konnte. Luke mochte die gesamte Besatzung in die Flucht geschlagen haben, vielleicht aber auch nicht. Und mit Sicherheit hatte er nicht das Kommando über diese vier Begleitschiffe.

Unterdessen mühte sich ein anderer großer Kreuzer in Eiform mit einem Wendemanöver ab. Ein dritter sprang in den Hyperraum, zu schnell, um genaue Berechnungen vorgenommen zu haben. Er flüchtete blind.

»Von dir aus gesehen hinter dem Planeten«, antwortete Wedges Stimme. »Oder vielmehr war ich da. Habe dich gerade noch so über das Satellitenrelais gehört. Warte...« Nach ein paar Sekunden meldete er sich wieder. »Da ist jede Menge TIE-Jäger-Aktivität auf Acht-Neun-Zwo-Zwo. Du solltest vielleicht überprüfen, was da los ist.«

»Das ist die *Dominator!*« rief Leia. »Nimm den langen Weg um den Planeten.«

Kopfschmerzen verwandelten sich in Alpträume, als Thanas fortfuhr, Rebellenstaffeln zu vernichten, und Han die Überlebenden zu einer lockeren Doppelstaffel formierte.

Han blickte zu dem sich drehenden Ssi-ruuk-Kreuzer hinüber. »Leia? Sage Luke, daß wir hier Probleme haben.«

»Ich werde es versuchen.«

∗ 19 ∗

Gaeriel stieß einen Jubelschrei aus, als die Ssi-ruuk-Flotte flüchtete, aber binnen einer Minute wurden die Silberpunkte der Allianzschiffe in Gouverneur Nereus' Projektion rot. Nacheinander fingen sie an, dunkel zu werden. Sie keuchte und sprang von ihrem Stuhl hoch.

»Das tun sie nicht!«

Wilek Nereus rollte den Stiel seines Nektarglases zwischen seinen fleischigen Fingern hin und her. »Sie tun was nicht, Senatorin?«

»Die . . . die Rebellen angreifen!«

Nicht nur das, sie mußte auch davon ausgehen, daß die fliehenden Ssi-ruuk Luke weiterhin gefangenhielten und er im Sterben lag, ohne es zu wissen. Sie holte tief Luft und hoffte, daß ihr Bemühen, sich zu sammeln, wie eine dramatische Pause wirkte.

»Sir«, begann sie, »im Namen meiner Wähler erhebe ich offiziell Protest gegen das Verhalten der Streitkräfte, die, wie ich annehme, Ihren Befehlen folgen. Die Allianzleute haben ihr Leben riskiert — und einige haben es *verloren* —, um uns zu helfen, die Ssi-ruuk zurückzuschlagen. Ist das Dankbarkeit?«

»Ihre Wähler?« Das glatte Lächeln Gouverneur Nereus' beanspruchte nur die Winkel seiner femininen Lippen. »Sie haben bereits Kontakt zu ihnen gehabt? Haben Sie von irgend jemandem Telepathielektionen bekommen?«

Sie ignorierte die wiederholte unterschwellige Anschuldigung der Kollaboration und schob ihr Kinn vor. »Mein Volk ist für die Rebellenhilfe dankbar gewesen. Es würde nicht wollen, daß wir . . .«

Ein Kommgerät piepte. »Ja?« sagte Nereus.

»Sir, unsere Sensoren zeigen an, daß sich dreißig Personen an der Kreuzung Zehnter Kreis und Hochstraße versammelt haben. Weitere stoßen dazu.«

»Und damit belästigen Sie mich?« schnauzte Nereus. »Gehen Sie dagegen vor.«

Wieder bemerkte Gaeriel ein Zittern seiner Finger, das er sofort unter Kontrolle bekam. Nereus unterbrach die Verbindung und trank aus seinem Glas.

»Die Rebellenhilfe gehört bereits der Vergangenheit an. Jetzt müssen wir an die Zukunft denken. Was würde Bakura zu erleiden haben, wenn die imperiale Führung erfahren müßte, daß wir Hilfe von Rebellenstreitkräften akzeptiert haben?«

Sie preßte ihre Kiefer aufeinander. Eppie Belden wiegelte Bakura auf und bereitete die Zivilisten auf die Rückkehr der Truppen vor. Sie durfte jetzt nicht an Luke denken – obgleich Bakura die imperiale Herrschaft vielleicht bereits abgeschüttelt hätte, wenn sie ihm behilflich gewesen wäre, statt ihn zu behindern.

Aber wie hätte Bakura die Ssi-ruuk zurückschlagen können, ohne auf die Hilfsmittel der Rebellen *und* der Imperialen zurückzugreifen? Welchen wahnsinnigen Scherz hatte das Schicksal hier gemacht?

Nereus griff nach seinem facettierten Kristall voller menschlicher Zähne. »Meine Liebe, Sie haben noch nichts von Ihrem Nektar getrunken.«

Sie fragte sich, ob er ihr drohen wollte. »Meine Kehle tut weh.«

»Das verstehe ich. Es muß unangenehm gewesen sein. Ich entschuldige mich. Sie waren nicht als Empfänger gedacht.«

»Gibt es irgend etwas, das Sie nicht . . .« *Veranlassen würde, vor dem Imperium zu buckeln,* dachte sie. Tatsächlich aber fuhr sie fort: ». . . für das Imperium tun würden?«

»Sie haben die imperiale Präsenz immer unterstützt. Ich habe Sie wortgewandt über die Vorteile reden hören, die Bakura durch die Angliederung an das Imperium entstehen.«

»Ja, so habe ich geredet. Ich habe die Sprache gut gelernt.«

Die Sprache des Verrats.

»Sie werden sich daran erinnern, daß Ihre außerbakurische Ausbildung durch das Imperium subventioniert wurde.«

»Wofür ich und meine Familie Ihnen wiederholt gedankt haben.«

»Sie haben noch nicht einmal angefangen, diese Schuld zurückzuzahlen. Jetzt, da ich Zeit hatte, darüber nachzudenken, bin ich mir sicher, daß in meinem persönlichen Stab ein Platz für Sie frei ist.« Er kniff die Augen zusammen.

Wenn Eppies Revolte erfolgreich verlief, wäre dies eine leere Drohung. Wenn die Revolution zum Stillstand kam, konnte sie dem bakurischen Untergrund in der Uniform der Imperialen dienen. Was hatte Leia Organa als imperiale Senatorin durchgemacht?

Lächelnd betrachtete Gouverneur Nereus die Projektion des

nahen Weltraums. Eine erkennbar geringere Anzahl von roten Rebellenpunkten „bedrohte" das System jetzt noch.

»Haben Sie Commander Thanas befohlen, sie alle umzubringen?« fragte sie bitter.

Nereus wischte Staub, den sie nicht sehen konnte, von seiner Schreibtischplatte aus Elfenbein. »Ja. Zur Sicherheit Ihres Volkes. Commander Skywalker ist eine andere Sache. Die Larven werden wieder zu wandern beginnen. Sie benötigen eine intensive Blutzufuhr, um sich verpuppen zu können. Die Aorta liegt der Luftröhre angenehm nahe. Er wird nicht lange leiden. Er ist in physischer Hinsicht ein bemerkenswertes Exemplar. Ich nehme an, die Fremden werden ihn mitnehmen, wenn sie sich zurückziehen. Sie sollten seinen Körper einen Tag lang erhalten, lange genug für die ausgewachsenen Trichinen, um auszuschlüpfen und die Ssi-ruuk zu befallen. Trichinen sind kurzlebig, sie überleben durch ihre schiere Anzahl. Wir sind von der Technisierungsgefahr befreit, Gaeriel. Sie und Ihre Wähler sollten mir danken.«

Nichts, weder ihre gewohnheitsmäßige Diplomatie noch ihre Furcht vor Wilek Nereus oder auch ihre Rettung vor der Technisierung, konnte sie bewegen, ihm dafür zu danken, daß er Luke Skywalker auf diese Weise ermordete – ihn, die Senatorin Leia Organa und all die anderen Rebellen, die gekommen waren, um Bakura zu helfen. Wenn Bakura erst einmal begriff, was geschehen war, würde Gouverneur Nereus eine imperiale Legion benötigen, um den daraus resultierenden Aufstand niederzuschlagen. Und dank der Allianz konnte er diese Legion nicht herbeirufen. Sie sollte sich als Sieger fühlen.

Tiefe Verzweiflung ließ sie zittern. Luke hatte sie vor den Ssi-ruuk und ihrem menschlichen Gefangenen gerettet, aber sie konnte ihm als Gegenleistung nicht helfen. Dies zerstörte das Gleichgewicht ihres Lebens. Sie befühlte ihren Anhänger und wagte es, an das Äußerste zu denken: Bürgerkrieg, lang und blutig, bakurisches Leben gegen imperiale Technologie, es sei denn, sie und Eppie konnten... Bakura von Wilek Nereus befreien.

Sie rüstete sich innerlich dafür, bei ihm zu bleiben und auf eine Chance zu hoffen.

***

Han brauchte nicht den Bedrohungsschirm eines Kreuzers, um zu wissen, daß sie verloren. Es war ihm gelungen, mehrere X-Flügler und einen A-Flügler in eine einigermaßen effektive Formation zu bringen, aber wie auch immer er und seine Kampfgefährten die Bewaffnung des *Falken* einsetzten, nach und nach schloß Commander Thanas einen engen, klassischen Kreis um sie. Systemgebundene Patrouillenschiffe und TIE-Jäger hingen in allen Richtungen und drängten die Rebellen aus dem toten Winkel der *Dominator* in den Bereich ihrer Traktorstrahlen. Obwohl Commander Thanas' beschädigtes Flaggschiff mit minimalen Steuerdüsen driftete, hatten sie seine Turbolaserbatterien bereits in ihre Richtung gedreht. Die Energiebänke des *Falken* waren fast erschöpft. Er mußte alle Systeme abschalten, damit sie sich wieder aufladen konnten.

»In Ordnung, Leia«, sagte er über die Kommverbindung, »gib es zu. Dieses böse Gefühl, das du hattest, war die kluge Seite der Macht.« Er führte einen Scheinangriff gegen einen TIE-Jäger. Sein großer Bruder, ein rußgeschwärztes Patrouillenschiff, paßte sich seinem Vektor an. Er wich zurück. »Wir sind alle erledigt, jedes Schiff unserer Kampfgruppe, wenn nicht irgend jemandem ein brillanter Gedanke kommt, und zwar schnell.«

Leia antwortete vom unteren Geschützturm aus. »Es muß etwas gegeben haben, was wir hätten tun können.« Sie gab einen schwächer werdenden Energiestoß aus ihrer Vierlingskanone ab. »Irgendwie hätten wir ...«

»Du hast es mit Imperialen zu tun. Jeder, der hoch genug steht, um Befehle geben zu können, denkt nur an sich selbst.«

»Wir fangen an, Luke aus der Gleichung zu streichen«, stellte sie nachdrücklich fest.

»Vielleicht *ist* er draußen«, antwortete Han nüchtern. »Thanas' Driftvektor wird ihn unmittelbar an diesem Flöterkreuzer vorbeiführen.«

Vom oberen Geschützturm aus brüllte Chewie voller Zorn.

Irgend etwas in dem Muster vor ihm weckte in Han eine Erinnerung an einen Spieltisch, vor langer Zeit und weit, weit entfernt. Etwas Brillantes... »Aber wenn wir die *Dominator* ausschalten könnten, wären unsere Jäger vielleicht in der Lage, auszubrechen und sich zu zerstreuen.«

***

Leias Geschützturm fühlte sich plötzlich eiskalt an. »Sicher. Aber wie?«

»Sieh dir mal an, wo dieses imperiale Patrouillenschiff hängt, das auf sechzehn Grad Richtung Norden. Wenn wir zwanzig Grad zurückgehen und es rammen, würde es aus der Formation fliegen und die *Dominator* achtern treffen. Der *Falke* ist unser einziges noch verbliebenes Schiff mit genug Masse, um die Aktion durchführen zu können. Thanas verdient es, daß sein Hintern gegrillt wird.«

»Kreuzer der Carrack-Klasse haben ihre Generatoren unmittelbar hinter der Mitte.«

»Genau. Krawumm!«

Leia fühlte sich seltsam entrückt. »Einen Caromschuß zu probieren, kann auch nur dir einfallen. Kannst du die Bestätigung des Navcomputers für diesen Kurs einholen?«

»Habe ich gerade. Mit voller Energie auf den Frontschirmen bis zum letztmöglichen Augenblick könnten wir es schaffen. Natürlich würde ein so harter Zusammenprall mit dem Patrouillenschiff den *Falken* erledigen.«

»Natürlich.« Leia trommelte mit zwei Fingern auf ihre Feuerknöpfe. *Luke?* flehte sie in Richtung des driftenden Kreuzers. Als Erwiderung spürte sie nur ein gehetztes Flackern. Beschäftigt.

Sie hörte ein leises Klicken. »Alle zuhören«, sagte Han mit echter Generalstimme. »Formiert euch hinter dem *Falken* und bereitet euch auf den Ausbruch in den offenen Raum vor. Versucht, so gut wie möglich nach Hause zu kommen. Unternehmt keine Hyperraumsprünge, wenn ihr euch nicht mit jemandem zusammenschließen könnt, der über Navcomputerkapazitäten verfügt.«

Es würde Jahre dauern, aber sie konnten es schaffen.

Leia räusperte sich und fügte hinzu: »Verbreitet das Feuer der Rebellion. Es wird überall aufflackern, wo der Zunder trocken ist.«

»Sehr poetisch«, knurrte Han.

»Inspiration macht drei Zehntel des Mutes aus.«

Irgend jemand protestierte über die Schiff-zu-Schiff-Frequenz. Leia hielt sich nicht damit auf, zuzuhören. Sie schnallte sich ab und kletterte seitlich aus der künstlichen Schwerkraft des Geschützstands hoch zur Hauptebene.

»Haben wir es bald hinter uns?« fragte 3PO heiter, als sie am Spieltisch vorbeikam.

Leia wollte nicht hören, wie die Chancen standen, dieses Manöver zu überleben. »Ja. Bald haben wir es hinter uns.«

»Oh, gut. Meine Servomotoren können es nicht mehr viel länger ertragen, so herumgestoßen zu werden, Prinzessin Leia!«

Sie betrat das Cockpit. Han sah sie an, runzelte die Stirn und machte dann mit einer schmutzbedeckten Hand eine galante Bewegung in Richtung des Kopilotensitzes.

Kleine Gesten wie diese – nicht Kissen oder Beerenwein – waren dafür verantwortlich, daß sie ihn liebte.

»Danke.«

»Chewie will es im Geschützstand aussitzen«, erklärte er.

»Verstehe.«

»Man braucht sowieso nur einen zum Rammen«, knurrte Han. »Tut mir leid, altes Mädchen.«

Leia öffnete den Mund, um sich zu beschweren.

»Nicht du. Der *Falke*.«

Er fing an, Energie von allen Systemen abzuziehen, mit einigen Ausnahmen: Steuerdüsen, vermutete sie, vordere Schutzschirme und oberer Geschützturm. Abermals versuchte sie, Luke zu berühren. Wieder nur das gehetzte Flackern.

»In Ordnung«, sagte er. »Das ist programmiert. Jetzt schaffen wir dich ins Rettungsboot.«

»Oh, nein!« gab sie zurück. »Nicht, wenn darin nicht Platz ist für zwei. Oder für drei.«

»Mit dem Autopiloten kann man nicht rammen, und wir brauchen einen Kanonier. Küß mich, wünsch mir Glück und bring dich in Sicherheit. Die Allianz braucht dich.«

»Ich gehe nirgendwo ohne dich hin.«

»Geh, mach schon«, sagte er. »Du bist wertvoll.«

»Wertvoll, Quatsch! Ich laufe nicht weg. Auch ich bin ein Skywalker. Vielleicht ist dies meine Bestimmung.«

»Na schön, du bist wertvoll für *mich*.« Han unterbrach sich. »Chewie«, brüllte er dann. »Komm runter und schaff die Prinzessin in . . .«

Chewbaccas Antwort dröhnte in ihrem Kopf.

»Er meint ›nein‹«, sagte Leia spröde, aber sie legte eine Hand auf Hans Schulter, eine Danksagung ohne Worte.

Wäre dies nicht die absolute Gerechtigkeit – Vaders Tochter rammte ein imperiales Schiff um der Allianz willen! Selbst wenn das Manöver scheiterte, hätte sie eine siegreiche Art von Symmetrie erreicht. Endlich konnte sie an Darth Vader denken, ohne zusammenzuzucken. *Sieh es dir an, Vater!*

Zwei TIE-Jäger lösten sich aus der Formation und schwenkten auf sie zu. Möglicherweise hatten ihre Scanner angezeigt, daß der untere Geschützturm ohne Energie war.

Aber ihre Scanner konnten nicht feststellen, daß dies kein Frachter von der Stange war. Han kippte den *Falken* um hundertachtzig Grad. Chewie knurrte fröhlich und schoß sie ab.

Leia legte Han wieder die Hand auf die Schulter. Er drückte ihre Finger, bevor er sich wieder auf die Kontrollinstrumente stürzte. Als sich der *Falke* dem Patrouillenschiff von hinten näherte, verdoppelte dieses fast seine Feuerkraft. Entweder hatte es eine zusätzliche Laserkanonenbatterie aktiviert oder Commander Thanas war dahintergekommen, was Han im Sinn hatte. Han fügte dem Rammprogramm ein Drehmanöver hinzu. Ein Display zeigte an, daß der Zusammenprall in siebzehn Sekunden erfolgen würde. So lange mußten sie überleben. Ein starker Energiestrahl zischte unter dem Bauch des *Falken* dahin.

Chewbacca grollte etwas.

»Das hat gekitzelt«, übersetzte Han.

Er schaltete die vorderen Schutzschirme ab, so daß der Zusammenprall mehr Energie auf die Masse des Patrouillenschiffs übertragen würde.

»Paß gut auf, Thanas.«

***

Während Dev eine der freistehenden Brückenkonsolen examinierte, brachte Luke einen schweren, rasselnden Hustenanfall zu Ende. Wenn er nicht so beschäftigt wäre, würde er versuchen, sich selbst zu heilen. Er blickte auf den Boden und zuckte mit seinem rechten Bein. Noch immer war es ihm unmöglich, ein Gefühl kommenden Unheils abzuschütteln. Vielleicht ereilte ihn jetzt die ungesehene Zukunft. Seit er Hans und Leias zukünftiges Leiden auf Bespin flüchtig gesehen hatte, war er mit der Frage beschäftigt, ob er seinen eigenen Tod voraussehen würde.

Er tastete nach Leia.

Ihre Entschlossenheit, der sicheren Vernichtung entgegenzugehen, traf ihn völlig unvorbereitet. Hastig drang er in ihr Bewußtsein ein und fand ...

Rammen? Mit dem *Falken*? Luke brachte sich taumelnd in eine Sitzposition auf dem Boden und ignorierte Devs Fragen. Er ignorierte auch seinen Körper, die Ssi-ruuk, die sich noch an Bord befanden, und alles andere. Ihm blieben nur Sekunden.

Seine kratzende Brust verlangte nach abermaligem Husten. Er mußte raus aus dieser schlechten Luft! Er schickte sein Bewußtsein durch den Raum in eine andere Richtung und suchte eine Präsenz, die er nur flüchtig kannte: Commander Pter Thanas an Bord der *Dominator*.

Thanas beugte sich über die Konsole seines Piloten, als Luke nach den Rändern seines Bewußtseins griff. Thanas' Gedanken, sein Wille und seine Weltsicht umgaben ihn. Diese Schlacht war nur ein Spiel für Thanas, allerdings ein Spiel, das er gewinnen mußte, wenn er sein Leben nicht in einer ... Sklavenmine beenden wollte. Das erklärte vieles! Luke warf einen Blick auf den Geschwindigkeitsregler des Piloten. Volle Kraft voraus würde die *Dominator* aus der Offensivformation herausschleudern und den bereits beschädigten Steuerdüsen weiteren schweren Schaden zufügen.

Volle Geschwindigkeit würde ihn aber auch in Schußweite an die *Shriwirr* heranbringen. Das wollte Thanas.

Abrupt verlor Luke den Kontakt. Hustend krümmte er sich zusammen, in seinem geschwächten Körper auf den harten, kalten Bodenplatten der *Shriwirr* gefangen.

***

»Sir?« Thanas' Pilot blickte besorgt hoch. »Stimmt irgend etwas nicht?«

Pter Thanas blinzelte. Aus irgendeinem Grund war ihm das Bild von Luke Skywalker ganz plötzlich durch den Kopf gegangen. Er verdrängte die Vorstellung und traf eine schwerwiegende Entscheidung. Er mußte die Ansteckungsgefahr beseitigen, gleichgültig, was es ihn kostete.

Gelassen drückte er den Kontrollregler nach vorne.

***

Leia beugte sich zu Han hinüber. »Einen Kuß, der dir Glück bringt?« fragte sie.

»Sicher.« Diese Lippen würden das letzte sein, was er spürte. Er wollte sie gerade berühren, als sie zurückzuckte.

»Luke!« schrie sie.

Chewbacca meldete Alarmstufe Eins.

»Was ist los, Chewie?« Han wirbelte zu den Frontscannern herum. Sie zeigten an, daß die *Dominator* mit irrationaler

Geschwindigkeit nach vorne schoß. »Wir müssen einen weiteren Treffer abbekommen haben«, rief er. »Unsere Scanner sind wieder ionisiert.«

Chewie bellte: Kurswechsel!

Han schaltete wieder sämtliche Sensoren ein, griff dann nach den Hauptkontrollen. Das Cockpit des *Falken* kam dem Patrouillenschiff so nahe, daß sich die Seitenantennen beider Schiffe durchbogen.

»Alle Staffeln, folgt uns!« rief er. »Da ist eine Lücke in der Blockadefront!« Er wandte sich Leia zu. »Wir bringen unsere Rebellentruppen aus der Gefahrenzone und kehren dann zurück, um die *Dominator* zu erledigen.«

Sie gab keine Antwort.

***

Leia warf ihren Kopf gegen die Rückenlehne ihres Sitzes und konzentrierte sich auf ihre Atmung. So klar sie Lukes plötzliche Alarmstimmung und seine Anstrengung gespürt hatte, so sehr paralysierte sie jetzt seine Erschöpfung.

Han brüllte in sein Mikrofon. »Gruppe Rot, Gruppe Gold, formiert euch um mich. Wir haben sie zwischen uns!«

Durch die Sichtluke war zu sehen, daß sich die imperialen Streitkräfte verschoben. Weiter entfernt hatten es vier X-Flügler und ein A-Flügler nicht mehr geschafft, durch die Lücke zu kommen, bevor diese sich schloß. Leias Augen waren verschwommen.

»Wo ist dieses Patrouillenschiff, das wir rammen wollten?« fragte sie.

»Etwa zehn Kilometer Steuerbord.«

Chewies Schrei klang triumphierend.

Luke? Sie umklammerte ihre Armlehnen. *Was passiert mit dir?*

***

Luke hielt sich die tränenden Augen zu und machte mehrere flache Atemzüge. Der Gedanke, daß es Thanas nicht kümmerte, wer gewann, ärgerte ihn. Er würde Pter Thanas und seine Streitkräfte liebend gerne aus dem Universum blasen. Und die Ssi-ruuk ebenfalls. Ja, er geriet in Wut. Es machte ihm nichts mehr aus. Er wollte ganz einfach nur, daß der Husten aufhörte.

Die *Dominator* kam immer näher und wurde in der Sichtluke erkennbar größer.

»Dev, ist dieser Kreuzer bewaffnet?«

»Ich nehme es an.« Dev streckte ihm eine Hand entgegen.

»Such die . . .« Ein weiterer Hustenanfall schüttelte ihn. »Such die Waffenkonsole.« Luke ließ sich von Dev vom Boden hochziehen.

»Geht es dir gut?«

Es ging Luke nicht gut. Er schwankte gefährlich nahe an die Dunkle Seite heran, aber auch das kümmerte ihn nicht. *Laß mich in Ruhe, Yoda.*

»Ich brauche eine Atemmaske«, sagte er.

»Sie würde nicht passen.«

»Ich weiß. Ich muß etwas ausprobieren.«

Er hatte kaum noch genug Energie, um sich auf sein Inneres zu konzentrieren und die Kontrolle zurückzugewinnen. Stärke, die seinem Zorn entsprach, wallte auf, dunkel und machtvoll.

Er keuchte und stieß die Energie zur Seite. Im Thronsaal des Imperators hatte er die Macht der Dunklen Seite berührt. Er hätte Darth Vader vernichten, den Thron teilen, die Galaxis beherrschen können – und wäre mit dem zweiten Todesstern vernichtet worden, hätte er sein Lichtschwert nicht weggeworfen. Würde er sich für eine geringere Versuchung verkaufen?

Er blickte durch die Sichtluke. Die *Dominator* schoß einen weiteren X-Flügler ab. *Ich habe dir vertraut, Thanas. Ich habe dir vertraut.* Er hatte solche Hoffnungen in den Mann gesetzt. Hatte er die Macht falsch interpretiert? Und Leia und Han mochten für den Augenblick davongekommen sein, aber bis die Energiebänke des *Falken* wieder aufgeladen waren, konnten sie nicht weit kommen. Er mußte sie retten.

Er könnte sie mit Leichtigkeit retten, wenn er . . .

Es wird immer Leute geben, die stark sind, um Böses zu tun. Die Worte, die er an Gaeri gerichtet hatte, fielen ihm ein. *Je stärker man wird, desto mehr gerät man in Versuchung.* Nichtmenschliche Präsenzen über ihm, auf einem anderen Deck, weckten seine Aufmerksamkeit.

»Ich habe Waffen gefunden!« rief Dev.

Luke reinigte sich von Furcht und Begierden und entspannte sich wieder in der Macht, wobei er den Lockruf, der schnelle Stärke und Kraft versprach, bewußt ignorierte. Er hatte der Dunkelheit eine Absage erteilt. Sie, nicht Thanas, war der Feind. Und sie existierte in ihm.

Er trat an Devs Seite. »Kannst du mir ein Schlachtdisplay herholen?

»Ich kann es versuchen.« Dev trat an eine andere Konsole und fing an, Tasten zu drücken. »Du hast da eine Ionenkanone, glaube ich. Stell das Ziel mit diesem Rad ein. Schnell.«

Luke blickte auf den Schirm über ihm. Die *Dominator* würde innerhalb von Minuten in Reichweite sein.

»Versuchen wir es mit einem Probeschuß.« Er brachte die Tastatur in Übereinstimmung mit Devs Schlachtaufstellung. »Erstes Ziel.« Er drehte das Rad und feuerte. Nichts passierte auf Devs Schirm. Er ließ sich tiefer in die Macht sinken und schoß erneut.

»Da!« Dev deutete auf eine sichtbare Spur zwischen Schlachttrümmern.

»Ich sehe es.« Jetzt ein Stückchen nach links, den Strahl verbreitern und...

Eins der Ssi-ruuk-Begleitschiffe der *Shriwirr* implodierte. Das verbliebene Paar löste seine Formation auf und schrumpfte zu fernen Lichtpunkten.

Jetzt lief alles auf Selbstverteidigung hinaus. Ein Duell zwischen angeschlagenen Kreuzern...

Irgend etwas klickte über ihnen. Luke sprang zur Seite und ließ sein Schwert aufflammen. Ein brauner Ssi-ruu und drei P'w'ecks, alle mit Paddelstrahlern bewaffnet, ließen sich auf den Deckboden fallen.

Ohne nachzudenken, schwang Luke sein Schwert mit beiden Händen.

***

Dev stolperte rückwärts. »Meister!« kreischte er.

Firwirrung tauchte von dem Jedi weg und schwang seinen verkrüppelten Stumpf. »Verräter!« sang er. »Verleumder von allem, was dir heilig war!«

Dev hatte den Blaster des P'w'ecks im Anschlag, aber er konnte nicht auf Firwirrung schießen. Sie hatten einen Tisch geteilt. Er hatte am Rand von Firwirrungs Nest geschlafen, ein Schoßtier zu Füßen seines Herrn. Seine Augen wurden feucht. Was tun?

»Verräter!« brüllte Firwirrung! »Undankbares Vieh!« Mit der falschen Klaue jagte der Ssi-ruu gnadenlos und zielgerecht einen Silberstrahl durch Devs Schulter.

Dev brach zusammen. Er fiel auf den Rücken und fing an, seinen Rückfall bitterlich zu bereuen. Zu spät, zu spät. Er drehte den Hals, fast das einzige, was er noch bewegen konnte. Die Ssi-ruu fuhr herum zu Luke.

»Paß auf!« schrie Dev.

***

Wieder drohten Lukes Gedanken, ihn zu verführen. *Dein Haß hat dich stark gemacht* — die Worte, gesprochen mit der knarrenden Stimme des Imperators, woben ein Netz um sein Gedächtnis. Er brauchte Stärke, und zwar jetzt. Blind schwang er sein Schwert und erledigte den dritten und letzten P'w'eck. Nachdem Dev zu Boden gestürzt war, zielte der Ssi-ruu mit seinem Paddel auf Luke.

Mit purer Willenskraft löschte er Zorn und Furcht aus. Aggressivität ebenfalls: Schnelle Stärke brachte zeitweiligen Triumph, aber sie verführte und verriet den Benutzer.

Ich werde nicht von meinem Weg abgehen. Selbst wenn ich deswegen sterben muß.

In dem Bewußtsein, daß ihn der große Ssi-ruu im nächsten Augenblick erwischen würde, machte er einen Luftsprung und packte die Kante der Falltür in der Decke. Aus eigener Kraft konnte er nicht mehr tun. Dies war das Ende.

Ein gleichzeitiger Blitz von allen Statusschirmen blendete ihn fast, als er wieder nach unten stürzte. Die letzten Reste seiner Stärke verbrauchend, hing er eine volle Sekunde mitten in der Luft. Energiewellen fegten über den Fußboden der Brücke. Commander Thanas mußte zugeschlagen haben. Luke hüllte sich in einen Kokon aus Machtenergie und ließ sich fallen. Schottwände, Boden und Instrumente schlugen Funken, bevor sie verblaßten. Dann gingen alle Lichter aus, selbst die der Statusschirme. Er schlug auf den Boden und stieg sanft wieder nach oben.

Schwerkraftsystem ebenfalls zerstört?

Er spürte Devs Präsenz, aber nicht die des Nichtmenschen. Er hustete in die Dunkelheit hinein — nur die Sichtluke zeigte Licht — und sank vorsichtig den Bodenplatten entgegen. Die Vorwärtsbewegung der *Shriwirr* sorgte für ein wenig richtungsgebundene, natürliche Anziehungskraft.

»Dev?«

»Hier«, krächzte der Junge aus der Richtung, von der die

künstliche Schwerkraft ausgegangen war. Luke spürte, wie er auf eine Schottwand zutrieb. Er packte etwas Großes, Heißes und Schuppiges, das einen Dunst von sich gab, als ob es dampfen würde.

»Wo?« fragte er. »Dev?«

»Hier... Meine Deckschuhe... haben mich ein bißchen isoliert.«

Luke hangelte sich am Körper des Fremden entlang und stieß auf einen Menschen, der ganz in der Nähe lag. Der Körper war brennend heiß und glitt gemeinsam mit Luke der Schottwand entgegen.

»Meine Augen«, stöhnte Dev. »Mein Kopf ist heiß. Er glüht.«

»Hast du sonst noch Schmerzen?« fragte Luke drängend.

»Ich kann... nichts spüren unterhalb der Schultern, wo er mich... durchbohrt hat.«

»Hier drin ist fast kein Licht«, sagte Luke. »Ich glaube nicht, daß du blind bist.«

»Die Brücke... vermutlich getroffen. Schutzschirmüberlastung.«

Lukes Schulter stieß gegen eine harte Schottwand, die sein Gleiten stoppte. Er und Dev waren in eine Ecke geraten. Luke streckte die Hand aus und berührte die Unterseite einer Konsole. Hier konnten sie wenigstens für eine Weile bleiben.

Hatte die Macht ihn betrogen?

Er schluckte und hustete. Er hatte der Dunklen Seite widerstanden. Die Dunkelheit favorisierte den Tod. Commander Thanas' Schuß hatte den V-gekrönten Ssi-ruu getötet, aber welchen Preis hatte Dev dafür zahlen müssen?

Ich bin müde, Yoda. Ich habe keine Zeit für Philosophie. Laß mich ausruhen.

Er beugte sich verkrümmt nach vorne und hustete unkontrolliert.

»Geht es dir gut?« fragte Dev.

Resthitze von Boden und Wänden erstickte ihn. *Leia*, rief er, *Leia?* Zu schwach, um eine Verbindung herzustellen, projizierte er seine geringe zurückkehrende Stärke in den Jungen. Zuerst konnte er nur Devs Schmerzempfinden antippen. Dev seufzte und entspannte sich spürbar.

Als Luke Stärke an Dev abgab, spürte er, wie sein Fokus an Kraft gewann. »Dev«, drängte er, »öffne mir dein Bewußtsein.« So wie er Eppie Belden gezeigt hatte, auf welche Weise sie sich selbst heilen konnte, gab er dieses Wissen auch an Dev weiter.

»Stütze dich auf deine Stärke«, sagte er eindringlich. »Du kannst es. Ich muß uns von diesem Schiff 'runterbringen...«

Ein entsetzlicher Hustenanfall unterbrach ihn. Automatisch richtete er den heilenden Fokus auf seine Brust.

Zwei gierige, lebende Staubkörnchen mit primitiven Instinkten schimmerten auf: Fressen. Festklammern. Fortpflanzen. Überleben.

Ein Erkenntnisblitz zuckte durch seine Panik. Er versuchte, das Bewußtsein eines der Staubkörnchen zu berühren, aber es hatte kein Bewußtsein. Es fraß sich instinktiv zu einer Blutquelle durch. Es nagte sich durch einen Luftröhrenkanal in Richtung seines Herzens vor.

Reduziert auf den einen Instinkt, selbst überleben zu wollen, kauerte sich Luke gegen die Schottwand.

***

Leia umklammerte krampfhaft die Seitenlehnen ihres Cockpitsitzes, vor Angst beinahe betäubt. Der Weltraum wirbelte vor der Sichtluke. Sie blickte auf den Ssi-ruuk-Kreuzer, der wie ein riesiges, mit Beulen versehenes Ei richtungslos dahindriftete.

»Der Junge hat uns Raum zum Atmen verschafft«, knurrte Han. »Ich habe alle fast aus der Umzingelung herausgebracht. Geht es ihm gut?«

»Nein! Wir müssen ihm helfen!«

Hans Kopf wandte sich ihr ruckartig zu. »Er ist nicht tot, oder?«

»Ich kann ihn nicht mehr spüren.« Sie gab ihm ihre Verzweiflung zu verstehen.

Han blickte auf die Sensortafeln und examinierte den fremden Kreuzer. »Thanas hat einen verdammt guten Treffer gelandet. Alle Energie ist weg. Die Hülle ist aufgeplatzt. Das Schiff verliert Luft.«

»Aber es ist *Luke*. Er könnte durch irgendein Energiefeld oder eine Abdichtung geschützt sein.« Sie konnte die Hoffnung nicht aufgeben. »Können wir näher heran! An Bord schleichen?«

»Vielleicht.« Han arbeitete an den Kontrollinstrumenten, ließ die Sterne tanzen. »Ich werde versuchen, näher heranzukommen. Vielleicht eine Andockbucht...« Er ließ den *Falken* einer Randzone der imperialen Formation entgegenstürzen. Mit der oberen Vierlingskanone landete Chewie einen Glückstreffer.

Die Energiebänke eines Patrouillenschiffs bekamen es zu spüren.

Trümmerwellen folgten dem *Falken* – die Überreste der Rebellenstreitkräfte.

»Da!« rief Han. »Gehen wir hinter diesen Kreuzer, wo die *Dominator* nicht auf uns feuern kann.«

»Führer Tramp an *Falke*«, kam Wedges Stimme über die Schiff-zu-Schiff-Verbindung. »Wir sind bereit, die *Dominator* anzugreifen.«

»Warte!« rief Leia. »Zwingt Commander Thanas zu einem Kurswechsel, so daß er nicht wieder auf das Ssi-ruuk-Schiff schießen kann, aber zerstört die *Dominator* nicht. Die Rebellion könnte einen imperialen Kreuzer gebrauchen.«

»Kriegsbeute, Eure Hoheit?« kicherte Wedge. »Machen wir. Wenn möglich. Irgendwie bezweifele ich aber, daß uns das Imperium den Kreuzer überlassen wird.«

»Ja«, knurrte Han. »Hübscher Gedanke, aber er hat bestimmt eine Selbstzerstörungsvorrichtung.«

»Wedge, überbring' Commander Thanas einfach nur eine klare Botschaft«, sagte Leia eindringlich. »Wir werden uns seiner Taktik nicht beugen.«

Der eiförmige Kreuzer ragte näher vor ihnen auf. Han steuerte dicht an seiner Hülle vorbei und hielt Ausschau nach einer Stelle, wo der *Falke* andocken konnte.

Wir kommen, Luke, dachte Leia. Dort, wo seine Präsenz gewesen war, herrschte schreckliche Stille.

✳ 20 ✳

Als Commander Thanas' *Dominator* auf den fremden Kreuzer schoß, senkte sich die Schwermut wie eine neblige, graue Regenwolke über Gaeriel. Gouverneur Nereus legte eine schwere Hand auf ihre Schulter.

»Kommen Sie, Gaeriel, Sie wußten, daß er nicht überleben konnte. Wenn er nach Bakura zurückkäme, würde die anschließende Seuche die Vernichtung durch den Todesstern wie ein schnelles, angenehmes Ende der Zivilisation erscheinen lassen.«

Sie entzog sich seiner Hand.

Immer noch voller Häme setzte er sich an seinen Elfenbeinschreibtisch und ließ ein Quartett von Sturmtruppenwachen kommen.

»Bald wird imperialer Friede auf Bakura herrschen«, sagte er. »Es muß nur noch mit einem einzigen zentralen Unruhestifter Schluß gemacht werden.«

Sie wappnete sich zum Sprung, bevor die Sturmtruppensoldaten feuern konnten, aber Nereus hob eine Hand.

»Sie überschätzen Ihre Wichtigkeit.« Er bediente seine Konsole und befahl: »Bringt den Premierminister her.«

Onkel Yeorg? »Nein!« rief Gaeriel. »Er ist ein guter Mann. Bakura braucht ihn. Sie können nicht . . .«

»Er ist zu einem Symbol geworden. Ich habe versucht, nachsichtig mit Bakura umzugehen, aber meine guten Absichten sind enttäuscht worden. Ich mache Schluß damit. Ich muß vorgehen wie jeder andere imperiale Gouverneur und den Terror des Imperiums in die bakurischen Herzen pflanzen. Es sei denn . . .« – er rieb sich das Kinn – ». . . es sei denn, er oder ein anderer Repräsentant der Captison-Familie würde Bakura öffentlich auffordern, mich als seinen Nachfolger zu akzeptieren. Sie könnten das Leben Ihres Onkels retten, Gaeriel. Sagen Sie mir, daß Sie es tun werden, innerhalb von drei Minuten, und er kommt mit dem Leben davon.«

Ihr Gewissen wurde von zwei Seiten geplagt. Sie konnte Gouverneur Nereus nicht gestatten, Onkel Yeorg zu exekutieren, aber sie konnte Bakura auch nicht auffordern, vor Wilek Nereus zu Kreuze zu kriechen. Wieder wappnete sie sich, ihn anzuspringen. Zwei Soldaten hoben ihre Blastergewehre.

»Leibwächtertraining« lächelte Gouverneur Nereus. »Sie haben Sie im Auge.«

Gaeri blickte sich in Gouverneur Nereus' Büro um und sah Plaketten, Tri-Ds und Kristalle. Zähne, Parasiten – welche widerwärtigen Interessen hielt er noch verborgen?

»Sie sagen, Sie würden ihn leben lassen. Aber würden Sie das wirklich? Oder würden Sie ihn wie Eppie Belden mit irgendeinem Parasiten infizieren? Das ist kein Leben.«

»Orn Belden glaubte das.«

Ein weiterer Soldat trat ein, der ihren an den Händen gefesselten Onkel mit dem Lauf eines Blastergewehrs vor sich her stieß, Yeorg stand aufrecht da und sah in ihren Augen größer aus, als es Nereus jemals konnte, trotz der ganzen Körpermasse des Gouverneurs.

»Ein Angebot, Captison«, gab Nereus bekannt. »Eine Minute, es zu akzeptieren. Treten Sie im Tri-D auf. Sagen Sie Ihrem Volk, daß es die Waffen niederlegen und sich der imperialen Herrschaft unterwerfen soll – mir, Ihrem designierten Nachfolger. Anderenfalls sterben Sie hier vor den Augen Ihrer Nichte.«

Yeorg Captison zögerte nicht. Er straffte die Schultern und schöpfte Würde aus einer alten, abgetragenen bakurischen Uniformjacke.

»Es tut mir leid, Gaeriel. Sieh nicht hin. Erinnere dich an mich als einen tapferen Mann.«

»Gaeriel?« Gouverneur Nereus fuhr mit der Zunge über seine Unterlippe. »Werden Sie die Sendung machen? Vielleicht könnte ich die Speise noch etwas versüßen...«

In diesem Augenblick krümmte sich der Soldat hinter Onkel Yeorg und brach zusammen. Ein durchdringendes elektronisches Jaulen kam aus den Helmen aller fünf Soldaten. Gaeriel sprang auf den nächsten kampfunfähigen Soldaten zu, ergriff sein Gewehr und richtete es auf Gouverneur Nereus. Offenbar hatte er gezögert. Sein ornamentierter Blaster steckte noch in seinem Kreuzgurthalfter.

Alle fünf Sturmtruppensoldaten wanden sich. Selbst aus der Ferne tat das Jaulen Gaeriels Ohren weh. Was ging hier vor?

»Legen Sie Ihren Blaster ab, Nereus«, sagte sie zittrig. Was auch immer es war, es sah nach ihrer Chance aus.

»Sie wüßten nicht einmal, wie Sie es entsichern müssen«, antwortete er, ließ aber beide Hände auf der Elfenbeinplatte liegen.

Unbeholfen ergriff Onkel Yeorg mit den Fingerspitzen das

Gewehr eines anderen hilflosen Soldaten. Sein durch die Handgelenkfessel behinderter Griff sah ineffektiv aus, aber wenigstens war die Waffe nicht mehr im Besitz des Soldaten.

Gouverneur Nereus' Kommandokonsole blitzte auf und wurde schwarz. Die Tür glitt auf. Eppie Belden marschierte herein, mit einem Schwung in ihren Schritten, der für eine Frau von hundertundzweiunddreißig verblüffend war. Ihre rundgesichtige Pflegerin Clis schlich hinter ihr her. Eppie schwang mit kompetenter Leichtigkeit einen Blaster.

»Ha«, rief sie, »habe sie alle erwischt.«

Sie ging geradewegs zu Gouverneur Nereus hinüber, zog ihm den Blaster aus dem Halfter und entwaffnete dann die anderen Sturmtruppensoldaten.

»Clis«, befahl sie, »hol' ein Vibromesser und befreie Yeorg von diesen Fesseln.«

Clis huschte nach draußen. Sie war blaß und fühlte sich bei einer derartigen Konfrontation sichtlich unbehaglich. Gaeri konnte es ihr nachfühlen. Es war Eppies Bravour, die sie überraschte.

»Sie«, schnauzte Eppie Gouverneur Nereus an. »Wenn sich diese Hände bewegen, sind Sie tot, verstanden?«

»Wer sind Sie, alte Frau?«

Eppie lachte. »Raten Sie mal, junger Mann. Ich bin Orn Beldens Rache.«

Belden: Nereus' Lippen formten das Wort. »Sie können nicht hier sein«, rief er. »Eine Vernarbung der Großhirnrinde ist dauerhaft.«

»Sagen Sie das Commander Skywalker.«

Gouverneur Nereus' Wange zuckte. »Skywalker ist mittlerweile tot! Sie fressen ihn bei lebendigem Leibe auf. Von innen nach...«

Eppie schien zu schrumpfen. »Feigling.« Sie richtete ihren Blaster auf seine Brust und brachte ihn zum Schweigen.

Er holte tief Luft, ballte seine Fäuste und löste sie wieder. Das Gruppenbild blieb einige Atemzüge lang bestehen, dann senkte Eppie den Blaster ein Stück.

»Ich werde Sie den Rebellen ausliefern«, grollte sie. »Ich hatte vorgehabt, Bakura ein Revolutionstribunal zusammenstellen zu lassen, aber wenn Sie den Jedi der Rebellen getötet haben, könnte ich mir vorstellen, daß sie an Ihrem lausigen Fell härtere Vergeltung üben, als es Bakura tun würde.«

Gaeri wünschte, daß Eppie ihn jetzt einfach töten würde

– offensichtlich hatte sie die Courage, es zu tun –, aber offensichtlich hatte Eppie andere Vorstellungen. Gaeri blickte aus dem Bürofenster. Ein weiterer Sturmtruppensoldat lag auf dem Grünweg und wand sich. Noch ein anderer riß sich seinen klobigen weißen Helm vom Kopf und schleuderte ihn weg, kniete dann nieder und hielt sich die Ohren zu, wobei er den Kopf hin und her warf.

»Wo warst du, Eppie?« fragte Gaeri.

»Ganz in der Nähe, im Komplex«, knurrte sie. »Ist das wahr, was er über Skywalker gesagt hat?«

»Wir haben keinerlei Bestätigung dafür, daß er tot ist, aber Gouverneur Nereus hat... ihn infiziert. Wie hast du das gemacht?« Sie machte eine ausholende Armbewegung, die Nereus' Kommandokonsole und die niedergestreckten Sturmtruppensoldaten umfing.

Eppie starrte Nereus an. »Ein paar Dutzend alte Freunde, die noch immer hohe Posten bekleiden und guten Zugang zu Kodes haben«, sagte sie. »Eine nichtmenschliche Invasionsflotte, die die meisten *seiner* Soldaten zu sehr beschäftigt hat, um noch auf ihren Rücken zu achten. Und ein neuer Alliierter.« Über die Schulter rief sie: »Komm' rein.«

Durch den Türeingang rollte Lukes Droide R2.

»Nachdem dich die Notdienstpatrouille weggebracht hatte«, sagte Eppie, »ist er zu einem Hauptterminal gegangen und hat mich angerufen. Ich habe einen Freund losgeschickt, um ihn zu holen. Dieser kleine Bursche ist bei den Hauptschaltkreisen sein Gewicht in Reaktortreibstoff wert.«

»Sie haben seinen Hemmbolzen entfernt?« Nereus' Hände zuckten an seinen Seiten.

»Du solltest ihn einsperren«, flüsterte Gaeri. »Er verliert die Kontrolle über sich.«

Eppie sicherte und entsicherte ihren Blaster. »Fast wünsche ich mir, daß er irgendwas versucht.«

***

Zusammengekrümmt in der Dunkelheit, fiel Luke nur eins ein, was er versuchen konnte. Er fokussierte seine Aufmerksamkeit auf die Staubkörnchen aus lebendem Instinkt in seiner Brust. Er berührte das eine. Es war neurologisch so primitiv, daß es lediglich kurz zurückzuckte und weiterfraß. Es handelte sich offenkundig um Parasiten. Er spürte ihren gewaltigen Hunger.

Als die Panik ihn zu immobilisieren drohte, dachte er an den Geruch von frischem Blut: süß, warm, leicht metallisch. Er streckte den dünnsten Tastfaden nach einer der Kreaturen aus.

Erkennen: ein winziges Bewußtsein begriff. Er stellte sich vor, wie sich Mandibeln lösten und ein Kopf zu ihm herumfuhr. Es war ungeheuer schwer, den Geruch zu projizieren und gleichzeitig seine Wirkung auf ein primitives, fremdes Bewußtsein abzuschätzen. Er streifte die zweite Kreatur mit dem Geruch.

Im Zentrum seines Wahrnehmungsvermögens stand das Klopfen seines eigenen Herzens. Er ließ die Geruchsillusion wenige Millimeter von innen wegwirbeln, um sie dazu zu bewegen, ihr zu folgen. Ein Bewußtsein schweifte ab und vergaß den Geruch. Er streifte es wieder mit dem lockenden Geruch des Lebens. Es summte Erkennen. Es kam näher.

Er konnte sich nicht auf beide Individuen konzentrieren. Sein Körper wollte husten, und innerhalb von Sekunden war eindeutig etwas auf dem Weg.

Er atmete vorsichtig ein und explodierte dann spuckend. Irgend etwas flog aus seinem Mund.

Eins war nicht genug. Der Erschöpfung nahe, schuf er die Geruchsillusion erneut und streichelte die verbliebene Kreatur damit. Ihre Aufmerksamkeit flackerte für einen kurzen Moment auf, verblaßte dann wieder. Er stieß wieder in ihre Wahrnehmung vor.

Diesmal hielt er sie fest. Langsam, ganz langsam führte er sie einen dunklen Luftröhrentunnel entlang. Sie strahlte wilden Hunger aus. Er bemühte sich, nicht zu würgen – oder zu schlucken. Langsam umgab er die Kreatur mit seinem Atem, wobei er inhalierte, bis sich seine schmerzenden Lungen verformten.

Dann ließ er los, würgend und hustend. Diese Kreatur verfing sich zwischen seinen Zähnen. Sie wand sich hin und her, ein grauenhafter Bissen. Er spuckte sie aus und schlug dann in der Dunkelheit blindlings nach ihr. Irgend etwas wurde zerquetscht. Die andere Kreatur konnte er nicht finden.

Kraftlos blieb er auf den Bodenplatten liegen, zu müde, um Triumph zu empfinden. Er schloß die Außenwelt aus seinem Bewußtsein aus, um eine fokussierende Übung zu machen. Langsam legte sich seine Niedergeschlagenheit, und dann erinnerte er sich an Dev. Sie mußten einen Weg finden, um die *Shriwirr* verlassen zu können. Ohne Energie und vermutlich weiteren Angriffen ausgesetzt, konnte das Schiff um sie herum wegbrechen.

Er war nicht dazu in der Lage. Schlaf lockte, ebenso die heilende Jedi-Trance. Seine Augen schmerzten. Er konnte sie für einige Momente schließen...

Ein Schimmer an einer Schottwand reizte seine Augen. Hatte er eine Halluzination von Lichtern im Korridor?

»Luke?« rief Leias Stimme. »Luke!«

Ungläubig drückte er sich vom Boden hoch. »Hier!« Seine Kehle brannte. Er mußte sie blutig gekratzt haben.

Ein Taschenluminator schob sich in den Brückenraum der *Shriwirr*, gefolgt von einem schlanken Arm. Der Rest von Leia trug eine Atemmaske, einen Schiffsanzug und Magnetstiefel. Han und Chewie folgten ihr. Ihr Luminator leuchtete wie eine lebensspendende Sonne.

»Wie seid ihr an Bord gekommen?« fragte Luke sie.

Leia eilte näher. »Sie haben die Landebuchten offen gelassen. Sie sind weg. Das Schiff ist tot, abgesehen von dir.«

»Wo ist...«, begann Luke. Dann entdeckte er Dev.

Der Junge lag lang ausgestreckt neben ihm, verwickelt in seinen langen Umhang. Seine Brust hob und senkte sich langsam. Schwere Energieverbrennungen verunstalteten seine nackten Arme und das Gesicht. Seine Augenlider bedeckten eingesunkene Höhlen. Neben ihm auf dem Boden wand sich eine Kreatur, die so lang und dick war wie ein Finger. Kurze Beine wedelten heftig in Richtung des Lichtes. Ihr fetter, feuchter Körper mit grünen und schwarzen Streifen lief an einem Ende spitz zu. Sichtlich angewidert schlug Leia die Kreatur platt.

»Danke«, flüsterte Luke.

»Entspanne dich, Junge.« Han kniete nieder und hob ihn auf eine Schulter.

Luke schluckte. »Nehmt Dev.«

»Du mußt Witze machen... Leia!«

Sie versuchte bereits, den bewußtlosen Jungen hochzunehmen. Chewie drängte sich dazwischen und wiegte ihn wie eine Puppe.

»Gehen wir«, ordnete Han an.

***

Sicher an Bord des *Falken*, kniete Leia neben Lukes Koje und legte ihren Kopf auf seine Schulter. In seiner Schwäche nahm er die Verbindung zu ihrer Stärke gerne an. Er badete sich in heilender Energie, die sich sauber, warm und vertraut anfühlte. Wenn er schluckte, brannte seine Kehle nicht mehr. Bald konnte er wieder atmen, ohne einen Hustenreiz zu verspüren.

Wo hatte er diese schrecklichen Parasiten aufgenommen?

Er setzte sich auf. »Ich werde mich später ausruhen«, sagte er bestimmt. »Richtig ausruhen.«

»Das solltest du auch«, murmelte Leia. »Aber jetzt haben wir keine Zeit. Wir müssen noch immer mit der *Dominator* fertig werden. Die Reparaturtrupps werden nicht untätig gewesen sein.«

»Was ist mit ihr passiert?« Luke schluckte bei dem Gedanken an Pter Thanas. Hatte er den imperialen Kommandeur zur Sklavenarbeit verdammt?

»Ihre seitlichen Düsen sind wieder ausgefallen, so daß sie nicht steuern kann. Und die Signale, die von Bakura kommen, sind verrückt. Es ist eine Revolution im Gange.«

Luke stellte sich auf die Füße. Das rechte Bein schmerzte noch immer, allerdings nicht mehr so stark.

»Ich bin bereit«, sagte er, ließ aber zu, daß Leia ihn stützte. Gemeinsam schlurften sie ins Cockpit. Leia half ihm, sich auf einem Sitz niederzulassen.

»He, Junge«, begrüßte ihn Han. »Für einen toten Mann siehst du gut aus.«

Chewbacca wuffte seine Zustimmung.

Luke räusperte sich probeweise. »Danke.« Er deutete auf das Subraumradio. »Irgend etwas über Gaeriel Captison?«

»Vielleicht«, sagte Han. »Eine Gruppe auf dem Planeten behauptet, daß sie Wilek Nereus in Gewahrsam genommen hat. Sie verbarrikadieren sich im imperialen Bürosektor des Bakura-Komplexes.«

Die *Dominator* schien unterhalb der Hülle des *Falken* dahinzugleiten. Dies war natürlich eine Illusion – der *Falke*, nicht die *Dominator*, manövrierte.

»Während wir auf dem Flöterschiff waren«, fuhr Han fort, »hat 3PO daran garbeitet, die Energiebankaufladung zu maximieren. Ich glaube, wir können mit Thanas so umgehen, wie er es verdient. Dann machen wir uns Gedanken über Nereus.«

»Langsam«, warf Leia ein.

»Wartet mal«, sagte Luke ein bißchen lauter.

An Commander Thanas' Stelle würde er den Befehl geben, den wertvollen Kreuzer zu zerstören, statt ihn in die Hände der

Allianz fallen zu lassen. Er konnte keinen einzigen TIE-Jäger ausmachen. Sie hatten sich vermutlich zerstreut, aus Angst, von den Druckwellen eines explodierenden Kreuzers der Carrack-Klasse erfaßt zu werden. Zur Bestätigung seiner Vermutung war dem Geplapper von Rebellenstimmen zu entnehmen, daß die *Dominator* ihre Schutzschirmgeneratoren verloren hatte.

Nicht verloren, er hat sie abgeschaltet, mutmaßte Luke.

»Auf geht's!« Han schwang den *Falken* herum, um den Todesstoß anzubringen.

»Warte«, wiederholte Luke. »Wir wollen dieses Schiff haben. Sogar beschädigt wäre es ein Glücksgriff.« Er beugte sich zum Sendegerät vor. »An alle Einheiten«, rief er, »hier ist Commander Skywalker. Sofort Feuer einstellen. Allianzstreitkräfte, ich erwarte Bestätigung auf diesem Kanal.«

»Was?« fragte Han.

Drei jüngere Piloten protestierten ebenfalls.

Luke wiederholte den Befehl, versuchte dann, über die Distanz hinweg die Macht auf Commander Thanas zu lenken, um ihn noch einmal zu kontrollieren. Er schaffte es nicht. Obwohl er die Parasiten ausgestoßen hatte, bevor sie sich in sein Herz fressen konnten, hatte ihn die Machtbenutzung sehr geschwächt. Wenn sich Thanas entschloß, die *Dominator* zu zerstören, konnte er nichts dagegen tun.

Es sei denn ...

Er projizierte Ruhe in die Macht. Friede. Friede war möglich ...

Und dies war Thanas' letzte Chance.

***

Pter Thanas zuckte zusammen, als Skywalkers Befehl über den Subraumsender ging. Während dieser Schlacht war wieder etwas in ihm erwacht, etwas, das sich sorgte. Etwas, das er vor Jahren auf Alzoc III begraben hatte.

Nereus würde auch nicht zögern, ihn dorthin zurückzuschicken. Er blickte auf ein rot verriegeltes Fach. Es verbarg einen Hebel mit der Aufschrift ‚Selbstzerstörung'. Ein anderes Fach, in der Mitte der Brücke, enthielt das Gegenstück. Wenn die Hebel gleichzeitig gezogen wurden, würde der Hauptgenerator der *Dominator* hochgehen. Die Detonation würde alles in der näheren Umgebung in Staub verwandeln.

Seine Karriere war vorbei.

Er wandte sich seinem Adjutanten zu, einem überkorrekten Zeitsoldaten. »Schiff aufgeben«, befahl er. »Alle Mann.«

Die Besatzungsmitglieder mochten weit genug kommen, um der Zerstörung zu entgehen. Die Brückencrew mußte jedoch bleiben. Dies gehörte zur vorschriftsmäßigen imperialen Disziplin. Die Hebel hatten keine Zeitverzögerung.

Der junge Adjutant trat von einem Fuß auf den anderen und wartete auf den nächsten Befehl.

Thanas starrte auf seine fleckenlos polierten schwarzen Stiefel, die auf dem polierten Deckboden ruhten. Wie auf Alzoc III hatte er auch auf Bakura unethische Befehle von einem Vorgesetzten bekommen, den er nicht respektierte. Dies konnten seine letzten Augenblicke sein, geopfert einem selbstsüchtigen Imperium und dem Vermächtnis eines toten Imperators.

Er konnte aber auch allem abschwören und sich eingestehen, daß er sein ganzes Leben vergeudet hatte.

Dann erinnerte er sich wieder an die letzten Befehle Gouverneur Nereus'. Kühl straffte er sich und blickte sich auf der Brücke um. Seine Besatzung stählte sich erkennbar für einen letzten heroischen Akt.

»Kommunikation«, bellte er, »geben Sie mir einen Kanal zu Skywalker. Wo auch immer er ist.«

»Verbindung hergestellt, Sir.«

Pter Thanas wandte sich der Kommunikationskonsole zu und legte eine Hand auf seinen Blaster. Irgendeiner auf dieser Brücke würde ihn im Auge behalten.

»Commander Skywalker«, rief er und entsicherte die Waffe, »ich muß Sie vor etwas warnen. Jeder Kontakt, den Sie zu Menschen haben, bringt deren Leben in Gefahr. Nereus hat mir ausdrücklich Anweisung gegeben, dafür zu sorgen, daß Sie nicht nach Bakura zurückkehren. Er sagt, daß Sie Träger irgendeiner Infizierung oder Seuche sind.«

»Ich habe mich darum gekümmert, bevor sie sich verbreiten konnte«, antwortete Skywalkers Stimme. »Erinnern Sie sich, ich bin ein Jedi.«

Das hätte er erwarten sollen. Dennoch, Skywalkers Stimme klang schwach.

»Wirklich? Oder ziehen Sie nur eine Schau ab?«

»Ich bin an Bord des *Falken* mit meinen engsten Freunden. Ich wäre nicht hier, wenn ich auch nur die geringsten Zweifel hätte.«

Thanas blickte sich auf der Brücke um. »Gut. Wenn ich Ihnen die *Dominator* übergeben würde ...«

An der Grenze seines Blickfeldes nahm er Bewegung wahr. Ein Besatzungsmitglied sprang auf die Füße und langte nach seinem Gürtel. Thanas wirbelte herum und betäubte ihn: Ein V-Mann des imperialen Sicherheitsdienstes, der hier war, um zu gewährleisten, daß das Kriegsschiff nicht in Feindeshand fiel.

»Commander Thanas?« fragte Skywalkers Stimme. »Sind Sie noch da?«

»Eine kleine Ablenkung. Wenn ich Ihnen die *Dominator* übergeben würde – garantieren Sie mir dann, daß Sie meine Besatzung, die diese Schlacht auf meinen Befehl geführt hat, freilassen werden?«

»Ja«, sagte Skywalker krächzend. »Wir werden das gesamte imperiale Personal zu einem neutralen Sammelpunkt schicken und alle nach Hause zurückkehren lassen – es sei denn, jemand hat den Wunsch, abtrünnig zu werden. Sie müssen diese Wahl jedem einzelnen lassen.«

»Das kann ich nicht.«

»Ich werde es arrangieren.«

Thanas hielt sich an einem Geländer fest. Welche Art von Verräter händigte imperialen Besitz aus und gab imperialem Personal Gelegenheit, die Seite zu wechseln?

Die Art von Verräter, die talzischen Minensklaven noch immer etwas schuldete, was nicht zurückzuzahlen war. Vielleicht würde die Allianz nachsichtiger sein, als es jener Colonel auf Alzoc III gewesen war.

»Abgemacht«, sagte Thanas. »Überstellen Sie mich der Allianz und verfahren Sie mit mir, wie es Ihnen beliebt.«

Skywalker atmete tief aus. »Ich nehme Ihr Schiff entgegen. Und vorübergehend auch Ihre Person. Kommen Sie mit einer Fähre zu meinem ...« er schien zu zögern – »... Flaggschiff. Bringen Sie bitte einen Militärarzt mit. Ich werde dafür sorgen, daß er ebenfalls freigelassen wird.«

»Sind Sie krank?«

»Ich sagte, daß ich mich darum bereits gekümmert habe. Ich habe einen anderen Menschen mit schweren Verbrennungen an Bord. Ich glaube, er könnte durchkommen, wenn ihm schnell geholfen wird.«

»Oh.« Thanas Augen verengten sich, als er seine Vermutung äußerte. »Sibwarra?«

Skywalker zögerte. »Ja.«

»Sie verlangen zuviel.« Welche irrationale, übernatürliche Kraft hatte Luke Skywalker befähigt, seine Skrupel einzuschätzen? Er ging auf der Brücke zwischen summenden Instrumentenkonsolen hin und her. »Aber ich möchte Sibwarra gerne vor Gericht sehen. Imperium oder Allianz, das spielt keine Rolle – solange es sich um eine menschliche Jury handelt. Ich werde sehen, was ich tun kann.«

»Ich werde eine Rumpfbesatzung zur *Dominator* hinüberschicken«, sagte Skywalker.

Solos Stimme übertönte die Skywalkers. »Aber Sie sollten besser unbewaffnet kommen, in einem Überlebenskokon. Ich mache eine schwere Konzession, indem ich Sie überhaupt an Bord lasse.«

»Verstanden... General.«

Der Kommunikator wurde still.

Thanas holte tief Luft. Er wußte nicht, was er als nächstes zu erwarten hatte, aber er würde seine Crew nicht mit hineinziehen. Er würde dem Zorn der Allianz allein gegenübertreten, Seuchenrisiko und alles andere eingeschlossen. Fast allein.

»Brückenbesatzung in die Rettungsboote. Reservieren Sie einen Evakuierungskokon für zwei Personen.«

»Sir.« Ein Mann drehte sich auf dem Absatz und verließ leichtfüßig die Brücke.

»Tragt ihn, irgendeiner.« Thanas deutete mit dem Kinn auf den Mann vom Sicherheitsdienst, der betäubt auf dem Boden lag. »Nehmt ihn mit. Captain Jamer, Sie übernehmen das Kommando.«

»Sir.« Ein käferartiger, kleiner Mann trat aus dem Hintergrund nach vorne.

Pter Thanas rieb sich das Kinn, setzte sich dann mit seiner medizinischen Abteilung in Verbindung. Vielleicht hatte Skywalker die Ansteckungsgefahr neutralisiert, aber er würde sich in der Gegenwart des Jedi nicht sicher fühlen, bis ihn sein eigenes Personal überprüft hatte.

***

Luke sah Han an, der den *Falken* in Richtung eines kleinen, runden Objekts manövrierte. Sensoren bestätigten zwei Lebensformen.

»Bist du sicher, daß du ihn an Bord nehmen willst?« Han klang angewidert.

Luke seufzte, des Streitens müde. »Ja. Nächste Frage!«

»Warum?« schnappte Han.

»Wir sind alle ein bißchen gereizt«, sagte Leia, »aber dies ist der einzige Ort, wo wir ihn unterbringen können. Wir müssen sofort die Gerüchte aus Salis D'aar überprüfen.

»Nun, selbst unbewaffnet wird er nicht frei auf meinem Schiff herumlaufen. Fessele ihn an Chewie – nein, an 3PO – und sperre sie in einen Frachtraum. 3PO kann ihn unterhalten.«

Luke lächelte. »Das dürfte genug Strafe für jeden sein.«

»Armer Thanas«, gab ihm Leia recht.

Chewbacca bediente feinfühlig Kontrollinstrumente und stellte den Vakuumverschluß auf Handbedienung um. Dann gingen Luke, Han und Leia zur Luftschleuse und warteten. Einige Minuten später trat Commander Thanas mit erhobenen Händen hindurch. Die Körperhaltung ließ seine Khakiuniform verrutschen.

»Ich bin unbewaffnet«, erklärte er. »Überprüfen Sie mich.«

Leia tastete ihn mit einem Waffenscanner ab. »Sieht sauber aus«, gab sie bekannt.

Unterdessen ließ Commander Thanas' kleiner, unscheinbarer Begleiter einen Medisensor über Lukes ganzen Körper wandern. Luke hielt still. Er vermutete, daß Thanas den Arzt wegen seiner unschuldigen Augen, der weichen Haut und der harmlosen äußeren Erscheinung ausgewählt hatte.

»Was ist in diesem Kasten?« fragte Leia scharf.

»Medizinische Ausrüstung. Brandwundenbehandlung. Commander Skywalker bat darum ...«

»Hier entlang.« Luke führte die Gruppe von der oberen Luftschleuse weg.

Der Militärarzt steckte seinen Medisensor in eine Tasche. »Skywalker ist ebenfalls sauber. Die vorläufige Untersuchung hat eine schwere natürliche Bronchitis, aber keine Infizierung ergeben.« Er sah Thanas an und zuckte die Achseln.

Luke hatte es nicht bezweifelt, aber die Diagnose des Arztes beruhigte ihn. Er führte sie tiefer ins Schiff hinein.

3PO saß am Hologrammtisch. Hinter ihm, in einer Einzelkoje, lag Dev, ohne sich zu bewegen.

3PO stand auf. »Seien Sie gegrüßt«, begann er fröhlich. »Ich bin ...«

»Sei still«, murmelte Leia. »Nimm diese Handschellen und kette dich an Commander Thanas an. Bring ihn in den hinteren Frachtraum. Bis auf weiteres bewachst du ihn.«

Eine Klammer schloß sich um Thanas' Handgelenk, die andere um das 3POs.

»Sehr wohl, Eure Hoheit. Kommen Sie mit mir, Sir. Ich bin C-3PO, Mensch-Cyborg...«

Luke führte den unscheinbaren, kleinen Arzt zu Dev und zog behutsam eine Decke von den vernarbten, gefalteten Armen des Jungen. »Er befindet sich in einer Jedi-Heiltrance«, sagte er, »und er hat keine Schmerzen – für den Augenblick. Sehen Sie, was Sie für ihn tun können.

»Ich werde es versuchen«, sagte der Arzt, »aber offen gesagt, mir sind Energieverbrennungstraumata schon begegnet.« Er ließ den Taschenmedisensor über den Bauch und die Brust Devs wandern, schüttelte dann den Kopf. »Es gibt nichts, was ich tun kann. Er könnte noch einen Tag leben, wenn er... Ich möchte nicht sagen, wenn er Glück hat. Sobald er das Bewußtsein wiedererlangt hat, wird er leiden. Die inneren Verletzungen sind... nun, da ist nichts, was ihn am Leben halten kann.«

»Versuchen Sie es bitte. Er hat seine Meinung über die Ssiruuk geändert.«

Und Dev hatte ein so großes Machtpotential. Er *mußte* überleben.

»Hm«, machte der Arzt ohne Enthusiasmus. Er griff tiefer in seinen Ausrüstungskasten.

Luke konnte seinen eigenen Körper kaum noch in Bewegung halten. Stolpernd gesellte er sich wieder zu Han ins Cockpit.

»Wir haben eine Einladung bekommen«, gab Han bekannt. »Von einer Lady namens Eppie Belden. Sie behauptet, dich zu kennen. Sie ist mit deiner Freundin Gaeriel im Bakur-Komplex. Ich glaube, sie haben da einen üblen Gefangenen, mit dem sich die Allianz beschäftigen soll.«

»Gouverneur Nereus?« fragte Leia.

»Sieht so aus.«

Er hatte Gaeri zuletzt gesehen, als sie von R2 aus der Kantine gezogen wurde. Plötzlich erinnerte er sich an das Essen, das sie geteilt hatten. Diese Nachricht ließ allerdings vermuten, daß Gaeri gesund war. Und hatte Eppie sich selbst geheilt? Hatten sie Gouverneur Nereus gefangengenommen?

Kannst du den *Falken* auf einem Dachflugplatz landen?«

Leia lachte hinter ihm. »Han kann den *Falken* auf einem Eiswürfel landen, wenn er will.«

Luke blickte sich im Cockpit um und zählte die Köpfe. »Ich nehme an, du holst Verstärkung, oder?« fragte er Han.

»Ich habe, äh, gerade unserer neuen *Dominator*-Besatzung befohlen, eine Position einzunehmen, aus der sie auf die imperiale Garnison in Salis D'aar feuern kann. Das wird eine Weile dauern. Unsere B-Flügler-Staffel schleppt sie an Ort und Stelle. Und zu uns kommen noch zwei X-Flügler-Piloten, die uns Geleitschutz geben, für alle Fälle.«

»Gute Arbeit, Han.«

Und Luke hatte seinen Ruf als Jedi. Solange er nicht vor aller Augen torkelte, würden ihn die Imperialen als eine Bedrohung ansehen. Er malte sich Gouverneur Nereus' Gesicht aus, wenn er lebend aus dem *Falken* stieg.

»Deine bakurischen Freundinnen haben versprochen, uns auf dem Dachflugplatz zu treffen. Wir werden sehen, ob sie das schaffen.«

»Ich werde mich etwas hinlegen.« Luke hustete ein letztes Mal. »Weck mich kurz vor der Landung.«

***

Der *Millennium Falke* stieß durch eine vielschichtige Wolkendecke und nahm Kurs auf Salis D'aar. Über der Stadt und der Westseite des einen Flusses hing Rauch. Während sie abbremsten, brachte Han seinen Fernsensor in Stellung. Luke blickte zwischen den Köpfen von Han und Chewie hindurch und machte eine Traube von Menschen aus, die hinter einer Druckwellenbarrikade auf dem Dachflugplatz des Komplexes stand. Eine vertraute Gestalt wartete mit ihnen.

»R2«, rief er aus.

In dem wirbelnden, blaugrünen Rock, der sich von der abgesperrten Landezone entfernte, steckte offensichtlich Gaeriel. Der *Falke* sank langsam auf seinen Repulsoren nach unten. Gaeriels Onkel, der Premierminister, stand neben einem nicht gefesselten, trotzigen Wilek Nereus, der noch immer imperiales Graubraun mit roten und blauen Rangabzeichen trug.

»Auf mich macht er nicht den Eindruck eines Gefangenen«, knurrte Leia und deutete auf die Sichtluke. »Ich halte jede Wette, daß Gouverneur Nereus nicht beabsichtigt, uns die Garnison in Salis D'aar zu übergeben. Er könnte sie für eine lange Zeit gegen uns alle halten.«

Han griff nach den Kontrollen für die Nahkampfgeschütze.

»Wage es nicht.« Leia schüttelte den Kopf. »Wir sind wieder bei der Diplomatie.«

»Und wir haben Commander Thanas«, sagte Luke. »Er könnte uns die Garnison übergeben.«

Der *Falke* setzte mit einem gedämpften Bums auf dem Boden auf.

»Besonders, wenn du ihn dazu aufforderst«, meinte Leia. »Wie fühlst du dich? Kannst du ...«

»Ich kann es nicht erzwingen. Es ist besser, wenn du die Führung übernimmst.«

»Schön«, sagte sie grimmig. »Ich habe genug Widerstandszellen aufgebaut, um zu wissen, was passiert, wenn wir das hier vermurksen.«

***

Leia umklammerte ihren Sitz, während Han aufsprang und den Blaster in seinem Beinhalfter lockerte.

»Alles klar, Goldkopf«, rief er in das Kommgerät. »Bring Thanas zur Hauptrampe.«

Luke stand langsamer auf. Leia sah sozusagen zwei Lukes: einen starken, arroganten und siegreichen Luke – das Bild, das er vermitteln wollte – und einen in sich zurückgezogenen, besorgten und erschöpften Luke, der Schmerzen hatte. Und der müde genug war, um Fehler zu machen.

Sie rückte ihre Schultern gerade. »Willst du an Bord bleiben, bis klar geworden ist, wie sich diese Sache hier entwickelt?« fragte sie.

»Äh ... ja.« Luke kratzte sich im Nacken. »Nereus glaubt vermutlich sowieso, daß er mich umgebracht hat.« Er trat neben das Hauptschott und löste sein Lichtschwert vom Gürtel. Aus dieser Position konnte er alles hören, ohne gesehen zu werden. »Sei vorsichtig.«

3PO erschien in der Gangbiegung. Commander Thanas ging mit ihm im Gleichschritt.

»Ihr Droide erzählt interessante Geschichten«, kommentierte Thanas trocken. »Trotz des Umstands, daß er darauf besteht – wiederholt –, kein guter Geschichtenerzähler zu sein.«

Erziehung des Gefangenen, 3PO? Commander Thanas hatte vermutlich jede Menge Allianzpropaganda zu hören bekommen.

Das Hauptschott zischte und öffnete sich. Leia schritt als erste die Rampe hinunter. Die Dachgruppe ging im Gänsemarsch um die Druckwellenbarrikade herum und kam ihnen entgegen, angeführt von Captison, der dicht gefolgt wurde von Gouverneur Nereus, seinen weiblichen Begleiterinnen und ... R2. Als Leia und Han den Dachboden betraten, warf Leia einen Blick zurück. 3PO folgte, an Thanas gefesselt. Chewie kam als letzter, mit geladenem Blitzwerfer. Die Luft roch unangenehm nach Rauch.

»R2!« rief 3PO. »Du kannst dir nicht *vorstellen*, was ich durchgemacht habe...«

»Vergiß es«, schnauzte Han.

Commander Thanas ignorierte seinen metallenen Begleiter und schritt mit geradeaus gerichteten Augen die Rampe hinunter, ausdruckslos wie ein Mann, der erwartete, brutal abgekanzelt zu werden. Am Fuß der Rampe ging er an Leia vorbei und nahm Haltung an, so gut das jemand konnte, wenn er durch Handschellen mit einem Protokolldroiden verbunden war.

»Ich nehme an, Sie erwarten keine Belobigung.« Gouverneur Nereus schloß die Distanz zwischen ihnen, die Hände in großspuriger Pose auf dem Rücken verschränkt. »Vor ein paar Jahren noch, als ich einen Kreuzer kommandierte, wurde ein Kommandant, der sein Schiff übergab, an die nächste Wand gestellt und erschossen.«

Leia trat nach vorne. »Wir haben ihn nur mitgebracht, um Ihnen zu beweisen, daß er sich in unserer Hand befindet, Gouverneur. Er ist nicht Ihr Gefangener, sondern unserer. So wie Sie, habe ich gehört.«

»Ich würde gerne sehen, wie Sie uns beide festhalten wollen.«

»Sie haben keine Raumstreitkräfte mit. Übergeben Sie Ihre Garnison, dann können Sie und alle Ihre Leute Bakura als freie Menschen verlassen – sofort.«

Ein X-Flügler auf einem Patrouillenflug riß Fetzen aus den niedrig hängenden, rauchigen Wolken.

Gouverneur Nereus lächelte Leia milde an. »Vielleicht vergessen Sie, daß ich weiterhin dreitausend auf dem Boden stationierte Truppen befehlige. Außerdem landen während unserer Unterhaltung überall auf Bakura überlebende Imperiale in Rettungsbooten. Ein einziges Schiff hat sich Ihnen ergeben, daß ist alles.«

»Wir haben die *Dominator* in einen stationären Orbit bewegt, Gouverneur«, konterte Leia mit einem dankbaren Blick auf Han. »Ihre Geschützbatterien sind auf die Garnison in Salis D'aar gerichtet. Ich weiß, daß sie nicht für einen planetaren Angriff gebaut wurde, aber sie wird beträchtlichen Schaden anrichten, wenn wir den Befehl geben. Selbst wenn wir Sie freilassen würden, könnten Sie Bakura nicht für immer gegen den Willen des Volkes halten.«

»Nicht? Das ist standardmäßige imperiale Politik. Sie funktioniert überall in der Galaxis.« Gouverneur Nereus zeigte seine Hände offen vor. Offenbar machte ihn Hans Blaster nervöser, als er ansonsten zu erkennen gab.

Jemand stieß von der linken Seite gegen Leia. Gaeriel trat zwischen Han und Gouverneur Nereus, hielt sich dabei gerade so aus der Schußlinie. Leia hatte sie nie so aufsässig gesehen. Sie hatte ihren Schal um ihren Rock geknotet, so daß er nicht störte, und ein Blastergewehr unter den Arm geklemmt. Es war jederzeit schußbereit. Endlich erriet Leia, was Luke in ihr sah.

»Gouverneur«, verkündete Gaeriel, »wenn Ihr Verrat keine weiteren Folgen haben wird, dann will ich eine eigene kleine Geste machen. Ich trete aus dem imperialen Dienst aus.«

Nereus legte seine Hände auf die Seitenstreifen seiner Hose. »Meine Liebe, das können Sie nicht. Sie gehören zum Imperium.«

»Ich glaube nicht, Exzellenz.«

Sie sprach ganz ruhig, aber Leia erkannte, daß ihre ungleichen Augen geschwollen waren, so als ob sie geweint hätte. Wenn sie um Luke getrauert hatte, stand ihr eine Überraschung bevor.

»Prinzessin Leia, bitte nehmen Sie meinen Glückwunsch zu Ihrem Sieg entgegen . . .« Gaeriel stand starr, wurde so blaß, als ob sie einen Geist gesehen hätte.

Leia drehte sich auf einem Absatz um.

Luke stand in der Mitte des Hauptschotts des *Falken*. Er hatte das Schwert in der Hand, nicht entflammt, und sah vor dem dunklen Hintergrund des Inneren des *Falken* wie ein geschmeidiger, graugekleideter Schatten aus. Sie hätte wetten können, daß sein Lächeln etwas mit dem offenen Mund und den weit aufgerissenen Augen Gaeriels zu tun hatte.

Die magere, kleine Frau neben ihr strahlte. »Hallo, Jedi«, wisperte sie.

Was auch immer Wilek Nereus sagen wollte, als er vortrat, er vergaß es. »Nein!« schrie er statt dessen, wobei das Entsetzen seine fleischigen Züge verzerrte. »Sie können nicht hier sein! Gehen Sie zurück an Bord! Sie werden uns alle infizieren. Sie begreifen nicht . . .«

Luke machte einen Schritt nach unten. »Gaeriel Captison gehört zu Bakura, nicht zum Imperium.«

Gouverneur Nereus wirbelte auf Gaeri zu. Mit einer Geschwindigkeit, die seinem Alter und seiner Körpermasse Hohn sprach, riß er ihr das Blastergewehr aus den Händen.

Luke ging in die Knie. Han hatte seinen Blaster bereits gezogen. Nereus feuerte zweimal. Ein Strahl wurde von der Hülle des *Falken* abgelenkt. Der andere jagte auf Luke zu, kreuzte eine grünweiße Klinge, die in seinen Weg geschnellt war, und lenkte seine Energie auf dem eigenen Kurs zurück.

Wilek Nereus stürzte mit fassungslosen Augen zu Boden. Luke schwankte ebenfalls. Gaeriel stöhnte auf und Leia erstarrte.

R2 rollte mit Höchstgeschwindigkeit nach vorne, piepend und pfeifend. Langsam richtete sich Luke wieder auf. Er hielt das Schwert senkrecht vor sich. Sein Summen war das einzige Geräusch, das Leia außer dem Klopfen ihres Herzens hörte. Luke winkte den kleinen Droiden zurück. Han beugte sich über den Gouverneur, den Blaster schußbereit, aber Nereus rührte sich nicht mehr.

Leia ging um Gouverneur Nereus' Körper herum und trat auf den bakurischen Premierminister zu. Captison fand sein Gleichgewicht wieder und nahm Haltung an.

»Premierminister Captison«, sagte sie, »in diesem Augenblick steht Bakura allein da. Wenn sich Ihr Volk dafür entscheidet, wieder dem Imperium beizutreten...« — sie nickte seitlich zu Commander Thanas hinüber — »... werden wir uns zurückziehen und es Ihnen überlassen, Ihre Angelegenheiten zu regeln. Commander Thanas mag Ihre Verteidigung gegen die Ssi-ruuk leiten, wenn diese zurückkehren, bevor Ihnen das Imperium einen anderen Gouverneur schickt. Sie mögen allein weitermachen wollen, in dem Bewußtsein, daß die Ssi-ruuk zurückkehren könnten. Wenn Sie sich jedoch dafür entscheiden, sich mit der Allianz zu alliieren, sollten wir sofort über einen dauerhaften Vertrag verhandeln.«

Captison salutierte vor Leia, dann vor Luke. »Eure Hoheit, Commander — wir danken Ihnen. Es ist jedoch nicht wahrscheinlich, daß sich die imperiale Garnison ergeben wird.«

Luke schritt langsam die Rampe hinunter. Hoffentlich ahnte keiner der anderen, daß nicht Würde, sondern Schwäche seine Schritte bestimmten.

»Wir haben Commander Thanas' Kapitulation entgegengenommen«, sagte er. »Sie schließt die *Dominator*, die Bodentruppen und die imperiale Garnison ein.«

Leia hielt den Atem an und wartete darauf, daß Commander

Thanas Lukes Erklärung widersprach. Der hagere Imperiale runzelte die Stirn, sagte jedoch nichts. Hielt er seine Zunge im Zaum oder hinderte ihn Luke am Sprechen?

»Commander Thanas«, sagte Luke, »Sie sind aus dem Gewahrsam entlassen. Wenn Bakuras Bürger das Imperium zum Gehen auffordern, werden Sie den Abzug der Truppen leiten.«

Thanas nickte und hob sein Handgelenk. 3POs Arm kam mit hoch.

»Laß ihn gehen, 3PO« sagte Luke.

Der Droide holte einen Kodechip hervor und fuhr damit über Thanas' Handschellen.

Luke trat näher und blickte Thanas an. »Übernehmen Sie das Kommando über Ihre Männer, Sir. Und denken Sie daran — die neue Besatzung der *Dominator* paßt auf.«

Thanas öffnete den Mund, als ob er etwas sagen wollte, überlegte es sich dann anders. Ein lokaler Patrouillengleiter stürzte aus dem dunstigen Himmel und landete dicht neben dem *Falken*. Zwei bakurische Sicherheitsbeamte sprangen heraus. Sie lenkten eine Repulsorbahre zu Nereus' Leiche.

Commander Thanas drehte sich auf dem Absatz um, in straffer militärischer Haltung. »Kommando«, rief er, »marsch, marsch.«

Nereus' Sturmtruppensoldaten folgten Commander Thanas, der mit großen Schritten zum nächsten Sinkschacht ging.

»Du willst ihm wirklich trauen?« flüsterte Leia Luke zu. »Was hast du gemacht?«

»Nichts.« Auch Lukes Blicke gingen hinter dem Commander her. »Er wird die *Dominator* nicht vergessen. Auch wenn sie nicht über die volle Kapazität verfügt, haben wir die Lufthoheit. Und außerdem, ich habe da so ein Gefühl...«

»Würden Sie mich entschuldigen?« Premierminister Captison hob seine buschigen, weißen Augenbrauen. »Ich muß eine Dringlichkeitsdurchsage machen. Ich kann fast garantieren, daß sich das Volk von Bakura nach allem, was heute passiert ist, dafür entscheiden wird, der Allianz beizutreten, aber ich muß es befragen.«

Leia konnte es ebenfalls fast garantieren. »In jedem Fall.« Sie neigte respektvoll den Kopf.

Zu ihrem Entzücken salutierte Luke, und selbst Han nahm Haltung an. Captison schritt zu einem anderen Sinkschacht.

Siehst du immer noch zu, Vater? Leia warf einen Blick über die Schulter, aber alles, was sie sah — oder spürte —, war dunstiger, grauer Himmel. Jede Welt, die sie dem Imperium entriß, war eine weitere Niederlage für den Geist Darth Vaders.

Andererseits, wenn Anakin Skywalker weiter zusehen wollte, dann würde sie das zukünftig nicht mehr stören. Sie hatte ihren Frieden während der Schlacht gefunden.

Gaeriel zog ihre ältliche Begleiterin zu Luke hinüber. Das, vermutete Leia, mußte Eppie Belden sein.

»Gut gemacht, junger Mann?« Die kleine Frau ergriff Lukes Ellbogen, nahm dann seine Hand und schüttelte sie kräftig. »Und vielen Dank. Wenn ich jemals etwas für Sie tun kann, brauchen Sie es nur zu sagen.«

Gaeriel blickte zur Seite, sagte dann mit von Herzen kommender Erleichterung: »Sie leben. Haben Sie . . .«

»Können wir später reden? Ich habe einen sehr kranken . . . Freund an Bord, der Verbrennungen erlitten hat und behandelt wird.«

Vergiß Dev Sibwarra, wollte Leia schreien. *Er ist tot. Dieses Mädchen ist schließlich zur Vernunft gekommen. Laß sie nicht gehen, wenn du sie willst.*

»Oh«, sagte Gaeriel und trat zurück. »Machen Sie nur. Ich werde warten.«

Leia warf ihrem Bruder einen finsteren Blick nach. Er hatte die Hälfte der Rampe bereits hinter sich gebracht. Sein Gang war steifbeinig und den Kopf hatte er nach vorne gebeugt.

Gaeriel berührte Leias Arm. »Ich habe niemals jemanden wie Ihn kennengelernt, Eure Hoheit.«

»Das werden Sie auch nie wieder, wenn er Sie hier zurückläßt«, murmelte Leia. »Entschuldigen Sie mich.«

Sie trottete hinter Luke her.

✲ 21 ✲

Luke traf Leia am Schott wieder. »Er ist stark genug, um ein Lehrling zu werden«, erklärte er hastig. »Und jung genug. Wir müssen ihn retten.«

»Ich werde helfen, wenn ich kann. Aber, Luke...«

Commander Thanas' Militärarzt hielt eine Maske und einen durchsichtigen Schlauch an Devs Mund, und er hatte Devs verbrannte Augen bandagiert. »Baktareinigung«, sagte er lebhaft. »Sie könnte etwas erreichen. Oder auch nicht. In jedem Fall habe ich ihm etwas gegen die Schmerzen gegeben.«

Plötzlich hob Dev den Arm.

Luke beugte sich über ihn und versuchte, ermutigend zu lächeln. »Dev? Ich bin es, Luke.«

Dev zog den Schlauch aus seinem Mund.

»Halt!« rief der Arzt.

Eine klebrige Flüssigkeit spritzte auf den Boden. Luke packte den Schlauch und bog ihn nach oben, so daß der Ausfluß stoppte. Der eklige, süße Geruch weckte elende, klaustrophobische Erinnerungen an einen Tank auf der eisigen Welt Hoth.

Der Arzt nahm den Schlauch und versah ihn mit einer Klammer. »Lassen Sie ihn nicht lange sprechen, wenn Sie ihn wirklich retten wollen.«

Luke kniete nieder. »Dev, du kannst mit deiner richtigen Ausbildung sogar schon anfangen, bevor dein Körper heilt. Das wird dich beschäftigen.«

»Oh, Luke.« Dev lächelte matt zurück. »Ich könnte niemals ein Jedi werden. Mein Geist hat Narben. Ich bin...« – er holte tief Luft, bevor er mühsam weitersprach – »... kontrolliert worden. Von anderen – viel zu lange, Luke. Danke, daß du es mich sauber zu Ende bringen läßt.«

Luke umfaßte Devs narbige Hand. »Chirurgen der Allianz können wundervolle Dinge mit Prothesen machen. Sie werden dich auf Endor behandeln.«

»Prothesen?« Devs Augenbrauen hoben sich über den Verband. »Hört sich wie Technisierung an.« Er schauderte.

»Lassen Sie ihn nicht mehr sprechen!« Der Militärarzt schob Luke aus dem Weg und drückte seine Maske wieder auf Devs Gesicht. Luke taumelte gegen die Schottwand und tastete nach Devs Präsenz, um ihn zu beruhigen. Dev glänzte in der Macht, in jeder Beziehung so sauber, wie er gesagt hatte. Er mußte sich darauf konzentriert haben, seinen Geist zu heilen, nicht seinen Körper, während er in der Jedi-Trance lag.

Aber er schien zu schrumpfen. Luke kniete wieder nieder und empfing Dev mit seiner eigenen Stärke. Er versuchte, Devs Präsenz stärker an seinem geschundenen Körper zu verankern. Dev antwortete mit einer Welle von Dankbarkeit.

Plötzlich flutete Licht aus dem Dev-Fleck in der Macht. Die Helligkeit ließ Luke zusammenzucken.

»Dev?« rief er alarmiert.

Das helle Leuchten verblaßte. Dev Sibwarras Präsenz verschwand mit ihm in einem riesigen, wogenden Lichtermeer.

»Haben ihn verloren«, grollte der Militärarzt und warf einen finsteren Blick auf seinen Medisensor. »Er hatte keine echte Chance, Commander.«

Luke starrte vor sich hin. *Wo bleibt die Gerechtigkeit?* wollte er schreien. *Er hatte einen Anfang gemacht. Er hätte die Kontrolle lernen können.*

Hätte er? Luke hatte den Eindruck, daß Yoda am Spieltisch des *Falken* stand, sich auf seinen Stock stützte und den Kopf schüttelte.

»Tut mir leid.« Der Arzt leerte seinen Schlauch, rollte ihn zusammen und packte seine anderen Geräte in den Tragekasten. »Ich habe mit der tragbaren Ausrüstung mein Bestes versucht.«

»Ich bin sicher, daß Sie das getan haben«, murmelte Leia.

Luke bedeckte seine Augen mit beiden Händen und hustete. Leias Stimme und die des Arztes wurden leiser und ferner. Luke blieb auf den Knien und dachte an den jungen Mann, der gelitten hatte und entflohen war und auf der Sonnenseite des Sieges gestorben war.

Einige Zeit später ruhte eine schmale Hand auf seiner Schulter.

»Leia?« fragte er leise. »Hast du . . .«

»Nein, Luke. Leia ist unten im Komplex und packt. Ich bin es.«

Das war Gaeriels Stimme. Hatte Han sie an Bord geholt? Luke versuchte mühsam, aufzustehen, aber sein rechtes Bein wollte nicht.

»Hilfe», murmelte er.

Gaeriel zog ihn an einem Arm hoch. Zu seiner Überraschung löste sie den Schal, den sie um ihre Taille geknotet hatte, und bedeckte behutsam Devs Gesicht damit.

»Ich danke Ihnen«, murmelte er. »Keiner hat daran gedacht.«
»Ich habe es um Ihretwillen getan, nicht um seinetwillen.«
Gaeriel zog eine Augenbraue hoch. »War er wirklich in Ordnung – am Ende?«
»In seinem Bewußtsein? Ja.«
»Warum?« flüsterte Gaeriel. »Warum wollten Sie gerade ihn retten?«
Weil er ihrem Blick nicht begegnen wollte, sprach er in Richtung des Fußbodens des *Falken*. »Er hat gewußt, was Leiden ist. Ich wollte, daß er auch weiß, was Stärke ist.«
»Ich bin mir nicht sicher, daß es nur Stärke war, die Sie ihm gezeigt haben. Sie haben ihm auch menschliches Mitgefühl geschenkt.«
Kontrolle. Er mußte sich kontrollieren. Er wollte in ihren Armen zusammenbrechen. Er versuchte zu lächeln.
»Tun Sie es nicht.« Sie schlang ihre Hände um seine Hüfte, dann um seine Schultern. Dann zog sie ihn an sich und wisperte: »Lassen Sie es heraus, Luke. Es tut weh. Ich weiß. Die Freude kommt später zu Ihnen. Der Kosmos gleicht alles aus.«
Luke schob alle Vorwände zur Seite, umarmte sie und weinte. Sie stand da und ließ es geschehen. Wenn sie ihn so sah, würde dies vielleicht ihre Erinnerungen an seine Kräfte ausgleichen. Als er sich schließlich beruhigt hatte, führte er sie zu Sitzen am Hologrammtisch.
»Wie haben Sie . . .« Sie stockte. »Ich nehme an, Sie haben die Trichinenlarven getötet, ja?«
»Ist es das, was sie waren?« fragte er. »Woher wissen Sie es?«
»Ich hatte auch eine. Gouverneur Nereus hat einen Arzt für mich geholt. Aber Sie hatten keinen Arzt.«
»Ich hatte die Macht.«
»Sie waren wunderbar in der Kantine. Ich werde das nie vergessen.«
»Was hätte ich sonst tun können?«
Sie blickte ihn an. Strähnen honigfarbenen Haars, gelöst von den Ventilatoren des *Falken*, fielen ihr ins Gesicht.
»Ihre Welt ist schön«, murmelte er. »Ich bin froh, sie gesehen zu haben.«
»Ich habe nicht das Bedürfnis, sie wieder zu verlassen. Niemals.«
»Bakura wird einen Botschafter zur Allianz schicken«, sagte er leise und versuchte, seine letzte Hoffnung zu verschleiern.
»Sie sind perfekt dafür ausgebildet.«

»Wenn der Tag kommt, werde ich jemand anderen nominieren, Luke. Ich habe hier Arbeit zu tun. Eppie wird mich brauchen, und Onkel Yeorg. Ich bin eine Captison. *Dafür* bin ich ausgebildet worden.«

»Ich verstehe.«

Am Ende enttäuscht, stützte er seine Ellbogen auf den Hologrammtisch und verlagerte seine Beine. Das rechte schmerzte noch immer an der verrenkten Stelle, und tiefes Einatmen tat weh. Er würde die gesamte Hyperraumrückreise nach Endor in einer weiteren Heiltrance verbringen. Entweder das oder 2-1B würde ihn wieder in einen Tank stecken. Vermutlich beides.

»Machen Sie Kriegsgefangene?« fragte sie ruhig.

»Das machen wir nicht. Es würde Lügner aus uns machen — und unsere Ziele zu Lügen. Jeder Soldat, den wir nach Hause schicken, wird drei oder vier anderen erzählen, daß die Allianz ... nun, daß wir sie in unserer Gewalt hatten, sie aber trotzdem gehen durften.«

»Luke?« flüsterte sie. Sie legte ihre Fingerspitzen auf seine Schulter. »Es tut mir leid.«

Er spürte die Nachgiebigkeit, auf die er gehofft hatte, aber es war zu spät. Langsam wandte er sich ihr zu und öffnete sich ganz der Macht. Er hoffte, die Empfindung dauerhaft machen zu können. Diesmal würde sie ihre Verteidigung nicht aufbauen.

»Warum?« fragte er. »Dies ist ein Sieg für die Menschheit gewesen.«

Ihre Wangen wurden rot. »Ich will Ihr Freund sein, Luke. Aber aus der Ferne.«

Er schob die stumme Trostlosigkeit von sich, die ihn in einen weiteren emotionalen Abgrund zu stürzen drohte. Er durfte nicht denken, daß er für immer allein sein würde.

»Aus der Ferne«, stimmte er zu und berührte zögernd ihr Gesicht. »Aber wenigstens einmal — aus der Nähe.«

Sie schmiegte sich in seine Arme. Er küßte sie und ließ den Augenblick seine Sinne überfluten — blütenwarme Lippen und tiefe, süße Wärme ihrer Lebenspräsenz.

Bevor sie sich ihm entziehen und die Erinnerung ruinieren konnte, gab er sie frei.

»Ich bringe dich vom Schiff«, murmelte er.

Sie standen auf. Er begleitete sie durch den Gang und gab sich Mühe, nicht zu hinken.

Oben auf der Rampe fing ihn der Arzt ab. »Ich glaube, Sie

brauchen selbst eine Behandlung, Sir. Ich versichere Ihnen, daß meine Sympathien völlig neutral sind.«

»Auf Wiedersehen«, murmelte Gaeri.

Luke drückte ihre Hand. *Die Macht wird mit dir sein, Gaeri. Immer.*

Er blickte ihr nach, bis sie mit einem letzten Flattern ihres Rocks in einem Sinkschacht verschwand. Ein Windstoß ließ Wirbel aus feiner Asche von den Feuern der Aufrührer auf den Permabeton draußen rieseln. Der letzte Sturmtruppensoldat war schon vor längerer Zeit Commander Thanas in den Sinkschacht gefolgt.

Luke sah den jungen imperialen Arzt an. »Schön«, sagte er und rieb sich die Stirn.

Das Leben geht weiter.

»Mach schon, Junior.« Han lehnte an einer Schottwand. »Machen wir von diesem Doktor Gebrauch, solange wir ihn haben.«

Luke ließ sich zu einer Koje führen. Er holte bedachtsam Luft und legte sich hin, um sein Bein und die Lunge scannen zu lassen.

Wie gut, daß Thanas und seine Garnison nicht wußten, daß die *Dominator* tatsächlich gar keine Gefahr für Salis D'aar war. Ihre neue ‚Besatzung' bestand aus zwei aufgeregten jungen Calamarianern — zwei, die nicht auf Landurlaub gegangen waren.

***

Abteilung für Abteilung gingen tausend Imperiale unter den Augen von Commander Thanas an Bord eines großen, aber uralten bakurischen Linienraumers. Bakura wollte, daß das Imperium ging. Die Bekanntgabe war gestern erfolgt, zwei Stunden nach Nereus' Tod. Mehr als die Hälfte seiner Männer war gar nicht zum Einschiffen erschienen. Einige hatten sich nie eingefunden, tot oder vermißt. Andere waren in der vergangenen Nacht verschwunden: Skywalkers Leute hielten ihr Versprechen, kein Zweifel. Die meisten aus Thanas' Offizierskorps führten die Formation an, aber er bemerkte die Abwesenheit von zwei Ärzten und die des Wetteroffiziers. Das gesamte noch verbliebene imperiale Kriegsmaterial — bis hin zu den Rüstungen der Sturmtruppen — mußte den Bakurern überlassen werden, um den Kern ihrer neuen Verteidigungsstreitmacht zu bilden. Einheiten dieser Streitmacht würden bald die Rebellenflotte verstärken.

Es waren allerdings nicht mehr viele TIE-Jäger übrig, die Bakura benutzen konnte. Die Ssi-ruuk und dann die Rebellen hatten sie dezimiert. Das bekümmerte Thanas.

Zwei bakurische Wachen, die einzigen bewaffneten Männer in Sicht – nein, einer war eine Frau – standen hinter ihm. Schließlich ging die letzte Einheit an Bord.

»Rampe hoch«, rief Thanas mit militärischer Knappheit.

Er blieb weiter in Grundstellung auf dem Boden stehen. Die Blicke der Bakurer brannten in seinem Rücken. Hinter dem Cockpitfenster verdrehte ein erfahrener imperialer Kriegspilot den Kopf. Thanas salutierte und gab dann mit einer Hand das Signal zum Start. Er trat zurück.

Die Düsen zündeten. Er ging weiter zurück, wie die bakurischen Wachen. Das Schiff hob sich und begann mit einer langsamen Drehung.

Frei ... vielleicht. Pter Thanas griff mit der linken Hand in die Tasche. Er behielt seine Grußstellung bei, während sich seine Hand um etwas Schmales und Hartes schloß. Ein Bakurer ging schußbereit in die Hocke.

Ruhig holte er sein mit Perlmutt besetztes Taschenmesser hervor. Ohne den Wachposten zu beachten, drückte er das Kinn gegen die Brust und schnitt das rote und blaue Rangabzeichen von seiner Uniform. Er riß es an einer Ecke ab und steckte es in eine Tasche.

Dann drehte er sich zu dem gebückten Wachposten um. »Sir«, sagte er, »bringen Sie mich zu Premierminister Captison. Wenn Sie einen Kreuzer der Carrack-Klasse wieder einsatzbereit machen wollen, brauchen Sie erfahrenen Rat. Ich kenne diesen Kreuzer.«

Der Bakurer senkte sein imperiales Blastergewehr. »Unter der Allianz, Sir?«

Thanas nickte. »So ist es, Soldat. Unter der Allianz. Ich laufe über.«

»Äh, ja, Sir. Folgen Sie mir.«

Thanas folgte ihm im Marschschritt zu einem bakurischen Bodengleiter.

***

Ein TIE-Jäger fiel der Allianz als Beute zu. Commander Luke Skywalker spielte seinen Rang aus und bekam die Mission — mit dem zögernden Einverständnis des Arztes.

Als er sich dem in Besitz genommenen Ssi-ruuk-Kreuzer näherte — frisch repariert und auf *Sibwarra* umgetauft, obwohl seine kleine Allianzbesatzung ihn *Flöter* nannte, was wohl der Name sein würde, der haften blieb —, packte er die Kontrollinstrumente durch die Handschuhe seines ganz geschlossenen Vakuumanzugs. Im Vergleich zu einem X-Flügler war das Fliegen in einem TIE-Jäger wie ein Ritt auf einer Frachtbox ohne Schild. Er drehte sich und beschleunigte wie eine aufgeschreckte Leuchtratte, aber er schwankte und war in jedem Vektorfeld unstabil.

Es war nicht nur sein lebenslanger Drang gewesen, einen TIE-Jäger zu fliegen — einmal —, der ihn dazu getrieben hatte, diese Mission zu übernehmen. Er mußte noch einmal zurückkehren und einen letzten Blick auf diese Ssi-ruuk-Brücke werfen. Er fühlte sich, als ob der Geruch der Dunkelheit noch immer an ihm haftete — er war dem Fall so nahe gewesen. Wie viele Male mußte er der Dunkelheit noch entsagen? Würde die Versuchung auch dann immer und immer wieder locken, wenn seine Stärke und sein Wissen größer wurden?

Behutsam dockte er den Jäger in einer riesigen Hangarbucht an. Vielleicht war es dieselbe, in der Han mit dem *Falken* gelandet war, um ihn zu retten. Da Lukes Träger zerstört worden war, würde die bakurische Ersatzcrew das Schiff letzten Endes einem Rebellenpiloten für den Transport zurück zur Flotte übergeben. Es würde jetzt eine regelmäßige Kommunikation zwischen Bakura und der Allianz stattfinden. Admiral Ackbar wollte den TIE-Jäger vielleicht bei irgendeiner zukünftigen Undercover-Aktion einsetzen, obwohl Luke empfehlen würde, ihn zu demontieren, um die Flak anderweitig benutzen zu können.

Eilig machte er sich auf den Weg zur Brücke, wo er für einen Augenblick im Eingang stehenblieb und den geschäftigen Aktivitäten zusah.

Die Brücke sah fremdartig aus, aber nicht feindlich. Es war einfach nur ein Ort, erbaut aus Metall und Plastik. Und doch schienen die Wände des Schiffs gespenstisch Kunde zu geben von der langen Irreführung Devs, von seinen Jahren der Knechtschaft und von den versklavten menschlichen Energien, die Luke befreit hatte.

Das Licht dauerte fort, aber auch die Dunkelheit. Er mußte täglich zwischen beiden wählen.

Luke durchwanderte den Kreuzer von oben bis unten. Als er drei Stunden später fertig war, verließ er das Schiff mit reinem Gewissen. Es waren keine gefangenen menschlichen Energien mehr verblieben.

***

Han drückte einen Finger in sein Ohr und winkte Luke zu einem Sitz hinter Chewbacca. Als er die Hand sinken ließ, schnauzte er Chewie an. »Es ist mir egal, was du gemacht hast. Aufnahmeschaltkreise sollten jederzeit in Betrieb sein.«

Chewie ließ mit seinem Schraubenschlüssel eine Schottwand klirren. Augenscheinlich wurden auf dem oft modifizierten *Falken* wieder die alten Spielchen gespielt.

»Um was geht es?« schaltete sich Luke, der immer noch stand, in den Streit ein.

»Subraumnachricht, übertragen aus maximaler Entfernung. Von Ackbar, kodiert. Ich mußte sie dechiffrieren, als sie 'reinkam, weil Pelzball hier die automatische...«

»Ackbar?« Leia legte eine Hand auf Lukes Schulter. Er berührte sie, dankbar für ihren Trost.

»Ja«, sagte Han gedehnt. »Irgendwas über ‚imperiale Kampfgruppe', irgendwas über ‚klein' und ‚schnell, wenn wir können'.«

»Wir haben so viele von ihnen auf Endor zerstreut.« Leia beugte sich vor. »Ackbars Scouts haben vermutlich eine Gruppe entdeckt, mit der wir seiner Meinung nach fertig werden können. Das Imperium ist noch immer riesig. Wir müssen den Schwung des imperialen Niedergangs aufrechterhalten.«

»Also dann«, sagte Luke, »Zeit, zurückzukehren. Nachdem wir...?« Er blickte auf Han hinunter, um dessen Bestätigung zu bekommen.

»Oh, je«, murmelte Han. »Sicher, Junge. Kannst dich eigentlich schon mal festschnallen, Leia. Luke hat noch etwas zu erledigen. Es wird nur eine Minute dauern.«

»Also, Mrs. Leia«, meldete sich 3PO über das Kommgerät vom Spieltisch aus, wo er sich mit R2 aufhielt. »Lassen Sie mich Ihnen erzählen, wie ich bei dem *Falken* angekommen bin, gekleidet in eine Sturmtruppenrüstung...«

Luke machte sich auf den Weg zur Hauptluftschleuse, wo

Chewbacca Devs Leichnam untergebracht hatte. Wehmütig streckte er die Hand aus und fuhr mit den Fingerspitzen sanft über Gaeris federweichen Schal. Chewbacca hatte ihn eng um den Kopf und die Schultern Devs geschlungen, nachdem er den restlichen Körper in eine alte Decke gewickelt hatte. Er hatte sie beide verloren, Gaeriel und Dev... Aber beide hatten ihn berührt und ihn etwas gelehrt. Beide würden in seiner Erinnerung fortleben.

»Danke«, flüsterte er.

»Fertig, Luke?« fragte Leia leise über das Kommgerät.

Luke verließ die Luftschleuse. Automatisch schloß sie sich zischend hinter ihm.

»Warte einen Moment«, sagte er zu ihr.

Er eilte zurück ins Cockpit und blickte durch die Hauptsichtluke hinaus.

Leia griff nach seiner Hand. Han bediente die Auslösevorrichtung der Schleuse, kehrte dann die Seitendüsen um. Als der *Falke* himmelwärts beschleunigte, stürzte Devs Leichnam Bakura entgegen. Er verging brennend, sauber und hell, in der dichten Atmosphäre des Planeten.

Luke blickte auf den Meteor, ein kurzes Aufflammen von Helligkeit – wie jedes Leben. Eigentlich ein Nichts im Fluß der Zeit. Aber alles in der Macht.

Spannende Abenteuer an exotischen Schauplätzen; Begegnungen mit Menschen, die Geschichte schrieben; Streifzüge durch eine der aufregendsten und bewegendsten Epochen unseres Jahrhunderts:

DIE ABENTEUER DES JUNGEN INDIANA JONES

Nach der Fernsehserie von George Lucas

Fluch der Mumie. Ägypten 1908

Pancho Villa. Mexiko 1916

Schüsse im Garten Eden. Britisch-Ostafrika 1909

Felder des Todes. Verdun 1916

Mata Hari. Paris 1916

Am Todesfluß. Afrika 1916/17

vgs verlagsgesellschaft Köln

Mike F. Thompson

DIE ABENTEUER DES JUNGEN INDIANA JONES
Die Nadeln des Dr. Wen Chiu
China und Indien 1909

Roman

Die Abenteuer des jungen Indiana Jones beginnen im Mai des Jahres 1908, als sein Vater, Professor Henry Jones, eine Einladung zu Gastvorlesungen an Universitäten in der ganzen Welt annimmt. Noch nicht einmal zehn Jahre alt, reist der kleine Indy rund um die Welt: Über London, Paris, Wien, Kairo und Britisch-Ostafrika, das heutige Kenia, gelangt die amerikanische Familie schließlich in den Fernen Osten. Doch hier, nahe der legendären chinesischen Mauer, erkrankt Indy schwer.

An ärztliche Hilfe ist kaum zu denken, denn die nächste Stadt liegt einige Tagesritte von dem abgeschiedenen Bergdorf entfernt, in das es Indy mit seiner Mutter und seiner Privatlehrerin Helen Seymour verschlagen hat. In ihrer Verzweiflung ruft Anna Jones den Akupunkteur Dr. Wen Chiu zu Hilfe...

vgs verlagsgesellschaft Köln

Mike F. Thompson

DIE ABENTEUER DES JUNGEN INDIANA JONES
Der Eunuch von Barcelona

Spanien 1917

Roman

Spanien, Mai 1917: In Europa tobt noch immer der Erste Weltkrieg, der schon Millionen von Menschen das Leben gekostet hat. In der nordspanischen Hafenstadt Barcelona ist allerdings von den Schrecken der schweren Kämpfe nichts zu spüren, das Leben scheint seinen gewohnten gemächlichen Gang zu gehen. Doch unter der Oberfläche brodelt es – denn Barcelona ist in diesen Tagen ein Tummelplatz für Spione aus aller Welt, die ihren eigenen, geheimen Krieg führen.

Der junge Amerikaner Indiana Jones, der unter dem Decknamen Henri Défense auf seiten der belgischen Armee vor Verdun und in Afrika gegen die Deutschen gekämpft hat, ist mittlerweile zum französischen Geheimdienst gewechselt. Gemeinsam mit seinen Kollegen tüftelt er einen raffinierten Plan aus, um zu verhindern, daß sich die Spanier mit den Deutschen verbünden. Indy schmuggelt sich zu diesem Zweck in das Ensemble der berühmten »Ballets Russes« ein. Dort hat er es aber nicht nur mit dem genialen Choreographen Dhiagilew, sondern plötzlich auch mit Doppelagenten zu tun...

vgs verlagsgesellschaft Köln

Nigel Robinson

DIE ABENTEUER DES JUNGEN INDIANA JONES
Geburtstag in St. Petersburg
Petrograd 1917

Roman

Petrograd, Juli 1917: Indiana Jones soll als Agent des französischen Geheimdienstes die politische Lage im krisengeschüttelten Rußland auskundschaften. Der Zar ist vor wenigen Monaten zurückgetreten, und auch die bürgerliche Regierung steht unter starkem Druck: Die Revolutionäre um Lenin können jeden Tag den Aufstand ausrufen. Franzosen und Engländer fürchten, daß die Bolschewisten sofort einen Separatfrieden mit dem Deutschen Reich schließen würden – was zur Folge hätte, daß die Deutschen ihre Truppen an der Westfront konzentrieren könnten.

Aufgrund seiner Sprachbegabung findet Indy in der russischen Hauptstadt schnell Freunde. Doch einige der jungen Russen, mit denen er jede freie Minute verbringt, sind Anhänger Lenins. Und so gerät Indy unversehens in einen schweren Konflikt zwischen Freundschaft und seiner Aufgabe. Kein Wunder, daß ihm an seinem achtzehnten Geburtstag kaum zum Feiern zu Mute ist...

vgs verlagsgesellschaft Köln